Elisabeth Etz

Morgen ist woanders

Die Arbeit der Autorin an diesem Buch wurde mit dem Kranichsteiner Jugendliteratur-Stipendium des Deutschen Literaturfonds sowie mit dem Mira-Lobe-Stipendium für Kinder- und Jugenditeratur gefördert.

Ausgezeichnet mit dem Kinder- und Jugendbuchpreis des Landes Steiermark für Manuskripte | Hauptpreis 2016

Elisabeth Etz, geb. 1979 in Wien, verbrachte ihre Zeit u. a. in Berlin und Istanbul. Heute lebt sie mit ihrer Familie wieder in Wien und arbeitet für den Diakonie Flüchtlingsdienst.
Für ihre Jugendbücher wurde sie bereits mit mehreren Preise und Stipendien ausgezeichnet.
Im Tyrolia-Verlag ist von ihr zuletzt der Jugendroman »Nach vorn« (2018) erschienen.

Umschlaggestaltung: Nele Steinborn
unter Verwendung einer Fotografie von 123RF.com
Satz- und Layoutgestaltung: Nele Steinborn, Wien
Schriften: Neue Swift Pro, Henriette, Heading Pro, Antiphon
Druck und Bindung: FINIDR, Tschechien
ISBN 978-3-7022-3803-2 (gedrucktes Buch)
ISBN 978-3-7022-3804-9 (E-Book)
E-Mail: buchverlag@tyrolia.at
Internet: www.tyrolia-verlag.at
Facebook: Tyrolia Verlag Kinderbuch

MIX
Papier aus verantwortungsvollen Quellen
FSC® C014138

Gefördert von der Kulturabteilung der Stadt Wien, Literatur

Elisabeth Etz

MORGEN IST WOANDERS

Tyrolia-Verlag • Innsbruck-Wien

für Almuth, Amira und Maggie,
bei denen ich immer ein Dach
über dem Kopf hatte

Allen, die im Winter auf die Idee kommen abzuhauen, sage ich gleich: Lasst es bleiben. Es ist eine Schnapsidee. Sowas macht man, wenn es warm ist. Wenn überhaupt.
Leider kann man sich das aber nicht aussuchen. Ist schließlich nicht so, dass man das will. Man muss. Manchmal muss man einfach.

OKTOBER

Schützenweg

»Nein.«
»Was heißt ›nein‹? Ich hab schon alles ausgefüllt.«
Mart rührt sich nicht. Ich schiebe ihm die Formulare näher heran.
»Fehlt nur noch die Unterschrift«, sage ich nachdrücklich.
Mart sieht mich schweigend an. »Welche Unterschrift?«, fragt er schließlich.
»Deine. Hier. Und hier.« Ich zeige auf die freien Felder.
Mart schüttelt den Kopf. »Es gibt keine Unterschrift.«
Er sieht mich mit schmalen Augen an. »Was glaubst du, was das kostet?«
»Ich zahl mir das selber«, sage ich mit fester Stimme. »Ich brauch nur die Unterschrift.«
»Ha, selber. Und mit welchem Geld, wenn ich fragen darf?«
»Ich hab im Sommer gearbeitet.«
»Als Drogendealer?« Mart dreht mir den Rücken zu und geht aus dem Raum.
Meine Mutter lehnt im Türstock und sieht uns zu.
Ich weiß, dass ein Austauschjahr in Australien nicht billig ist. Auch wenn es sich um kein Jahr handelt, sondern nur um ein oder zwei Terms. Mit Flug und Unterkunft in einer Gastfamilie kommen da schon einige Tausend Euro zusammen.
Aber zuerst brauche ich die Unterschrift eines Erziehungsberechtigten. Weil Mart mich adoptiert hat, als ich noch zu klein war, um etwas dagegen zu sagen, ist er das. Wenn er unterschrieben hat, lässt er sich beim Geld sicher auch umstimmen. Ist ja nicht so, dass er keins hat. Außerdem gibt es Stipendien, für die ich mich vielleicht bewerben könnte. Gut genug in der Schule wäre ich, und das außerschulische Engagement, das die da verlangen, kann ich ja zumindest mal behaupten.

Flehend sehe ich meine Mutter an. Die könnte schließlich auch unterschreiben.
Sie seufzt demonstrativ. »Mart weiß schon, was er tut. Glaub mir.«
»Mart will mich nur hierhalten, damit er jemanden kontrollieren kann«, fauche ich. »Dabei hat er doch dich.«
»Jetzt reicht's aber!« Wenn meine Mutter wütend ist, bekommt ihr Hals lauter rote Flecken.
»Ja, mir reicht's«, schreie ich. »Ich halt es hier nicht mehr aus! Ich geh zu meinem Vater!«
Verdammt, wo kam das jetzt her?
Mart steht wieder im Zimmer. »Wegen einer Unterschrift brauchst du den Herrn aber nicht zu fragen. Erziehungsberechtigt ist der schon lange nicht mehr.«
»Mir scheißegal«, brülle ich. »Ich zieh zu ihm.«
Mart verschränkt die Arme vor der Brust. »Das schau ich mir an.«
Meine Mutter sagt nichts mehr. Sie starrt mich nur an.
»Ihr werdet schon sehen«, fauche ich.
»Wirst viel eher du sehen«, sagt Mart spitz. »Du glaubst doch nicht wirklich, dass du nach all den Jahren dort einfach so vorbeispazieren kannst?«
Ich muss hier raus. Schnell.
Mart geht sogar zur Seite, als ich mich durch den Türrahmen dränge.
»Sag ihm schöne Grüße von mir«, ruft er mir hinterher. Dann lacht er, kurz und hart.

Was jetzt? Die letzten Monate habe ich durchgehalten, weil ich Australien vor Augen hatte. Für den 2. und den 3. Term hätte ich mich auch jetzt im Oktober noch anmelden können. Mit der Aussicht auf zwei Trimester ohne Mart habe ich es ausgehalten, nicht blöd zurückzureden, sondern einfach nur zu nicken oder den Raum zu verlassen, wenn er zu sehr nervte. Weil ich mir naiverweise eingeredet hatte, er würde irgendwann doch unterschreiben. Auch wenn es im Nachhinein betrachtet nie ernsthaft danach ausgesehen hat.

Mit Lukas habe ich mich oft darüber unterhalten, wie es wäre, einfach wegzufahren. Lange hab ich gedacht, wir könnten das machen. Ich könnte das machen. So wie Henrik, den wir jetzt blöderweise in der Klasse haben.
Ein Jahr nach England. Oder Kanada. Oder Australien.

Als ich letztes Jahr Mart mit der Idee kam, dass ich ein Jahr im Ausland verbringen wollte, hätte ich gleich wissen können, dass das nie etwas wird. »Wer soll das bitte finanzieren?«, fragte er mich streng.
»Äh ...«
Er sah mich mit spöttischem Grinsen an. »Ich, meinst du?«
Ich nickte vorsichtig.
Da explodierte er. »Glaubst du, mein Geld kommt einfach so von nichts?«
Er zeigte mit ausgestrecktem Arm in alle Richtungen. »Was glaubst du, woher das kommt? Das ist harte Arbeit. Lern du erst mal für dein Geld zu arbeiten, dann kannst du fahren, wohin du willst.«

Ich wusste, dass so ein Auslandsjahr Geld kostete, ich war ja nicht blöd. Aber so, wie ich es verstand, hatten wir Geld. Besser gesagt, hatte Mart Geld. Er gab es auch für mich aus. Bloß nicht unbedingt für das, was ich wollte.
Schon in der Volksschule wäre ich lieber mit den andern Kindern in den Hort gegangen, als von meinem jeweiligen Au-pair von der Schule abgeholt zu werden. Klar, nett waren die alle. Aber sie waren nur ein schlechter Ersatz für Freunde, die sich zum Fangenspielen trafen, gemeinsam an fremden Türglocken klingelten oder sich Süßigkeiten aus dem Automaten zogen.

Beneidet hatte ich sie immer, die Hortkinder mit ihren zerrissenen Ärmeln und dreckigen Hosen. Ich dagegen war schrecklich wohlerzogen. Der kleine blasse Junge mit der Geige und dem britischen Akzent, wenn er *McDonald's* sagte oder *Slackline* oder *Shopping Center.* Zum Kotzen. So wohlerzogen, dass ich gar nicht in den Spiegel schauen wollte.

Die Hortkinder hatten in Wahrheit gar keine zerrissenen Ärmel oder dreckigen Hosen. Eigentlich sahen sie genauso aus wie ich und wahrscheinlich erlebten sie gar nicht jeden Nachmittag die aufregendsten Abenteuer. Wahrscheinlich saßen sie genauso wie ich vor dem Computer und spielten Moorhuhn. Trotzdem beneidete ich sie. Sie hatten einander. Ich hatte einen schönen britischen Akzent, an den ich mich abends beim Einschlafen kuscheln konnte.

»Außerdem machen die nicht den gleichen Stoff wie bei uns«, war das nächste Argument. »Du wirst das Jahr wiederholen müssen. Das kommt nicht in Frage.«
»Wenn ich mich anstrenge, kann ich den Stoff ja nachlernen.«
Mart lachte spöttisch auf. »Sicher. Wahrscheinlich wirst du sogar gleich ein Jahr überspringen.«
»Du sagst doch selbst immer, dass ich intelligent bin«, wandte ich ein. »Dann kann ich das doch schaffen.«
»Daran zweifle ich auch nicht. Aber ich zweifle daran, dass du deine Faulheit überwindest und es auch tatsächlich tust.« Seine Stimme wurde freundlicher. »Jakob, ich verstehe, dass das im Moment interessant klingt. Aber in deinem Alter hat man nur den Augenblick im Kopf, nicht das große Ganze. Ich war auch einmal jung, ich weiß, wovon ich rede. Wäre damals mein Vater nicht gewesen, der mir meine Flausen ordentlich ausgetrieben hatte, dann würde ich nicht dort stehen, wo ich jetzt bin. Und ihr auch nicht.«

Ich war verdammt froh, dass Marts Vater gestorben war, bevor wir ihn kennenlernen konnten. So wie ihn Mart beschrieb, war er wohl kein angenehmer Zeitgenosse.
»Auslandserfahrung, das ist doch, auf was es ankommt«, versuchte ich, Mart doch noch zu überzeugen.
Mart blieb hart. »Die kriegst du noch früh genug. In jedem Studium gibt es Austauschprogramme. Dann kannst du hingehen, wohin du willst.«
»Aber ich will jetzt weg«, rief ich verzweifelt, obwohl ich wusste, dass das bei Mart am wenigsten zog. »Verstehst du? Jetzt! Nicht irgendwann später, wenn ich studiere.«
Dass ich gar keine Lust hatte, auf die Uni zu gehen, brauchte ich ihm ja nicht zu erzählen.
Mart schüttelte nur den Kopf.
»Und Fremdsprachen ...« Diesmal wollte ich nicht lockerlassen.
Mart verzog die Mundwinkel. »Mit deinem Englisch stellst du sowieso alle Kollegen in den Schatten.«
Er wusste, dass ich wusste, dass er recht hatte. Nachdem wir bei Mart eingezogen waren, um Ärztegattin und Stiefsohn zu spielen, war das erste, was er tat, seine alte Sprechstundenhilfe rauszuschmeißen und stattdessen meine Mutter einzustellen. Das zweite war, ein Au-pair zu uns zu holen, das sich um mich kümmern sollte. Jedes Jahr eine andere. An die erste kann ich mich nicht erinnern, sie hieß angeblich Natalia und kam aus Weißrussland. Meine Mutter sagt, ich war verrückt nach ihr. Wird schon so gewesen sein.
Nach Natalia aber hat Mart beschlossen, dass es Zeit war, etwas für meine Bildung zu tun. Weißrussisch erschien ihm nicht so wichtig, also kam Lindsay und sprach Englisch mit mir. Danach gaben sich Donna-Marie, Joy und Kendra die Klinke in die Hand. Nett waren sie alle und zu sagen hatten sie alle nichts. Ich wollte immer, dass die blieb, die gerade da war. Aber alle wollten sie nach einem Jahr wieder weg. Konnte ich auch gut verstehen.

Kendra war sogar mehr als nett. Sie hat dazu beigetragen, dass mein Akzent zu einem schottischen wurde. Danach habe ich mich erfolgreich dagegen gewehrt, ein neues Au-pair zu bekommen. Ich war alt genug, um alleine auf mich aufzupassen. Kendra war die Coolste von allen. Aber sie hat sich nie wieder bei mir gemeldet.
»Es gibt auch Plätze in China«, schwindelte ich, ohne zu wissen, warum. »Stell dir meine Chancen vor, wenn ich Chinesisch könnte. Aufstrebende Wirtschaftsmacht und so.«
»Es gibt auch chinesische Au-pairs«, sagte er trocken. »Willst du eins?« Er tat so, als ob er überlegte. »Ich glaube, du bist schon ein bisschen zu alt für so was. Aber ich kann gleich mal im Konfuzius-Institut anrufen, die machen sicher auch Jugendkurse.«
Scheiße, nicht dass ich ihn jetzt auf eine Idee gebracht hatte.

Er legte mir die Hand auf die Schulter und seine Stimme wurde wieder weich. »Ach Jakob, ich weiß, in deinem Alter sind Freunde sehr wichtig. Aber du musst doch wirklich nicht immer alles machen, was die anderen tun.«
»Das hat damit doch gar nichts zu tun«, presste ich zwischen den Zähnen hervor. Ja, Henrik aus der Klasse über uns hatte mich und Lukas damals auf die Idee gebracht. Aber Henrik war wirklich nicht das, was man als Freund bezeichnen würde.
Doch es war sinnlos. Ich hätte genauso gut gegen eine Wand sprechen können. Nein, eine Wand konnte mich niemals so wütend machen wie Mart. Ich hasste es, wenn er so tat, als wäre ich ein kleiner, verwirrter Teenager.

Ich wollte einfach weg. Sonst nichts.

»Mach dir nichts draus, ich bin auch nicht gefahren«, versucht Lukas, mich zu trösten.
»Das ist nicht dasselbe. Du wolltest gar nicht richtig.«

»Wollte ich schon«, beharrt Lukas. Aber er weiß, dass ich recht habe. Er wollte nur ›irgendwie‹ weg. Seit seine ältere Schwester ausgezogen ist, hat er doppelt so viel Platz zuhause und findet es gut dort. Ich dagegen wollte wirklich weg. Wirklich wie in wirklich wirklich.
Was, wenn ich wirklich zu meinem Vater fahre?
Ich lache bitter auf. Haha, witzig. Nächster Vorschlag.

Warum aber eigentlich nicht? Zurück zu Mart und meiner Mutter gehe ich sicher nicht mehr.
Schließlich hat er mich gezeugt. Das verpflichtet doch zu etwas, oder nicht?

Sternwartestraße

Mein Vater wohnt in der Stadt. Ich weiß seine Adresse auswendig, weil die auf den Weihnachtspaketen steht, wovon jedes Jahr eines kommt. Besuchen war ich ihn auch mal. Vor zehn Jahren. Als er noch keine neue Familie hatte.

Vater ist eigentlich keine passende Bezeichnung für den letzten Menschen, den interessiert, was ich mache.
Wenn ich das Wort mehrmals hintereinander ausspreche, ergibt es überhaupt keinen Sinn mehr. Vatervatervater. Könnte Vase heißen oder Vatikan oder überhaupt nichts.
Aber das geht einem wohl bei allen Wörtern so.

Wieso fahre ich also ausgerechnet zu ihm?

Es gibt Menschen, die würden jetzt etwas von Schicksal faseln und davon, dass es unergründliche Kräfte gibt, die uns dorthin lenken, wo jemand auf uns wartet.

Mein Vater hat bestimmt nicht auf mich gewartet. Er hat mir die Tür nicht deshalb geöffnet, weil er sie öffnen wollte. Er hat mich reingelassen, weil er nicht wusste, was sonst tun.
Was macht man auch, wenn der eigene Sohn plötzlich an der Haustür klingelt?

Als ich außer Atem im dritten Stock ankomme, steht er in der Tür.
»Jakob! Was führt dich hierher?«
»Hallo«, murmle ich.
Er macht keine Anstalten, mich hereinzubitten. »Kann ich dir irgendwie helfen?«
»Hast du Besuch oder so? Störe ich?«
»Ah ... nein.« Er macht einen Schritt zurück und ich trete ins Vorzimmer. Der Parkettboden knarrt. Es ist ruhig in der Wohnung, Gudrun und die Kinder sind anscheinend nicht da. Wir stehen uns schweigend gegenüber. Eigentlich wäre ich dran mit Erklären, aber mir fällt nichts ein. Seine Haare sind etwas länger und er hat eine neue Brille. Vielleicht aber auch nicht.
»Kann ich heute bei dir schlafen?«

Wahrscheinlich wäre es geschickter gewesen, nicht gleich mit der Tür ins Haus zu fallen. Aber bis vor zehn Minuten habe ich selber noch keine Ahnung gehabt, was ich hier wollte.
»Hast du den Bus verpasst?« Er sieht auf die Uhr. »Du hast den Bus verpasst.«
Ich nicke. So kann man es auch sehen.
Mein Vater runzelt die Stirn und seufzt. Ich kann die Gedanken hinter seiner Stirn lesen. ›Da ist ein Fremder in deiner Wohnung‹, denkt es da. ›Du möchtest ihn am liebsten rausschmeißen. Aber er ist dein Sohn. Söhne schmeißt man nicht raus.‹
Er sieht noch einmal auf die Uhr und überlegt. »Wenn wir schnell sind, könnte ich dich vielleicht noch nachhause fahren.«

»Das wäre toll«, lüge ich, »aber es würde nichts bringen. Ich hab nämlich meinen Schlüssel verloren. Und Mum und Mart kommen erst morgen früh wieder.«
Mein Vater seufzt noch mal. »Pass ein bisschen besser auf deine Sachen auf.«
»Ich glaub, den hat mir wer geklaut«, sage ich schnell. »Als ich aus der U-Bahn ausgestiegen bin, war meine Tasche offen.«
»Aber sonst ist noch alles da?«, fragt mein Vater besorgt.
Ich stelle meine Umhängetasche auf den Boden. »Ich glaube schon.« Es kommt mir blöd vor, einfach so herumzustehen, also beginne ich, in der Tasche herumzukramen. »Ja, alles da«, sage ich. »Nur der Schlüssel fehlt. Vielleicht ist er mir doch herausgefallen.«
»Ich glaube nicht, dass das für deine Mutter in Ordnung ist, wenn du hier schläfst.«

Es gibt wohl nichts, womit er mehr recht hat. Dass ich irgendwann mal meinem Vater verzeihe, muss sich für sie wie ein Schlag in die Magengrube anfühlen. Aber sie hat mich schließlich auch nicht gefragt, wie es sich angefühlt hat, stattdessen Mart vorgesetzt zu bekommen. Und mit Verzeihen hat das hier nichts zu tun. Ich finde, wenn er mich als Kind auf die Straße gesetzt hat, hat er die Verpflichtung, das wieder gutzumachen, indem er mich jetzt bei sich schlafen lässt. Nicht, dass ich mich an damals wirklich erinnern kann.

»Muss sie ja nicht wissen«, werfe ich also ein. »Aber wenn es so ein großes Problem ist … ich find schon was.« Ich hänge mir meine Tasche wieder über die Schulter und mache einen Schritt Richtung Tür. Aber mein Vater ist schneller. Er legt die Hand auf die Türklinke, noch bevor ich danach greifen kann.
»Jakob, das hast du völlig falsch verstanden«, sagt er schnell. »Du bist immer willkommen hier, das weißt du.«

Ich ziehe mir meine Jacke aus und sehe ihn fragend an. Er nickt und deutet auf den Garderobenständer. »Willst du was trinken?«
»M-hm.«
»Mineralwasser, Apfelsaft, Bier ... äh, nein kein Bier für dich, also Mineralwasser oder Apfelsaft?«
»Egal.« Ich setze mich an den Küchentisch. Er stellt ein Glas Saft vor mich hin und setzt sich mir mit einer Flasche Bier gegenüber.
»Gudrun ist nicht da?«, frage ich.
»Die ist mit den Kleinen zu ihrer Mutter gefahren. Kommt erst am Sonntag wieder.«
»Ah.«
Er nimmt einen Schluck Bier.
»Ich hab mir das Rauchen abgewöhnt«, sagt er.
Ich nicke und verziehe die Mundwinkel nach oben. »Toll.«
Er deutet auf den Kugelschreiber, den er in der Hand hin und her dreht. »Deshalb muss ich ständig damit herumspielen.«
»Oh.«
Wir sind nicht dafür geschaffen, miteinander zu kommunizieren. Einige Minuten lang sagen wir gar nichts und halten uns an unseren Getränken fest. Ich wundere mich, dass ich so gar keine Gefühle für ihn habe. Weder bin ich sauer auf ihn noch wütend oder traurig. Es ist, als wäre das alles ausgeschaltet, wenn es um meinen Vater geht. Ich habe auch kein sonderliches Bedürfnis, ihn besser kennenzulernen. Ich will nur ein Dach über dem Kopf und im Moment fällt mir nur er ein.

Plötzlich steht er auf. »Du, ich muss jetzt weg, ich bin mit Freunden verabredet. Du kommst allein zurecht, oder?«
»Ja, klar.« Ich bin mir ziemlich sicher, dass er sich das gerade ausgedacht hat, weil ihm die Situation unangenehm ist. Aber es ist mir egal. Ich bin auch nicht gerade heiß auf eine Unterhaltung mit ihm.

Er holt Bettzeug aus dem Schrank und wirft es auf das Sofa. »Du kennst die Wohnung.« Es ist mehr eine Feststellung als eine Frage. Ich nicke, obwohl ich mich nicht mehr richtig erinnern kann. »Danke.«
Er lächelt gequält. »Mein Haus ist dein Haus.«
Dann ist er weg.

Ich bin froh darüber, alleine zu sein. Stelle mein leeres Saftglas in die Spüle und hole mir ein Bier aus dem Kühlschrank. Dann wandere ich durch die Zimmer und streiche über die Einrichtungsgegenstände. Alles hier sieht teuer aus. Teuer, aber geschmackvoll. Die Küchenzeile mit den Steinplatten. Der dunkle Esstisch mit den verschnörkelten Beinen. Das Ledersofa im marokkanischen Eck, in dem alles aus Marokko ist oder zumindest so aussieht. Die Bilder an der Wand. Das ökologisch korrekte Holzspielzeug für die Kleinen.

Was zum Teufel mache ich hier? Es wäre so leicht, einfach zu Lukas zu gehen oder noch ein paar Runden zu laufen, bis ich mich wieder beruhigt habe.
Aber etwas ist anders.
Ich gehe nicht mehr zurück.

Dabei war der Streit diesmal gar nicht so besonders schlimm. Nicht schlimmer als sonst. Es gibt Menschen, die würden sagen, es war der Vollmond. Oder der Schütze, der gerade das Haus des Wassermannes durchquert hat. Man könnte auch dem Klimawandel die Schuld geben. Oder Feinstaub, Gluten und Laktose.

Als ich am nächsten Tag aufwache, steht mein Vater mit einer Tasse Kaffee in der Hand am Fenster. Sobald er hört, dass ich mich bewege, dreht er sich zu mir um.
»Guten Morgen.«

»Morgn«, nuschle ich.
»Hätte ich dich aufwecken sollen?«, fragt er unsicher. »Ich wusste nicht, ob du samstags Schule hast.«
Ich schüttle den Kopf und reibe mir die Augen.
»Gut geschlafen?«
»Mhm.«
»Soll ich dir einen Kaffee machen? Oder Tee? Oder ...«, er zögert, »Kakao?«
»Danke, geht schon«, murmle ich.
Ich will nicht aufstehen, denn sobald ich aufstehe, muss ich irgendetwas tun. Aber was, weiß ich nicht. Meinem Vater geht es vermutlich genauso.
»Vielleicht doch Kaffee?«, sage ich also.
Mein Vater nickt, sichtlich erleichtert, und macht sich an der Espressomaschine zu schaffen.

Weil er so ungewöhnlich freundlich ist, nehme ich all meinen Mut zusammen. Mein Herz klopft so stark, dass mir fast die Luft wegbleibt.
»Sag mal, könnte ich vielleicht eine Zeit lang bei dir wohnen?«, stoße ich schnell heraus.
Mein Vater sieht erschrocken aus. »Hier, meinst du? Bei uns?«
Ich nicke vorsichtig.
»Äh ...«
»Es geht zuhause nicht mehr«, bringe ich gerade noch heraus. »Ich kann nicht mehr.«
»Du kannst nicht mehr«, wiederholt er abwesend. »Und du denkst, bei uns kannst du?«
Ich zucke die Achseln. »Du willst mich nicht.«
Er lächelt verkrampft. »Jakob, das hat nichts mit Wollen zu tun. Natürlich kannst du hier ein paar Tage übernachten. Mein Haus ist dein Haus.«

Ich verziehe mein Gesicht zu einem Grinsen, das wahrscheinlich ebenso gequält wirkt wie seines.
»Aber am Montag kommt Gudrun zurück und was glaubst du, was dann hier los ist, wenn die Kleinen hier herumturnen?«
Ich presse die Lippen aufeinander. Die Kleinen. Meine Geschwister. Irgendwie.
»Schau mal, bis morgen Abend kannst du hierbleiben. Dann hat sich sicher zuhause alles wieder beruhigt.« Er lächelt bemüht. »Ich weiß, es ist nicht leicht als Teenager. Aber das ist es woanders auch nicht. Glaub mir.«
Er steht auf und stellt seine Tasse in die Abwasch. »Ich muss in die Arbeit.«
»Am Samstag?«
»Man kann sich's leider nicht aussuchen.« Er legt einen Schlüssel vor mich auf den Esstisch.
»Den kannst du bis morgen haben. Und nimm dir einfach aus dem Kühlschrank, was du willst. Weiß nicht, ob was für dich drin ist, aber wenn ja, bedien dich.«
Mein Haus ist dein Haus. Ein paar Tage lang.

Der Inhalt des Kühlschranks passt zum Interieur der Wohnung. Bewusste Ernährung. Teuer, aber mit echtem Wert. Kaum Produkte aus dem Supermarkt, Antipasti vom Italiener, Kürbiskernöl vom Bauern, Fair-Trade-Orangendirektsaft statt Konzentrat.
Ich kann verstehen, warum sie mich nicht wollen.

Dann eben nicht. Ich dränge mich sicher nicht auf.

Eine halbe Stunde nach meinem Vater verlasse ich die Wohnung, schmeiße die Tür hinter mir zu und den Schlüssel in den Briefkasten. Auf dem Esstisch habe ich einen Zettel hinterlassen:

Dich brauch ich eh nicht.

Nicht, dass ich wieder nachhause will. Aber wohin sonst, weiß ich auch nicht.

Mart und meine Mutter wohnen in einem Vorort außerhalb der Stadt. Inmitten von Einfamilienhäusern mit kleinen und mittleren Gärten. Die Straßen haben Namen wie Fliedergasse oder Rosenweg und jede halbe Stunde geht ein Bus in die Stadt. Am Wochenende nur einmal die Stunde.
Als ich um die Ecke zur Busstation biege, sehe ich gerade noch die Bremslichter, dann biegt der Bus um die Ecke. Muss ich also eine Stunde warten. Als wüsste die Buslinie, dass ich da eigentlich gar nicht hinwill.

Schützenweg

»Na, reumütig zurück?«, fragt Mart laut.
Ohne zu antworten, ziehe ich meine Schuhe aus und hänge die Jacke an den Garderobenhaken.
Meine Mutter kommt ins Vorzimmer.
»Schau mal, der Herr Sohn«, sagt Mart mit näselnder Stimme zu ihr. Dann wendet er sich wieder mir zu. »Ist es beim Herrn Vater doch nicht so toll gelaufen? Hat sich der Herr Sohn da ein bisschen verkalkuliert?«
Ich werfe ihm einen bösen Blick zu.
»Sprechen verlernt?«, spottet Mart. »Ich sage jetzt nicht, dass ich das gleich gewusst habe.«
»Hast du aber falsch gewusst«, fahre ich ihn an.
Mart grinst. »Ach, wo ist denn die dicke Geldtasche?«

Niemand kann mich so aufregen wie Mart, wenn er von Geld anfängt. Außer meine Mutter, wenn sie danebensteht und nichts sagt. Nichts. Gar nichts.
»Es gibt auch noch anderes im Leben als dicke Geldtaschen«, sage ich wütend.
»Mag sein«, meint Mart. »Aber wenn man von zuhause wegwill, sind sie manchmal unerlässlich.«
»Glaubst du.«
»Das glaube ich nicht, das weiß ich«, sagt Mart selbstzufrieden. »Und du bist auch gerade auf dem Weg, es herauszufinden.«
Ich ignoriere ihn und gehe die Stufen zu meinem Zimmer hinauf.
»Hat er dich überhaupt noch erkannt?«, ruft er mir nach. »Wahrscheinlich weiß er gar nicht mal mehr, dass er einen Sohn hat.«
Statt einer Antwort knalle ich die Tür meines Zimmers hinter mir zu.
Gedämpft höre ich, wie meine Mutter etwas zu Mart sagt und er antwortet. Das einzige Wort, das ich verstehe, ist ›Scheißkerl‹. Ich bin mir nicht sicher, ob er damit mich meint oder meinen Vater. Macht aber auch keinen Unterschied.

Mein Zimmer ist wie immer. Meine Mutter hat mir die saubere Wäsche aufs Bett gelegt. Der Computer läuft auf Standby. Der Baum vor dem Fenster verliert seine Blätter.
Was zum Teufel hab ich mir dabei gedacht, wieder zurückzukommen? Hab ich wirklich gedacht, dass es sich anders anfühlt, bloß weil ich eine Nacht weg war?
Wie in Trance hole ich meinen Tramperrucksack aus dem Schrank. Ziehe die Schubladen heraus. Beginne, wahllos Zeug einzupacken. Stopfe die Wäsche vom Bett hinein und schiebe meine Schulsachen irgendwo dazwischen. Hefte, Bücher, Geodreieck, Unterhosen, T-Shirts. Zum Glück hat mein Rucksack genug Seitentaschen. Die Umhängetasche, die mir Lukas mal geschenkt hat, kommt auch mit.

Wer weiß, was ich alles brauche. Aus dem Badezimmer hole ich meine Zahnbürste.
Ich versuche, im Kopf durchzugehen, was ich noch benötige, kann mich aber nicht konzentrieren. Vielleicht habe ich das Wichtigste vergessen, bestimmt sogar. Wahrscheinlich muss ich noch mal zurück. Egal. Erst einmal gehe ich. Aber richtig.

Als ich voll bepackt die Stiegen hinuntersteige, sind meine Mutter und Mart nicht mehr im Vorzimmer. Ich bemühe mich, viel Lärm zu machen, huste, schlage mit dem Rucksack gegen das Geländer. Sie sollen sehen, wie ich gehe. Diese Genugtuung will ich haben.
Mein Gepolter holt meine Mutter tatsächlich wieder ins Vorzimmer. Sie sieht mich erschrocken an, sagt aber kein Wort. Damit hat sie nicht gerechnet.

»Ich hab nur meine Sachen geholt«, sage ich und versuche, ruhig zu bleiben. »Kann sein, dass ich noch mal zurückkomme, wenn ich was vergessen habe.«
Meine Mutter starrt mich an. ›Sprechen verlernt?‹, denke ich.
»Wo willst du hin?«, flüstert sie schließlich.
Betont langsam binde ich mir die Schuhe zu. »Ich hab euch doch gesagt, dass ich zu meinem Vater ziehe.«
Dort kann ich gar nicht mehr hin. Aber die Worte sind raus, bevor ich überlegen kann. Und es tut gut, sie meiner Mutter an den Kopf zu werfen.
Meine Mutter atmet hörbar ein. Man sieht ihr an, dass sie damit nicht gerechnet hat.
Ich schlüpfe in meine Jacke. »Wenn ihr mir das nicht glaubt, kann ich wirklich nichts dafür.«
Sie schüttelt den Kopf. »Jakob, bitte«, sagt sie.
»Bitte was?«, frage ich unfreundlich.
»Bleib doch da«, sagt sie hilflos.

Mart taucht hinter ihr auf. »Lass ihn«, sagt er süffisant. »Lass den jungen Herrn doch seine eigenen Erfahrungen machen.«
Meine Mutter sieht mich flehend an. Ich drehe den beiden den Rücken zu.

Als ich aus dem Haus trete, schwanke ich. Der Rucksack ist nicht besonders gut gepackt, das gesamte Gewicht hängt auf einer Seite. Egal. Ich bin draußen.
Der Kies knirscht unter meinen Füßen, als ich zum Gartentor gehe. Das Scharnier quietscht, als ich das Tor öffne und schließe. Ich spüre, dass meine Mutter noch immer in der Tür steht und mir nachsieht. Diesen Augenblick habe ich in meiner Fantasie schon oft durchgespielt. Ich gehe und sie muss mir dabei zuschauen.
Ohne mich umzudrehen, gehe ich die Straße hinunter.

Scheiße. Mein Vater ist der Letzte, zu dem ich jetzt will. Schnell gehe ich im Kopf Alternativen durch, aber so viele sind da nicht. Ich könnte versuchen, zumindest heute Nacht bei Lukas unterzukommen. Aber der wohnt nur ein paar Straßen weiter. Das ist nicht weit genug weg.

Sternwartestraße

Vor den Augen meiner Mutter das Haus zu verlassen, war eine Sache. Vor den Augen meines Vaters wieder anzutanzen, eine andere.
Ich wünschte, ich hätte einen anderen Ort, wo ich hingehen könnte. Oder dass ich zumindest die verdammte Nachricht nicht hinterlassen und den Schlüssel nicht in den Postkasten geworfen hätte. Jetzt stehe ich so blöd da, wie man es sich nur vorstellen kann. Es ist erniedrigend, noch einmal an derselben Tür zu klingeln.

Macht eh keiner auf. Na toll. Ich stehe in der Kälte und sehe meinem Atem zu, wie er in der Luft Wölkchen bildet. Was nun?

Zu meinem Glück öffnet sich immerhin nach einigen Minuten die Haustür. Ein etwa Zehnjähriger mit Spongebobrucksack verlässt das Haus. Er sieht mich seltsam an, als ich mit all meinem Gepäck das Haus betrete, bevor die Tür wieder zufällt. Aber entweder er traut sich nicht oder es ist ihm egal, denn er sagt nichts, sondern läuft eilig die Straße hinunter.

Im Haus wäre ich also. Missmutig sehe ich den Postkasten an. Da drinnen ist, was ich brauche. Nur ein paar Zentimeter von mir entfernt und doch unerreichbar. Ich leuchte mit dem Lämpchen, das sich an meinem eigenen Schlüsselbund befindet, durch die Öffnung im Blech und spähe hinein.
Das, was da so glänzt, muss der Schlüssel sein.
Ein echter Held hätte jetzt einen Draht dabei und würde den Schlüssel geschickt durch den Schlitz ziehen. Sollte ich vielleicht in meinem Rucksack nachsehen, ob ich einen finde? Blödsinn. Ich führe für gewöhnlich keine Drähte mit mir. Nachdem mir aber nichts anderes einfällt, beginne ich, meine Sachen zu durchsuchen. Wenn jetzt bloß keiner kommt.

Kommt aber jemand. Genau in solchen Momenten kommt immer jemand. Ich höre, wie die Haustür von außen aufgesperrt wird. Fuck. Wie erkläre ich jetzt, warum ich hier inmitten meiner Sachen am Boden sitze?

Das Spongebobkind von vorhin kommt mir entgegen und starrt mich entgeistert an.
»Hallo«, sage ich, bekomme aber keine Antwort. Vorsichtig geht es an mir vorbei, so als könnte ich es jeden Moment anspringen.

Vielleicht sollte ich das tun. Dem Kind den Mund zuhalten und es mit vorgehaltener Pistole zwingen, mir seinen Briefkastenschlüssel auszuhändigen. Der dann zufälligerweise auch für meinen Postkasten passt.
Im Film geht das immer so einfach. In der Realität passt natürlich gar nichts und ich springe niemanden an, sondern warte, bis der Kleine an mir vorbei ist, und ich höre, wie er die Stufen hinaufläuft. Jetzt muss mir schnell etwas einfallen. Der petzt bestimmt und ich habe gleich ein besorgtes Elternteil vor mir stehen, das mich fragt, was ich hier mache.
Genervt stopfe ich meine Sachen wieder in meinen Rucksack zurück. Kein Draht weit und breit. Ich sehe noch einmal im Seitenfach nach. Saubere und gebrauchte Taschentücher, Gummiringe, Bleistiftstummel, Taschenmesser, Kaugummis …
Das Taschenmesser! Vielleicht kriege ich damit die Tür zum Postfach auf? Ist schließlich nur aus Blech. Ich bin echt ein Idiot. Wegen meiner großen Klappe muss ich jetzt einen Briefkasten aufbrechen, um in eine Wohnung zu gelangen, die mich nicht haben will.

Vandalismus war noch nie mein Ding, aber jetzt ist es einfach notwendig. Ich schiebe die Klinge in den Spalt der Postkastentür und beginne zu hebeln. Immer wieder unterbreche ich, um zu lauschen, ob jemand kommt. Zum Glück ist das nicht der Fall.
Schließlich steht der untere Teil des Türchens einen halben Zentimeter offen. Mit den Fingern komme ich da nicht rein. Ich ziehe die Pinzette aus dem Taschenmesser und stochere in den Spalt hinein. Mehrmals hole ich sie leer wieder hervor. Doch dann bekommt sie etwas Festes zu fassen. Vorsichtig drehe und ziehe ich so lange, bis ein Schlüsselring zu sehen ist, dem ein Schlüssel folgt.
Geschafft. Ich halte tatsächlich den Schlüssel zur Wohnung meines Vaters in den Händen. Meine Fingernägel sind eingerissen und mein Taschenmesser ist im Arsch. Ich fahre mit dem Finger die

Klinge entlang, die nun mehrere Einbuchtungen hat. Egal. Ich habe den Schlüssel, das ist es, was zählt.

Als ich die Stiegen hinaufgehe, kommt mir ein älterer Herr entgegen. »Haben Sie diesen Lärm gehört?«, frage ich ihn. »Irgendwo waren da ganz komische Geräusche.«
Der Mann hält sich eine Hand wie einen Trichter ans Ohr. »Entschuldigung, ich habe Sie nicht verstanden. Wenn Sie bitte wiederholen möchten ...«
Ich lächle ihn an und schüttle den Kopf. »Nicht so wichtig«, schreie ich.
»Ach so.« Der Mann lächelt zurück. »Schönen Tag noch.«
Ich grüße zurück und mache, dass ich weiterkomme. Der Schlüssel sperrt genauso wie heute früh. Die Wohnung sieht auch noch so aus, wie ich sie verlassen habe. Auf dem Tisch liegt meine Nachricht. Erleichtert zerreiße ich den Zettel in kleine Schnipsel.

Noch zwei Tage, bis Gudrun kommt. Vorher muss ich hier weg. Also noch eine Nacht ein Dach über dem Kopf. Das ist nicht viel, aber es ist besser als nichts. Bis morgen muss mir schleunigst etwas einfallen.

Nachdem ich mir etwas zu Essen gemacht habe, setze ich mich aufs Sofa und suche das WLAN-Netzwerk. Der Code steht auf einem Zettel an der Pinnwand.
Ich weiß nicht genau, wonach ich suchen will, also tippe ich einfach wahllos Sätze in die Suchmaschine.
wo soll ich hin

Ein paar dramatische Youtube-Videos.
Wo soll ich hin / wenn ich nicht mehr bin / hat das alles einen Sinn / wo soll ich hin / wenn ich tot bin

Ich gehe weiter zum nächsten Eintrag.
Wo soll ich hin, während in mir Berge stürzen.
Rilke. Der hilft mir auch nicht weiter.
Das nächste.
Wo soll ich fliehen hin, weil ich beschweret bin mit vielen großen Sünden?
Ach, lasst mich doch in Ruhe.
Ich gehe die weiteren Suchergebnisse durch, die Google mir auflistet. Eines spannender als das andere. Ich schaue gar nicht genau hin.
Mein Haus ist dein Haus. Ha! Loswerden willst du mich. Ich störe hier doch nur.

Die Buchstaben von Google werden heute von bunten Tieren in die Luft gehoben. Google ist immer fröhlich.
mein haus ist dein haus du arsch, gebe ich ein.
mein haus ist dein haus.
Wieder überfliege ich die Suchergebnisse. Lauter sinnloses Zeug. Doch an einem bleibe ich hängen.
IYH – It's Your Home – find places to stay all around the world
Places to stay. Bingo. Das ist, wonach ich suche.

Do you love meeting people from other cultures? Do you love travelling? Do you love helping other people? Then this is the place for you to be!
Andere Kulturen sind mir im Moment ziemlich egal, trotzdem lese ich weiter.
Places to stay, denke ich.

Das sagen unsere Mitglieder, steht da. Jemand namens Cricket aus Taiwan schreibt:
IYH is an amazing network. It's a place where people don't just offer you a place to stay but also open their hearts.

Und dann:
1. Schritt: Account zulegen
2. Schritt: Profil vervollständigen
3. Schritt: Foto hochladen
4. Schritt: andere Mitglieder kontaktieren

Der Account geht schnell und unkompliziert. Aber: Wer bin ich? Ich kann schlecht als Jakob in meiner eigenen Stadt Urlaub machen. Die würden mich doch fragen, ob ich spinne.
Wer könnte ich also sein? Und woher?

Eine Stunde später habe ich ein vollständiges Profil von mir. Nickname: Jay. Jay wie J. J. Wie Jake oder John oder Jeremy. Jeremy ist gut. Mit Jeremy kann ich mich anfreunden. Jeremy also. Aus Glasgow. Über Google Maps kann ich mir sogar ein Haus aussuchen. Liberton Street, gleich neben der Carntyne Primary School. Hübsches Haus, hübscher Garten. Unser Nachbar mäht sicher gerade den Rasen.

Erste Frage: Warum ist Jeremy in Wien?
Urlaub, was sonst. Aber nicht so mit Hotel und Sightseeing und nach zwei Wochen wieder heim. Nein, Jeremy hat Größeres vor. Ist gerade mit der Schule fertig, hat ein bisschen gejobbt und will jetzt erst mal rumreisen. Hat in Hamburg Halt gemacht und danach in München. Jetzt sind ein paar Tage Wien dran und dann will er weiter in den Süden. Balkan und so. Balkan klingt immer gut. Klingt nach Sehnsucht und Schnaps und Soundtrack von Shantel.

Ich merke, wie sich meine Laune hebt. Es macht Spaß, mir jemanden wie Jeremy auszudenken. Einen, der nicht bloß ein zweidimensionaler Avatar bleibt, sondern real in 3D hier vom Sessel aufstehen und in die Welt hinausgehen wird. Mit meiner rechten Hand ergreife ich meine linke und schüttle sie. »Hallo Jeremy«, sage ich.

Zweite Frage: Warum spricht er deutsch?
In Glasgow gibt's sicher eine deutsche Schule. Wenn ich ab und zu englische Wörter einwerfe, nimmt man mir das schon ab. Ist nur die Frage, ob mein Englisch gut genug ist, falls es mal drauf ankommt. Den Akzent krieg ich hin.
Vielleicht bin ich übergeschnappt. Aber ich glaube, es könnte funktionieren.

Ich fühle mich aufgeregt wie ein kleines Kind vor Weihnachten. Ich bin nicht mehr Jakob, der nicht mehr weiterweiß. Ich bin Jeremy. Jeremy der schottische Tourist, der ganz genau weiß, was er will. Jeremy macht das. Der lässt sich nicht unterkriegen.

blueballoon, 28, Programmierer, Motto: to enjoy every day

Klingt doch gut. Ich drücke auf *Nachricht an blueballoon senden.*

Hey blueballoon,
ich bin Jeremy aus Glasgow und gerade auf meiner ersten Reise nach Wien. Ich bin erst vor kurzem auf IYH gestoßen und habe deshalb leider noch keine Bewertungen oder Freunde. Wenn ich trotzdem eine Nacht (oder ein paar Nächte) in deinem Haus verbringen könnte, wäre das toll! Ich komme morgen Nachmittag an.
Vielen Dank, Jeremy

Ist das okay so? Nicht zu förmlich? Ich habe keine Ahnung, wie man solche Anfragen schreibt. Soll ich das so abschicken? Wenn es schiefgeht, habe ich zumindest noch einen Tag Zeit, mir was anderes zu überlegen. Andere Leute anzuschreiben. Mal sehen, wie *blueballoon* auf mein Mail reagiert. Schließlich gibt sein Profil an, dass er Anfragen zu 100% beantwortet und *sicher* einen Schlafplatz hat. Also ja, abschicken.

Tatsächlich, zwei Stunden später habe ich eine Nachricht von *blueballoon* in meinem Posteingang.

hallo jeremy,
ich hab grad IYH-gäste, ich muss sie noch fragen, wie lange sie bleiben wollen. wenn sie morgen schon fahren, kannst du gerne kommen! melde mich, sobald ich etwas weiß. andi

blueballoon heißt also Andi.

Den Rest des Tages lümmle ich in der Wohnung herum. Mein Vater arbeitet offensichtlich lange, wenn er denn tatsächlich arbeitet und nicht einfach vor mir geflüchtet ist. Alle zehn Minuten checke ich meine Inbox. Und siehe da, am Abend ist die nächste Nachricht da. Von *blueballoon*-Andi.

you are very welcome!, steht da. *wann wirst du ankommen? soll ich dich vom flughafen oder bahnhof abholen?*

Ich bin perplex. Der Typ will gar nicht wissen, wie lange ich vorhabe zu bleiben. Mein eigener Vater will mich so schnell wie möglich loswerden – dieser Typ kennt mich nicht mal und würde mich sogar abholen!?! Und ich muss nichts zahlen, um in seiner Wohnung zu wohnen!

Aber dann wird mir mulmig. Das ist doch nicht normal, wildfremde Leute einfach vom Flughafen abzuholen. Hat der nichts Besseres zu tun?
Vielleicht ist Andi gar kein Programmierer, sondern ein Massenmörder? Vielleicht lockt er unschuldige Menschen in seine Wohnung, um dort grausame Spielchen mit ihnen zu treiben? Vielleicht stapeln sich in seinem Keller die Leichen gutgläubiger Touristen?

Ich gehe noch mal auf *blueballoons* Profil zurück. 137 Freunde. Mitglied seit 2006. Eine nicht enden wollende Reihe an Bewertungen auf Deutsch und Englisch.

andi ist ein wunderbarer mensch … er hat uns vom bahnhof abgeholt … man muss ihn einfach mögen … er weiß wirklich, worum es bei IYH geht … der tag mit andi war der beste meiner ganzen reise …

Okay, wenn die das alle sagen, muss er einigermaßen in Ordnung sein. Ich habe wohl zu viele Gruselfilme gesehen. Wahrscheinlich ist er ein harmloser Typ ohne Freunde, der *IYH* dazu nutzt, sein Sozialleben aufzupeppen. Außerdem will ich nur dort schlafen. Ich will keine Stadtführung oder sonst ein Drumherum. Ich will eine Matratze, eine Dusche und ein Dach. Das scheint er zu haben.

Aber was soll ich antworten? Wo soll er mich abholen? Schließlich komme ich nirgendwo an, sondern bin bereits hier, und das seit 17 Jahren.
Doch so darf ich gar nicht denken. In *IYH* gibt es keinen Jakob. Jeremy wird am Sonntag ankommen und alles wird neu sein.

Hey Andi,
danke, das ist super! Ich bin gerade in München und habe eine Mitfahrgelegenheit mit dem Auto nach Wien – da kann ich bis zu dir fahren (oder zumindest in deine Nähe). Wann wir genau ankommen, weiß ich nicht, vermutlich irgendwann am Nachmittag. Kann ich mich einfach melden, wenn wir eine Stunde vor Wien sind?
Bis morgen, Jeremy

Wieder frage ich mich, ob das okay ist so. Ich will nicht unhöflich sein, andererseits will ich auch nicht zu förmlich schreiben. Das könnte steif und spießig wirken und ich bin jetzt ein cooler

Traveller. Aber zu flapsig geht auch nicht, schließlich kenne ich den Typen nicht und ich will unbedingt in seine Wohnung.

Doch *blueballoon* scheint meine Art zu schreiben ganz normal zu finden, denn kurz darauf habe ich die nächste Nachricht.

passt, kein problem. ich wohne in der tannengasse, das ist gleich beim westbahnhof. lass dich einfach dort in der nähe absetzen, ich hol dich dann ab. bis morgen!

Der schreibt mir seine Adresse! Ohne mich zu kennen! Was, wenn ich der Massenmörder bin?
Ich suche mir den Weg zur Tannengasse heraus. Von der Wohnung meines Vaters brauche ich vielleicht eine halbe Stunde dorthin. Ich werde Andi am Sonntag um vier schreiben und mich um fünf beim Westbahnhof abholen lassen.

Mein Vater kommt erst spät abends zurück. Nicht, dass ich da schon schlafe, aber als ich den Schlüssel in der Tür höre, tue ich so. Ich will ihm die Verlegenheit ersparen, mit mir reden zu müssen und es doch nicht zu können. Am nächsten Morgen halte ich die Augen geschlossen, bis er aus dem Haus ist. Wohin auch immer.

Zu Mittag beginne ich, meine Sachen zu packen. Noch habe ich genug frische Wäsche, außerdem gibt es Waschsalons. Vielleicht kann ich auch Andi *blueballoons* Waschmaschine benutzen. Ich verstaue meine Dinge so gut es geht in meinem Tramperrucksack. Meine Schulsachen verstecke ich im Rückenfach. Ich gehe zwar nicht davon aus, dass jemand meine Sachen durchsucht, aber trotzdem. Jeremy sollte lieber nicht mit Schulsachen gesehen werden. Jeremy ist schon fertig mit der Schule. Der muss nicht lernen.

Kurz vor vier schreibe ich eine Nachricht:
Ich bin in einer Stunde am Westbahnhof. Wo treffen wir uns?
Nicht viel später kommt eine zurück:
warte bei gleis 8 – bis gleich

Ich reiße einen Zettel aus meinem Notizbuch und lege ihn mit dem Schlüssel auf den Esstisch. Dann bücke ich mich nach einer Plastikente, die auffallend unökologisch aussieht, und stelle sie daneben.
Tschüs, schreibe ich diesmal.
Mehr nicht. Gibt auch nicht mehr zu sagen.
Ich drücke die Plastikente, bis sie quietscht. »Tschüs«, sage ich. Dann gehe ich.

Westbahnhof

Ich bin eine halbe Stunde zu früh am Bahnhof. Kalter Wind weht mir ins Gesicht, als ich über die Plattformen schlendere, aber das macht mir nichts aus.
Andi erkennt mich sofort, was daran liegt, dass außer mir nicht viele junge Männer mit Tramperrucksack auf Gleis 8 herumstehen.
»Hey«, sagt er und klopft mir auf die Schulter. »Herzlich willkommen in Wien.«
Ich nicke und grinse. »Hey.«

Andi *enjoy-every-day-blueballoon* hat ein unheimliches Redebedürfnis. Das ist mir recht, weil ich nicht genau weiß, wie sich Jeremy am unauffälligsten verhalten soll. Wie die Fahrt war, will Andi nur kurz wissen, dann beginnt er bereits, mir die Stadt zu erklären.
»Tickets für die U-Bahn und so kannst du überall kaufen oder per App, am besten du nimmst dir ein ... hm, kommt drauf an, wie lange du hierbleibst ... wie lang bleibst du?«

Wie lange hat Jeremy vor zu bleiben?
Ich beschließe, mich nicht festzulegen. »Das ist noch nicht sicher«, sage ich. »Ein paar Tage, aber wenn es mir gefällt, vielleicht auch länger. Aber wenn du ...«
»Zu mir kommen am Mittwoch neue Leute«, unterbricht mich Andi. »Bis Mittwoch früh kannst du also auf alle Fälle bleiben.«
»Oh, hey ... thanks.« Ich darf nicht auf die englischen Einsprengsel vergessen. Schließlich bin ich Schotte.
»Du bleibst bestimmt länger«, ist Andi überzeugt. »Wirst sehen. Hier gibt es viel zu viel zu sehen, als dass du es in ein paar Tagen unterkriegst. Bei mir war mal ein Typ, der eigentlich nur auf der Durchreise war. Der ist dann sieben Monate geblieben.«

Ich lächle und nicke an den richtigen Stellen und setze einen Schritt vor den anderen. Es fühlt sich gut an. Es ist einfach.
»Wieso sprichst du eigentlich so gut Deutsch?«, will Andi wissen.
Darauf bin ich vorbereitet. »Ich war auf der deutschen Schule.«
»Und dort lernt man das so ohne Akzent?«
Ich nicke. »Ich bin ja schon in die Volksschule dorthin gegangen. Wir hatten fast alle Fächer auf Deutsch.«
Andi nickt anerkennend. »Nicht schlecht. Aber sicher voll schwierig, oder?«
»Wie man es nimmt. Sobald man sich daran gewöhnt hat, geht es eigentlich.« Kurz überlege ich, Jeremy mit einem deutschsprachigen Elternteil auszustatten. Vielleicht ist sein Vater aus Deutschland. Oder seine Mutter aus der Schweiz. Aber das würde bedeuten, dass Jeremy Familie dort hat, und die so schnell aus dem Ärmel zu ziehen, ist mir zu kompliziert.

Anscheinend gehe ich zu zielstrebig in die richtige Richtung, denn Andi sieht mich plötzlich verwundert an. »Sag mal, woher weißt du, wo wir hinmüssen?«, fragt er.

Ich zucke zusammen. Ist da ein misstrauischer Ton in seiner Stimme?
»Ich ... habe es mir auf der Mappe angesehen«, stottere ich.
»Auf der Mappe?«
»Hm, *on the map* ... also auf ...«
»... dem Plan. Ach so.«
»Jaja, auf dem Plan, danke.«
Andi lacht. »Das passiert öfters, wenn man zweisprachig ist, oder?«
Ich nicke, erleichtert, dass mir noch rechtzeitig eingefallen ist, einen Fehler einzubauen. Andi hat keinen Grund, misstrauisch zu sein. Es gibt keinen Anlass, daran zu zweifeln, dass ich wirklich *Jay* alias Jeremy bin und mir ein paar schöne Wien-Tage machen will. Warum sollte ich mich auch als jemand anderer ausgeben? Hätte gar keinen Sinn, Andi würde jeden anderen auch bei sich aufnehmen. Sich zu verstellen ist also gar nicht notwendig.

Tannengasse

Die Frage ist nur, wie ich es anstellen soll, am nächsten Tag pünktlich in der Schule zu sein. Aber Andi macht mir auch das leicht. Nachdem er mir die Couch im Wohnzimmer gezeigt hat, auf der ich schlafen werde, drückt er mir einen Schlüsselbund in die Hand.
»Der hier ist für die Haustür und die beiden hier sind für die Wohnung. Der runde für oben und der eckige für unten.«
»Rund oben, eckig unten«, wiederhole ich.
»Wenn du's durcheinanderbringst, probier einfach herum«, sagt Andi. »Da passiert auch nichts.«
Ich sehe ihn erstaunt an. »Danke.«
»Ich muss nämlich morgen echt früh raus«, sagt Andi. »Machs dir einfach gemütlich, nimm dir aus dem Kühlschrank, was du möchtest, fühl dich wie zuhause.«

Wie zuhause? Lieber nicht.
»Ich hab morgen leider einen langen Tag«, fährt er fort. »Aber am Abend können wir was trinken gehen oder so.«
Ich nicke. »Gerne.« Ich versuche, cool zu wirken, aber ich bin völlig verwirrt. Ein wildfremder Typ hat mir gerade seine Wohnungsschlüssel gegeben und mich aufgefordert, mich aus seinem Kühlschrank zu bedienen. Irgendwie ist das zu viel für mich.
Einen Moment lang muss ich ziemlich abwesend gewirkt haben, denn Andi lacht und sagt: »Fertig von der Reise, hm?«
Ich schüttle mich, wie um aufzuwachen. Dann lächle ich und nicke. Mir fällt auf, dass Jeremy auffallend oft lächelt. Öfter als ich.
»Du willst sicher erst mal duschen.« Andi zeigt auf das Badezimmer. »Nimm dir einfach ein Handtuch aus dem Kasten.«
»Oh, ja ... *thanks.*« Jeremy sollte vermutlich ein eigenes Handtuch mithaben. Hat er aber nicht. Muss ich so bald wie möglich besorgen.

Im Badezimmer inspiziere ich die Pflegeprodukte, die am Badewannenrand aufgereiht sind. Andi wirkt nicht wie der Typ Mensch, den es stört, wenn ich etwas davon nehme, also frage ich nicht, bevor ich mich für ein Duschgel mit Sandelholzduft entscheide.
Nach dem Duschen überlege ich, ob ich gleich in meinen Pyjama schlüpfen soll, entscheide mich aber dagegen. Irgendwie würde ich mich komisch fühlen, vor Andi im Pyjama herumzulaufen.

Andis Wohnung ist groß für eine Person und sehr aufgeräumt. Mir fällt auf, dass alle Zimmer getrennt begehbar sind. Ob er hier mal mit anderen Leuten gewohnt hat oder immer alleine? Ich weiß nicht, ob ich sowas einfach fragen kann. So brennend interessiert es mich dann auch wieder nicht.
Ich weiß eigentlich gar nicht, wie ich mal leben will, später. Wenn ich die Matura in der Tasche habe. Alle gehen wohl davon aus, dass ich mit Lukas in eine WG ziehe. Lukas selbst hat mal sowas ange-

merkt und ich vermute, er geht einfach davon aus, dass wir das tun werden. Weil es naheliegend wäre und einfach. Ob ich das will, weiß ich gar nicht. Ich will es jedenfalls nicht *nicht*, aber das ist nicht dasselbe.

Andis Sofa ist bequem, als ich mich darauf ausstrecke. Ich stelle mein Handy auf lautlos und schiebe es unter den Kopfpolster, um das Vibrieren des Weckers auch wirklich zu bemerken. Darauf, von alleine rechtzeitig aufzuwachen, kann ich mich nicht verlassen. Draußen vor dem Fenster fahren mehrere Autos hupend vorbei, vermutlich hat irgendwer geheiratet. In der Nachbarwohnung höre ich jemanden husten. Ich bin viel zu aufgeregt, um gleich einschlafen zu können.

Alles klingt so anders als bei uns zuhause. Nicht, dass ich noch nie in der Stadt übernachtet hätte. Ich war schon in vielen Städten. Mit meiner Mutter und Mart. Mit Lukas. Doch das hier ist etwas anderes. Ich weiß, bei Andi bin ich nur zu Gast. Aber in der Stadt, da lebe ich jetzt. Da gehöre ich jetzt hin.

Dass Mart sich gar nicht meldet, wundert mich. Das passt nicht zu ihm. Anscheinend habe ich wirklich etwas gefunden, das ihn aus dem Konzept bringt: die Tatsache, dass mein Vater wieder eine Rolle in meinem Leben spielt. Ich lächle in mich hinein. Gut so.

Andi bemüht sich sehr, leise zu sein und mich nicht aufzuwecken, als er ins Wohnzimmer kommt, um irgendwas zu holen. Ich kuschle mich in die Bettdecke und lausche. Wasserkocher, Toaster, Zähneputzen, Klospülung. Dann endlich das erhoffte Geräusch der Wohnungstür, die ins Schloss fällt. Ich sehe auf die Uhr. Fünf vor sieben.

Vorsichtshalber bleibe ich noch einige Minuten liegen, es kann ja sein, dass Andi etwas vergessen hat und zurückkommt. Tut er aber

nicht. Ich bemühe mich, die Bettwäsche auf dem Sofa so schön zusammenzulegen wie möglich, ziehe mich an, gurgle mit Andis Mundwasser und stehe innerhalb von fünf Minuten vor der Wohnungstür, um sie zuzusperren.
In die Schule brauche ich länger als sonst. Aber es ist egal, dass mir der Bus knapp vor der Nase davonfährt, denn fünf Minuten danach kommt der nächste. So ist das in der Stadt. Pünktlich zum Läuten bin ich in der Klasse.

Laaerbergstraße

Während der Brunner den Schularbeitsstoff an die Tafel schreibt, die Kreuz-Matek einen Schreianfall kriegt, David und Azra in der Ecke rumknutschen, Taisa zum tausendsten Mal im Unterricht aus der Klasse geschickt wird, Anthony meine Hausaufgabe abschreiben will, während Stunden und Pausen sich abwechseln, lächle ich in mich hinein. Ich habe ein Geheimnis, das mich von innen wärmt. Ich bin *on the road* und es fühlt sich ziemlich gut an.

Während ich sonst jede Gelegenheit nutze, nach der Schule noch rumzustehen, mache ich mich jetzt gleich nach dem Läuten auf den Weg in die Tannengasse. Es gefällt mir, dorthin zu fahren. Ich mache nur einen kleinen Umweg, um im Supermarkt Tiefkühlpizza zu kaufen. Andi hat zwar gesagt, dass ich mich aus seinem Kühlschrank bedienen kann, aber ich will mir nicht zu viel herausnehmen.

Tannengasse

So schnell nach dem Essen habe ich mich noch nie an meine Hausaufgaben gesetzt. Normalerweise schmeiße ich mich erst mal aufs Bett, spiele Computer oder blättere in irgendeinem Magazin, ohne es richtig zu lesen.
Aber jetzt ist es anders. Hausaufgaben gehören zu Jakob, und der ist nicht hier. Alles was Jakob ist, muss schnell erledigt werden, um Platz zu machen für Jeremy.
Natürlich könnte ich einfach drauf pfeifen. Einfach keine Hausaufgaben mehr machen, nicht mehr für Tests und Schularbeiten lernen, einfach Tourist spielen. Lust dazu hätte ich. Aber das geht nicht. Ich war immer gut in der Schule und es würde auffallen, wenn meine Noten plötzlich absacken. Man würde fragen, was los ist. Ob etwas los ist. Das will ich vermeiden. Außerdem fehlen mir nur noch eineinhalb Jahre. Zehneinhalb habe ich schon rum, und das Ganze jetzt sausen zu lassen, wäre Leichtsinn.

Ich habe keine Ahnung, was ich nach der Schule machen will. Es gibt kein Fach, das mich besonders begeistert, ich kann noch nicht mal sagen, ob ich eher der mathematische oder der Sprachen-Typ bin. Viele würden wahrscheinlich gleich auf Sprachen tippen, aber ich glaube nicht, dass das stimmt. Mein Englisch ist wegen der Au-pairs akzentfrei, nicht weil ich so talentiert bin. Mein Französisch ist Durchschnitt und ich habe keinerlei Ehrgeiz, irgendwelche anderen Sprachen zu lernen. Aber auch Mathe oder Physik finde ich nicht umwerfend.
Eigentlich interessiert mich gar nichts besonders. Richtig schwer fällt mir aber auch nichts. Wenn jemand gut erklären kann, verstehe ich es. Wenn ich mich hinsetze und lerne, merke ich es mir. Kann es mir niemand erklären oder bin ich zu faul zum Lernen, dann kapiere ich auch nichts. So ist das. Wenn mich jemand nach

meinen Berufswünschen fragt, weiß ich keine Antwort. Am liebsten wäre ich Synchronsprecher für Filme. Das würde mir gefallen. Nachsprechen, was andere spielen. Nicht selber spielen müssen. Nicht ich selber sein müssen. Einfach im Dunkeln sitzen und die Leben anderer Menschen spielen. Das wäre etwas für mich.

So aufgeregt war ich beim Hausaufgabenmachen noch nie. Ständig drehe ich mich zur Tür um und zucke bei jedem Knacken zusammen, obwohl ich weiß, dass Andi erst um sechs Uhr heimkommt. Den Aufsatz müssen wir erst nächste Woche abgeben, aber ich beschließe, ihn schon heute fertig zu schreiben. Wer weiß, wie viel Zeit ich in den nächsten Tagen dazu habe.

Andi will gleich ums Eck abendessen und ich tue ihm den Gefallen. Ein indisches Lokal, von dem er meint, dass Jeremy es unbedingt probiert haben muss.
»Und, wo warst du heute?«, fragt er, nachdem der Kellner die Teller vor uns hingestellt hat.
Auf die Frage bin ich vorbereitet. »Ich habe mal mit dem klassischen Sightseeingprogramm angefangen. Innenstadt und so, Stephansdom, Oper …«
Andi nickt und schiebt sich ein Stück frittiertes Gemüse in den Mund. *Pakora* heißt das. Muss ich mir merken. Muss mir all diese Dinge merken, die Jeremy sicher weiß, ich aber noch nicht.
»Dann wollte ich in ein typisches Wiener Kaffeehaus, aber ich habe nur so Touristenscheiße gefunden. Ich bin dann im Café Museum gelandet …«
»Brr.« Andi schüttelt sich. »Furchtbar.«
Ich nicke. »Außer mir waren nur Japaner da.«
Andi lacht. »Ich werd dir mal sagen, welche gut sind.«
Darauf habe ich gehofft. Die nächste halbe Stunde verbringt Andi damit, mir versteckte Wiener Kaffeehäuser aufzuzählen, von denen

ich tatsächlich die meisten nicht kenne und somit ganz echt und ehrlich überrascht sein kann.
»Wirst sehen, du bleibst länger als bis Mittwoch«, schließt er seinen Monolog und lehnt sich zurück. »Ich wette mit dir.«
Jeremy lächelt. »Kann gut sein.«
»Du solltest aber dein Profil updaten«, sagt Andi. »Hast echt Glück, dass es ich war, dem du deine erste Anfrage geschickt hast. Gibt nicht viele, die sich zurückmelden, wenn du weder Freunde noch Bewertungen hast und so wenig Angaben über dich selbst machst.«
»Hm, ja«, sage ich verlegen. »Ich habe erst vor kurzem von *IYH* erfahren, deshalb kenne ich da noch niemanden.«
»Schon klar, aber einige Felder solltest du schon ausfüllen. Müssen ja nicht alle sein. Und ein Foto hochladen. Damit sich die anderen eine Vorstellung davon machen können, wer du überhaupt bist. Mach das echt so bald wie möglich. Ich schreib dir gleich mal mein WLAN-Passwort auf.«
»Ja, klar«, beeile ich mich zu sagen. »Werde ich morgen machen.«
»Ich hätte gern noch ein Mango-Lassi«, sagt Andi zum Kellner, der unsere Teller abräumt.
»Zwei«, sage ich, auch wenn ich so was vorher noch nie getrunken habe.

Als der Kellner die Rechnung bringt, wird mir mulmig. Nicht, weil die Rechnung so hoch ist, sondern weil ich nach dem Zahlen noch zwanzig Euro in der Geldbörse habe. Zwanzig Euro mitzuhaben war eigentlich immer viel. Aber ich kann nicht einschätzen, wofür ich in der nächsten Zeit noch Geld brauche. Fürs Übernachten nicht, aber dass ich auch Essen und ab und zu andere Dinge brauchen werde, daran habe ich nicht gedacht.
Auf meinem Konto ist noch ein bisschen was, aber nicht wahnsinnig viel. Das nächste Taschengeld überweist mir Mart erst wieder in ein paar Wochen.

Also. Damit sich die anderen eine Vorstellung davon machen können, wer ich überhaupt bin.

Nickname: Jay
Name: Jeremy

Age: Sagen wir 18. Ich sehe älter aus, als ich bin, aber viel mehr als achtzehn oder neunzehn nimmt man mir nicht ab. 18 passt, da fragt niemand blöd.

From: Glasgow, Scotland

Languages: English (excellent), German (excellent). French (beginner)
Lernen die Französisch in Schottland? Na ja, warum auch nicht. Andererseits, unterhalten kann ich mich nicht auf Französisch. Also weglassen. *English (excellent), German (excellent)*

Friends: Zero (0)
Nicht mehr lange. *blueballoon* stimmt meiner Freundschaftsanfrage garantiert zu, und dann habe ich einen.

About me: So, jetzt kommt's. Wie ist Jeremy? Ich klicke mich von Profil zu Profil und schaue, was andere da so schreiben.
open-minded, easy-going, interested in getting to know people from other cultures
Mit copy & paste habe ich bald eine wunderbare Beschreibung zusammen.

What I like in other people: honesty, relaxed attitude, a good sense of humour
Nach einigem Überlegen streiche ich *honesty* wieder.

Current mission: on my way to the balcans
Kann ich später immer noch ändern.

References: Zero (0)
Auch hier bekomme ich hoffentlich bald eine von *blueballoon*.

Fehlt nur noch das Foto. Das ist das einzige Problem. Was, wenn es jemand sieht, der weiß, wer ich wirklich bin?
Ich durchsuche meine Fotos nach einem, auf dem man mich garantiert nicht erkennt. Auf dem Snowboard. Mit Kapuze und Sonnenbrille.

Das sollte erst mal genügen.
Jeremy hat Spaß in Wien. Er mag die Stadt und er mag die Leute. Ja, er wird länger bleiben. »Hab ich's doch gesagt.« Andi grinst zufrieden.

Kartoffelstaerke meldet sich nicht auf meine Anfrage und *franzfranz* teilt mir mit, dass er gerade zu viel Stress im Leben hat, um jemanden bei sich aufzunehmen.
Mona Mour antwortet mit einer netten Nachricht, in der sie mir erklärt, dass sie gerade bei Freunden wohnt, weil ihre Wohnung abgebrannt ist – *not really but kind of abgebrannt*, schreibt sie, dass ich mich aber gerne wieder melden könne.
Tom Turbo schließlich hat ein Bett für mich. Allerdings erst ab Samstag.
»Mach dir keine Sorgen«, meint Andi. »Bis Samstag kriegen wir dich hier auch noch irgendwie unter.«

Die Mittwochsgäste sind Anat und Yossi, ein israelisches Pärchen, das gerade aus Holland kommt.

»We wanted to take the ferry home from Rotterdam, but it doesn't run in winter«, erzählt Anat. »The season starts in march so we'll stay in Europe until then ...«
»Why don't you just fly?«, will ich wissen.
»We don't take planes«, sagt Yossi. »Do you know how bad that is for the environment?«
»Äh ...«, stottere ich. »Äh ... I didn't fly here from Glasgow either.«
»Did you hitchhike?«, fragt Yossi.
»Äh ...« Ich weiß nicht, wie ich ›Mitfahrgelegenheiten‹ auf Englisch sagen soll. »I always knew someone who gave me a lift«, erkläre ich also.
»We basically only ever hitchhike«, wirft Anat ein. »It's cheaper.«
»Why don't you hitchhike back to Israel then?«, will ich wissen.
Alle drei sehen mich entgeistert an. »We can't get there overland«, sagt Anat.
»The route would go through places like Syria.«
»Oh ... äh ... sure«, murmele ich und sehe zu Boden. Bestimmt laufe ich gerade knallrot an. Aber weder Yossi noch Anat scheint das zu stören, und Andi macht sich daran, die erste Flasche Rotwein zu öffnen.
Andi füllt unsere Gläser. »How do you say ›cheers‹ in Hebrew?«, will er wissen.
»Le'chájim«, sagt Anat.
»Na dann le'chájim«, ruft Andi und hebt sein Glas. »To the environment! To life! To Vienna!«

Die erste Runde mache ich noch mit, aber als Andi nachschenken will, halte ich mein Glas mit der Hand zu. »Ach komm«, ruft Andi. »Ihr Briten sauft doch sonst auch wie die Löcher.«
Ich schüttle den Kopf. »No, thanks. Wirklich nicht.«
Nicht, dass ich keine Lust hätte, mich zu betrinken. Richtiges Betrinken in einer richtigen Wohnung, nicht im Keller von Freun-

den, wo man immer befürchten muss, dass die Eltern die Stiege runterkommen. Ein paar Gläser noch und dann mit Andi, Yossi und Anat um die Häuser ziehen. Um richtige Häuser in der Stadt, nicht um die Einfamilienhäuschen torkeln und danach ins Tankstellenklo kotzen.
Ich möchte so gerne, aber ich traue mich nicht. Dass ich am nächsten Tag in die Schule muss, ist nicht so schlimm, das kriege ich schon irgendwie hin. Aber was, wenn ich mich verplappere?
Ganz sicher ist sich Jeremy seiner selbst noch nicht. Es gibt viele Details, die ich mir noch nicht überlegt habe. Ich weiß noch nicht mal seinen Nachnamen. Da ist es mir zu riskant weiterzutrinken.

Trotzdem genieße ich den Abend. Anat, Yossi und Andi leeren ein Glas nach dem anderen und diskutieren über alles Mögliche. Dass ich von den meisten Dingen keine Ahnung habe, ist egal. Es tut gut, sich zurückzulehnen und einfach zuzuhören.
Für einen kurzen Moment sehe ich mich von außen. Sehe mich auf der Küchenbank sitzen als Teil einer Gruppe, von der ich vor ein paar Stunden noch keine Ahnung hatte, dass es sie gibt. Mein Leben als Jakob kommt mir plötzlich unendlich weit weg vor. Als wäre ich schon seit Wochen unterwegs. Als wäre mein Abgang nicht erst zwei Tage her.

»Jeremy is drunk«, kichert Anat und stößt Yossi an. »Look, how he's smiling all the time.«
»He is just happy«, stellt Andi fest. »Vienna makes him happy.«
Ich lächle noch breiter und nicke. So soll das Leben sein, denke ich.

Andi hat Anat und Yossi im Wohnzimmer einquartiert und mir eine Isomatte auf den Boden seines Schlafzimmers gelegt. Da ich mit Andi im gleichen Zimmer schlafe, traue ich mich nicht, den Wecker zu stellen. Das Vibrieren meines Handys würde Andi viel-

leicht merken, und Jeremy hätte ziemlichen Erklärungsbedarf. Ich hoffe darauf, dass Andi in die Arbeit muss, aber als ich um halb elf verschlafen durchs Zimmer blinzle, liegt er immer noch im Bett und schnarcht leise.
Er hat sich anscheinend freigenommen und ich beschließe, dasselbe zu tun. Einmal ist keinmal, und jetzt noch in die Schule zu fahren, hätte auch keinen Sinn mehr.
Eine Entschuldigung brauche ich aber für den Fehltag. Wenn ich bei meinem Vater wohne, kann er die doch unterschreiben, oder? Nachdem noch niemand in der Schule je die Unterschrift meines Vaters gesehen hat, kann ich eine erfinden, denke ich.

Warum meldet sich Mart eigentlich nicht?
Warum meldet sich meine Mutter nicht?
Soll ich mich bei ihr melden?
Sicher nicht. Darauf warten die doch bloß.

Laaerbergstraße

Die Klein hat Gangaufsicht und spaziert durch die Grüppchen, die in der Aula herumstehen.
»Good Morning, Frau Professor Klein«, ruft Henrik ihr entgegen. Die Klein runzelt die Stirn. »Morgen?!«, fragt sie mit gespielter Strenge. »Da hat wohl jemand noch den Wochenendrhythmus drin.«
»Dann eben good noon«, sagt Henrik.
»Good afternoon, actually«, bemerke ich.
Die Klein lacht. »Ein Jahr in Amerika und trotzdem hat Jakob den besseren Akzent.«
»Der ist auch jahrelang mit britischen Au-pairs ins Bett gegangen«, grummelt Henrik.
Die Klein sieht ihn fragend an. »Was meinst du?«

Henrik lächelt und zwickt mich in die Wange. »Er ist halt ein ganz ein Begabter«, sagt er laut.
»Lass das!« Ich schüttle ihn ab.
»Oooh«, macht Lukas ironisch.
»Ich find's super, dass ich jetzt Sie in Englisch habe«, sagt Henrik mit breitem Lächeln. »Sie sind viel netter als der Jungwirth.«
Die Klein macht ein Gesicht, das alles heißen kann. Von ›ja, super‹ bis ›ohne dich wäre die Klasse einfacher‹.
»So ein Schleimer«, murmle ich.
»Ich find's auch super, dass wir Sie haben«, sagt Lukas laut.
Ich ramme ihm den Ellenbogen in die Seite und schüttle den Kopf. »Die ist doch schon seit Ewigkeiten unser Klassenvorstand«, flüstere ich.
Die Klein lacht. »Ich unterrichte euch auch wirklich gerne.« Dann spaziert sie weiter.
»Siehst du«, flüstert mir Lukas zu. »Sie unterrichtet mich gerne.«
Ich verdrehe die Augen. »Du bist peinlich. Sie unterrichtet *uns* gerne. Nicht *dich*.«
Ich deute auf Henrik, der sich zu ein paar anderen aus seiner alten Klasse gesellt hat. »Siehst du, dem war's auch peinlich, der ist abgehauen.«
Ich bin mir nicht sicher, ob Lukas wirklich in die Klein verknallt ist oder ob er nur so tut. Ich weiß auch nicht, ob er mir eine ehrliche Antwort geben würde, wenn ich ihn frage. Interessieren würde es mich schon.
»Wo warst du eigentlich gestern?«, kommt mir Lukas zuvor. Jetzt bin ich es, der sich das mit der ehrlichen Antwort überlegen muss. Sag ich's ihm, sag ich's ihm nicht? Schließlich ist Lukas mein bester Freund. Mein einziger richtiger Freund, eigentlich. Ist ja nicht so, dass mich alle so toll finden.
»Gestern?« Ich sag's ihm, ich sag's ihm nicht, ich sag's ihm, ich sag's ihm nicht.

»Bei Andi«, sage ich schließlich so beiläufig wie möglich.
Lukas sieht mich interessiert an. »Andi wer?«
»Ähm ... Andi ...«, stottere ich. Was soll ich jetzt sagen? ›Den kenn ich übers Internet?‹ Wie klingt denn das?!
»Ich muss dir was erzählen«, sage ich leise. »Aber allein.«

Lukas sieht sich um. Es hat bereits geläutet, die Aula leert sich. Henrik betrachtet sich in einer spiegelnden Glastür und zupft seine Haare zurecht. David bohrt in der Nase und streckt Henrik den Zeigefinger entgegen. »Hier, damit hält's bestimmt.«
Henrik rümpft die Nase. »Du bist ein Grindschwein«, sagt er verächtlich. David lacht und dreht sich zu Lukas und mir um.
Ich verziehe das Gesicht. »Danke, wir wollen's auch nicht.«
»Kannst schon vorgehen«, sagt Lukas. »Wir sehen uns in der Klasse.«
»Okay.« David macht sich auf den Weg, nicht ohne sich noch einmal zu Henrik umzudrehen. Er deutet auf seine Nase. »Du meldest dich, wenn du was brauchst?«
Henrik folgt ihm. »Da war jemand als Kind zu lang im Kasten eingesperrt«, höre ich ihn David hinterherrufen.

David und Henrik konnten einander noch nie leiden. Ich kann David gut verstehen. Ich kann Henrik auch nicht leiden. Mart im Kleinformat. Besonders, seit er sein Austauschjahr in den USA gemacht hat und glaubt, er ist der große Checker.
Obwohl er immer eine Klasse über uns war, ging er uns ständig auf die Nerven, weil er es sich zum Hobby gemacht hatte, in den Pausen ausgewählte Leute aus den unteren Klassen zu ärgern. Lukas und ich haben immer versucht, ihm aus dem Weg zu gehen, und waren heilfroh, als er letztes Jahr weg war. Ich war mir sicher, dass ich ihn so bald nicht wiedersehen würde. Wenn er aus den USA zurückkäme, wäre ich nämlich schon fort, habe ich gedacht. In Schottland, Kanada oder Australien. Tja. Pech gehabt.

Ich bin noch da.
Und Henrik sitzt jetzt in unserer Klasse.

Inzwischen sind wir alleine in der Aula.
»So«, sagt Lukas. »Wer ist Andi? Was willst du mir erzählen?«
Ich sehe auf die Uhr. Wir kommen zu spät. »Bei dem wohn ich grad«, erkläre ich, während ich langsam in Richtung unserer Klasse gehe.
»Wie, wohnst du grad? Ist Andi der Neue deiner Mutter? Hat sie Mart endlich rausgeschmissen?«
Bei dem Gedanken muss ich lachen. »Schön wär's, aber das macht die doch nie. Ich hab mich selbst rausgeschmissen. Quasi. Und jetzt wohn ich bei Andi. Sagt dir *It's Your Home* was?«
»Schon mal gehört.«
Und anstatt mich zu beeilen, um nicht allzu spät nach dem Läuten in der Klasse zu sein, erzähle ich Lukas von *IYH*, Jeremy und Andi *blueballoon*. Davon, dass ich nicht mehr nach Hause zurückgehe. Meinen Vater erwähne ich nicht. Das wäre zu umständlich. Außerdem tut es nichts zur Sache. Na ja, wahrscheinlich tut es viel zur Sache, aber darüber will ich lieber nicht nachdenken.

Wir sind vor der Klassentür angelangt, die natürlich schon längst geschlossen ist. Lukas bleibt stehen und sieht mich mit offenem Mund an. »Du verscheißerst mich.«
Ich halte zwei Finger in die Luft. »Ich schwör's dir, es stimmt.«
»Du verscheißerst mich echt nicht?«, wiederholt Lukas.
Heftig schüttle ich den Kopf.
»Ich glaub's nicht. Das ist sowas von genial.«
Ich grinse. »Hättest nicht gedacht, oder?«
Er schüttelt den Kopf. »Ehrlich, nie im Leben. Wie fällt einem so etwas ein?«
Das weiß ich eigentlich auch nicht. Wie fällt einem so etwas ein?
»Da muss man schon verdammt cool sein.«

Wahrscheinlich ist es das. Verdammt cool. Ich bin einfach verdammt cool.

»Wie lang willst'n das durchhalten?«, will Lukas wissen.

»Puh, frag mich das nicht. Ich schau mal, wie's läuft. Momentan läuft's ziemlich gut.«

Lukas sieht mich anerkennend an. »Ich hätt mir echt nicht gedacht, dass ...«

»Was hättest du nicht gedacht?«

Er sieht zu Boden. »Nein, ist blöd, nichts.«

»Jetzt sag schon.« Ich weiß, was ihm auf der Zunge liegt.

»Na, dass ...« Er spricht nicht weiter.

»Dass so einer wie ich so was macht«, vervollständige ich den Satz.

»Meinst du das?«

Lukas nickt verlegen. »Also nicht, dass du sonst nicht cool bist.«

Aber genau das ist es. Ich bin nicht cool. Bin nichts Besonderes. War ich nie. War immer der, der halt so mitläuft bei allem. Bis jetzt.

Lukas sieht auf die Uhr. Der Unterricht hat bereits vor sieben Minuten begonnen.

»Jetzt ist's schon egal, wir haben sowieso schon einen Eintrag«, flüstert er. »Lassen wir einfach die Stunde sausen und du erzählst mir alles ganz genau.«

Ich stoße die Tür auf. »Kommt nicht in Frage.«

Die Kreuz-Matek starrt uns an.

»Entschuldigungentschuldigung, wir bereuen es und werden's nie wieder tun«, sagt Lukas laut, bevor sie etwas sagen kann. »Lasst euch nicht stören.«

Die Kreuz-Matek sieht so aus, als ob sie gleich explodieren würde, sagt aber nichts und kritzelt nur etwas auf ein Blatt. Kriegen wir eben einen Eintrag im Klassenbuch. Auch egal. Sieben Minuten sind schließlich nicht die Welt.

Während der Bio-Stunde schreibt mir Lukas ein Zettelchen.
Was sagt deine Mutter dazu?
Nix, schreibe ich zurück. *Die glaubt, dass ich bei meinem Alten wohne.*

Und das überprüft sie nicht?

Niemals. Die würde sich eher die Zunge abbeißen, als mit ihm zu reden.

GENIAL!

Erzähl das ja keinem!!!, schreibe ich auf einen neuen Zettel. *Das darf echt nicht auffliegen!* Das Wort ›*nicht*‹ unterstreiche ich dreimal.

Plötzlich steht die Kreuz-Matek vor unserem Tisch und nimmt Lukas mit spitzen Fingern das Papier aus der Hand. »Wenn ihr schon zu spät kommen müsst, würde ich mich an eurer Stelle unauffälliger benehmen.«
Lukas sieht mich betreten an. Ich kaue an meiner Unterlippe.
»Erzähl das ja keinem!«, liest sie laut vor. »Das darf echt nicht auffliegen!«
Lukas zieht hörbar die Luft zwischen den Zähnen ein.
»Jakob, würdest du im Text weiterlesen?«, fragt die Kreuz-Matek süffisant. Sie sieht genau, dass ich mein Buch gar nicht aufgeschlagen habe. Ich nicke und beginne zu blättern.
»Seite siebenundfünfzig«, wispert Azra von hinten.
»Danke, Azra«, sagt die Kreuz-Matek streng. »Wie wär's, wenn die Herrschaften sich mit Biologie befassen würden?«
Wir nicken beide und ich beginne vorzulesen.

In der Pause stehen David und Azra vor unserem Pult. »Was bitte darf nicht auffliegen?«
Ich stöhne und verdrehe die Augen. »Nichts.«

Lukas wedelt mit den Armen. »Bitte gehen Sie weiter, hier gibt es nichts zu sehen.«
David grinst. »Ihr wollt euch ja nur wichtigmachen.«
Bevor Lukas oder ich noch etwas sagen können, hat Azra ihn schon weitergezogen. In die hinterste Ecke des Klassenzimmers. Zum Knutschen.
Ich atme auf, erleichtert und enttäuscht zugleich. Klar, niemand nimmt an, dass ich jemals irgendetwas Interessantes mache. Etwas, das es wert ist, mehr als fünf Sekunden an meinem Tisch stehen zu bleiben. Ich versuche, mich auf die Erleichterung zu konzentrieren, dass ich keine blöden Fragen beantworten muss.

Lukas stößt mich an. »Dem David können wir's aber schon sagen.«
Ich schüttle den Kopf. »Wir sagen hier gar nichts gar niemandem, verstanden?«, sage ich scharf. Lukas sieht mich erstaunt an, offensichtlich verwundert über meinen Tonfall.
»Das ist kein Spiel, Lukas. Das ist jetzt meine Realität.«
Lukas nickt verlegen und ich spiele meinen letzten Satz noch ein paarmal in meinem Kopf ab. *Das ist jetzt meine Realität.* Ich grinse. Gefällt mir.

Tannengasse

Anat und Yossi wollen nach Prag zurück, wo sie in einem Hausprojekt gewohnt haben, dessen Bewohner anscheinend in den nächsten Tagen ein Festival veranstalten.
»Join us«, schlägt Yossi vor. »There is enough space for everyone.«
»Everyone is doing music there«, erzählt Anat. »And there will be workshops for building your own instruments.«
»I'm gonna make a flute.« Yossi steckt sich einen Kugelschreiber in den Mund, um zu demonstrieren, wie er diese Flöte spielen wird.

»Music is not really my thing«, sage ich scheinbar gleichgültig. In Wahrheit überschlage ich aufgeregt alle Möglichkeiten in meinem Kopf. Ich mag die beiden, alles scheint so einfach, wenn sie da sind. Mit ihnen nach Prag zu fahren ist genau das, worauf ich Lust hätte.

Vor ein paar Jahren war ich mit meiner Mutter und Mart in Prag. Wir haben in einer Frühstückspension übernachtet, sind auf den Hradschin gestiegen und Mart hat sich auf der Karlsbrücke von einem Karikaturisten zeichnen lassen. Wir haben Schweinsbraten mit Knödel gegessen und Mart hat Pivo getrunken. Wir haben Geld dagelassen und nicht nachgefragt. Wie das gute Touristen eben tun. Mit Yossi und Anat würde ich in ein ganz anderes Prag fahren. Per Autostopp. Zu einem Festival. In einem Hausprojekt. Mit vielen Leuten von überallher.

Es kann kein Problem sein, *Tom Turbo* abzusagen. »Sicher«, will ich sagen. »Ich komm mit.«
Jeremy könnte das locker sagen. Aber was wird dann aus Jakob? Wenn ich tagelang nicht in der Schule auftauche, rufen sie meine Mutter an. Die wiederum würde mich zur Rede stellen, und wenn sie mich nicht erreicht, womöglich noch meinen Vater anrufen. So sehr sie ihn zum Teufel wünscht, bevor sie mich vollständig abhauen lässt, würde sie selbst das tun. Außerdem haben wir in ein paar Tagen Schularbeit.
»Ich würde echt gerne«, sage ich also, »aber ich habe einem Freund in Ungarn versprochen, dass ich ihn besuche.«
Ich weiß nicht, wieso ich einen ungarischen Freund erfinde, und an Andis Reaktion merke ich, dass ich zu kurz gedacht habe. »Ich dachte, du wolltest länger in Wien bleiben und hast schon einen nächsten *host*?«
Verdammt, er hat recht. Deswegen konnte ich ja länger bei ihm bleiben, obwohl Yossi und Anat auch gekommen sind.

»Äh ja, Imre hat sich ganz spontan gemeldet und da hab ich meinen nächsten *host* hier verschoben«, sage ich schnell. Ich weiß nicht, ob Leute in meinem Alter in Ungarn heutzutage noch Imre heißen, bin aber immerhin froh, dass mir überhaupt ein ungarischer Name eingefallen ist.
Niemand scheint meine Erklärung seltsam zu finden oder überhaupt nur meine Aufregung zu bemerken. Alle glauben mir.
»Aber du kommst zurück, oder?«, will Andi wissen.
»Auf jeden Fall«, versichere ich.

Ich packe meine Sachen, um mich gemeinsam mit den beiden anderen von Andi zu verabschieden. Andi begleitet uns zur Haustür.
»Get in touch when you're back«, sagt er. »And then let's go for a drink.«
Er sieht die beiden anderen an. »Same for you.«
Wir nicken alle drei. »Sure.«
Die beiden umarmen ihn herzlich. Andi und ich sehen uns verlegen an. Yossi lacht und schiebt mich vorwärts. »You Europeans are sooo complicated. Why don't you just hug goodbye?«
Andi und ich lachen und umarmen einander ebenfalls.
»See«, sagt Yossi. »Did it hurt?«
»What?«
»Hugging.«
Wir grinsen und ich schüttle verlegen den Kopf.

Als wir mit unseren bunten Tramperrucksäcken am Rücken die Straße hinuntergehen, winkt Andi uns noch lange nach.
Die beiden wollen zu einer Autobahnauffahrt, ich muss zum anderen Bahnhof, zum Hauptbahnhof. In Wahrheit wohnt *Tom Turbo* ganz woanders, aber solange Yossi und Anat noch dabei sind, muss Jeremy nach Budapest.

Yossi legt mir die Hand auf die Schulter: »Promise we'll see each other again?«
»We are travelling but Vienna will stay our homebase«, sagt Anat. »It's so centrally located, it doesn't take you long, wherever you want to go.«
»Sure«, sage ich wieder.
Anat umarmt mich. »We'll stay in touch via *IYH*.«
Ich nicke. Yossi umarmt mich ebenfalls. Ich sehe ihnen lange nach, bevor ich mich auf den Weg mache und in die Straßenbahn steige.

Franklinstraße

Tom Turbo hat mir seine Adresse geschrieben und nachdem ich ein paarmal falsch abgebogen bin, stehe ich vor dem richtigen Haus. An einem Klingelschild steht tatsächlich ›Turbo‹.
Ich muss grinsen, als ich klingle. Entweder der Typ heißt wirklich so, oder er identifiziert sich sehr mit dem sprechenden Fahrrad.
»In den ...of rein, dann ...inks, Stiege ...ei, vierter ...ock«, schnarrt eine Stimme aus der Gegensprechanlage.
Das kann Stiege zwei oder auch drei geheißen haben. Ich drücke die Tür auf, die mit einem Knacken nachgibt, und gehe an der ersten Stiege vorbei in den Hof. Links ist die zweite Stiege, also tippe ich darauf. Richtig, im vierten Stock streckt mir *Tom Turbo* schon die Hand zum Gruß entgegen. »Hi Jeremy.«
»Hallo Tom.«

Toms Wohnung ist kleiner als die von Andi, aber einigermaßen gemütlich. Ich setze mich auf das Sofa, auf dem ich vermutlich auch schlafen werde. Tom stellt mir ohne zu fragen eine Flasche Bier hin, und obwohl ich lieber etwas Alkoholfreies hätte, mache ich einen großen Schluck.

»Heißt du wirklich Turbo?«, frage ich neugierig. Jeremy kann das fragen. Auch wenn man das sprechende Fahrrad in Schottland vermutlich nicht kennt, ist Turbo ein ungewöhnlicher Nachname.
Tom setzt sich auf einen Hocker neben der Couch. »Ja, man möcht's nicht glauben.«
»Ehrlich?«
Er nickt. »Aber ich heiße nicht wirklich Tom.«
»Nicht? Wie dann?«
»Holger.« Tom nimmt einen Schluck Bier.
»Holger Turbo«, wiederhole ich und kann mir das Grinsen nicht ganz verkneifen.
»Und wie nennen dich die anderen?«, will ich wissen. »Tom oder Holger?«
»Meine Freunde Holger. Meine Gäste Tom.«
»Also Tom für mich«, stelle ich fest.
»Für dich Tom«, bestätigt er. »Du bist also schon ein paar Tage in Wien?«, fragt er gleich darauf.
Der Schreck fährt mir in Arme und Beine. »In Wien?«, versuche ich cool zu bleiben. »Nein, ich komme gerade aus München. Vor zwanzig Minuten hat mich mein Kumpel abgesetzt.«
»Aber dein Profil zeigt an, dass du gestern in Wien warst«, bleibt Tom dabei. »Hast dich zumindest gestern Nachmittag hier eingeloggt.«
»In ... Wien ... eingeloggt?«, stammle ich und gleichzeitig denke ich Scheißescheiße. Dass das Profil anzeigt, wo man sich zuletzt eingeloggt hat, ist mir nicht aufgefallen. Was soll ich jetzt sagen? Bloß nicht die Nerven verlieren.
Aber Tom lacht nur. »Ach, so was kommt vor. Ein Freund von mir ist ständig in Stockholm eingeloggt, dabei war der noch nie in Schweden. Manchmal spinnt das System einfach.« Ich lache erleichtert, aber mein Herz klopft wie verrückt. Ich muss auf solche Dinge besser achtgeben. Nicht, dass mich eine Kleinigkeit verrät.

Tom Turbo ist anders als *blueballoon*. Er will sich mit mir unterhalten. Richtig. Über Schottland und so.
Ich erzähle ihm alles, was ich von Kendra weiß. Ja, es regnet ständig. Ja, die Highlands sind faszinierend, aber den öffentlichen Verkehr kann man vergessen. Nein, wir spielen nicht alle Dudelsack, aber ich habe tatsächlich einen Kilt zuhause. »So wie man hier ein Dirndl hat oder eine Lederhose.« Ich spreche es ›Dörndl‹ aus und ›Leyderhose‹.
Tom lacht. »Ich hab sowas nicht.«
Ich auch nicht, aber woher soll Jeremy das wissen.
Tom will ein Foto von Jeremy im Kilt sehen, aber Jeremy winkt ab. Dafür erzähle ich, was Kendra mir erzählt hat. Dass nämlich jeder Clan ein eigenes Stoffmuster hat, und wenn man nicht vor allzu kurzer Zeit eingewandert ist, weiß man auch, zu welchem Clan man gehört und welchen Stoff man hat. Nicht, dass das im Alltag noch irgendeine Rolle spielen würde. Wenn man Glück hat, gibt es mehrere Familiennamen im Stammbaum und man kann sich den Stoff mit den schöneren Farben aussuchen.
»Schau, so sehen die Kilts unserer Familie aus.« Ich halte Tom mein Handy hin, auf dem ich Kendras Familientracht ergoogelt habe. Hat sie mir damals gezeigt.
»Und welcher Clan ist das?«
Auf die Frage bin ich inzwischen vorbereitet. »Gunn. So heiße ich mit Nachnamen. Es gibt aber genug Leute im Clan, die längst nicht mehr so heißen, die haben trotzdem die Gunn-Tracht.«
Kendra zum Beispiel. Ihren Nachnamen zu klauen, käme mir zu dreist vor, aber zu ihrem Clan würde ich gerne gehören. Außerdem gefällt mir das Muster besser als so manches andere.
»Und die Frauen haben nichts?«, will Tom wissen. »So dirndlmäßig oder so?«
Ich schüttle den Kopf. »Nicht, dass ich wüsste.« Das kann ich zugeben, denn das hat Kendra mir damals auch geantwortet.

»Du und sag, stimmt das, dass ihr drunter keine Unterhosen tragt?«
Tom fragt tatsächlich genau die Dinge, die ich Kendra damals auch gefragt habe. Aber klar, das mit den Unterhosen wollen immer alle wissen, hat sie damals gemeint.
»Das hängt davon ab, wie ernst du es nimmst.« Ich grinse. »Und wie sehr du den Leuten in deiner Umgebung vertrauen kannst.«
Tom lacht und will danach nichts mehr über schottische Kleidungsgewohnheiten wissen. Zum Glück.

Tom ist okay, aber auch ein bisschen anstrengend. Ich habe solches Glück mit Andi gehabt, dass ich wohl etwas verwöhnt bin. Schlüssel gibt es diesmal keinen für mich.

Du hast 2 Freundschaftsanfragen steht da, als ich auf *IYH* einlogge.
blueballoon hat dir eine Freundschaftsanfrage geschickt. Bitte bestätige diesen Link oder weise ihn ab.
Ich bestätige.

blueballoon hat dir eine Bewertung hinterlassen.
Ich scrolle hinunter, um zu lesen, was Andi geschrieben hat.

Dass ich Jeremys erster Gastgeber war, hat man gar nicht gemerkt – so unkompliziert ist es selten mit einem Gast. Wir hatten so viel Spaß zusammen! Viel Glück auf deinem Weg Richtung Balkan, und melde dich auf dem Rückweg, ja?

Auch von Yossi und Anat ist was da. Freundschaftsanfrage und Bewertung.
You have to love Jeremy! steht da. *In this superficial world it is rare to find people who are so much themselves. We're sure our paths will cross again in Vienna and if you ever decide to travel with us you are more than welcome!*

People who are so much themselves, denke ich. Ich weiß nicht, ob ich schockiert oder geschmeichelt sein soll. Wahrscheinlich eine Mischung aus beidem. *So much myself.*

Ich mache mich daran, ebenfalls Bewertungen zu hinterlassen, als Tom mir über die Schulter schaut. Hastig drücke ich die Seite weg. Wenn er sieht, dass ich Andi eine Bewertung hinterlasse, merkt er, dass ich tatsächlich schon in Wien war.
»Wollt nur sagen, dass das Essen fertig ist. Hättest ruhig noch fertigmachen können. Die Nudeln laufen nicht davon.«
Ich stehe auf und schiebe den Stuhl auf die Seite. »Ach, das, was ich tun wollte, auch nicht«, sage ich locker, obwohl ich mich ärgere, dass ich Andi und den beiden nicht gleich eine Bewertung hinterlassen kann. »Und Nudeln werden kalt.«

Tom gabelt mir Spaghetti auf den Teller. »Soße nimm dir einfach selber.«
»Mhm.« Ich leere einen Schöpflöffel voll über meine Nudeln und greife nach dem Parmesan. »Wie hat dir München gefallen?«, will Tom wissen.
»Warst du noch nie dort?«
Er schüttelt den Kopf. »Nur einmal als ich klein war.«

›Ich auch‹, würde Jakob jetzt antworten. Es ist Ewigkeiten her, dass ich einmal mit Lukas und seinen Eltern in Bayern war. Ich kann mich nur noch an Weißwürste in einer Bierhalle erinnern, aber das erscheint mir so klischeehaft, dass ich daran zweifle, dass es wirklich passiert ist.
»Das Technische Museum dort ist sehr genial«, sage ich, denn daran habe ich auch noch vage Erinnerungen. Ich weiß noch, dass ich es toll gefunden habe und mit Lukas einen ganzen Tag lang durch die riesigen Räume gelaufen bin. Ob ich es jetzt noch immer so gut

finden würde, weiß ich nicht. Aber auch sonst weiß ich wenig von München.

»Ja, das hab ich auch schon gehört. Was gibt's denn dort?«

»Ach, alles Mögliche. Alte Flugzeuge zum Beispiel«, sage ich aufs Geratewohl. Ein technisches Museum hat so etwas sicher.

»Das in Wien ist auch nicht schlecht«, meint Tom.

»Ach, echt?« Ich tue so, als würde ich mich brennend für das Wiener Technische Museum interessieren, um Tom davon abzuhalten, mich noch mehr über das in München zu fragen.

Nachdem wir mit dem Essen fertig sind, weiß ich, dass ich am nächsten Tag ins Technische Museum fahren muss, denn ich habe Jeremy mit großem Interesse für alte Dampfmaschinen ausgestattet, und laut Tom gibt es dort eine ganze Menge davon, die noch dazu jeden Sonntag vorgeführt werden. Morgen ist Sonntag, ich muss mir das also wohl oder übel ansehen, selbst wenn ich dazu nicht die geringste Lust habe. Immerhin fragt mich Tom nicht weiter aus.

Am Montag haben wir Englischschularbeit und ich habe das Buch, zu dem wir garantiert eine Aufgabe bekommen, erst zur Hälfte gelesen.

»Was liest du da?«, will Tom wissen.

Ich halte das Buch in die Höhe, so dass er das Cover sehen kann.

»The Picture of Dorian Gray«, liest er vor. »Findest du so was spannend? Wir mussten das in der Schule lesen.«

»Geht so.«

»Warum liest du's dann, wenn's nicht gut ist?«

»Wenn ich ein Buch anfange, lese ich es immer fertig.«

»Auch wenn's scheiße ist?«

»Auch dann.«

Das ist völliger Blödsinn. Ich täte nichts lieber, als das Buch in eine Ecke zu schmeißen, und mich, so wie Tom, von der Millionenshow berieseln zu lassen.

»Gibt's so was bei euch auch?« Er deutet auf den Moderator, der einem schwitzenden Mann gerade die 200-Euro-Frage stellt.
»Millionenshow? Ja, so etwas gibt es wohl überall, oder?«
»Wie heißt'n das bei euch?«
Ach Tom, musst du diesen ganzen Scheiß fragen? Ich hab doch keine Ahnung, wie das bei uns heißt. Ich weiß nicht mal, ob wir so was überhaupt haben.
Blitzschnell lege ich mir im Kopf eine Geschichte zurecht, in der Jeremys Eltern Zeugen Jehovas sind und er somit keinen Fernseher hat. Ich weiß zwar nicht, ob Zeugen Jehovas das Fernsehen verboten ist, aber etwas Besseres fällt mir auf die Schnelle nicht ein.
Doch zum Glück stellt der Moderator gerade eine Frage, auf die Tom anscheinend die Antwort weiß.
»Ungelegte, du Dillo!«, ruft er dem Mann im Fernseher aufgeregt zu. »Ungelegte!« Dann dreht er sich zu mir. »›Um welche Eier soll man sich nicht kümmern?‹ heißt die Frage und dieser Schwachkopf ist sich nicht sicher, ob er ›hartgekochte‹ sagen soll!«
»Wollen Sie jetzt schon Ihren Telefonjoker verbrauchen?«, fragt der Moderator süffisant.
Seine Frage an mich hat Tom anscheinend vergessen. Ich atme erleichtert auf. Gleichzeitig ärgere ich mich über mich selbst. Ich muss mir Jeremys Vergangenheit besser überlegen. Doch ich weiß, dass ich nicht auf alle Fragen vorbereitet sein kann. Wer kann damit rechnen, dass Tom den Namen der britischen Millionenshow wissen will.
»Meine kleine Nichte sagt immer ›Melonenshow‹«, erzählt er lachend.
»Süß«, sage ich, obwohl ich das nicht mal ansatzweise süß finde.

Dann klingelt mein Telefon und rettet mich vor weiteren unangenehmen Fragen. Meine Mutter. Endlich. Ich dachte schon, die meldet sich nie. Schnell mache ich die Wohnungstür auf und setze mich auf ein Fenstersims am Gang.

Tief durchatmen. »Hallo?«
»Hallo. Wo bist du?«
»Das weißt du doch.«
Schweigen.
Es ist komisch. Das Schlimmste, was ich meiner Mutter erzählen kann, ist, dass ich bei meinem Vater leben will. Gleichzeitig ist es das Einzige, das sie akzeptiert. Weil sie weiß, dass sie es akzeptieren muss.
»Ich dachte, du bist vielleicht nur bei Lukas.«
»Nein, bin ich nicht.« Das stimmt sogar.
Schweigen.
»Ist das jetzt deine Rache, oder was?«
»Das hat nichts mit Rache zu tun«, sage ich, so ruhig ich kann. »Ich will einfach ein bisschen Zeit mit meinem Erzeuger verbringen. Das ist mein gutes Recht.«
»Und er will das auch?« Ihre Stimme klingt belegt.
»Ja«, sage ich und bemühe mich, meine Stimme fest klingen zu lassen. »Ja, das will er.«
»Na dann«, sagt sie. Und gleich darauf: »Morgen ist Sonntag.«
»Ich weiß.«
»Willst du morgen zum Mittagessen kommen?«
»Ähm ... Mama ... also ...«
»Es gibt Gulasch.«
»Aha.«
»Ich würd mich wirklich freuen«
Sie tut mir leid. Dabei habe ich mir doch geschworen, dass sie mir nie wieder leidtun wird. Ich seufze. »In Ordnung.«

Komme ich eben zum Sonntagsessen. Das macht man doch so, oder? Es gibt genug Kinder, die manchmal hier, manchmal dort wohnen. Mal bei Mama, mal bei Papa. Ich weiß auch nicht, wieso ich nicht früher auf diese Idee gekommen bin.
Natürlich weiß ich, warum ich nicht auf diese Idee gekommen bin. Weil es nicht geht. Aber das muss meine Mutter nicht wissen.

Bevor ich wieder reingehe, checke ich noch schnell den Namen der britischen Millionenshow.
»*Who wants to be a millionaire?* heißt die übrigens bei uns«, sage ich beiläufig zu Tom und setze mich neben ihn auf die Couch. »Die Sendung wurde aber 2014 eingestellt.«
»Warum denn das?«
Ich zucke die Achseln. »Keine Ahnung. Schlechte Quoten vielleicht oder wieder irgendein Skandal. 2001 gab es schon einmal einen.« Und dann erzähle ich ihm die Geschichte, wie einem Kandidaten der Hauptgewinn nachträglich aberkannt wurde, weil er sich mit Freunden im Publikum Signale ausgemacht hatte, die ihm die richtige Antwort zeigten.
»Krass«, sagt Tom.
Ich nicke wissend. Danke Wikipedia.

Äußere Mariahilfer Straße

Am nächsten Tag stehe ich vor dem Technischen Museum. Von außen sieht es gar nicht so schlecht aus. Hier war ich noch nie. Gefällt mir irgendwie. Jugendliche unter 19 zahlen keinen Eintritt. Super. Sonst wäre ich wieder gegangen.

Kurz sehe ich mir die Dampfmaschinen an und mache eine Runde in jedem Stockwerk des Museums, damit ich Tom ausreichend davon erzählen kann. Dann setze ich mich in eine Ecke und packe Dorian Gray aus. Bis morgen muss ich das durchhaben.

Schützenweg

Zum Mittagessen bin ich bei meiner Mutter. Später als üblich, weil ich es vom Museum nicht schnell genug her geschafft habe. Viel später als üblich, eigentlich ist es schon längst nicht mehr Mittag. Ich wundere mich, dass Mart sich deswegen nicht aufregt. Wir essen Gulasch und schweigen uns an.

»Dann brauchen wir dir also kein Taschengeld mehr zu geben«, sagt Mart schließlich. »Das bekommst du ja jetzt von deinem Vater.«
Ich wusste es. Wusste es wusste es wusste es. Dass ihm das als Erstes einfällt. Verdammt.
»Darüber haben wir noch gar nicht geredet«, sage ich.
Mart lacht auf. »Das sieht ihm ähnlich. Ein Kind in die Welt setzen kann er, aber zahlen darf ich.«
»Wir haben noch nicht darüber geredet«, wiederhole ich. »Werden wir schon noch tun.«
Meine Mutter verschränkt die Arme vor der Brust und sieht mich lange an. Ich spüre einen Stich in der Brust und sehe zur Seite. Ich könnte nicht sagen, was sie denkt.
»Mach das«, sagt sie nur.

Es ist nicht so, dass Mart mich nicht mag. Er mag mich und er mag meine Mutter und ich kann mir auch nicht vorstellen, wie wir ohne ihn gelebt hätten, schließlich hat er uns aus dem Übergangswohnheim rausgeholt.
Mart ist kein schlechter Mensch. Schlechte Menschen schlagen ihre Familie, sperren sie in den Keller oder verlassen sie dann, wenn sie

am dringendsten gebraucht werden. So wie mein Vater. Dem man nur zugutehalten kann, dass er uns weder geschlagen noch in den Keller gesperrt hat, sondern sich damit begnügte, abzuhauen und uns im Regen stehen zu lassen.

Ich weiß auch nicht, ob mein Vater ein schlechter Mensch ist. Vielleicht hat er einfach nicht nachgedacht, was sein mehrjähriger Selbstfindungstrip nach Südostasien für meine Mutter bedeutete. Nämlich, dass ihr Geld für die Miete nicht mehr reichte.

Und irgendwann drückt keiner mehr ein Auge zu. Irgendwann stehen sie vor deiner Tür und delogieren dich. Wir hatten riesiges Glück, denn das Ganze hätte uns schließlich auch im Winter passieren können.

Was genau passiert ist, weiß ich nicht, weil meine Mutter nicht viel erzählt. Erinnern kann ich mich nicht, und Bilder gibt es auch keine. Von so etwas machst du keine Fotos. Du willst auch nie wieder mit demjenigen sprechen, der das Ganze verursacht hat. Verständlicherweise wollte sie nicht warten, bis er sich selbst gefunden hat. Stattdessen suchte sie sich einen anderen. Leider war das Mart.

Aber nein, Mart ist kein schlechter Mensch. Er hat uns ein Dach über dem Kopf gegeben, meiner Mutter Arbeit und mir eine Familie. Wir können uns nicht beklagen.

Aber es ist *sein* Dach, *seine* Arbeit, *seine* Familie. Wir *können* uns nicht beklagen. Keine Chance.

Er muss es nicht sagen, weil es von Anfang an klar war: Wenn wir uns falsch verhalten, sind wir draußen.

Meine Mutter hat ihr Leben daraufhin ausgerichtet, nicht mehr draußen zu sein.

Ich bin da anders.

Nach dem Essen laufe ich die Stufen hinauf in mein Zimmer. Stopfe frische Unterwäsche und ein paar T-Shirts in meinen Rucksack. Zu viel kann ich nicht tragen und Tom hat gesagt, dass ich bei ihm waschen kann.
Jetzt noch das Handtuch aus dem Badezimmer und wieder raus hier.

In der Krim

Die Englischschularbeit schreibe ich mit links, meine Wäsche wird bei *Tom Turbo* sauber und dann trocken und ab Mittwoch kann ich für einige Tage bei *HulaHoop* wohnen, die in Wirklichkeit Barbara und Vera heißen.

Ich bin ein bisschen nervös, als ich auf den Platz zusteuere, an dem die beiden wohnen. In diesem Teil Wiens war ich noch nie und die Adresse klingt fremd für einen wie mich, der Tannengassen und Kastanienalleen gewöhnt ist.
Ich sehe mich um. Eine Schule, ein kleiner Park mit Kinderspielplatz und die angrenzende Weinbergstraße führt im Frühling wohl ins Grüne. Es gibt nichts zu fürchten hier. Auch nicht die Tatsache, dass ich nicht weiß, wie ich mich in dieser WG verhalten soll, in die ich hier gleich für ein paar Tage einziehen werde. Denn Jeremy hat solche Sorgen nicht. Der streckt einfach die Hand aus und läutet an dem Klingelschild, an dem kein Name steht.

Vera holt mich unten ab und bietet mir an, meinen Rucksack hinaufzutragen.
»Das geht schon, thanks«, wehre ich ab.
Als ich die Wohnung betrete, muss ich niesen. Vera hält sich erschrocken die Hand vor den Mund. »Oh nein, wir haben dir gar

nicht gesagt, dass wir Meerschweinchen haben. Bist du allergisch?«
»I don't think so. Ich muss wegen was anderem geniest haben.«
Vera atmet erleichtert auf. »Sorry. Also es steht eh auf unserem Profil, aber wir haben's in der Nachricht an dich dann nicht nochmal erwähnt. Vergess ich immer. Wir hatten schon mal einen Allergiker hier, der musste sich dann was anderes suchen.«
»Deshalb sollte man sich die Profile auch gut durchlesen. Schließlich schreibt man ja nicht irgendwen an, sondern nur Leute, zu denen man auch irgendwie passt, oder?« Das habe ich in den FAQ gelesen. Dass man versuchen soll, den Leuten zu erklären, warum man ausgerechnet zu ihnen will. Dazu sollte man ziemlich genau wissen, was sie so über sich schreiben. Nicht, dass ich das gemacht habe.
Noch nie war ich so froh, bloß eine Allergie auf Hausstaub zu haben, die so leicht ist, dass ich sie meistens nur daran merke, dass sich mir im Liegen ein Nasenloch verlegt, wenn länger nicht gesaugt wurde. Der Staub ist es hier wohl auch, der mich noch einmal zum Niesen bringt. *HulaHoop* scheinen nicht die größten Putzfans zu sein.
Vera öffnet mir die Tür zu meinem Zimmer. »Wenn du unser Profil gelesen hast, dann weißt du ja eh, dass du im Meerschweinchenzimmer schläfst.
Ich nicke. »Of course weiß ich das«, lüge ich.

Ich gebe diesmal ganz ehrlich zu, schon länger in Wien zu sein, und erzähle keine München-Autostopp-Geschichte. Den Fehler mache ich nicht nochmal. Können ja alle sehen, bei wem ich davor gewohnt habe.

Es ist seltsam, das Zimmer mit Meerschweinchen zu teilen. Ständig raschelt es und manchmal ertönt leises Quieken. Nicht, dass es mich stört, ich habe einen ziemlich guten Schlaf. Aber komisch ist es schon. Was die wohl denken, wer ich bin? Ob die überhaupt denken? Keine Ahnung, wie das bei Meerschweinchen so ist.

Vera macht eine Ausbildung in einer Bank und Barbara jobbt gerade beim McDonald's im McCafé. Spätabends bringt sie immer Kuchen und Donuts mit, die übrig geblieben sind.
»Greif zu«, sagt sie. »Morgen gibt es neue.«
Ich habe schon lange nicht mehr so viel Süßes auf einmal gegessen.

Es ist nicht schwer, Zeit zu finden, um unbemerkt meine Hausaufgaben zu machen. Vera ist untertags nie da und Barbara meistens auch schon weg, wenn ich heimkomme. Außerdem scheint es den beiden ziemlich egal zu sein, was ich mache. Sie haben nicht viele Fragen gestellt.
Jeden Abend lüfte ich lange, auch auf die Gefahr hin, dass die Meerschweinchen frieren. Ich stehe mit Jacke und Haube am offenen Fenster und sehe zum Kinderspielplatz, auf dem bei dieser Kälte keine Kinder spielen. Betrachte den Wohnungsschlüssel, der silbern glänzend in meiner Hand liegt. Kurz durchfährt mich die Angst, er könnte mir aus der Hand rutschen und aus dem Fenster fallen. Schnell stecke ich ihn in die Hosentasche.

Mit meiner Mutter habe ich ausgemacht, dass ich jeden Sonntag zum Essen komme. Ist okay für mich.

Von *HulaHoops* Wohnung aus habe ich verschiedene Möglichkeiten, in die Schule zu fahren. Am liebsten ist mir die, bei der ich für einige Haltestellen die Vorortelinie benutze, von der ich bislang nicht wusste, dass es sie gibt. Einmal kurz nachschlagen sagt mir, dass die meisten Bahnhöfe dieser Linie unter Denkmalschutz stehen, was Jeremy dazu bringt, einmal die gesamte Strecke abzufahren und Fotos zu machen.

Vielleicht sollte ich einen Fotokurs machen. Irgendwann, wenn ich mehr Zeit habe.

Laaerbergstraße

Mit beschwingten Schritten mache ich mich auf den Schulweg, aber sobald ich durchs Schultor gehe, bin ich wieder Jakob. Jakob und sonst niemand.

»Anthony macht 'ne Party«, sagt Lukas und schmeißt seinen Rucksack auf den Sessel neben mir.
»Gehst du hin?«
»Wann?«
»Diesen Samstag.«
»Diesen Samstag?« Diese zwei Wörter reichen, um Jeremy in mir zumindest kurz aufflackern zu lassen.
Lukas sieht mich verwundert an. »Was grinst du denn so?«
Mir war nicht bewusst, dass mein inneres Grinsen tatsächlich bis in meine Mundwinkel gewandert ist. »Ach nichts«, sage ich schnell und bemühe mich, wieder ernst dreinzuschauen.

Jeremy. Ist. Ein. Glückspilz. Bei *HulaHoop* muss ich am Samstag raus und *Gustavo* hat erst ab Sonntag Zeit. Für die Nacht von Samstag auf Sonntag habe ich zwar schon Anfragen geschickt, aber noch keine Zusagen erhalten. Hat sich dieses Problem also quasi von selbst gelöst. Nach der Party kann ich sicher bei Anthony schlafen.
»Ich komm fix«, sage ich also.

Filmteichstraße

Am Samstag bin ich schon um sieben bei Anthony.
»Stell dein Zeugs einfach zu meinen Eltern ins Zimmer«, bietet er mir an. »Da kotzt dir sicher niemand drauf.«
Ich hieve meinen Rucksack von den Schultern und stelle ihn neben das Doppelbett auf den Boden, dann folge ich Anthony in die Küche.
Er grinst. »Erzähl mal!«
»Gibt nix zu erzählen.«
»Natürlich«, sagt Anthony ironisch. »Wenn du schon zu früh auf meiner Party auftauchst, dann musst du mir auch die Zeit vertreiben, bis die Bowle fertig ist.«
»Ich wollt ja gar nicht so früh kommen«, verteidige ich mich.
»Aber?« Anthony sieht mich fragend an.
Ich zucke mit den Schultern. »Nix aber.«
»Hm.« Anthony dreht mir den Rücken zu und schnippelt Apfelstücke. »Lukas hat da so was erwähnt.«
»Lukas? Was hat der denn erzählt?« Ich versuche, ruhig zu klingen, aber mein Herz beginnt zu klopfen und meine Handflächen zu schwitzen. Was zum Teufel hat Lukas erzählt?
Anthony dreht sich zu mir und grinst mich an. »Willst du?« Er hält mir eine Apfelspalte entgegen, die ich geistesabwesend nehme und mir in den Mund schiebe. »Sag schon, was hat Lukas gesagt?«
Anthony grinst noch breiter. »Eh nix«, sagt er. »Aber so, wie du reagierst, gibt es irgendwas, das er erzählen hätte sollen.«
Ich atme hörbar aus. Anthony weiß gar nichts. Mein Herzschlag beruhigt sich. Gleichzeitig bin ich enttäuscht. In Anthonys Augen bin ich wohl tatsächlich nur der kleine Jakob, der zwei Stunden zu früh bei einer Party auftaucht und nicht besonders interessant ist. Ich beginne wortlos, Bananen und Orangen in kleine Stücke zu schneiden und in die Bowlenschüssel zu werfen. Auch Anthony sagt nichts mehr.

Mir fällt ein, dass ich meiner Mutter für morgen absagen muss. Ganz wohl fühle ich mich dabei nicht. Wäre schließlich gerade erst das zweite Sonntagsessen mit ihr. Aber ich nehme an, dass die Party lange dauern wird und ich danach erst mal ausschlafen muss. Da schaffe ich es vermutlich nicht, zu Mittag zum Essen zu kommen.

Wir machen morgen einen Ausflug, Sonntagsessen also diesmal ohne mich, schreibe ich. Wer ›wir‹ sind, lasse ich offen.

Schade, kommt gleich darauf zurück. *Ich wünsch dir aber einen schönen Ausflug mein Großer.*

Mein Großer. So hat sie mich noch nie genannt. Fühlt sich komisch an. Schnell packe ich mein Handy wieder weg.

Ich bin froh, als Lukas da ist. Er ist nach mir der Erste, der kommt. Mit dem letzten Bus, der aus unserer Siedlung in die Stadt fährt.
Bei uns draußen gibt es nur ein Lokal, das ›Malibu‹. Dort kannst du Darts spielen oder einarmiger Bandit und dir die Birne wegsaufen. Am Nebentisch sitzt wahrscheinlich deine Nachbarin, und der Opa deines Volksschulfreundes greift der Kellnerin an den Hintern. Das Malibu verbindet die Generationen.
Lukas und ich, wir waren die von der Tankstelle. Trostlos, ich weiß. Aber bevor wir uns ins Malibu setzen, stehen wir lieber vor den Zapfsäulen und trinken Dosenbier. Die Abende an der Tankstelle waren zwar nicht der Hammer, aber besser als nichts. Marcel hat die Schule abgebrochen und jobbt jetzt dort. Marcel ist okay. Zwar nicht der Hellste, aber noch immer besser als die Typen im Malibu.

Langsam trudeln weitere Leute ein und bald ist es ziemlich voll. Anthony mag alle und alle mögen Anthony. Er ist gut darin, Leute zusammenzubringen. Egal welche.

Anthony ist der perfekte Gastgeber und ständig woanders. Ich stehe mit Lukas im Türrahmen zum Wohnzimmer und fische die Früchte aus meinem Bowlenglas. Eigentlich mag ich Bowle nicht. Ist mir zu süß. Ich suche nach einem Ort, wo ich den vollen Becher unauffällig abstellen kann. Dann überlege ich es mir anders und kippe den Inhalt in einem runter. Wohin ich den Becher stellen soll, weiß ich dann aber immer noch nicht.

Ich fühle mich komisch. Habe das Gefühl, meine Arme und Beine sind viel zu lang, und ich weiß nicht, wohin mit ihnen. Auf Partys ist es immer so, dass ich mit Lukas rumstehe und die anderen beobachte. Manchmal habe ich auch den Eindruck, als würden die anderen mich beobachten. Wie ich dastehe mit dem leeren Becher und nicht weiß, was tun. Vielleicht bilde ich mir das aber nur ein. Vielleicht schaut gar niemand. Vielleicht ist es nur die Bowle.

Und dann reicht es mir. Mit dem Becherhalten und dem Komischfühlen und dem Nicht-wissen-wohin. Wieso steht Jakob einfach nur herum und lässt alles um sich geschehen? Jeremy würde sich was zu trinken holen, ein paar lockere Worte mit irgendwem wechseln und dann ab auf die Tanzfläche.

Und er macht das jetzt einfach. Jeremy geht in die Küche, holt sich ein Cola aus dem Kühlschrank, schlendert dann gemächlich ins Wohnzimmer, wo schon relativ viele Leute herumstehen und sich unterhalten, aber niemand tanzt, weil nur leise Musik aus den Boxen kommt. Jeremy steckt eine Hand in die Hosentasche, mit der anderen setzt er die Flasche an den Mund und macht einen Schluck. Schaut sich um. Jeremy kann ganz anders schauen als Jakob. Jakob schaut, als würde er gleich den nächsten Fluchtweg suchen. Jeremy schaut, als wollte er herausfinden, wen er als nächstes zum Tanzen auffordern soll.

Jeremys Arme und Beine haben genau die richtige Länge.

Ich tippe einen Typen neben mir an, den ich definitiv noch nie gesehen habe. »Why is no one dancing?«, frage ich.
»Everybody wait for Karaoke.« Er scheint sich nicht zu wundern, dass ich Englisch mit ihm spreche.
»Ah, thanks.« Ich hebe meine Colaflasche.

Heute Abend werde ich nur noch Englisch reden. Sollen die anderen doch denken, was sie wollen. Ich mache noch einen Schluck und wippe im Takt der Musik.

Plötzlich dreht sich das Mädchen um, das bisher mit dem Rücken zu mir gestanden ist, und ich sehe, dass es Nadine ist. Nadine. Aus der Parallelklasse. Sie ist mir schon in der Unterstufe aufgefallen. Nicht, weil sie besonders hübsch wäre oder witzig oder besonders beeindruckend auf sonst irgendeine Art. Sie ist mir einfach aufgefallen. Und mit auffallen meine ich auffallen. Nicht gefallen. Auffallen.

Weil wir nicht in dieselbe Klasse gehen, hatte ich bisher nie viel mit ihr zu tun. Die paar Male, die wir uns über den Weg gelaufen sind, habe ich ihr nachgesehen, bis sie weg war. Aber damit ist sie keine Ausnahme. Es gibt viele Menschen, denen ich nachschaue. Ich sehe Menschen gerne an. Das ist einfacher, als mit ihnen zu reden.

Jetzt sieht sie mir direkt in die Augen und drückt mir ein Bier in die Hand. »Halt mal«, sagt sie und ich tue, was sie sagt. Halte ihr Bier und sehe ihr schon wieder nach. Sie schiebt sich an ein paar Herumstehenden vorbei und springt zu einem Mädchen auf die Bühne, die Anthony aus zusammengeschobenen Tischen gebaut hat.

Anthony hat die größte Auswahl an Karaoke-Liedern, die ich kenne. Ich kann Karaoke nichts abgewinnen, aber die meisten drehen total durch, wenn sie Anthonys Bühne sehen, und tragen sich reihenweise in Listen ein.
Anthony selbst verbringt einen großen Teil seiner Partys hinter dem Laptop, aber das scheint ihn nicht zu stören. Er schaltet die Musik zu und Nadines Freundin beginnt, ins Mikrofon zu grölen. Nadine macht Background Vocals. Ich kenne das Lied nicht, aber es klingt nicht so, als wären im Original Background Vocals vorgesehen. Die Freundin springt wild herum und brüllt ins Mikro, Nadine bekommt einen Lachanfall und kann nicht weitersingen. Sie hüpft nur noch kichernd auf der Bühne herum.

Inzwischen ist mir Lukas gefolgt. Er stößt mich an und verdreht die Augen. »Die spinnen echt.« Dann greift er nach der Bierflasche in meiner Hand.
Ich halte sie fest. »Geht nicht. Die gehört Nadine.« Auch wenn ich mir vorgenommen habe, heute nur Englisch zu reden, mit Lukas kann ich das nicht. Englisch ist sein wunder Punkt. Besser gesagt ist die Klein sein wunder Punkt und die ist blöderweise unsere Englischlehrerin.
»Ach komm. Die hat doch schon längst drauf vergessen.«
Ich schüttle den Kopf und lasse die Flasche nicht los. Lukas zuckt die Achseln und macht sich auf Richtung Küche, um sich eine eigene zu holen. Als er zurückkommt, ist Jeremy fast schon verschwunden. Mit Lukas zusammen funktioniert Jeremy nicht.

Das Letzte, was von Jeremy noch da ist, ist Nadines Bierflasche. Es tut gut, sie zu halten und Nadine zuzusehen. Es ist eine schöne, einfache Aufgabe. Immer wieder nehme ich einen Schluck davon. Eigentlich will ich gar nicht mehr, als schauen, aber als Nadine fertig gesungen hat, kommt sie zu mir. Das will ich gar nicht. Sie soll da oben bleiben, auf der Bühne. Oder sich von mir aus mit jemandem neben mir unterhalten. Irgendetwas tun, wobei ich ihr zuschauen kann. Aber nicht mit mir reden. Doch sie steuert zielstrebig auf mich zu.

»Ist nichts mehr drin«, sage ich entschuldigend, als sie bei mir angelangt ist. »Tut mir leid. Ich hol dir ein neues.«

Mit dem frischen Bier in der Hand versuche ich, einen Weg zu Nadine zu finden, ohne wieder an Lukas vorbeizumüssen. Ich würde jetzt gerne mit ihr reden. Was auch immer, Jeremy würde schon etwas einfallen. Er würde sie in ein Gespräch verwickeln, über Background Vocals, über Biersorten, über Anthony oder auch nur übers Wetter. Whatever.

Aber Lukas lässt mich nicht. Lukas fühlt sich auf Partys genauso komisch wie Jakob und passt mich an der Wohnzimmertür ab. Mit Lukas an der Seite schafft es Jakob gerade noch, Nadine das Bier in die Hand zu drücken und auf ihr Lächeln ein bisschen den Mund zu verziehen, bevor er sich umdreht und den Raum verlässt.

Ich versuche mir einzureden, dass es mir egal ist.

Gegen drei gehen auch die Letzten und ich lasse mich auf die Couch fallen. In meinem Rucksack ist mein Pyjama, aber ich bin zu müde, um ihn auszupacken. In Jeans und Pulli wickle ich mich in die Decke, die Anthony mir zugeworfen hat.

Lukas ist schon eine Zeit lang weg, seine Mutter hat ihn mit dem Auto abgeholt. Macht sie oft. Sie ist eine Nachteule, meint sie, und es stört sie nicht, um zwei Uhr früh durch die Gegend zu fahren. Bis jetzt hat sie mich immer mitgenommen. Aber ich muss da nicht mehr hinaus. Ich wohne jetzt in der Stadt. Ich ziehe die Decke enger um mich, drehe mich zur Seite und lächle ins Sofa hinein.

Ich muss da nicht mehr hin.

Ich wache davon auf, dass Anthony rund um die Couch Sachen einsammelt.
»Sorry«, flüstert er, als er merkt, dass er mich geweckt hat. »Irgendwann muss ich damit anfangen.«
»Schon okay«, murmle ich verschlafen.
Anthony grinst. »Mit dem Staubsaugen warte ich noch, keine Sorge.«

Ich döse nochmal ein, schrecke aber gleich wieder hoch, als die Türklingel läutet. Wenig später höre ich Nadines Stimme im Vorzimmer. »Die muss irgendwo hier liegen.«
»Hast du Nadines Geldbörse gesehen?«, ruft Anthony.
Ich antworte nicht, denn ich bin offiziell wieder eingeschlafen. Gesehen habe ich sie so oder so nicht.
Anthony und Nadine kommen ins Wohnzimmer. »So ein Scheiß«, flucht Nadine.
»War da viel drin?«
»Geld nicht, aber Schülerausweis und so.«
»Liegt bestimmt hier irgendwo«, sagt Anthony. »Du hast den ganzen Nachmittag Zeit zum Suchen.«
Ich höre, wie Nadine Türen öffnet und schließt, Mäntel an der Garderobe durchsucht und Gläser auf die Seite schiebt. Lange geht das so. Anthonys Haus ist groß.
Dann beugt sie sich über mich und kramt hinter der Couch herum, auf der ich liege. Ich halte die Augen geschlossen und bemühe mich, gleichmäßig zu atmen. Schließlich schlafe ich und wache nicht auf, nur weil Nadines Arm über meinem Gesicht ist. Nadine riecht nach Gewürzen, die ich nicht kenne. Ich weiß nicht, ob das ihr Shampoo ist oder ihr Deo. Ich weiß nur, es bringt mich völlig durcheinander.
Ich stelle mir vor, wie sie den Arm einfach auf meine Brust fallen lässt und sich neben mich legt, und dann versuche ich schnell,

mir etwas anderes vorzustellen, weil das mit dem gleichmäßigen Atmen nun überhaupt nicht mehr funktioniert und ich mir nicht vorstellen will, wie Nadine reagiert, wenn sie das merkt.
Schließlich sucht sie bloß ihre Geldbörse und stellt viel zu schnell fest, dass sich diese definitiv nicht hinter der Couch befindet.

Ich muss nochmal eingeschlafen sein, denn das Nächste, was ich sehe, sind die Rücken von Nadine und Anthony. An meine Couch gelehnt sitzen sie vor dem Bildschirm und spielen Autorennen ohne Ton.
Nadine dreht sich zu mir um. »Guten Morgen!«
»Endlich!« Anthony dreht den Ton auf. »So machts doch gleich viel mehr Spaß.«
Mein Rücken tut weh und ich habe einen komischen Geschmack im Mund. Außerdem muss ich aufs Klo. »Ich geh mal duschen«, sage ich.
Das ist etwas, was ich von Jeremy schnell gelernt habe. Mich immer gleich zuhause zu fühlen oder zumindest so zu tun, als ob.

In der Dusche fällt mir auf, dass jemand in Anthoys Haushalt das gleiche Duschgel benutzt wie Andi *blueballoon*. Aus dem Wohnzimmer höre ich die Musik düdeln und Nadine fluchen. Dann drehe ich den Duschstrahl auf.

Mit Sandelholzduft im Haar fühle ich mich gleich ein bisschen mutiger. Zurück im Wohnzimmer tippe ich Anthony auf die Schulter. »Kann ich auch mal?«
»Sicher.« Ohne zu zögern drückt er mir den Controller in die Hand, woraufhin sein Fahrzeug prompt von der Strecke fällt und von einer lächelnden Wolke wieder nach oben gebracht wird.
»Doch nicht mitten im Spiel!« Ich versuche, das Beste aus der Situation zu machen, kriege aber den Wagen nicht mehr auf eine gerade

Spur, so sehr ich mich auch bemühe. Egal, es gibt noch eine Runde. Und eine nächste. Und übernächste.

Nach diesem Nachmittag weiß ich noch immer nicht viel über Nadine. Ich weiß, dass sie nicht singen kann und verdammt gut Mario Kart spielt. Weiß, dass sie ihre linke Augenbraue heben kann, ohne mit der rechten dasselbe zu tun. Und weil ich Sandelholz im Haar habe, habe ich sie gefragt, ob sie das auch umgekehrt vormachen kann. Rechts heben, links nicht. Konnte sie nicht.
»Und jetzt du«, hat sie mich aufgefordert und mich mit ihrer linken Augenbraue zum Lachen gebracht.
Aber bei mir ist da keine Chance. Nicht mal Jeremy kriegt die Brauen zu unterschiedlichen Zeitpunkten hoch. Da heben sich immer beide.

Kalvarienberggasse

Gustavo ist aus Spanien und der erste, der tatsächlich so heißt, wie er angegeben hat. Wenn er es ausspricht, klingt es wie ›Gustabo‹. Seine Mitbewohnerin ist gerade nicht da und so darf ich fast eine Woche in ihrem Hochbett schlafen. Dem wahrscheinlich höchsten Hochbett der Stadt, zu dem eine lange Sprossenwand hinaufführt.
»You shouldn't climb up there when you're drunk«, warnt mich Gustavo scherzhaft.
Schnell schüttle ich den Kopf. »I know I'm Scottish but I don't drink much.«
»Oh, but a bit you drink, right?«
Ich nicke. »A bit.« Gustavos Englisch klingt lustig, aber soweit ich verstanden habe, spricht er fast überhaupt kein Deutsch.

Gustavo ist erst seit einem halben Jahr hier, dennoch hat er ständig Besuch von unterschiedlichen Leuten, die alle Spanisch sprechen. Sie sind total nett zu mir und laden mich ein, mit ihnen in der Küche zu sitzen und zu trinken. Aber nach zwei Sätzen Englisch wechseln sie wieder ins Spanische.
»I'm sorry«, sage ich, als ich aufstehe, um in mein Zimmer zu gehen. »I don't understand a thing.«
»Ah, we are sorry!« Bestürzte Gesichter. »But we don't manage not to speak Spanish. We're really sorry!«
»It's okay«, wehre ich ab. Gustavos Freunde wirken zwar alle sehr sympathisch, aber ich muss sowieso meine Hausaufgaben machen und für die Stundenwiederholung lernen. Da kommt es mir nur gelegen, eine gute Ausrede zu haben.
»When I get home to Glasgow I will do a Spanish course and next time I come here we can talk«, verspreche ich der Gruppe. »Okay?«
»You definitely have to come another time«, sagt Gustavo erfreut. »And if not here then you must come to visit me in Spain, promise?«
»Promise«, sage ich und verschwinde Richtung Zimmer mit dem höchsten Hochbett der Stadt.

Freitagfrüh fliegt Gustavo auf Urlaub nach Bilbao, wo er herkommt. »You can choose«, sagt er. »You can stay until Thursday. Or you stay until Friday but then you have to leave the flat together with me at five o'clock in the morning. I have an early flight.«
Am Freitagabend kann ich bei *OMG it's me* vorbeikommen. Ich bin zu faul, nur für eine Nacht Leute anzuschreiben. Seit *HulaHoop* bemühe ich mich, wirklich alle Profile genau durchzulesen, und das ist mir gerade zu mühsam.

Also stehe ich am Freitag um halb fünf auf, damit ich eine halbe Stunde später mit Gustavo das Haus verlassen kann.

»Sorry«, sagt er. »I'm really sorry you have to get up so early because of me.«
»No problem«, versichere ich ihm.
»Where are you going now?«, will er wissen.
»Not sure. Can I take you to the airport?«

Flughafen

Ich begleite Gustavo zum Check-in und zum Eingang zur Security und winke ihm nach, bis ich ihn nicht mehr sehe.
Tue genau das Gleiche wie die Leute neben mir auch.

An jedem anderen Freitag müsste ich jetzt in die Schule fahren. Heute nicht, unsere Schule hat uns einen schulautonomen Tag spendiert. An jedem anderen Freitag hätte ich mich darüber gefreut. Hätte lang geschlafen, wäre rüber zu Lukas, irgendwelche Games spielen.
Diesmal fühlt es sich anders an. Der ganze Tag liegt vor mir und will gefüllt werden. Nur womit?
In der Schule hätte ich wenigstens etwas zu tun und warm wäre es auch.

Egal, Jeremy findet sich schon was. Ich spaziere durch das Flughafengebäude und beschließe, mir ein Frühstück zu gönnen. Im Terminal 1 setze ich mich in ein Café und studiere die Karte, in der der Unterschied zwischen den verschiedenen Wiener Kaffeesorten genau erklärt wird. Das meiste davon ist auch für mich neu. Schließlich entscheide ich mich für einen Franziskaner, einen kleinen schwarzen Kaffee mit viel Milch, Schlagobershaube und Schokopulver.

Danach streife wieder durch das Flughafengelände, aber irgendwann wird das langweilig. Mit einem Seufzer lasse ich mich auf eine der Sitzgelegenheiten sinken, so richtig bequem sind die jedoch nicht. Ich könnte wieder nach Wien reinfahren, überlege ich. Aber dann wohin? Wenn es warm wäre, könnte ich mich in einen Park legen, aber obwohl die Sonne scheint, merkt man der Luft an, dass es Ende Oktober ist. Ich sehe auf die Uhr. Noch sieben Stunden, bis ich zu *OMG it's me* kann.

Ich merke, wie ich langsam grantig werde. Ich bin müde und meine linke Schulter tut weh, vermutlich vom langen Rucksackschleppen. Was für eine blöde Idee, die Nacht auf heute noch bei Gustavo zu bleiben. Das habe ich jetzt davon, dass ich zu faul war, mir einen *host* für eine Nacht zu organisieren. Ich schaue auf die Uhr. Noch immer sieben Stunden, die Zeit zieht sich wie in der schlimmsten Schulstunde nicht.

So soll es nicht sein, so war das nicht gedacht. Jeremy soll Spaß haben in dieser fremden Stadt und nicht blöd herumwarten an Orten wie diesen.
Ein kleines Kind stellt sich vor mich und sieht mich mit offenem Mund und großen Augen an. Genervt drehe ich mich weg. Nur weil es süß schauen kann, braucht es nicht zu glauben, dass ich jetzt lächle.

Aber plötzlich ist mein Grant wie weggeblasen und es hat nichts mit dem Kind zu tun. Sondern damit, dass ich eine Idee habe, wo ich den Nachmittag verbringen könnte. An einem Ort, der mich an meine Kindheit erinnert. Wo es Betten gibt, in die ich mich legen kann. Und Fleischbällchen. Und Kartoffelpüree. Und Mandeltorte.

Sverigestraße

Eineinhalb Stunden später sperre ich meinen Rucksack in das Schließfach beim Ikea-Eingang und strecke mich. Tut gut, dieses schwere Ding endlich los zu sein. Ich gehe die Stiege hinauf und lächle. Sofas ohne Ende. Aber ich kann mich nicht einfach aufs erstbeste werfen und laut zu schnarchen beginnen. An einem Freitag wie heute laufen hier zu viele Leute rum.
Langsam schlendere ich durch die Abteilungen und versuche, eine versteckte Liegegelegenheit auszumachen. Die meisten Betten und Sofas stehen in der Mitte des Raums und eine Jungfamilie nach der anderen schmeißt sich auf sie, um zu testen, ob sie bequem genug sind. Nichts für mich.

Die Pfeile auf dem Boden leiten mich durch die Abteilungen. Immer wieder kann man durch Türen in kleine Wohneinheiten gehen.

Unser Zuhause auf 35 m².
Bett, Fernseher, Küche, Bad. Alles. Klar, wenn man so hohe Räume hat wie Ikea, kann man einfach alles in die Höhe schachteln und kommt locker mit wenig Grundfläche aus.
Ich schlendere weiter.

Unser Zuhause auf 25 m².
Auch hier geht sich alles aus. Mit Hochbett allerdings. Das sehe ich mir genauer an. Kann ja sein, dass ich es kaufen will. Die Sprossen der Leiter sind mit einem Plastikschild verhängt.

Da sich in der Decke Stromleitungen befinden, bitten wir dich, dein Kind nicht im oberen Bett spielen zu lassen.

Ich will nicht spielen, ich will schlafen. Das Schild gilt also nicht für mich.
Eine Matratze ist da. Die unterste Sprosse ist nicht vom Schild verdeckt und wenn ich mich draufstelle, kann ich sehen, dass auf der Matratze sogar Bettwäsche liegt.

Ich blicke mich um. Im Moment will niemand wissen, wie man toll auf 25 Quadratmetern wohnen kann. Soll ich ...?
Einfach nicht nachdenken. Einfach machen. Mit einem Ruck hieve ich mich hinauf und rolle mich auf die Seite. Wenn ich mich ganz an die Wand lege, sieht mich von unten bestimmt niemand. Sicherheitshalber schichte ich die Bettdecke so neben mir auf, dass sie einen Sichtschutz bildet.
Mein Herz klopft wie wahnsinnig, aber es beruhigt sich nach und nach. Nur wenige Leute gehen in der 25 m^2-Box ein und aus. Niemand von ihnen scheint sich dafür zu interessieren, was sich auf dem Hochbett befindet.
»Da ist mal ein Kind von oben runtergefallen und war tot«, sagt einer. »Seitdem darf man da nicht mehr rauf.«
Irgendwann schlafe ich tatsächlich ein.

Ich wache davon auf, dass unter mir ein Kind quengelt. »Mach nicht so ein Gesicht«, höre ich ein genervtes Elternteil. »Irgendjemand in dieser Familie macht immer ein Gesicht, das reicht mir schön langsam.«
Meine Uhr zeigt mir, dass ich drei Stunden geschlafen habe. Ich bin von mir selbst beeindruckt.
Als ich weder das Kind mit dem Gesicht noch das genervte Elternteil mehr höre, beuge ich mich vorsichtig vor und spähe hinunter. Niemand da. So schnell ich kann, klettere ich vom Bett und verschwinde in der Badeeinheit. Fast vergesse ich, dass die Toilette hier nicht ans Kanalsystem angeschlossen ist. Rechtzeitig klappe ich den

Klodeckel wieder zu und grinse mich selbst im Spiegel an. Noch zweieinhalb Stunden bis *OMG it's me* zuhause ist. Ich gähne und strecke mich, dann mache ich mich auf den Weg ins Restaurant.

Fleischbällchen mit Kartoffelpüree. Und Mandeltorte. Vor dem Fenster rauscht die Stadtautobahn. Nach der Torte ist mir schlecht. Wie früher.
Ich lächle dem Verkehr zu. Dann rufe ich *OMG it's me* an.

Dietrichgasse

OMG it's me heißt Peter und wohnt direkt gegenüber vom Verkehrsamt, das ein langgezogener, hässlicher Block ist. Die Wohnung selbst ist aber recht gemütlich und ich kriege sogar ein eigenes Zimmer, in dem ich mich gleich auf dem Sofa ausstrecke. Meine Schulter tut noch immer weh.
Lange kann ich mich nicht ausruhen, denn Peter will mich auf ein Konzert schleppen. Eigentlich sind es sogar mehrere Konzerte, ein Festival, von dem ich noch nie gehört habe. Auch die Bandnamen sagen mir nichts.
»Dafür habe ich kein Geld«, sage ich entschuldigend. »Leider.« Das stimmt zwar nicht so ganz, aber nach dem Ikea-Essen habe ich mir vorgenommen, etwas mehr auf mein Geld zu schauen.
Peter lacht. »Ach komm, glaubst du, ich? Wir kommen da schon irgendwie rein.«
»Meinst du?« Wie sollen wir da ›einfach so‹ reinkommen?
Aber Jeremy zweifelt nicht. Jeremy macht einfach. Also komme ich mit.

Franzosengraben

Gemeinsam mit Peter reihe ich mich in die Schlange ein, um unser nichtvorhandenes Ticket herzuzeigen. Als wir dran sind, reckt Peter das Kinn in die Höhe. »Wir müssen zu Tom.«

›Irgendeiner heißt immer Tom‹, hat er mir davor erklärt.

»Welcher Tom?«, will der Kartenabreißer wissen.

»Tom Tom«, sagt Peter mit unfreundlichem Tonfall. »Tom organisiert hier das Ganze.«

Ein bulliger Typ, der an der Nachbarschlange die Tickets kontrolliert, wirft einen misstrauischen Blick auf uns. »Ich organisierte hier das Ganze.«

»Das ist ein Bluff«, flüstert mir Peter zu. »Wer immer das organisiert, hat jetzt gerade Besseres zu tun, als Karten abzureißen.« Dann wird er wieder laut: »Ich muss Tom was geben.«

Hinter uns beginnen die Leute zu maulen. »Jetzt macht endlich weiter.«

Der bullige Typ verlässt seine Schlange und baut sich vor uns auf. »Es gibt keinen Tom und ohne Ticket kommt ihr hier nicht rein. Haut ab.«

»Sonst funktioniert das immer«, meint Peter niedergeschlagen, als wir wieder vor dem Gebäude stehen. »Keine Ahnung, was der wollte.«

»Ist doch egal«, meine ich. »Wir haben es zumindest versucht.«

Peter schüttelt den Kopf. »Wir kommen rein. Ich komm immer rein. Das wäre doch gelacht.«

Das Gebäude sieht aus wie eine alte Fabrik. Wir gehen außen an der Mauer entlang bis zur Kreuzung, an der sich zwei mehrspurige Straßen treffen. Peter zeigt auf drei Verkehrsschilder, auf dem vierten darunter steht ›Ende‹. »Da kann man rauf«, sagt er. Ich blicke nach oben. Die Mauer, die neben uns mit ihren Graffiti weit in die Höhe ragt, hat tatsächlich einen kleinen Vorsprung. Eine Art metallener Sims oberhalb der Werbetafeln, die unten angebracht sind. Breit genug, um darauf zu balancieren. Aber auch hoch genug, um sich ziemlich sicher zu verletzen, wenn man da runterfällt.

Ich schiebe diese Gedanken beiseite. Jeremy hat keine Angst. Jeremy macht sowas bestimmt auch nicht zum ersten Mal. Er steigt, ohne zu zögern, in Peters verschränkte Hände, als der ihm Räuberleiter macht.

Es gibt praktischerweise einen kleinen Vorsprung, auf den ich steigen kann, als ich mich zwischen Schildern und Mauer hinaufhangle, bis ich auf dem Sims stehe. Er ist schmäler, als es von unten ausgesehen hat, und leicht schräg. Ich merke, wie meine Knie zittern. Keuche und warte, bis sich mein Atem beruhigt. Peter kommt mir scheinbar ohne Mühe nach. »Los, schnell weiter«, zischt er, weil ich planlos und nervös herumstehe.

Also stütze ich mich mit der linken Hand an der Mauer neben mir ab. Die rechte ausgestreckt, um die Balance zu halten.

Ich spüre Peters Hand zwischen meinen Schulterblättern. »Da vorne, wo der Efeu ist, geht's runter.«

Vorsichtig schiebe ich einen Fuß vor den anderen. Irgendwie schaffe ich es tatsächlich, bis dorthin zu gelangen, wo der Efeu beginnt, die Wand entlangzuwachsen. Hier hört die hohe Mauer auf und man kann in den Innenhof des Gebäudekomplexes springen. Ohne Knochenbruch.

»Na los!« Peter sieht sich schnell um. »Grad schaut niemand.«

Einfach nicht denken. Einfach Jeremy sein. Einfach machen.

Kurz befürchte ich, dass meine Armmuskeln zu schwach sind, um mich langsam an der Innenseite herunterzulassen, und dass ich ungebremst die Wand runterrutschen werde. Doch Jeremy hat Muskeln. Jeremy kann das.

Unten angekommen klopfen wir uns den Dreck von Hosen und Jacken. Mein Herz rast und meine Muskeln zittern. Ich will mir vor Peter nichts anmerken lassen und versuche, lässig auszusehen, als ich mich auf eine der Holzbänke sinken lasse.
»Letztes Mal, als ich das versucht hab, hat mich die Security rausgeschmissen.«
Ich sehe ihn mit großen Augen an. »Und du probierst es trotzdem noch einmal?«
Peter grinst. »Ich wollt mir beweisen, dass ich das kann«, sagt er. »Und dir.«
Ich schüttle den Kopf. »Mir hättest du nichts beweisen müssen.«
Peter grinst noch breiter. »Aber du findest schon gut, dass wir drin sind, oder?«
Ich sehe mich um. Er hat recht. Jeremy findet es sehr gut hier. Jeremy lässt sich auch von keiner Security erwischen.
Und ich, Jakob, bin auch drin.

Die erste Band hat einen lateinischen Namen und ist hauptsächlich laut. Peter wirbelt seine Haare durch die Luft. Ich trete von einem Bein aufs andere und grinse. Ab und zu nehme ich einen Schluck von seinem Getränk, das sowieso ich in der Hand halte, weil Peter mit wildem Zucken beschäftigt ist.

In der Umbaupause zwischen zwei Bands stößt Peter mich an und deutet auf die Armbänder, die außer uns alle tragen. »Komm, wir holen uns auch eins.«
Peters Hobby scheint es zu sein, verbotene Dinge zu tun. Ein Armband zu besorgen hat nämlich überhaupt keinen Sinn, schließlich sind wir schon auf dem Festivalgelände. Es ist auch unmöglich, eines zu ergattern. Die Leute vom Einlass halten die gut unter Verschluss und binden sie nur den Leuten ums Handgelenk, die ein Ticket vorweisen können.

»Das ist doch verschwendete Zeit«, protestiere ich.
Peter scheint das einzusehen. »Dann lass uns zum Merchandise-Stand gehen.«
Ich folge ihm zum Stand im Vorraum, an dem bereits einige Leute stehen und sich durch T-Shirts, Schlüsselanhänger, Taschen und CDs wühlen, die auf dem Tisch liegen.
»Ich hol mir ein T-Shirt«, lässt mich Peter wissen.

Ich finde es eigentlich nicht okay, hier vom Merch-Stand Sachen mitgehen zu lassen. Aber ich will Peter nicht enttäuschen. Warum muss Jakob auch ständig so korrekt sein?
Trotzdem, ich finde, es gibt einen Unterschied zwischen keinen Eintritt zahlen und einfach einer Band etwas stehlen. Keine Ahnung, wie viel man als Teil einer Metal-Band so verdient, vielleicht ist es denen auch egal, wenn was fehlt. Aber ich habe im Moment selbst so eine beschränkte Anzahl an Dingen, dass ich mir nicht vorstellen will, wie es wäre, wenn sich da jemand einfach so bedient.
Aber Jeremy denkt nicht so. Jeremy macht einfach.
Ein Schlüsselband hat bestimmt nicht viel gekostet, rede ich mir ein, als ich das Ding von der Tischfläche ziehe, während Peter die beiden Verkäufer in ein Ablenkungsgespräch verwickelt.

Draußen vergleichen wir unsere Schätze. »Mager«, kommentiert er meine Beute und präsentiert mir seine: ein T-Shirt mit dem Logo einer der Bands.
»Ich brauche sonst nichts«, behaupte ich, obwohl ich frische T-Shirts durchaus gebrauchen könnte, nur keine mit Heavy-Metal-Aufdruck drauf. Einen Schlüsselanhänger an einer Hundeleine brauche ich definitiv nicht, aber das muss Peter nicht wissen. »Ich habe immer die Panik, dass ich die Schlüssel meiner *hosts* verliere, da ist so etwas praktisch.« Das ist sogar nicht mal gelogen. Nur die Totenköpfe, die das Band zieren, finde ich ein bisschen kindisch.

Dietrichgasse

Das Wochenende verschlafen wir größtenteils. Oder dösen auf dem Sofa. Oder spielen Computer. Auch Peter scheint der Freitag gereicht zu haben und er macht Samstagabend keine Anstalten, die Wohnung verlassen zu wollen. Ist mir auch recht. Wir bestellen Pizza und machen sonst nicht viel.

Am Sonntag gebe ich vor, eine kleine Sightseeing-Runde machen zu wollen. Peter hat mir den Friedhof der Namenlosen empfohlen und ich spekuliere darauf, dass er mich nicht begleiten will, weil die Welt draußen irgendwo zwischen grauen Wolken und Nieselregen stehen geblieben zu sein scheint. Mein Plan geht auf, Peter bleibt auf der Couch.

»Grüß mir die Namenlosen«, ruft er mir nach.

Schützenweg

Auch diesmal fühlt es sich komisch an, irgendwie als Gast das eigene Haus zu betreten. Vertraut und fremd zugleich. Aber nicht schlecht. Definitiv kein schlechtes Gefühl. Hier nicht sein zu *müssen*, sondern zu *können*.

Trotzdem gibt es mir einen kleinen Stich, als meine Mutter Lasagne auf den Tisch stellt. Ich liebe Lasagne. Aber wahrscheinlich ist es nur der Hunger, denn das Gefühl ist sofort wieder vorbei, als ich mir den ersten Bissen in den Mund schiebe.

Beim Verabschieden lächle ich.

NOVEMBER

Laaerbergstraße

Am Montag in der Schule trage ich das Schlüsselband mehrmals ums Handgelenk gewickelt. Ich will gefragt werden, was ich am Wochenende erlebt habe.

»Seit wann stehst du auf Totenköpfe?«, fragt David in der Pause auch tatsächlich.

Plötzlich habe ich Lust, irgendeinen Blödsinn zu erzählen. Wenn Jeremy das kann, kann Jakob das auch.

»Voll die Scheiße«, sage ich also leise.

David sieht mich irritiert an. »Wieso Scheiße?«

»Elektronische Handfessel«, erkläre ich.

»Handfessel, genau.« David grinst spöttisch. »Wo soll denn da die Elektronik sein?«

Ich sehe ihn ernst an. »Spezialgewebe«, sage ich. »Nanotechnologie.«

David grinst noch immer, aber ich merke, dass er nicht mehr zu hundert Prozent sicher ist, dass ich nur einen Scherz mache.

»Sie haben mich beim Schwänzen erwischt«, fahre ich mit Grabesstimme fort. »Ich darf mich nicht mehr als einen Kilometer von der Schule entfernen.«

»Sonst piepst es?«, fragt Azra. Ich kann nicht sagen, ob sie es ernst oder ironisch meint.

»Elektroschock«, flüstere ich. »Deshalb die Totenköpfe.«

Lukas schlägt mir mit der flachen Hand auf den Hinterkopf.

»Idiot«, sagt er lachend. »Du schwänzt doch überhaupt nie. Du hast dir einfach einen pseudo-goth Scheiß umgebunden. Wo auch immer du den herhast.«

Ich versuche ernst zu bleiben, aber als ich die Gesichter von David und Azra sehe, pruste ich los.

»Normalerweise hätt ich dir das eh nicht geglaubt, aber jetzt ...« David sieht mich lange an.

»Was meinst du mit ›aber jetzt‹?«

»Na ja, jetzt, wo du irgendwie wirklich schwänzt.«
Ich sehe, wie Lukas David einen warnenden Blick zuwirft, den David nicht sieht.
»Also halt zuhause und nicht in der Schule.«
Lukas zupft an dem Band an meinem Arm. »Kann ich das haben? Ich möcht unbedingt meiner Mum die Handfessel-Story erzählen. Dass ich das gekriegt hab, weil ich zu oft geschwänzt habe. Möcht wissen, was für ein Gesicht die macht.« Seine Stimme klingt nervös. Ich merke, dass er von etwas ablenken will. Ich weiß auch, von was. Sehe ihn scharf an. »Du hast was erzählt.«
Lukas zieht den Kopf zwischen die Schultern und sagt nichts mehr.
»Du hast David davon erzählt«, wiederhole ich.
»Jakob, entspann dich.« David legt mir die Hand auf die Schulter. »Ist doch voll cool. Musst du doch nicht so ein Geheimnis drum machen.«
»Stimmt«, mischt sich Azra ein. »Musst echt kein Geheimnis drum machen. Wenn du mal irgendwas machst, das ...« Sie spricht nicht weiter. Will mir wohl nicht noch extra unter die Nase reiben, wie stinknormal und langweilig ich eigentlich bin.
War.

Vielleicht finde ich es gar nicht so schlecht, dass Lukas den Mund nicht halten kann?
»Tut mir voll leid«, flüstert er. »Ist mir so rausgerutscht.«
»Rausgerutscht, mausgerutscht«, knurre ich, weil er nicht glauben soll, dass es okay ist, einfach so alles weiterzutratschen. Dabei genieße ich die Art und Weise, wie David und Azra mich plötzlich ansehen.
»Was hat er denn erzählt?«, will ich wissen.
David hebt dramatisch seine Hände, wie um eine Schlagzeile in die Luft zu schreiben.

»Geheimes Doppelleben – Schüler trickst mit zweiter Identität Eltern und Gastgeber aus.«
»Ja, genau«, sage ich trocken. »So stellt ihr euch das vor.«
»Wieso, wie ist es denn sonst?«, fragt Azra.
Ja, wie ist es sonst? Ich überlege. Dann nicke ich. »Hast schon recht. Stimmt schon so, irgendwie.«
Ich muss grinsen. Stimmt schon so. Genau. Stimmt schon so.

»Kann ich das Band jetzt haben?« Lukas sieht mich erwartungsvoll an. Sicher ist er erleichtert, dass ich nicht wirklich sauer bin. Ich wickle mir das Band vom Handgelenk und halte es Lukas hin.
»Eigentlich hat man doch eher Fußfesseln, oder?« David nimmt mir das Band aus der Hand und versucht, es Lukas ans Fußgelenk zu binden. Der lacht. »Sehr realistisch.« Er knotet das Band wieder auf und schnappt sich Azra, um es ihr umzuwickeln.
Ich grinse. Mir hätten sie es fast geglaubt.

Die Fußfessel wird zum Witz des Tages. Ständig versucht irgendwer, sie jemand anderem unbemerkt irgendwohin zu binden.
In der Mathestunde stößt Lukas mich an und deutet auf Taisas Platz. Vielmehr auf den Platz, wo Taisa normalerweise sitzt. Jetzt ist sie verschwunden, aber ihr Sessel wackelt ein bisschen. Als mein Blick nach unten wandert, sehe ich, wie sie unter dem Tisch hockt und sich an den Beinen von Henriks Stuhl zu schaffen macht.
Henrik wippt mit dem linken Fuß auf und ab, das rechte Bein steht still. Zu still. Taisa versucht langsam und vorsichtig, das Band daran zu befestigen.
»Das muss der doch merken«, flüstert Azra hinter mir. Ich sehe mich um. Wir sind nicht die Einzigen, die Taisa beobachten. Der Großteil der Klasse starrt gebannt auf sie. Nur Henrik merkt nichts und auch nicht der Brunner, der Gleichungen an die Tafel schreibt und sich wahrscheinlich freut, dass es so ruhig ist.

Doch dann ist er am Ende der Tafel angelangt und dreht sich um. Er muss nur unseren Blicken folgen, um Taisa zu entdecken.
»Taisa, was machst du schon wieder unter dem Tisch?«, dröhnt er.
»Herr Professor, was heißt ›schon wieder‹?«, fragt Azra. »Taisa war doch noch nie unter dem Tisch.«
»Jetzt gerade ist sie aber dort und sie kommt schleunigst wieder hervor«, sagt der Brunner streng.
»Trotzdem, warum ›schon wieder‹?«, beharrt Azra.
»Du setzt dich jetzt sofort wieder anständig hin«, ruft der Brunner.
Ein dumpfes Geräusch ertönt, gefolgt von Wörtern, die ich nicht verstehe. Dem Tonfall nach sind es Flüche. Taisa ist mit dem Kopf von unten gegen den Tisch gedonnert. Gelächter bricht aus. Henrik, der anscheinend erst jetzt mitbekommen hat, dass etwas los ist, dreht sich um. Dabei merkt er, dass bei ihm rechts etwas nicht stimmt. Taisa hat es tatsächlich geschafft, sein Bein an den Stuhl zu fesseln. Henrik springt auf.
»Das hätte er mal besser lassen sollen«, flüstert Lukas.
Der Stuhl kippt und landet polternd auf dem Boden. Henrik kann sich nicht halten und fällt mit um. Die gesamte Klasse brüllt vor Lachen. Der Brunner weiß für einen Moment offensichtlich nicht, ob er grinsen oder schreien soll. Schließlich entscheidet er sich, den Autoritären raushängen zu lassen. Bloß kann er das nicht besonders gut.
»Henrik, nimm den Sessel und steh auf«, schreit er.
»Ich kann nicht«, jammert Henrik.
»Er ist festgebunden, Herr Professor«, sagt Azra mit wichtiger Miene. »Sie müssen ihn befreien.«
»Kann ich machen«, bietet Taisa an.
»Ich werd dir zeigen, was befreien heißt«, fährt sie Henrik an. Er hat seinen Fuß losgebunden, liegt aber immer noch am Boden.
»Taisa, du verlässt die Klasse, bis du dich wieder beruhigt hast«, befiehlt der Brunner.

Taisa grinst, als sie Richtung Tür geht. »Ich bin die Ruhigste von allen«, stellt sie fest. Im Moment hat sie sogar recht damit. Sie ist die Einzige, die weder lacht noch flucht noch schreit.

Als es wenig später zur Pause klingelt, reißt Taisa die Tür auf. »Kann ich wieder rein?«
Der Brunner ignoriert sie und geht wortlos an ihr vorbei.
»Du machst echt nur Scheiß«, sagt Azra kopfschüttelnd.
Taisa streicht sich Haarsträhnen aus dem Gesicht. »Sag bloß, du hast nicht gelacht.«
Henrik steht auf und geht langsam zur Tür. Er sieht Taisa fest in die Augen. »Du bist so was von tot.«
Ich stelle mich ihm in den Weg. »Gibst du mir bitte mein Band wieder?«
Er sieht mich böse an. »Dein Band, ja?« Er holt ein Feuerzeug aus der Hosentasche und versucht, das Band anzuzünden. Aber es ist aus irgendwelchen Fasern, die nicht brennen. Es stinkt nur. Henrik wirft mir das angesengte Band gegen die Brust.
»Ey, Henrik, nimm das Leben doch ein bisschen mit Humor«, ruft Anthony aus der letzten Reihe. Aber Henrik ignoriert ihn. Stattdessen baut er sich vor meinem Tisch auf.
»Du glaubst, du bist jetzt der große Checker, hm?«
»Was bitte?« Ich habe keine Lust, mich mit Henrik anzulegen. »Ich glaube gar nichts. Schon gar nichts Großes.«
»Brauchst du auch gar nicht«, sagt Henrik verächtlich. »Das schaffst du nie.«
Ich sehe ihn stirnrunzelnd an. Wovon spricht der?
Dann sehe ich Lukas, dessen Kopf schon wieder zwischen seinen Schultern verschwindet, und verstehe, dass David und Azra nicht die Einzigen sind, die mehr über mich wissen, als ich dachte.
Henrik macht sich größer, als er ohnehin schon ist. »Diese Ich-hau-ab-aber-nicht-richtig-Masche, die kannst du nicht durchziehen.«

Und plötzlich bin ich nicht mehr der kleine Jakob, den Henrik sich vor Jahren am Gang rausgesucht hat, um ihn zu piesacken. Ich spüre die Blicke von David, Azra und Lukas auf mir ruhen. Ich habe keine Lust mehr, mich vor Leuten wie Henrik zu verstecken.
»Ach? Und wieso glaubst du, du weißt das besser als ich selbst? Weil du in Amerika warst und jetzt denkst, du weißt, was läuft auf dieser Welt?«
Henrik sieht mich verblüfft an. Er ist es nicht gewohnt, dass irgendjemand dagegenredet, wenn er etwas sagt.
»Nur weil deine Eltern was weiß ich wie viele tausend Euro hingeblättert haben, damit ihr Söhnchen über das große Meer fahren kann?«, fahre ich wütend fort.
Es ist still um uns geworden. Alle Augen sind auf uns gerichtet. Henrik ist das gewohnt. Ich nicht. Aber ich höre nicht auf. »Glaubst du, da kann man stolz drauf sein, sich von Mama und Papa Geld in den Arsch schieben zu lassen?«
Henriks Nasenflügel werden weit. Ich spüre, wie er sich zurückhalten muss, um mir keine zu kleben. Er kneift die Augen zusammen. »Na, dann versuch's doch«, sagt er spöttisch. »Versuch's doch mal. Bis zum Sommer schaffst du das nie.«
Ich versuche, Henrik ebenso anzufunkeln wie er mich. »Und ob ich das schaffe«, sage ich laut.
Henrik lacht auf, kurz und trocken. »Ich wette, nach drei Wochen kommst du angekrochen und bettelst, dass sie dich wieder zurücklassen in dein Heiabettchen.«
»Und ob er das schafft«, ruft Azra dazwischen. »Locker.«
Am anderen Ende des Klassenraums beginnt Melisa zu kichern. »So ein Poser«, ruft sie. »Der schafft das nicht mal zwei Wochen lang.«
Ich sehe, wie Henrik ihr über meinen Kopf hinweg zulächelt.
»Bis zum Sommer«, beharrt Azra.
»Sicher bis zum Sommer«, sagt David.
Henrik starrt mich an. »Ich sage, in zwei Wochen ist es vorbei.«

»Ich glaub auch, dass er das bis zum Sommer durchziehen kann«, meint Lukas.
Ich verziehe mein Gesicht und hoffe, dass es aussieht wie ein herablassendes Lächeln.
»Werden wir ja sehen«, sage ich betont ruhig.

Mein Herz rast. Bis zum Sommer. Das ist eine verdammt lange Zeit. Gleichzeitig fühle ich mich so stark wie noch nie. Warum eigentlich nicht?
Mart kann vielleicht verhindern, dass ich in Australien zur Schule gehe. Aber gegen das hier kann er nichts ausrichten.
Um Australien ging es mir sowieso nie. Ich wollte einfach weg. Offenbar kann ich das auch so.

Eigentlich dachte ich, dass Henrik es bei blöden Kommentaren belassen würde. Aber ich scheine ihn tatsächlich in irgendeiner Ehre gekränkt zu haben, denn schon am nächsten Tag kommt er in der Pause wieder zu mir.
»Alles klar?«, frage ich betont ruhig, als er sich vor meinem Tisch aufbaut.
Er antwortet nicht, sondern verzieht nur einen Mundwinkel zu einem schiefen Grinsen. Jemand wie Henrik hat es nicht notwendig zu antworten. »Es gibt Regeln, nur dass du das weißt«, sagt er und sieht mir in die Augen, als würde er darauf warten, dass ich sofort den Blick senke.
Tue ich aber nicht. Sicher nicht.
»Regeln?« Ich versuche, spöttisch zu klingen. »Worum geht's, bitte?«
Wir reden nicht laut, aber ich kann spüren, dass alle Blicke der Klasse auf uns gerichtet sind. Ich überlege, ob ich aufstehen soll, damit Henrik nicht so von oben herab mit mir reden kann. Beschließe aber sitzen zu bleiben. Er soll bloß nicht glauben, dass er es mir wert ist, auch nur eine Arschbacke zu heben.

Henriks Mundwinkel bleibt, wo er ist. Ich wette, er steht jeden Abend vor dem Spiegel und trainiert diesen Blick. Diesen herablassenden, abschätzigen Blick. »Bei deinem Spiel«, sagt er schließlich.
»Mein Spiel?«
»Dein Spiel.« Henrik tut so, als würde er einem Gänseblümchen in seiner Hand die Blütenblätter auszupfen. »Bis zum Sommer – nicht bis zum Sommer – bis zum Sommer – nicht bis zum Sommer.«
Er wirft das unsichtbare Gänseblümchen über seine Schulter. »Nicht bis zum Sommer«, wiederholt er. »Leider, leider nicht bis zum Sommer.«
»Und ob«, sage ich. »Bis zum Sommer.« Ich sehe ihm ins Gesicht, ohne zu blinzeln. »Und heb deine Blume auf, wenn du gehst.«

Es tut gut, so mit Henrik zu sprechen. Etwas zu haben, dass mich so mit ihm sprechen lässt. Ich fühle mich, als könnte mir nichts und niemand in dieser Welt etwas anhaben.
An dieses Gefühl könnte ich mich gewöhnen.

Henrik würdigt mich den restlichen Schultag keines Blickes mehr. Am Ende des Tages sind mir die Regeln, von denen er gesprochen hat, trotzdem klar. Bis zum Sommer bedeutet: bis zum letzten Schultag. Wenn ich mein Jahreszeugnis in der Hand halte und noch immer *on the road* bin, habe ich gewonnen. Und mit mir die Pro-Fraktion. Es haben sich nämlich sofort Gruppen gebildet.
»Euch ist echt fad im Kopf, oder?«, seufze ich, als sich Lukas, Azra, David und Taisa um mich scharen und mir versichern, wie sehr sie an mich glauben. Aus dem Augenwinkel sehe ich, wie sich auch um Henrik ein Grüppchen gebildet hat. Sehe Melisa, Dilara, Aleksander und noch ein paar. Höre sie lachen. Die Kontra-Fraktion.
Anthony hält sich dezent im Hintergrund, als Klassensprecher will er es sich mit niemandem verscherzen. Aber auf dem Weg zu Peter bekomme ich eine Nachricht von ihm.

Dir ist eh klar, dass ich Pro bin, oder?

Jetzt ja, schreibe ich im Gehen und schiebe mein Handy wieder zurück in die Hosentasche. Grinse.
Dass Anthony sich auf meine Seite schlägt, zähle ich schon als ersten Sieg.

Dietrichgasse

Ich bin noch randvoll mit dem Gefühl, plötzlich so viele Leute hinter mir zu wissen, dass ich mir schwertue, Peter nichts davon zu erzählen.
»Was grinst du denn so?«, will er auch gleich wissen. »Verliebt oder was?«
Noch immer grinsend schüttle ich den Kopf. »Oder vielleicht doch, verliebt in Wien. Ich war noch nie in einer Stadt, die mich so begeistert hat. Wien ist echt toll.«
Peter lacht. »Na ja, so spannend ist es hier auch wieder nicht. Ist schließlich nicht Berlin oder London.«
Ich denke an Andi *blueballoon* und seine Wien-Begeisterung. Lustig, dass die beiden in der gleichen Stadt leben und so unterschiedlich darüber denken.
»Ich find's toll hier«, sage ich nochmal und lache, als Peter verständnislos den Kopf schüttelt.

Dann hole ich mein Handy hervor und tippe eine Nachricht. An Anthony, obwohl ich bisher noch nie viel mit ihm zu tun hatte. Abgesehen davon, dass er Klassensprecher ist und prinzipiell alle zu seinen Partys einlädt, also auch mich. Aber jetzt fühle ich mich wichtig genug, ihm auch einfach so zu schreiben.

Was krieg ich eigentlich, wenn ich gewinne?

Seine Antwort kommt auch sofort.

Ruhm und Ehre!

Haha, schreibe ich zurück. *Und was kriegt ihr?*

Auch Ruhm und Ehre ☺. Rum kannst du übrigens schon jetzt haben, meine Eltern sind heut Abend nicht da. Lust vorbeizukommen?

Kann ich meinen host mitbringen? Ich weiß noch nicht mal, ob Peter Zeit hat. Aber was ich mit Anthony den ganzen Abend alleine reden soll, weiß ich noch weniger. Jakob ist nicht so gesprächig. Außerdem will ich Peter beweisen, wie toll Wien sein kann.

Sure!, schreibt Anthony zurück. *Muss ich irgendwas über dich wissen?*

Peter findet es lustig, dass Jeremy den Sohn eines Diplomaten kennengelernt hat und zum Rum-Trinken eingeladen ist. Natürlich kommt er mit.

Nicht nur über mich, schreibe ich also an Anthony. *Auch über dich.*

Dann schreibe ich eine kurze Zusammenfassung über Jeremy und auch, dass sich Peter freut, einen Diplomatensohn kennenzulernen. Wenn Anthony Jeremy einlädt, muss er sich darauf einlassen, auch selber Geschichten zu erzählen. Bei Anthony mache ich mir da keine Sorgen. Der kann das.

Haha. Looking forward to being a rich bastard tonight.

Filmteichstraße

Anthony und Peter verstehen sich auf Anhieb, was keine große Überraschung ist, weil Anthony sich mit allen versteht. Anthony lässt uns Rum aus der Bar seiner Eltern aussuchen und mischt ihn mit Limettensaft und Zucker. Er hat Knabbergebäck aufgestellt und im Hintergrund läuft seine Playlist. Wir machen es uns im Wohnzimmer auf Sitzsäcken gemütlich. Auf seiner Party waren die immer schon von anderen besetzt, aber jetzt sind wir nur zu dritt und ich kann mich auch auf einen draufschmeißen. Mit dem Daiquiri in der Hand lehne ich mich in den Sitzsack und höre Peter und Anthony zu. Anthony, dem Diplomatensohn.
Währenddessen blicke ich immer wieder zum Sofa. Dem Sofa, auf dem ich letztens nach der Party geschlafen habe.
Dem Sofa, an das gelehnt ich eine um die nächste Runde Mario Kart gegen Nadine verloren habe, obwohl ich mich nicht zu den schlechtesten Spielern zählen würde.
Dem Sofa, über das sich Nadine gebeugt hat, um ihre Geldbörse zu suchen.
Vielleicht soll ich sie fragen, ob sie wieder aufgetaucht ist?

Ich weiß, dass Anthonys Vater tatsächlich aus Uganda kommt, aber eher kein Diplomat ist, sondern irgendwas in der Wirtschaft macht. Das war zumindest mein Stand der Dinge vor dem heutigen Abend. Anthonys Mutter kommt aus der österreichischen Provinz und ist Krankenschwester.
Peter ist interessierter an Uganda als an der österreichischen Provinz und Anthony erzählt. Dass dort Linksverkehr herrscht. Dass Gebärdensprache als offizielle Sprache anerkannt ist, was die meisten europäischen Länder bis jetzt nicht geschafft haben. Dass der Vogel in der ugandischen Flagge ein Kronenkranich ist. Er erzählt von der Regenzeit und den Nationalparks und zeigt ihm und Jeremy

Fotos, auf denen er eine Speise namens Rolex isst, und solche, auf denen er ein Chamäleon auf der Hand sitzen hat. Er klingt wie ein Reiseführer, der uns das Land schmackhaft machen will.
Ich weiß nicht, was davon stimmt und was nicht. Es ist mir auch egal. Jeremy sitzt auf dem Sitzsack, hält ebenfalls ein Cocktailglas in der Hand, und hört zu, was Peter fragt und Anthony erzählt. Dass er hier in Österreich auf die internationale Schule geht und in ein paar Jahren vielleicht weitermuss in das nächste Land, in das sein Vater versetzt wird.

Ich lächle in mich hinein. Anthony merkt es und lächelt mir zu. Er hat Gefallen am Geschichtenerzählen gefunden. Hat Gefallen daran gefunden, wie ich mein Leben lebe. Wenn einer wie Anthony mich gut findet, dann kann ich mich ausruhen, denke ich. Ich lasse mich tiefer in den Sitzsack sinken und schaue auf mein Handy. Anthony schafft es nämlich, parallel zu seinem Gespräch mit Peter und Jeremy immer wieder Textnachrichten an mich zu schicken. An Jakob.

Am letzten Schultag schmeiß ich eine Party für dich!

Mit Rum und Ähre?, schreibe ich zurück.

Auf jeden Fall. Rum scheinst du ja zu mögen.

Ich lächle und proste ihm mit meinem Daiquiri zu.
Als Antwort schickt Anthony mir drei *Tropical Drink Emojis* und erzählt Peter davon, dass Uganda das Land mit dem weltweit höchsten Alkoholkonsum pro Kopf ist.

»Ich glaub dir nicht, dass du nicht verliebt bist«, sagt Peter, als ich auf dem Heimweg noch immer vor mich hin grinse.

»Habe ich doch gesagt, in Wien.«
»Niemals!« Er lacht, als ich über meine eigenen Füße stolpere. »Ich glaub, es ist der Rum.«
»Na ja, so viel habe ich nicht getrunken.« Aber er hat schon recht, ich spüre den Alkohol. Ist ein bisschen wie Watte in meinem Kopf.

Ist Nadine eigentlich Pro oder Kontra?, texte ich Anthony. Ich habe mitgekriegt, dass nicht nur Leute aus meiner Klasse sich für mein Spiel interessieren.

Oder weder noch?, schicke ich hinterher, als einige Minuten lang nichts kommt.

Und dann, endlich.
Nadine? Die ist Pro. Aber sowas von.

Das Grinsen bekomme ich heute nicht mehr aus meinem Gesicht.

Laaerbergstraße

»Heute Abend ist Kino«, erinnert uns die Klein ein paar Tage später. »Wer von euch hat sich dafür angemeldet?«
Mehrere Hände gehen in die Höhe. Die Klein macht jedes Semester einen Kinoabend mit einem englischsprachigen Film. Freiwillig. Sie sieht mich an. »Du kommst auch, Jakob?«
Ich nicke. Ich komme immer mit. Das ist so logisch für mich, dass ich nicht daran gedacht habe, das noch mal extra zu erwähnen. Sie nickt zufrieden und schreibt sich unsere Namen auf.

»Du kommst auch, Jakob?«, äfft Lukas die Klein nach. »Sitzt du dann auch neben mir?«

»Jetzt halt mal den Mund«, fahre ich ihn an. »Frag sie doch endlich. Geh mit ihr was trinken nach dem Kino. Ich kann nichts dafür, dass sie ihren Job ernst nimmt. Das darf sie nämlich gar nicht. Selbst wenn sie in dich verknallt wäre wie Julia in Romeo, die riskiert doch ihren Job, wenn sie sich was mit dir anfängt.«

»Ist ja schon gut.« Lukas grinst. »Sei nicht so empfindlich, ich hab nur Spaß gemacht.«

»Ich vertrag heut keine Späße«, fauche ich.

Lukas hebt die Hände. »Okay, okay.«

Meine Nerven sind gespannt bis aufs Äußerste. Ich weiß nämlich nicht, wo ich nach dem Kino schlafen soll. Habe verdammt noch mal überhaupt keine Idee. Bei Peter musste ich heute früh raus und erst morgen kann ich zu *Mona Mour*, deren Wohnung nun wieder bewohnbar ist. Zu allem Überfluss beginnt der November dieses Jahr ungewöhnlich kalt. In den Bundesländern schneit es schon seit einigen Tagen und heute Abend soll der Schnee auch nach Wien kommen.

»Sag mal Lukas, kann ich heute bei dir schlafen?«

Lukas sieht mich erstaunt an. »Bei mir?«

Ich nicke. »Ja. Hab ich doch schon öfter gemacht.«

»Das war früher«, sagt Lukas. »Bevor du mit dem Ganzen angefangen hast.«

»Na und?«

»Aber das ist gegen die Regeln.« Lukas ist das Gespräch sichtlich unangenehm.

Er hat recht. Die Regeln besagen, dass mich niemand von meinen Freunden bei sich übernachten lassen darf. Bis zum Sommer muss ich es alleine schaffen, sonst gilt es nicht.

Lukas schüttelt den Kopf und senkt die Stimme. »Sicher, ich könnt versuchen, es geheim zu halten. Aber was, wenn's doch rauskommt? Dann sind alle sauer auf mich. Und Leute wie Henrik und Melisa haben einen Punkt mehr. Willst du das?«
Ein Punkt mehr für Henrik, denke ich. Ein Punkt weniger bei Nadine.
»Überhaupt, das kann ja nicht so schwer sein für einen wie dich.« Lukas sieht mich anerkennend an.
»Du kriegst doch eh alles, was du willst. Und alle.«
»Was soll denn das jetzt wieder heißen?«, will ich wissen.
»Nichts, egal.«
Damit ist das Gespräch wohl beendet.

Währinger Straße

»Warum schleppst du denn so einen riesigen Rucksack mit dir rum?«, fragt mich die Klein, als wir vor dem Kino warten, bis alle da sind. »Willst du auswandern?«
Melisa prustet los und verschluckt sich fast an ihrem Energydrink. Die Klein sieht sie irritiert an.
»Ähm ... ich muss einem Freund was bringen«, sage ich. Das erklärt zwar gar nichts, aber die Klein fragt nicht weiter nach. Dass ich den Rucksack auch in der Schule immer wieder dabeihabe, hat sie anscheinend noch nicht bemerkt. Für die Schule muss ich mir in Zukunft was überlegen, sonst fällt das auf. Vielleicht finde ich irgendwo ein Schließfach. Im Kino suche ich mir einen Randplatz und stelle den Rucksack neben mich auf den Boden.

Während wir im Kino waren, hat es tatsächlich zu schneien begonnen. Leichte, leise Flocken glitzern im Laternenlicht und bedecken den Boden mit einer dünnen, weißen Schicht.

»Gehen wir noch was trinken?«, fragt Lukas.
Die Klein nickt. »Good idea. Shall we go for a drink?«
Gemurmel unter den Anwesenden.
»Immer doch.«
»Muss nach Hause.«
»Dürfen wir auch Alkohol bestellen, Frau Professor?«, fragt Melisa.
»You can order what you like, as long as you speak English«, sagt die Klein. Die ist bei solchen Themen recht entspannt.
»Yesss«, ruft Melisa. »Dann bin ich dabei.«
Anthony verdreht die Augen. »Saufnase.«

Es sind Anthony, Lukas, Melisa, David und ich, die noch mitgehen wollen. Alle anderen müssen heim oder es ist ihnen zu anstrengend, um diese Uhrzeit noch Englisch zu sprechen. Melisa darf eigentlich auch nicht so lang wegbleiben, aber bestimmt hat sie ihren Eltern erzählt, dass sie bei Dilara übernachtet.
»Lukas, verpasst du nicht deinen letzten Bus?«, fragt die Klein.
Er schüttelt den Kopf. Seine Mutter holt ihn ab, aber das würde er vor der Klein niemals zugeben. Mich fragt die Klein nicht. Vermutlich nimmt sie an, dass ich bei dem Freund schlafe, zu dem der Rucksack gehört. Alle anderen wohnen in Wien. Die müssen sich nicht um letzte Busse kümmern.
Ich merke, dass sich unsere Gruppe aufteilt. Ich und Anthony unterhalten uns mit der Klein. Auf Englisch. Lukas, Melisa und David gehen ein paar Schritte hinter uns. Ich höre Melisa und David reden. Lukas höre ich nicht. Ich bin mir sicher, er lauscht auf jedes Wort, das ich mit der Klein wechsle.
Verdammt, ich kann doch nichts dafür, dass mir Englisch nicht schwerfällt. Ich hätte meine Au-pairs liebend gerne eingetauscht gegen deine traute Familienidylle, Lukas. Glaubst du, es ist lustig, sich jedes Jahr an eine Neue zu gewöhnen? Glaubst du, es ist lustig, wenn die, die du magst, nach einem Jahr wieder abhauen?

Ich scheiß auf mein Englisch wenn du mir dafür ein Zuhause gibst. Ein richtiges. Eines, wo man es aushalten kann. Aber das siehst du alles nicht. Du siehst, wie ich mit der Klein lache und plaudere, weil mir die richtigen Worte zur richtigen Zeit einfallen, und sie stehen auch noch an der richtigen Stelle im Satz. Du hörst, wie wir uns über eine britische Sitcom unterhalten, die du nicht kennst. Verdammt noch mal, ich weiß nicht, wo ich heute Nacht schlafen soll. Wie kannst du da eifersüchtig sein auf mich?

»This one!« Anthony zeigt auf ein Lokal.
»Can we noch eine rauchen before we go in?«, fragt Melisa.
Die Klein lächelt. »I'm too cold outside so I suggest we go in now.«
»Na geh.« Melisa macht einen Schmollmund.
Lukas holt sein Päckchen aus der Hosentasche und hält es Melisa hin. »Kommen wir halt nach.« Er sieht mich mit zusammengekniffenen Augen an. »Ihr könnt reingehen und Plätze freihalten«, sagt er giftig. »Ihr unterhaltet euch ja schon so gut.«
Anthony hält der Klein die Tür auf. »Come on«, sagt er zu mir.
Ich sehe von Lukas zu Anthony und wieder zu Lukas, der mich anstarrt, als ob wir ›Wer blinzelt zuerst‹ spielen. Die Klein betritt das Lokal, um nachzusehen, ob ein Tisch für uns frei ist.

»Come on«, sagt Anthony noch einmal, weil ich auf dem Gehsteig stehen geblieben bin und mich nicht bewege. Lukas starrt noch immer.
»Ich kann doch nicht mit«, sage ich plötzlich. Anthony sieht mich verwundert an.
»Mir ist eingefallen, dass ich um neun bei meinem neuen Gastgeber sein muss«, sage ich hastig.
»Bin heut das erste Mal dort und da wär's unhöflich, wenn ich zu spät komme.«
Anthony nickt verständnisvoll.

»Schon blöd«, sagt Melisa spöttisch.
Ich atme tief durch. »Sagt der Klein einfach irgendwas. Dass mein Vater angerufen hat und ich heimmuss oder so.«
Melisa grinst. »Oder dass du einen Zahnarzttermin hast.«
Ich blicke sie scharf an. »Wehe«, drohe ich. »Keinen Blödsinn.«
Anthony legt mir die Hand auf die Schulter. »Kannst dich auf uns verlassen.«
Ohne Lukas anzusehen, drehe ich mich um und gehe die Straße zurück, die wir hergekommen sind. Auf unsere Fußabdrücke haben sich schon wieder Schneeflocken gelegt, aber es ist noch erkennbar, wo wir gegangen sind. Sechs Paar Schuhe, neben, hinter und übereinander. Jetzt, in die andere Richtung, nur mehr eines.

Gegen die Regeln. Was soll der Scheiß? Ich hab niemanden darum gebeten, Teil eines bescheuerten Gesellschaftsspiels zu sein.
Noch habe ich den letzten Bus nicht verpasst. Noch könnte ich wirklich einfach nach Hause fahren. Kurz denke ich an mein Bett und überlege tatsächlich, das zu tun. Heimzufahren und das Essen nachzuholen, das ich vor knapp zwei Wochen mit fadenscheinigen Ausreden abgewehrt habe, weil ich lieber bei Anthony ausschlafen wollte, und das ich auch letzten Sonntag nur völlig übermüdet hingekriegt habe. Ich schaffe es noch locker zum letzten Bus. Meine Mutter würde sich freuen. Es wäre so einfach.
Doch dann denke ich auch an Mart. Niemals. Niemals gehe ich nach Hause, solange der an der Tür steht und spöttische Kommentare macht. Eher friere ich mir den Arsch ab.

Ich folge den Fußspuren zurück bis zum Kino. In fünf Minuten beginnt der nächste Film. Es ist derselbe, den wir gerade gesehen haben. Auch danach bleibe ich noch. Zur Spätvorstellung. Irgendein experimentelles Zeugs, von dem ich nichts mitkriege. Um halb eins spuckt das Kino mich mitsamt meinem großen Rucksack aus.

»Na, Filmfreak?«, fragt mich der Mann von der Kassa, der gemeinsam mit mir das Kino verlässt. Ich lächle schwach. Was auch immer.

Ratlos stehe ich vor dem Kino und betrachte die Schneeflocken, die nicht aufhören wollen, langsam und leise vom Himmel zu fallen. Jeremy würde sich über den Schnee freuen. Nicht, dass ihm der neu wäre, schließlich schneit es selbst in Glasgow manchmal. Aber oft kommt das nicht vor, zu warm wegen Golfstrom und so.
Jeremy freut sich also und fährt mit der Hand über die Schneeschicht, die sich auf dem parkenden Auto vor ihm gebildet hat. Denkt an Snowboarden. Und dann muss ich schnell googeln, ob ich mir den Namen des Schigebietes in den Highlands, in dem Kendra immer Winterurlaub macht, richtig gemerkt habe. Ja, habe ich. Aviemore. Falls jemand fragt, wo mein Profilfoto entstanden ist.
Und jetzt?

Wäre Wochenende, könnte ich die ganze Nacht U-Bahn fahren. Aber unter der Woche geht um halb eins die Letzte und alle Stationen werden zugesperrt. Ich reibe mir die Hände und schüttle mich. Irgendwo muss ich hin. Wenn ich hier noch weiter rumstehe, verkühle ich mich womöglich noch.

Ich sollte mir nicht überlegen, was Jakob jetzt machen würde, der einfach nur in ein warmes Bett will und keines hat, sondern was Jeremy jetzt macht. Jeremy ist erst seit kurzem in Wien. Es ist nach Mitternacht und die Stadt liegt still und weiß vor ihm. Es gibt keinen schöneren Moment, um Sightseeing zu machen, oder? Schließlich ist er nur wenige Gehminuten von der Ringstraße mit ihren Prachtbauten entfernt, auf der untertags viel zu viel los ist, um sie in Ruhe betrachten zu können.
Ich lächle. Die Idee gefällt mir. Ich zurre den Bauchgurt meines Rucksacks enger und gehe los. Vergesse, dass mir kalt ist, ich müde

bin und sauer auf Lukas. Weil Jeremy sein Handy aus der Jackentasche zieht und zu fotografieren beginnt. Meine Müdigkeit ist wie weggeblasen.
Ich habe alle Zeit der Welt, um die besten Nacht-Schnee-Fotos zu machen. Sieben Stunden, um genau zu sein. Dann muss Jakob in der Schule sitzen.

Ringstraße

Ich flaniere die Ringstraße entlang, so locker und leicht das eben geht, wenn man einen schweren Rucksack auf den Schultern trägt. Fotografiere, was der Speicherplatz hergibt.
Zuerst die Universität mit ihrer ausladenden Steintreppe. Dann das Burgtheater, vor dem die Flocken tanzen, und das hell beleuchtete Rathaus, vor dem schon die Stände für den Christkindlmarkt aufgebaut sind. Wieder eine ausladende Steintreppe, diesmal vorm Parlament. Die beiden Museen, die einander aufs Haar gleichen, mit irgendwelchen Weisheitsgöttinen als Deko. Die Oper, vor der die Nachtbusse in einer Schlange hintereinander parken, um an alle möglichen Enden der Stadt zu fahren, an denen ich noch nie war.

Es ist nicht so, dass ich all diese Gebäude nicht kenne, alle, die in und um Wien aufgewachsen sind, machen irgendwann mit der Schule eine Exkursion dahin. Fand ich nie besonders spannend, auch nicht als Mart mal meinte, er müsse mir ein bisschen Kultur zeigen.
Aber jetzt, das ist was anderes. Außer mir ist kaum jemand auf der Straße, die Nacht gehört mir. Die Stadt gehört mir. Niemand, der mich dabei stören kann oder mir sagen will, was es wert ist, fotografiert zu werden und was nicht. Die Toiletten am Stadtpark zum Beispiel, an denen noch angeschrieben ist, dass die Benutzung ohne

Waschtisch 17 Groschen, mit Waschtisch 18 Groschen kostet. Die Ziegelsteinfassade des Museums für angewandte Kunst. Sogar die Graffitiwand am Donaukanal habe ich für mich, selbst den Sprayern scheint es heute Nacht zu kalt zu sein.

Ich wusste gar nicht, dass mir das so Spaß machen kann. Gab ja bisher auch nicht wirklich was Fotografierenswertes in meinem Leben, von ein paar Selfies mit Lukas abgesehen.
Nachdem ich zum zweiten Mal bei der Oper angelangt bin, entschließe ich mich, einfach Richtung Schule zu gehen. Irgendeine Bäckerei wird dann schon offen haben, wo ich die letzten Stunden verbringen kann.

Karlsplatz/Argentinierstraße

Ich muss Fotos löschen, um Platz für das zu haben, was ich noch fotografieren will. Die Karlskirche, die mit ihrer Kuppel und den Säulen, die ein bisschen wie Minarette aussehen, an eine Moschee erinnert, obwohl das niemand zugeben würde. Die Skulptur eines übergroßen Ohres vor dem Funkhaus in der Argentinierstraße. Die Wandmalereien an der Mauer des Theresianums.

Wiedner Gürtel

Am Gürtel trifft mich der Lärm unvorbereitet. Hier schluckt kein Schnee mehr die Geräusche, alles ist zu Matsch und Wasser gefahren vom Frühmorgenverkehr auf der mehrspurigen Fahrbahn. Mit dem Lärm kommt auch die Müdigkeit wie ein Schlag und mit einem Mal spüre ich, wie schwer meine Beine und Lider sind, dass mir die Fußsohlen brennen und mir der Magen knurrt.

Schräg rechts vor mir sehe ich das Gebäude des Hauptbahnhofs. Der hat sicher schon offen. Da kann ich mich hinsetzen und die Beine auf einen Sitz in der Wartezone hochlegen. Kann mir Frühstück kaufen und auf der Toilette mein Gesicht waschen. Bestimmt.

Ich gehe mal davon aus, dass ich bei *Mona Mour* duschen kann.

Laaerbergstraße

Obwohl ich meine Augen kaum offen halten kann, sitze ich pünktlich um acht Uhr in der Klasse. Ich höre Melisa und Henrik tuscheln und obwohl ich auf der Stelle einschlafen könnte, muss ich grinsen. Denke an all die Fotos, die ich mir noch mal genau anschauen werde. Aber nicht jetzt. Nicht vor Lukas. Die gehören mir allein. Lukas beobachtet mich von der Seite. Ich merke, dass er etwas sagen will, aber nicht weiß, wie.
»Sorry«, sagt er schließlich zerknirscht. »Ich wollt nicht so scheiße sein gestern.«
»Schon gut«, sage ich lässig. »Hattet ihr es noch nett mit der Klein?«
»War ganz okay«, sagt Lukas beiläufig und ich spüre, dass er ihr keinen Schritt nähergekommen ist. Vermutlich ist er die ganze Nacht wachgelegen und hat an sie gedacht. Da streife ich doch lieber durch die von Schnee verzauberte Stadt. Egal, wie müde ich jetzt bin.

Venediger Au

Mona Mours Vorzimmer ist angeräumt mit Küchenutensilien. »Sorry wegen dem Chaos hier«, sagt Mona. »Aber die ganze Küche stinkt noch immer verkohlt.«

Sie geht in die Küche und reißt die Fenster auf, um frische Luft hereinströmen zu lassen.
»Was ist denn passiert?«
»Der Toaster ist explodiert.«
Ich bemühe mich, nicht zu grinsen. Ist eigentlich auch überhaupt nicht lustig. Mona schließt schnell die Küchentür und schiebt ein zusammengerolltes Handtuch davor. »Am besten, du machst das auch so. Sobald du da bist, Küchenfenster auf, Küchentür zu und davor dann das hier, damit es nicht in die anderen Räume zieht. Ich will nur das Fenster nicht offen lassen, wenn niemand in der Wohnung ist.«
Ich nicke. Das klingt, als würde sie mir einen Wohnungsschlüssel geben.
Mona seufzt. »Hoffentlich ist die Küche bald wieder benutzbar. Inzwischen ess ich meistens bei meinem Freund. Das heißt, ich bin öfters nicht da. Aber das hab ich dir ja eh geschrieben.«
Ich nicke wieder. Ich bin zu müde, um viel zu sagen.
»Hier am Brett hängt dann dein Schlüssel.«
Bingo.

Gefühlte zehn Minuten räumt Mona irgendetwas im Vorzimmer herum und ich weiß nicht, wohin mit mir. Vermutlich sind es aber nur dreißig Sekunden.
Ich räuspere mich. »Ähm ... ist es okay, wenn ich mich gleich hinlege? Ich habe gestern ... ähm ... durchgemacht.«
Mona grinst. »Zu viel Party, hm?«
Ich lächle schwach. »Genau.«
Mona zeigt mir das Wohnzimmersofa und dreht das Thermostat in die Höhe. Ich rolle meinen Schlafsack aus und schlüpfe hinein. Der Heizkörper beginnt zu glucksen. Im Nebenzimmer fährt Mona den Computer hoch. Ich höre sie tippen. Dann steckt sie den Kopf zur Wohnzimmertür herein.

»Bist du noch wach?«
»Mhm«, brumme ich.
»Heut Abend ist ein Treffen der *Vienna Group*. Vielleicht magst du ja mitkommen? Ich geh auf alle Fälle hin.«
Ich drehe meinen Kopf, so dass ich sie sehen kann. »Klingt gut.«
»Dann lass ich dich jetzt mal schlafen.«

Ich wache davon auf, dass mein Magen knurrt. Die *It's Your Home Vienna Group* trifft sich einmal im Monat in einem Schnitzellokal. Das weiß ich auch ohne Mona. Wer aus irgendeinem Grund in Wien ist, kann hinkommen. Neue Leute kennenlernen. Und Schnitzel essen. Vor allem auf Letzeres hätte ich Lust. Ich schaue auf die Uhr. Noch zwei Stunden bis zum Treffpunkt.
Mona hat wohl gemerkt, dass ich schon munter bin, denn sie kommt ins Wohnzimmer.
»Na, gut geschlafen?«
Ich strecke mich. »Wunderbar.«
»Kannst dich ruhig ausbreiten hier«, sagt Mona und zeigt auf meinen Rucksack, den ich fein säuberlich ins Eck gestellt habe. »Brauchst du ein Handtuch?«
Ich schüttle den Kopf. »Habe ich mit.«

Kurz bevor wir das Haus verlassen, überkommt mich plötzlich Panik. Was, wenn Andi *blueballoon* und *Tom Turbo* bei diesem Treffen sind? Und *Gustavo?* Und *OMG it's me?* Ich habe keinen Überblick mehr, was ich denen erzählt habe. Bestimmt nicht allen dasselbe.
Andererseits bin ich ausgeschlafen und die Hausübung von heute muss ich erst nächste Woche abgeben. Morgen ist keine Schule. Und beim Gedanken an Schnitzel läuft mir das Wasser im Mund zusammen.
Irgendwas wird mir schon einfallen. Einfach ein paar vage Antworten geben und das Gespräch dann auf ein anderes Thema lenken.

Das kann ich. Außerdem werde ich wohl kaum so viel Aufmerksamkeit bekommen. Wie ich gelesen habe, kommen zu diesen Treffen immer richtig viele Leute. Ich hätte gerne Leute um mich. Leute, die mich davon ablenken, über Lukas nachzudenken. Über meine Mutter. Über meinen Vater. Über Nadine.
Mona hat schon den Schal umgebunden. »Kommst du?«
Ich sitze noch immer auf der Couch. »Ich weiß nicht«, sage ich zögernd. »Ich habe gerade starke Kopfschmerzen bekommen.«
»Willst du eine Tablette?« Sie kramt in ihrer Umhängetasche.
Ich verziehe das Gesicht. »Ich glaube, ich sollte mich eher wieder hinlegen. War doch zu viel Party gestern.«
»Schade. Aber ich verstehs natürlich.« Sie wirft mir eine Packung Aspirin auf den Schoß. »Falls du welche brauchst.«
»Danke.«

Obwohl ich gar keine Kopfschmerzen habe, nehme ich eine Tablette und spüle sie mit Leitungswasser hinunter. Warum, weiß ich nicht. Gegen meinen Hunger hilft es garantiert nicht.
Mein Handy sagt mir, dass ich nur durch den Park vor Monas Haustür gehen muss, um am Praterstern eine Auswahl an Take-aways zu haben. Der Weg ist länger, als gedacht, aber am anderen Ende wartet ein Falafel-Sandwich auf mich, das ich auf dem Rückweg hinunterschlinge.

Danach setze ich mich an die Mathe-Hausübung. Gehe in Monas Wohnung auf und ab. Sehe mir die Fotos an den Wänden an, die Monas Familie zeigen, ihre Freundinnen, ihren Freund. Zumindest nehme ich das an.
Ich rücke die Handtuchrolle vor der Küchentür zurecht. Putze mir die Zähne. Schaue mir Profile auf *It's Your Home* an. Fünf Nächte kann ich bei Mona bleiben, bis dahin wird mir schon jemand zurückgeschrieben haben.

Mir ist langweilig und ich ärgere mich über mich selbst. Was wäre schon groß passiert, wenn ich mitgegangen wäre?
Lange bevor Mona zurück ist, schlafe ich ein.

»Du hast echt was verpasst«, nuschelt Mona mit vollen Backen, als wir beim Frühstück sitzen. Sie hat in der Nacht noch Fladenbrot, Schafkäse und Oliven in der türkischen Bäckerei gekauft, die fast rund um die Uhr offen hat.
»Echt?« Ich bemühe mich, mir meine Enttäuschung nicht anmerken zu lassen. »Sind viele gekommen?«
Mona nickt. »Du bist übrigens nicht der einzige Schotte, der gerade hier herumreist. Hab gestern Emma kennengelernt. Die kommt auch aus Schottland und trampt gerade durch Europa.«
Ich erstarre. Mein Herz beginnt, wild zu schlagen. Was passiert wäre, wenn ich gestern mitgegangen wäre, will ich mir gar nicht ausmalen.
»Die war echt cool«, fährt Mona fort. »Vielleicht wollt ihr euch ja zusammentun beim Reisen?«
»Na ja, ich reise ja nicht, um Leute aus meinem Land zu treffen.« Meine Stimme klingt brüchig. »Ich reise, um Leute kennenlernen, die ganz anders sind als ich.«
Mona wiegt den Kopf. »Kann ich nachvollziehen. Emma ist aber echt witzig. Ich hab ihr von dir erzählt, und sie fand deinen Namen total ungewöhnlich.«
Ist Jeremy ein ungewöhnlicher Name?
IST JEREMY EIN UNGEWÖHNLICHER NAME???
Mona schiebt sich eine Olive in den Mund und spuckt den Kern aus. »Sie meinte, Jeremy heißen nur die *posh kids*. Nur die *upper class*, die superelitären Eltern nennen ihre Kinder so. Davon gibt's zwar auch in Glasgow ein paar, aber angeblich ist ›Jeremy‹ sogar zu elitär für die. Deshalb war sie so erstaunt zu hören, dass es einen Jeremy aus Glasgow gibt.«

Die *posh kids*. Die *upper class*. Da hab ich mir ja einen schönen Namen ausgesucht.
Mona scheint zu merken, dass mich irgendwas an diesem Gespräch beunruhigt. »Sorry, ist dir das unangenehm?«, fragt sie vorsichtig. »Ich meine, haben sich die anderen als Kind über deinen Namen lustig gemacht oder so?«
Dankbar, dass Mona das Gespräch in diese Richtung lenkt, mache ich ein trauriges Gesicht und schiebe das Fladenbrot auf meinem Teller hin und her. »Darüber möchte ich lieber nicht reden«, sage ich leise. »Ich fand's so angenehm beim Reisen, dass das kein Thema ist.«
Mona verzieht erschrocken das Gesicht. »Tut mir leid, ich wollt da nicht in etwas Unangenehmen rumstochern.«
Ich lächle. »Soo schlimm ist es auch wieder nicht.«
Puh. Gerade noch mal die Kurve gekratzt. Obwohl ich mir nicht vorstellen kann, was das Problem sein soll, als Jeremy in Glasgow aufgewachsen zu sein. Aber was weiß ich schon von Schottland? Nicht mal die Einwohnerzahl. Zumindest das sollte ich bald googeln.
Mona löffelt sich Instantkaffee in ihren Becher und gießt Wasser aus dem Wasserkocher nach.
»Jedenfalls findet Emma spannend, dass ein Jeremy aus Glasgow grad bei mir wohnt, und würde dich gerne kennenlernen. Sie ist auch noch ein paar Tage in Wien, also hab ich sie für übermorgen Abend eingeladen. Passt das für dich?«
Vor Schreck fällt mir das Messer aus der Hand. Mit Butter drauf. Auf den Fußboden.
»Sorry«, presse ich hervor. Springe auf und laufe in die Küche. In die eiskalte Küche. Nehme einen harten Küchenschwamm, halte ihn unter den Wasserstrahl, bis er weich wird, und laufe wieder ins Wohnzimmer, um den Butterfleck vom Boden zu wischen.
Mona lacht und zeigt auf die Küchenrolle aus Papier, die neben ihr steht. »Danke, aber das wär nicht nötig gewesen.«

Ich verziehe meinen Mund zu einem Lächeln. »Klar passt übermorgen«, sage ich.

Ichmusshierwegichmusshierwegichmusshierweg! Auf keinen Fall darf diese Emma mich treffen. Was heißt, dass ich nicht fünf gemütliche Tage bei Mona verbringen kann, sondern am besten morgen schon hier raussollte. Damit ich glaubhaft behaupten kann, übermorgen Abend nicht mehr in Wien zu sein.
Noch niemand von denen, die ich angeschrieben habe, hat sich zurückgemeldet. Das kann dauern.

Ein weitergeleiteter Eintrag der *Vienna Group.*
By: Amelie
Subject: House- und Dogsitter gesucht – DRINGEND!

Wer kann ab Montag auf meinen Rocky aufpassen? Fahre zehn Tage auf Urlaub und bräuchte jemanden, der verlässlich bei mir zuhause wohnt und sich um Rocky kümmert. (Labradorrüde, sehr pflegeleicht, versteht sich mit allen).
Gute Bahnverbindung nach Wien (20 min), altes schönes Haus im Grünen. Rocky kann schon mal einen halben Tag alleine bleiben, aber wichtig ist jemand, der ihn verlässlich füttern und mit ihm spazieren gehen kann!!!

Dann das Ganze noch mal in Englisch und ihre Telefonnummer.

Geschrieben: dreizehn Uhr zweiundzwanzig.
Ich werfe einen Blick auf die Uhr: dreizehn Uhr fünfundvierzig.

Hastig tippe ich ihre Nummer ins Handy. Bittebittebitte, wer immer du bist, lass mich der Erste sein, der sich meldet.
Das Telefon läutet. Einmal, zweimal, dreimal, viermal. Fünfmal und PiephinterlassenSiebitteeineNachricht.

Noch bevor ich ein Wort gesagt habe, klopft es. Ich sehe auf das Display. Eingehender Anruf. Dieselbe Nummer, die ich gerade gewählt habe.

»Hallo, Sie haben mich gerade angerufen.«

Ich räuspere mich. »Yes, this is Jeremy. Ich habe angerufen wegen deinem Posting in der *Vienna Group.*«

Ich sage ›angewufen‹ statt ›angerufen‹, um ein bisschen englischer zu klingen. Eigentlich egal. Aber ich hab mir das so angewöhnt.

Amelie klingt aufgeregt. »Wegen dem Dogsitten?«

»Und dem Haus, oder?« Nur den Hund nehm ich nicht.

»Ja, genau. Sag bloß, du würdest das machen?«

»Deshalb rufe ich an«, sage ich. »Meinst du mit Montag eh übermorgen? Oder Montag in einer Woche?«

»Übermorgen. Ja, übermorgen!«

»Great!«, sage ich.

»Halleluja«, ruft Amelie aus. »Mein Urlaub ist gerettet.« Dann hält sie inne. »Du hast Erfahrung mit Hunden, ja?«

Das ist nicht als Frage formuliert, sondern als Feststellung. Deshalb gilt mein »Ja klar«, auch nicht richtig als Lüge, finde ich.

»Sag mir mal deinen *Nickname* durch, dann schau ich mir dein Profil an.«

»Wie? Oh, ja, natürlich. *Jay,* du findest mich unter Glasgow.« Ich sage ›naturlik‹ und ›mik‹ statt ›mich‹.

Stille.

»Rufst du mich zurück?«, frage ich vorsichtig.

Amelie lacht. »Nein, ich sitz gerade am Computer, warte einen Moment.« Ich höre sie in die Tastatur tippen. »Jay«, liest sie vor. Dann überfliegt sie anscheinend meine Bewertungen. »... zuverlässig ... ehrlich ...«, höre ich sie murmeln.

Schließlich ist sie fertig. »Jeremy, freut mich total.« Ich höre wieder die Tastatur. »Ich hab dir gerade meine Adresse geschickt«, sagt sie. »Und wie du am besten hier raus kommst.«

»Perfect«, sage ich und klicke auf meine Inbox, um zu sehen, was sie geschrieben hat.
»Kannst du am Montag um zwei hier sein? Ich muss zwar erst um vier los, aber damit Rocky sich an dich gewöhnen kann.«
Montag um zwei habe ich gerade Schule aus. Das schaffe ich nie.
»Passt«, sage ich. »Montag um zwei bei dir.«
»Super. Du wirst sehen, der Rocky ist ein ganz ein Lieber«, meint Amelie.
»I love dogs«, sage ich, auch wenn das gelogen ist. In Wirklichkeit habe ich überhaupt keine Ahnung von Hunden. Was muss man mit denen tun? Füttern. Streicheln. Spazierenführen und ihre Kacke wegräumen. So schwer kann das nicht sein.

Eine Minute später ruft Amelie noch einmal an. »Jeremy, entschuldige aber ich muss wissen, ist das wirklich fix?«
»One thousand percent«, sage ich. »Ich hoffe, von deiner Seite auch. Sonst muss ich mir für die Woche nämlich einen *host* suchen.«
»Super. Es ist einfach so, mein Urlaub hängt davon ab. Meine sogenannte Freundin ist kurzfristig abgesprungen, und ich brauche wirklich jemanden, der verlässlich ist.«
»Du kannst dich auf mich verlassen«, sage ich. Dik. Auf mik.

Schützenweg

Sonntag. Familienessen.
»Eines muss man deinem Ex lassen ...«, Mart hält meiner Mutter meinen Physiktest entgegen. »Er muss ein intelligenter Mann gewesen sein. Das einzige ›Sehr gut‹ der ganzen Klasse.«
»Vielleicht hast du einfach eine intelligente Frau«, sage ich laut. »Wäre ja auch eine Möglichkeit.«

Mart ignoriert meinen Kommentar und greift nach dem Suppenlöffel. »Wird aus dir doch noch ein echter Mann«, sagt er anerkennend.
Ich weiß, wie das gemeint ist, also versuche ich gar nicht, irgendetwas Positives daran zu sehen. Mart hat genaue Vorstellungen davon, was ein ›echter Mann‹ ist. Technisch begabt. Der Konkurrenz einen Schritt voraus. Immer der Erste. Ein Kämpfer. Das Alphatier.
Ich weiß nicht genau, was es für mich bedeutet. Jedenfalls nicht das, was Mart sich darunter vorstellt.

Ich habe es immer gehasst, wenn Mart damit anfängt. Sein selbstzufriedenes Grinsen, wenn ich wieder einmal seine Erwartungen erfüllt habe. Die Art, wie wir drei am Tisch sitzen und unsere Suppe essen.

Aber jetzt ist es anders. Ich wohne hier nicht mehr.

Ich weiß, wie ich Mart aus der Fassung bringen kann.
»Ich bin schwul«, sage ich in das Schweigen hinein.
Mart fällt vor Schreck der Löffel in die Suppe. Meine Mutter springt auf, um ein Wischtuch zu holen. Mart schlägt mit der flachen Hand auf den Tisch. »Schluss jetzt mit dem Blödsinn.«
Ich grinse und nehme mir noch einen Schöpfer Suppe.

Ich wohne hier nicht mehr. Mart kann mir gar nichts. Nur der Blick meiner Mutter versetzt mir einen Stich. Ich habe ein schlechtes Gewissen, dass ich mich außer an Sonntagen nie bei ihr melde. Trotzdem fahre ich am frühen Abend wieder zu Mona. In Monas Wohnung, besser gesagt. Sie selbst ist nicht da, sondern bei ihrem Freund. Zum Glück übernachtet sie heute auch dort. So fällt ihr nicht auf, dass ich bereits Montagfrüh mit allen meinen Sachen losziehe und den Schlüssel auf seinen Haken hänge.

Venediger Au

Auf dem Wohnzimmertisch hinterlasse ich Mona eine Nachricht.

Sorry, ich muss spontan nach Ungarn fahren – ein guter Freund von mir hat einen Notfall! Melde mich, wenn ich wieder da bin, dann holen wir das Treffen mit Emma nach! Schönen Abend euch beiden!

Schon wieder taucht also mein mysteriöser ungarischer Freund auf. Keine Ahnung, warum ich den schon wieder erfinde.

Laaerbergstraße

Die Klasse verlasse ich in der Pause um zwölf. Das gibt mir genug Zeit, um in Ruhe zu Amelie zu finden, selbst wenn ich eine der Schnellbahnen verpassen sollte, die zu ihr führen.
In der Aula spielen ein paar aus der Unterstufe Fangen, obwohl sie das nicht dürfen. Irgendein Lehrer, den ich nicht kenne, hat Gangaufsicht und versucht sie davon abzuhalten, wie verrückt herumzurennen. Der wird nicht blöd fragen, wenn ich mit meinem Riesenrucksack abhaue.

Da biegt die Buchsbaumer um die Ecke. Verdammt. Bei der hätten wir jetzt gleich Physik. Die sollte mich nicht gehen sehen. Ich stelle meinen Rucksack an die Wand und lehne mich dagegen. So als wollte ich nur mal rumstehen, wie man das halt manchmal so macht. Ich schließe die Augen und atme tief durch. Das wird schon irgendwie. Ich habe noch genug Zeit.

»Na?« Das ist nicht die Stimme der Buchsbaumer neben mir.
Ich öffne die Augen. »Hey Nadine!«

Sie tippt mit der Fußspitze gegen meinen Rucksack. »Wo geht's heute hin?«
Ich grinse übertrieben. »Aufs Land.«
»Aufs Land? Wie weit denn?«
»Nur zwanzig Minuten von Wien weg. Pass dort auf einen Hund auf.«
»Echt? Ich liebe Hunde. Was denn für einer?«
»Labrador glaub ich. Ein ganz lieber. Angeblich.«
Nadine scheint begeistert. »Ein Labrador? Die sind voll süß.«
»Na, das hoffe ich doch. Immerhin muss ich eine Woche auf ihn aufpassen.«
Nadine blinzelt in die Sonne. »Ich find das so cool, dass du immer was zum Übernachten findest.«
Ich sehe Anthonys Nachricht vor mir. *Nadine? Die ist Pro. Aber sowas von.*
»Sag mal …«, beginne ich.
»Ja?«
»Wenn du so ein Hundefreak bist, vielleicht hast du Lust, mich dort draußen mal zu besuchen?«
»Wie isses denn dort so?«
»Keine Ahnung, ich fahr jetzt das erste Mal hin. Kann ich dir in zwei Stunden genauer sagen. Einen Hund gibt's auf jeden Fall dort. Einen Labrador. Hab ich das schon erwähnt?«
Ich grinse sie an. Sie grinst zurück.
»Jetzt musst du mir nur noch helfen, unauffällig zu verschwinden, bevor es wieder läutet. Kannst du dich irgendwie so stellen, dass die Buchsbaumer mich nicht sieht?«
Die Buchsbaumer ist längst schon wieder verschwunden. Trotzdem macht Nadine sich so breit wie möglich und versucht, die Sicht auf mich zu verdecken. Sie hält sich die Hand über die Augen und späht auffällig unauffällig in alle Richtungen.
»Die Luft ist rein«, flüstert sie. »Hau jetzt ab.«

»Danke«, flüstere ich zurück und lächle. Sie auch.
Dann schnappe ich meinen Rucksack und verlasse so schnell es geht das Gebäude. Aus der Entfernung höre ich die Schulglocke.
Dann höre ich mein Handy. Mona.

Oh, das tut mir leid! Hoffe, es ist nichts Schlimmes! Ja, melde dich, wenn du wieder da bist! Alles Liebe, MonaM

Ich schiebe mein Handy in die Jackentasche zurück. Das Handy, in dem seit drei Minuten Nadines Nummer eingespeichert ist.

Fliederweg

Ich brauche nur eine Stunde bis zu Amelie, die Verbindungen von und nach Wien sind gut hier. Mit meinem Jugendticket muss ich auch nichts für die Fahrt zahlen. Jeden Tag pünktlich in die Schule zu kommen sollte also kein Problem sein. Auch nicht, dass ich heute Physik und Religion geschwänzt habe.
In der Schnellbahn breite ich mich über zwei Sitzplätze aus und lege die Beine auf meinen Rucksack. Schaue aus dem Fenster, sehe Wohnblöcke, Lärmschutzwände, einen Golfplatz und einen Friedhof an mir vorbeiziehen. Was mich bei Amelie wohl erwartet?
Ich bin nicht nervös. Ich bin Jeremy.

Mein Handy navigiert mich den kurzen Fußweg von der Schnellbahnstation zu Amelie, lange vor zwei bin ich vor ihrem Haus, Den Zeitpuffer, den ich eingeplant habe, habe ich gar nicht gebraucht. Ich hoffe, dass es Amelie nicht stört, wenn ich zu früh bin, und klingle.
Amelie ist älter, als sie auf dem Profilfoto aussieht, sie könnte meine Mutter sein. Aber sie ist genauso nett wie am Telefon.

»Jeremy!«, ruft sie erfreut. »Ich bin dir so dankbar, du kannst es dir gar nicht vorstellen.«
›Nein, *du* kannst es dir nicht vorstellen‹, denke ich, aber ich sage nichts, sondern lächle nur.

In Amelies Gegend sieht es aus wie bei Mart. Ein Ort kurz außerhalb Wiens. Einfamilienhäuser mit Garten, Straßen nach Blumen benannt. Wirklich schön ist es hier wie dort nicht. An den Zäunen sind Schilder angebracht, die vor dem Hund warnen oder verbieten, vor dem Garagentor zu parken. Die kenne ich auch von zuhause. Ihr Tonfall lässt ahnen, dass sich die, die dahinter wohnen, vor allem fürchten, was nicht zu ihnen gehört.
Trotzdem ist es anders. Amelies Haus ist anders, als einziges der Straße. Es ist alt und die Eingangstür knarrt beim Öffnen. Amelie hat auch trotz Hund kein Schild am Zaun. Von den Wänden blättert an einigen Stellen der Putz und die Veranda wirkt so, als würden sich hier nachts die Dielen Geschichten erzählen.
Bei Mart ist alles neu und funktioniert. Wenn etwas morsch wird oder brüchig, wird es sofort ersetzt. Mart mag Sauberkeit. Der braucht keine Geschichten.

Amelie bittet mich herein und läuft kurz darauf hektisch durch alle Zimmer. »Das hier ist die Küche, hier geht's in den Keller. Notfalls bin ich auch erreichbar, falls das Haus in Flammen steht oder so.«
Ich denke an Monas explodierten Toaster.
»Hier das Wohnzimmer ...«
Eine ganze Wand besteht aus einem CD-Regal, das bis zur Decke hin voll ist. »Wow«, entfährt es mir. Ich kenne niemanden, der noch eine CD-Sammlung hat.
Amelie deutet mit dem Kinn auf die Stereoanlage. »Kannst alles hören, so laut du willst, hier regt sich niemand auf.« Sie bleibt stehen und zieht einige CDs heraus, so dass sie einen Zentimeter

aus dem Regal hervorragen. »Die sind meine momentanen Favoriten, musst du echt mal reinhören. Kannst dir gerne kopieren, wenn du willst. Hast du einen Laptop mit?«
Sie wartet meine Antwort gar nicht ab. »Ach, Jeremy, habe ich dir schon gesagt, wie dankbar ich dir bin?«
»Ja, hast du«, sage ich lächelnd. Amelie versucht, gleichzeitig Rocky davon abzuhalten, mir die Hände abzuschlecken, und mit dem ausgestreckten Fuß die Tür ins nächste Zimmer aufzumachen.
»Dann sag ich's dir noch mal. Wahnsinnig dankbar. Du rettest meinen Urlaub. Das hier ist das Schlafzimmer. Kannst dich aber auch ins Wohnzimmer legen, wenn dir das lieber ist. Aber ich hab kein Problem damit, wenn du dich in mein Bett legst.«
Im Schlafzimmer steht ein Bett mit zerwühltem Bettzeug. Darauf liegen ein aufgeschlagenes Buch und eine Thermoskanne.
Amelie hält sich die Hand vor den Mund. »Oje, ich hab ganz vergessen, die Bettwäsche abzuziehen. Das geht sich jetzt nicht mehr aus. Stört es dich, wenn du das machen musst?«
Ich schüttle den Kopf. »No problem.«
»Schmeiß sie einfach in den Wäschekorb im Bad. Da drin ist frisches Bettzeug.« Sie deutet auf einen alten Bauernschrank mit verschnörkelten Beinen. »Ach, und wenn du waschen willst, komm, ich zeig dir schnell, wie die Waschmaschine funktioniert.« Sie zieht mich mit sich ins Badezimmer.
Amelie hat an alles gedacht, aber anscheinend nicht rechtzeitig. In der verbleibenden Zeit zeigt sie mir alle Küchengeräte und Notfallschalter, erklärt, welches Futter Rocky wann bekommt und wo ich die Beutel hintun soll, mit denen ich seinen Dreck aufsammle. Nebenbei packt sie ihren Koffer und erklärt drei Menschen am Telefon, dass es sie nicht beunruhigen soll, wenn in der nächsten Woche ein junger Mann in ihrem Haus ein und aus geht.

Ich weiß nicht, ob Rocky das Gefühl hat, mit mir Freundschaft geschlossen zu haben.

Die erste halbe Stunde verbringe ich damit, Amelies Sachen beiseitezuschieben und meine eigenen Sachen im Haus auszubreiten. Nur, dass ich nicht so viele Sachen habe, um all die Unordnung hier unsichtbar zu machen. Nicht, dass mich Unordnung prinzipiell stört. Zimmer aufräumen habe ich immer für eine ziemlich überflüssige Tätigkeit gehalten. Aber plötzlich überkommt mich das Bedürfnis, sauber zu machen. In *meinem* Haus.

Also ziehe ich das Bett ab und stopfe die alte Bettwäsche in den Wäschekorb. Schmeiße den vollen Staubsaugerbeutel in den Müll. Setze einen neuen ein und sauge die Hundehaare weg. Räume das herumliegende Geschirr in die Spülmaschine und schalte sie ein. Wische sogar über Tische und Regale und putze Dusche und Klo. Alles mit Rocky an meiner Seite, der mir immer wieder seine Schnauze in die Seite stupst.
Nach drei Stunden lasse ich mich erschöpft auf den Couchsessel im Wohnzimmer sinken. Rocky verzieht sich auf seinen Polster und kaut an einem Hundeknochen. Ich habe noch nie so lange am Stück geputzt. Natürlich habe ich ab und zu mal mein Zimmer gesaugt oder den Müll rausgetragen. Aber so richtig mit Kloputzen und Regalewischen noch nie. Hatte auch noch nie ein eigenes Haus. Das hier, das ist meines. Für zehn Tage. Da will ich es schön haben.

In *It's Your Home* logge ich mich nicht ein. Falls Mona oder Emma nachschauen, würden sie sehen, dass ich noch in Österreich bin. So sehen sie nur mein letztes *login*-Datum aus Wien und müssen annehmen, dass ich in Ungarn einfach zu sehr mit dem Notfall meines Freundes beschäftigt bin, um mich auf der Website herumzutreiben. Vielleicht wird Mona irgendwann draufkommen, dass ich sie angelogen habe. Spätestens dann, wenn Amelie mir eine Bewertung schreibt. Aber dann ist Emma hoffentlich über alle Berge. Und wer weiß, ob Mona sich mein Profil überhaupt noch mal anschaut.

Es ist schon dunkel, als mich Rocky daran erinnert, dass er eine Gassirunde braucht. Ziemlich bald hinter dem Haus gibt es eine Autobahnunterführung, dahinter beginnt die Au. Alleine würde ich da bei Dunkelheit niemals hingehen, aber mit Rocky an meiner Seite fühle ich mich sicher. Obwohl der vermutlich nicht in der Lage wäre, mich zu beschützen. Er vertraut ja auch mir, ohne mich zu kennen.

Die nächsten Tage tue ich das, was man wohl ein geregeltes Leben nennt. Ich stehe früh auf. Gehe eine große Runde mit Rocky. Füttere ihn, gehe zum Bahnhof, fahre in die Schule. Versuche aufzupassen. Fahre wieder ins Haus, gehe eine kleine Runde mit Rocky. Mache Hausaufgaben. Gehe einkaufen. Koche mir mein eigenes Essen. Es fühlt sich gut an.

Samstagmittag holen Rocky und ich Nadine vom Bahnhof ab. Rocky läuft schwanzwedelnd auf sie zu. Vielleicht meint er aber auch den Mann, der gleichzeitig mit ihr aus dem Zug steigt. Rocky läuft schwanzwedelnd auf alle zu. Ich muss aufpassen, dass er noch da ist, wenn Amelie aus dem Urlaub zurückkommt.
»Hey«, sagt Nadine und küsst mich links und rechts auf die Wange.
»Hey.«
»Du bist also Rocky.« Sie geht in die Hocke und hält ihm die Hand vor die Nase, damit er sie erst mal beschnuppern kann.
»Rocky braucht keine vertrauensbildenden Maßnahmen. Den kannst du gleich streicheln.«
Nadine hebt die Augenbrauen und lächelt. »Vielleicht brauch ich sie ja.«

Ich lache. »Kannst gerne an ihm schnuppern.«
»Tu ich ja gerade.«
Ich stehe eine Weile verlegen da, während Nadine Rockys Fell krault. »Sollen wir gleich eine Runde mit ihm gehen oder willst du dir zuerst das Haus anschauen?«
Nadine ist für spazieren gehen. Ist mir auch lieber.

Mit Hund ist irgendwie alles einfach. Wir spazieren vor uns hin. Bleiben stehen, wenn er einen Baum markiert. Werfen Stöckchen. Sagen ›Nein, Rocky!‹, wenn er wie wild in der Erde herumgräbt. Wir müssen nicht viel reden. Rocky redet für uns.

Nach einer großen und einer kleinen Runde sind wir ziemlich durchgefroren und Nadine ist neugierig auf das Haus.
Ich schließe die Haustür auf. »Ta-taa!«
Rocky flitzt sofort zum Wassernapf und beginnt zu schlabbern.
Nadine sieht sich um. »Schön. Schön warm vor allem.« Sie reibt sich die Hände.
»Ja, echt schön hier«, bestätige ich. Dass ich stundenlang geputzt habe, verschweige ich.
»Willst du was trinken?«
»Irgendwas Warmes. Kakao oder so?«
Ich durchsuche Amelies Regale, während Nadine es sich am Küchentisch gemütlich macht. Milch habe ich gestern erst gekauft.

Schließlich sitzen wir uns mit großen Tassen voll heißem Kakao gegenüber. Nadine wärmt ihre Hände und saugt den Geruch mit der Nase ein. »Hmmmmm. Hab schon lang keinen Kakao mehr getrunken. Voll schade, dass man das nicht öfter macht.«
»Mhm.«
Nadine blickt aus dem Fenster. »Muss super sein, so zu wohnen. Mit Garten und so.«

»Hm«, mache ich. »Garten allein macht auch nicht glücklich.«
»Kein Garten aber auch nicht.«
Ich lache kurz auf. »In unserem Garten war es so schön, dass wir nicht mal auf Urlaub fahren mussten.«
Nadine verzieht den Mund. »Tu nicht so. Wir fahren nie auf Urlaub. Und wir haben nicht mal einen Balkon.«
»Dafür kannst du zu Fuß überall hingehen. Wo meine Mutter wohnt, musst du wegen jedem Scheiß ins Auto steigen, weil du sonst absolut nichts machen kannst.«
»Dann mach mal bald den Führerschein.«
»So lang wollte ich nicht warten, da bin ich lieber schon vorher wohin gezogen, wo es normale Busfahrpläne gibt.«
Nadine lacht. »So wie hier, meinst du?«
Ich lächle. »Ja, so wie hier.« Ich weiß nicht, ob hier überhaupt Busse fahren, und auch die Schnellbahn fährt am Wochenende seltener. Im Moment finde ich das wunderbar. Kann Nadine also nicht plötzlich aufstehen und gehen. »Aber weißt du, was ganz toll funktioniert, da wo ich gewohnt habe?«
Nadine sieht mich fragend an.
»Atmen.«
»Atmen?«
Ich grinse. »Klar. Funktioniert dort viel besser als in der Stadt. Und weißt du, warum?«
»Warum?«
»Na, Luft sauberer und Sauerstoff direkter in deine Lunge und so.«
Nadine nickt wissend. »Ach ja, und Feinstaub gleich null, oder?«
»Natürlich. Überhaupt keine Belastungen irgendeiner Art. Deshalb sind wir ja dorthin gezogen.«
»Dann verstehe ich überhaupt nicht, warum du von dort weg bist«, sagt Nadine ironisch.
»Ich auch nicht«, sage ich im gleichen Tonfall. »Dort ist die Luft so gut, dass du den ganzen Tag atmen kannst.«

»Nein«, ruft Nadine fasziniert aus. »Den ganzen Tag?«
»Ja, du wirst es nicht glauben«, mache ich weiter. »Die Leute dort machen keine Pause, nicht mal im Schlaf.«
»Was es nicht alles gibt.«
»Atmen ist ein total komplexes Thema«, sage ich. »Glaub ja nicht, dass uns langweilig geworden ist.«
»Nein, nein«, versichert Nadine. »Es gibt Einatmen und Ausatmen, das ist nicht so einfach, wie man denkt.« Sie zeichnet mit ihrem Finger Muster auf die Tischplatte.
»Ich sehe, wir verstehen uns«, stelle ich fest. »Die meisten spezialisieren sich im Laufe ihres Lebens. Mart zum Beispiel atmet unheimlich gern ein. Meine Mutter atmet eher viel aus.«
Nadines Finger hat aufgehört, Muster auf den Tisch zu malen. Er wandert zu mir. Beginnt, meinen Arm entlangzufahren. Auf und ab. »Und du?«, fragt Nadine. Ich rücke ein bisschen näher zu ihr.
»Hab mich noch nicht festgelegt«, sage ich leise.
Nadines Hand schiebt sich unter meinem Arm durch, die Muster wandern auf meinen Rücken. »Bist ja auch noch jung«, murmelt sie meinem Mund zu, der das mit dem Atmen versucht, aber nicht so ganz auf die Reihe kriegt.

Am nächsten Tag wache ich so spät auf, dass ich fast zu spät zum Bahnhof komme. Weil ich nicht schlafen konnte. Weil ich die ganze Nacht wach gelegen bin und die Decke angegrinst habe. Erst als es hell wurde, bin ich eingeschlafen. Aber das macht nichts. Ich habe ein Haus. Ich kann ausschlafen. Da war mir egal, dass Rocky rauswollte.
Zum Glück winselt Rocky so aufdringlich und stupst mich immer wieder mit der Nasenspitze an, dass ich kurz vor Mittag tatsächlich aufwache. Er muss dringend raus. Und ich auch. Schließlich hole ich Nadine gleich wieder vom Bahnhof ab. Zum Glück habe ich meiner Mutter gestern noch rechtzeitig geschrieben, dass ich

heute leider nicht zum Essen kommen kann, weil ich noch was für ein Schulprojekt fertig machen muss.

Zum Bahnhof komme ich zu spät, weil ich noch schnell unter die Dusche und Zähne putzen musste. Zu meinem Glück hat die Schnellbahn auch Verspätung und Nadine steigt gerade aus, als ich die Stufen zum Bahnsteig hinaufhaste. Diesmal ignoriert sie Rocky, der schwanzwedelnd an ihr hochspringt. Sie küsst mich zur Begrüßung. Auf den Mund.

Eine große Runde und eine kleine Runde. Stöckchenwerfen. Dann Kakao. Wie gestern und doch ganz anders.
Es erstaunt mich, dass alles so einfach ist. Nadine holt CDs aus Amelies Regal und legt eine nach der anderen auf. In einer Truhe entdecken wir eine Spielesammlung. Nadine schlägt mich beim Malefiz. Ich sie beim Mensch ärgere dich nicht. Dann muss Rocky wieder raus. Wir laufen im Wald herum, bis wir durchgefroren sind. Dann landen wir auf dem Sofa.

Seit Tagen habe ich kaum an Jeremy gedacht. In Amelies Haus ist auch als Jakob alles einfach. Es ist Nadine, die mich wieder an ihn erinnert. »Küsse ich jetzt eigentlich Jakob oder küsse ich Jeremy?« Sie stützt sich auf die Ellenbogen und sieht mich an.
Ich zucke die Achseln. »Jeremy, glaube ich«, sage ich, weil ich denke, dass sie das hören will.
»Ich will aber auch Jakob küssen.«
»Du willst gleich zwei Typen auf einmal?«
Nadine lacht und schlingt ihre Arme um meinen Hals.

Ich hätte gerne, dass Nadine hier übernachtet. Aber ich weiß nicht, wie ich sie das fragen soll. Ich weiß auch gar nicht, ob ihre Eltern das erlauben. Und ob sie das überhaupt will.

»Wie lange bist du eigentlich noch hier?«, fragt sie.
»Bis Donnerstag. Solltest du also ausnutzen, wenn du Rocky noch öfter sehen magst.«
»Mhm«, murmelt sie in meine Armbeuge. Dann richtet sie sich auf. »Ich muss dir was sagen.«
»Was denn?«
»Ich hasse Hunde.«
Ich starre sie wortlos an, dann pruste ich los. »Was?«
»Ich hasse Hunde«, wiederholt Nadine. »Keine Ahnung, was alle an denen finden.«
»Aber ...«, beginne ich.
Nadine grinst. »Ich wollte nur dahin, wo ich jetzt bin.« Sie deutet auf das Sofa, auf dem wir ineinander verschlungen liegen. »Aber wie kommt man zu so jemandem wie dir? Sicher nicht mit Ehrlichkeit.«
Ich setze mich auf. Die letzten Sätze gefallen mir nicht. Aber es gefällt mir, dass Nadine dort ist, wo sie jetzt ist. Sie zieht mich wieder zu sich herunter.

Rocky macht diese Bewegung anscheinend nervös, denn er beginnt laut zu bellen. Vielleicht möchte er auch nur mitspielen. Nadine knurrt ihn an. Ich muss lachen. »Jetzt kannst du ja endlich zu deiner Hundephobie stehen.«
»Phobie ist das keine«, murmelt Nadine. »Ich mag sie nur nicht.«
Rocky ist davon unbeeindruckt und beginnt, ihre Hand abzulecken.
»Komm, Rocky!« Ich springe auf und laufe ins Vorzimmer, wo ich Leckerlis in seine Schüssel streue. Er soll nicht zu viele davon auf einmal essen, hat Amelie gesagt. Aber das ist mir jetzt egal. Schnell schließe ich die Tür zum Wohnzimmer und kuschle mich wieder zu Nadine auf die Couch.
Sie grinst. »Der arme Hund.«
»Er war lange draußen, hat genug zu trinken und schlägt sich gerade den Bauch mit Naschereien voll. Der wird das überstehen.«

Nadine streicht mir vorsichtig über die Haare. »Bis Donnerstag also. Und dann?«
Ich zucke die Achseln. »Weiß nicht.«
»Wo warst du denn bisher schon überall?«
Ich erzähle von Andi, von Yossi und Anat, von *Mona Mours* abgebrannter Küche und wie Amelie mich vor Emma gerettet hat. Jetzt, wo ich es erzähle, kommt mir alles so unspektakulär vor.
Aber Nadine ist beeindruckt. »Und du hast nie Angst, dass die draufkommen?«
»Na, bei Emma schon.«
»Aber sonst nie?«
Ich schüttle den Kopf, obwohl ich nicht weiß, ob das stimmt. Kopfschütteln im Liegen ist komisch. Man reibt bloß den Hinterkopf am Polster.

Rocky ist mit den Leckerlis fertig und hat unser Spiel durchschaut. Er beginnt wieder zu bellen. Durch die Milchglasscheibe der Wohnzimmertür kann ich seine Umrisse erkennen.
Nadine wirft einen Blick zur Tür. »Wir sollten ihn reinlassen.«
»No way«, sage ich. Nadine lacht und kuschelt sich tiefer in meine Armbeuge. Ihre Haare riechen nach Gewürzen. Ich nehme einen tiefen Atemzug, will meine Lungen vollpumpen mit Nadine, mit Nadine und sonst nichts.
Ich stelle mir vor, ich würde mit Nadine hier leben. In einem Haus wie dem von Amelie. Wir würden gemeinsam aufstehen und gemeinsam schlafen gehen. Gemeinsam kochen und gemeinsam essen. Mit unserem Hund spazieren gehen. Und immer lachen. Wie in der Werbung für Hundefutter oder Bausparkassen.

Abends bringe ich sie wieder zum Bahnhof. Ich habe mich nicht getraut zu fragen, ob sie hier übernachten will. Sie weiß, dass ich am Donnerstag rausmuss. Wenn sie will, wird sie schon etwas sagen.

An dieser Station steigen nicht viele Leute ein oder aus. Nadine beugt sich noch einmal aus der Tür und gibt mir einen Kuss. Diesmal bellt Rocky nicht. Der ist zuhause geblieben.
»Wir sehen uns morgen in der Schule«, sage ich.
Nadine nickt. Zögernd. Oder bilde ich mir das nur ein?

Die Schaffnerin pfeift, die Türen schließen. Nadine winkt mir durch das Fenster. Ich winke zurück, bis ich sie nicht mehr sehen kann.
Wir hätten miteinander schlafen sollen, geht es mir durch den Kopf. Aber durch den Bauch geht mir ein anderes Gefühl. Ein warmes, weiches. Es war schön so, wie es war.
Dann funkt eine Stimme in meinem Kopf dazwischen.
Jetzt hast du's immer noch nicht getan. Hast ein Mädchen auf deinem Sofa und schläfst nicht mit ihr. Was weißt du, wann du wieder ein Zimmer haben wirst, wo das geht? Wo du allein bist? Wo es gemütlich ist?
Ich versuche, die Stimme zu ignorieren und das warme Gefühl zu behalten, so lange es geht.
Nadines Geruch in meiner Nase. Ihre Haut auf meiner Haut. Ihre Haare in meinem Gesicht. Aber die Stimme lässt sich nicht stoppen.
Du wirst noch so enden wie Lukas. Ewig verknallt und nie passiert was. Du hattest sie doch schon fast im Bett. Wie blöd muss man eigentlich sein?
Ich fahre mit den Händen durch die Luft, wie um die Stimme zu verscheuchen. Ich will mir das nicht kaputt machen lassen.

Laaerbergstraße

Am nächsten Tag sehen wir uns nicht. Unser Schulgebäude ist groß und hat viele verschiedene Stiegen, über die man theoretisch im Kreis herum durchs Haus laufen könnte. Normalerweise treffen wir uns selten zufällig. Vielleicht wartet sie, dass ich sie besuchen komme? Aber wenn nicht?

Am Wochenende war ich Jeremy. Hier in der Schule bin ich Jakob. ›Ich will aber auch Jakob küssen‹, habe ich ihre Stimme im Ohr. Hat sie das wirklich gesagt? Oder will ich nur, dass sie das gesagt hat? Und wenn ja, hat sie es überhaupt so gemeint? Wartet sie, dass ich mich melde? Aber was soll ich denn sagen? Sie weiß doch, dass ich bis Donnerstag bei Rocky bin. Danach habe ich nichts mehr anzubieten. Mehrmals will ich ihr eine Nachricht schreiben, weiß dann aber nicht, was, und lasse es wieder.
Will sie, dass ich den ersten Schritt mache? Weil ich der Mann bin? So altmodisch schätze ich Nadine eigentlich nicht ein, bisher war sie immer ziemlich direkt, wenn sie etwas wollte. Nein, die interessiert sich einfach nicht für mich, das ist die einzig logische Erklärung. Die wollte ein bisschen Spaß mit Jeremy, aber das war's auch schon. Wenn ich Jakob bin, bin ich unwichtig.

Auch Henrik gibt mir das zu spüren, er ignoriert mich einfach. Eigentlich sollte ich froh darüber sein, ist das doch das Beste, was Jakob passieren kann. Früher waren das immer die guten Tage. Aber jetzt ist es anders. Jeremy hätte gerne mehr Aufmerksamkeit. Würde Henrik gerne das mit Nadine spüren lassen, ihm zeigen, dass er mit seiner großen Klappe nicht mehr ankommt. Geht aber nicht. Vor allem, wenn es Nadine hier in der Schule so gar nicht gibt und Jeremy ständig hinter Jakob verschwindet.

Fliederweg

Ich versuche, mich von Nadine abzulenken, aber das ist nicht leicht, wenn sie in fast jeder Ecke des Hauses sitzt. Wenn ich ihre Hand spüre, am Küchentisch, auf meiner. Ihren Mund, auf der Couch. Warum kann Jakob nicht ein bisschen mehr wie Jeremy sein?

Doch am Donnerstag ist die Tatsache, dass sich Nadine nicht meldet, zweitrangig. Es hat sich nämlich auch sonst niemand gemeldet. Alle, die ich angeschrieben habe, bleiben stumm. Das gibt es doch nicht. Das kann doch nicht so schwer sein.

Als ich Amelies Schlüssel in der Tür höre, zucke ich zusammen. Denn das heißt, dass ich in Kürze hier rausmuss. Rocky hingegen führt einen Freudentanz auf. Amelie lässt Taschen und Koffer fallen und schmeißt sich mit Rocky auf den Boden. »Ja, du mein Lieber, mein Großer«, höre ich ihre Stimme zwischen Rockys Jaulen und Bellen.

Erst nach einigen Minuten beachtet sie mich. »Entschuldige bitte, die Wiedersehensfreude ist mit mir durchgegangen«, sagt sie außer Atem und umarmt mich. »War alles okay? Ich nehm mal an ja, sonst hättest du dich gemeldet, oder?«

Ich nicke. »Alles in Ordnung.«

Amelie wühlt in ihrer Tasche. »Ich hab dir was mitgebracht.« Sie hält mir eine kleine Schachtel entgegen.

»Äh, danke.« Ich betrachte die Schachtel.

»Echte tunesische Datteln«, sagt sie. »Ich wollte dir eigentlich was Größeres mitbringen, eine Holzfigur oder was zum Anziehen oder so. Aber du bist ja auf der Durchreise und hast sicher keine Lust, noch was Zusätzliches rumzuschleppen. Was zu essen geht immer, hab ich gedacht.«

»Danke«, sage ich nochmal.

»Die sind sehr nahrhaft«, fährt Amelie fort. »Manche Nomaden haben angeblich wochenlang von nur einer Handvoll davon gelebt.«

»Echt?«

Amelie nickt. Dann beginnt sie, ihre Sachen auszupacken. Unschlüssig bleibe ich stehen, die Packung Datteln in der Hand. Jetzt sollte ich eigentlich meine Sachen nehmen und gehen. Amelie ganz ihrer Wiedersehensfreude mit Rocky überlassen. Aber ich gehe nicht.

Amelie scheint es nicht zu stören, dass ich einfach im Weg herumstehe. Vielleicht hat sie auch bemerkt, dass ich geputzt habe und ist dafür extra dankbar.

»Wie lang bleibst du eigentlich noch?«, fragt sie dann doch.
»Ähm ...«, druckse ich herum.
»In Wien, meine ich«, ergänzt sie. »Fährst du gleich weiter?«
»Ich kenne jemanden in Budapest, den ich besuchen möchte«, bringe ich wieder meinen ungarischen Freund ins Spiel. »Aber den kann ich gerade nicht erreichen, deshalb bleibe ich wohl noch ein paar Tage in Österreich.«
»Kannst gern noch hier wohnen«, sagt Amelie, während sie Kleinkram in übervolle Schubladen stopft.
Ich atme tief durch. »Das muss aber nicht sein«, sage ich bemüht gleichgültig. »Ich kann mir auch ein Hotel checken oder so.«
Amelie dreht sich energisch um. »Kommt gar nicht in Frage. Nachdem du mir diesen Riesengefallen getan hast, auf Rocky aufzupassen, obwohl du bestimmt Spannenderes zu tun hattest.«
»Wirklich?«
»Klar, was denkst du denn? Hast du das Bett schon abgezogen?«
Ich verneine. Hab ich ganz vergessen. Peinlich.
Amelie scheint das nicht zu stören. »Dann bleib gleich in meinem Zimmer. Ich schlaf die paar Tage einfach im Wohnzimmer. Dann weck ich dich auch nicht auf, wenn ich in aller Früh mit Rocky herumtolle.«
Ich bin sprachlos. Die lässt mich einfach noch in ihrem Bett schlafen! Ich denke an Mart, der nach jedem Besuch mit Desinfektionsmittel über alle Türgriffe drübergeht.
»Schau nicht so verstört.« Amelie lacht. »Wär doch blöd, wenn du jetzt Geld für ein Hotel ausgeben musst. Bleib erst mal bis zum Wochenende. Magst du Curry? Ich koch nämlich gleich eins.«
Ich nicke verwirrt. Bis zum Wochenende also.

Und dann melden sich plötzlich alle auf einmal.

Nadine: *Was macht Rocky?*

Lady of the lake: Sorry, hab deine Anfrage ganz übersehen! Brauchst du noch einen Platz zum Schlafen? Könnte dir heut und morgen mein Gästebett anbieten, wenn das nicht zu spontan ist.

klingklang: Klar kannst du unsere Couch crashen! Heut Abend wird sie frei – komm vorbei!

Anat: *I see that you are in Vienna again. We're at a squat in an old school, wanna join us?*

Ich verziehe mich in Amelies Zimmer, das gerade mein Zimmer ist, und schreibe zurück:

Der ist ganz begeistert, dass sein Frauchen zurück ist!

Hey, danke für die Antwort. Heute und morgen habe ich schon was, aber ist dein Gästebett nächste Woche frei?

Hey, danke für die Antwort. Heute Abend habe ich schon was, aber ist deine Couch nächste Woche auch noch frei?

Good to hear from you! Of course I wanna join you. When and where?

Dann schaue ich im Wörterbuch nach, was *squat* bedeutet.
die Hocke, das besetzte Haus, die Kniebeuge, das Zinnerz

Nadine: *Waaas? Ich dachte ... oh scheiße, diesen Donnerstag? Ich dachte nächsten Donnerstag!!!*

Lady of the lake: Sorry, nächste Woche bin ich selber nicht da. Schönen Aufenthalt aber noch.

Anat: *Tomorrow 5 pm at the strahsenbahn stop in front of westbahnhof?*

klingklang meldet sich nicht nochmal.

Und wieder ich:

Ja, diesen Donnerstag. Heute.

Cool, I'll be there. At the Straßenbahn – this is how you write it :) – stop. Tomorrow. 5 pm.

Nadine: *Schade, ich wollt Rocky noch mal sehen. Vermiss ihn schon!*

Anat: *C U tomorrow!*

Ich: *Rocky???*

Nadine: *Jeremy, du Doofi :) Wo ist der grad?*

Ich: *Sag ich dir morgen.*

Nadine: *U-huh, spannend!*

Laaerbergstraße

Am nächsten Tag muss ich mir nicht überlegen, wie ich Nadine sehen kann. Gleich in der ersten Pause kommt sie an unsere Klassentür und winkt mir zu.

Lukas sieht mich erstaunt an. »Meint die dich?«
Ich ignoriere ihn. Ignoriere auch all die andern, die verwundert sind, dass eine wie Nadine einen wie mich meint.
Nadine bleibt an der Tür stehen. Sie zwinkert mir zu und macht eine Kopfbewegung, die bedeutet, dass ich auf den Gang kommen soll.
Betont langsam stehe ich auf und schlendere zur Tür. Im Rücken kann ich Lukas' Blick spüren.

»Hast du jetzt was mit der?«, will er wissen, als ich wieder an meinem Platz bin.
Ich hebe die Schultern. »Weiß nicht.«
»Wie, weiß nicht?« Lukas sieht mich verständnislos an. »Sowas weiß man doch.«
Wirklich? Weiß man das?
»Sie hat mich am Wochenende besucht«, sage ich vorsichtig. »In dem Haus, wo ich auf den Hund aufgepasst hab, weißt schon.«
»Aha. Und, habt ihr ...« Lukas macht eindeutige Armbewegungen.
Ich verziehe ärgerlich das Gesicht. »Lukas, wir haben uns erst zwei Mal getroffen!«
»Aber du würdest es mir sofort erzählen, wenn ihr ...«
Ich verdrehe die Augen. Vor Jahren schon haben wir ausgemacht, dass wir uns sofort erzählen, wenn einer von uns eine Frau ins Bett kriegen sollte. Aber ich bin mir nicht mehr sicher, ob ich ihm etwas erzählen will. Nicht von Nadine.
»Sag schon. Was habt ihr gemacht?«
Ich beuge mich nach unten und tue so, als müsste ich etwas ganz Wichtiges in meinem Rucksack suchen. Wer weiß, ob ich es heute noch finde.

Nadine und ich haben uns nicht geküsst, heute in der Schule. Ich war mir nicht sicher, ob sie das will. Ob sie Jakob will, wenn er

einfach nur Jakob ist. Sie wollte wissen, wo Jeremy in den nächsten Tagen sein wird und er hat ihr von dem besetzten Haus erzählt, von dem ich noch nicht mal weiß, ob es existiert.
›Hast du jetzt was mit der?‹
Ich weiß es tatsächlich nicht.

Europaplatz

Um fünf Uhr stehe ich vor dem Westbahnhof und überlege, welche der vielen Straßenbahnhaltestellen Anat gemeint haben könnte. Ihr eine Nachricht zu schreiben, bringt nichts. Die beiden haben sicher noch immer kein Handy und die Nachricht an mich wohl von einem fremden Computer aus geschrieben.
Vorsichtshalber habe ich meine ganzen Sachen bei mir. Ich kann zwar noch ein paar Tage bei Amelie bleiben, aber wer weiß. Wenn sich da heute eine Möglichkeit auftut, länger wo zu bleiben, erzähle ich einfach, dass ich Imre jetzt doch erreicht habe. Ist ja nicht so, dass ich der langersehnte Besuch bin oder so.

Yossi und Anat tauchen mit einer Viertelstunde Verspätung vor mir auf und fallen mir um den Hals.
»Good to see you!« Die beiden lassen mich gar nicht mehr los. Sie scheinen sich wirklich zu freuen.
Mit der Straßenbahn fahren wir stadtauswärts.

Linzer Straße

Als wir aussteigen, kann man die Schule, um die es geht, schon sehen. Ein großes Transparent ist an der Fassade angebracht:
LUXUS FÜR ALLE

Bisher habe ich mir noch nie Gedanken um besetzte Häuser gemacht. Meine einzige Vorstellung davon war, dass es dort vermutlich dreckig ist und stinkt und überall Hunde rumlaufen.
Dieses Haus entspricht meinen Vorstellungen überhaupt nicht. Gleich hinter dem Eingangstor ist ein aufgeräumter Vorraum. An den Wänden hängen beschriftete Papierbögen. TO-DO steht da drauf und PUTZPLAN und NEWS und ARBEITSGRUPPEN. Ein Schild mit einem Pfeil und der Aufschrift FAHRRADWERKSTATT weist in einen Nebenraum.
Erstaunt sehe ich mich um. »And that's where you live?«
Yossi nickt und führt mich die Stiegen hinauf in einen großen Raum, in dem Matratzen und Schlafsäcke ausgebreitet sind.
»Why isn't it cold here?«, wundere ich mich.
Anat zeigt auf die Heizkörper unter den Fenstern. »The heating works. Crazy, isn't it?«
»Not in all of the rooms«, sagt Yossi. »But we've got a few extra heaters. We aren't cold, anyway.«
»Stay here with us«, schlägt Anat vor. »We've been here for a week already and it's really cosy. We don't think that the police are going to throw us out in the next few days.«
»Where are you living at the moment?«, will Yossi wissen.
Ich sehe mich um. Dann stelle ich meinen Rucksack auf den Boden und schnüre ihn auf, um meinen Schlafsack hervorzuholen. »Here«, sage ich.

»How was it in Prague?«, will ich wissen.
»Amazing«, schwärmt Yossi. »You really have to come along with us next time. So many people, so much music ...«
»Vienna kind of called us to come back«, wirft Anat lächelnd ein. »But tell me, what have you been up to since we last saw each other?«

Ja, was habe ich gemacht? »I've met someone«, sage ich. Meine Wangen werden warm. »Her name's Nadine.«
Yossi strahlt mich an. »Wow, does that mean that you're not going to the Balcans anymore after all?«
»Call her«, fordert mich Anat auf. »Tell her to come and join us!«
»What, now?«
Anat lacht. »Of course now. When else?«

Also schreibe ich Nadine eine Nachricht.
Anat und Yossi wollen dich kennenlernen!

Sie meldet sich sofort zurück. *Und wer bin ich?*

Du bist Nadine. Jeremy hat dich kennengelernt und bleibt wegen dir erst mal in Wien. Den Rest musst du dir ausdenken. Willst du gleich heut Abend vorbeikommen?

›Und bleibt wegen dir erst mal in Wien.‹ Kann ich das so schreiben? Ist das nicht zu direkt? Aber mit Anat und Yossi an meiner Seite fühle ich mich stark. Ich bin Jeremy. Wie haben sie in der Bewertung geschrieben? *You have to love Jeremy.*

Mach mich gleich auf den Weg, kommt von Nadine. *Wohin?*

Ich schreibe ihr Straße und Hausnummer auf und eine Stunde später ist sie da. Ist es wirklich erst eine Woche her, dass wir gemeinsam auf der Couch gelegen sind? Es erscheint mir wie eine Ewigkeit.

»Gleich gibt's Essen«, tönt eine Stimme von unten herauf.
»That's Fii«, erklärt Anat. »He's on the cooking team. If you want to stay here you could already start to think about which work team you want to join.«

»Which team are you in?«, will ich wissen.
»We organise the food. That means tonight we still have to go out.«
Heute Abend? Die Geschäfte haben doch schon geschlossen? Aber ich will nicht zu viele blöde Fragen stellen.

Wenig später sitzt Nadine mit mir und neun anderen Leuten an einem Tisch, vor uns Schüsseln mit veganem Gulasch.
»Echt lecker«, stellt Nadine fest.
Fii verteilt Fladenbrot. »Ja, Anna und die Leute von der *AG Essen holen* waren ziemlich erfolgreich gestern.«
»Na ja, aber einen guten Koch braucht's auch«, wendet ein Mädchen ein, das vermutlich die erwähnte Anna ist. »Als Nachspeise gibt's übrigens Schokokuchen mit Orangenspalten.«
Fii deutet eine Verbeugung an. Dann bringt er das Tablett mit dem Kuchen.

Nach dem Essen bringen wir unser Geschirr in die Küche. »Abwaschen musst du deins selber«, erklärt mir Anna und zeigt auf Schwamm und Spülmittel. »Abtrocknen am besten auch. Und dann tust du's einfach hier rein.«
»Sehr organisiert«, stelle ich fest und halte den Schwamm unter den Wasserstrahl.

Nadine beschließt, dass wir gemeinsam mit Yossi, Anat und Anna Essen besorgen gehen.
Anna hält mir eine Stirnlampe entgegen. »Brauchst du?«
Verwirrt greife ich zu. »Hast du eine Ahnung, was wir gleich tun werden?«, flüstere ich Nadine zu.
»Ich nehme an, dumpstern«, flüstert sie mir ins Ohr.
Dieses Wort habe ich zwar noch nie gehört, kann mich aber erinnern, es auf einem Papierbogen im Vorraum gesehen zu haben. Zum Glück flüstert Nadine gleich weiter. Die Härchen auf meinen

Armen richten sich auf, als ich ihren Atem in meinem Ohr spüre. Ich bemühe mich, mich auf das zu konzentrieren, was sie sagt. »Aus Müllcontainern von Supermärkten das Essen rausholen, das die wegschmeißen«, erklärt sie mir.
»Aber die Container sind doch weggesperrt«, sage ich halblaut, ohne mein Gesicht zu drehen. Ich hoffe, dass Nadine weiter flüstert. Egal was. Will einfach ihren Atem in meinem Ohr.
Anna hat mich anscheinend gehört. »Wir haben den Müllraumschlüssel«, erklärt sie lächelnd.
»Kommt ihr mit?«
Nadine stößt mich in die Seite. »Klar kommen wir mit.«

Mit Rucksäcken und Taschen ziehen wir los zum nächsten Supermarkt. Anna holt einen Schlüssel aus der Tasche und sperrt die Tür des Hauses daneben auf. Sie geht auf eine weitere Tür zu, auf der ›Müllraum‹ steht und sperrt diese mit dem nächsten Schlüssel auf.
Zögernd bleibe ich beim Eingang stehen. Ist das nicht Einbruch, was wir hier machen? Was, wenn uns hier jemand erwischt? Das kann ich jetzt wirklich nicht gebrauchen.
Nadine ist nicht so ängstlich wie ich. Zielstrebig geht sie auf eine Mülltonne zu und drückt den Deckel auf. »Boah«, entfährt es ihr.
Nun will auch ich wissen, was drin ist. Die Tonne ist voll mit frischem Obst und Gemüse. Eine Handvoll Äpfel liegt obenauf. Einige haben braune Stellen, die meisten sehen aber noch ziemlich knackig aus.
Anna macht eine aufmunternde Handbewegung. »Gehört alles euch. Greift zu.«
Nadine klettert auf das Trittbrett und stemmt sich in die Höhe. »Halt mich mal«, flüstert sie mir zu. Also umschlinge ich ihre Oberschenkel, während sie sich über die Tonne beugt und Äpfel, Kohlrabi, Orangen und Karotten in die Umhängetasche befördert, die Anna bereithält. Vorsichtig lehne ich meinen Kopf an ihren Rücken.

Spüre ihre Atemzüge. Mein Herz klopft.

Als Nadine fertig ist, nehmen wir uns die zweite Tonne vor. Ich stelle mich auf die Zehenspitzen und leuchte mit der Stirnlampe in alle Ecken des Müllcontainers.

»Mach die Säcke auch auf, könnte sich lohnen«, gibt mir Anna einen Tipp.

Den ersten Sack, den ich aufreiße, lasse ich sofort wieder fallen, als mir eine braune Flüssigkeit entgegenkommt. »Iieh!«

Anna sortiert inzwischen Mandarinen aus. Die guten legt sie vorsichtig in ihren Rucksack, die angefaulten schmeißt sie wieder in die Tonne zurück. Es landen weit mehr Mandarinen im Rucksack als in der Tonne.

»Die spinnen ja, die schmeißen das ganze gute Obst weg!«, entfährt es mir.

Anna seufzt. »Ich weiß, das ist echt tragisch. Aber alles, was sie nicht mehr verkaufen können, kommt in den Müll.«

Ich fische eine perfekt aussehende Ananas hervor und halte sie in die Höhe. »Warum bitte können sie die nicht mehr verkaufen?«

»Frag mich nicht. Vielleicht sind die Blätter oben nicht gleichmäßig genug.«

Die Blätter sind tatsächlich fast gar nicht mehr vorhanden. Aber die Ananas selbst sieht aus, als könnte sie locker einen Ananas-Contest gewinnen.

»Und was ist das?« Ich halte ein weißes, längliches Gemüse in die Höhe.

Anna grinst. »Rettich.«

»Was macht man damit?« Ratlos sehe ich den Rettich an. So etwas habe ich noch nie gesehen.

»Pfff«, macht Anna. »Stadtkind.«

Erklären, was man damit macht, kann sie mir aber auch nicht. »Aufschneiden und salzen oder so. Oder irgendwo reinmischen. Nimm's einfach mit.«

Wir knipsen die Stirnlampen aus, als wir den Müllraum verlassen. Das Einzige, was ich erkennen kann, ist der Knopf für das Ganglicht, der rot in der Dunkelheit leuchtet.

Anat und Yossi sind genauso vollbepackt wie wir. Anna drückt die Klinke hinunter. Durch den Türspalt dringt ein Streifen Laternenlicht. Anna sperrt noch die Müllraumtür zu, bevor wir uns wieder auf den Heimweg machen. Niemand weit und breit, den stören könnte, was wir hier tun.

Zurück im Haus bringen wir die Lebensmittel in den ›Salon‹, wie Anna den Raum nennt. Die Tür schwingt auf, als ich mit dem Fuß dagegentrete. Einige Tische stehen zusammengeschoben in der Mitte des Raums, darauf liegen Kekse, Aufstriche, Schokolade, Weintrauben. Ich öffne meinen Rucksack und lege mein Obst und den Rettich dazu. Auch die anderen packen ihre Taschen aus.
Yossi holt eine Handvoll Seifen aus einem Sack. »Where does that go?«
»Nicht-Essbares dorthin.« Ein Typ, den ich vorhin noch nicht gesehen habe, zeigt auf einen Tisch an der Wand, wo eine Unmenge Shampooflaschen aufgereiht sind. Yossi legt drei Seifen mit zerrissener Verpackung dazu.
Ich öffne eine der Shampooflaschen und schnuppere daran. Fii sieht mir zu. »Riecht's gut?«
»Ist okay.« Ich schaue auf das Etikett: ›Milk & Honey‹ steht da.
»Kannst du gleich mitnehmen«, sagt Fii.
Warum nicht? Ich vergewissere mich, dass der Verschluss tatsächlich zu ist, bevor ich die Flasche an mich nehme.
»Mehr«, ermuntert mich Fii. »Steck nur ein.«
»Die gehören doch euch«, sage ich.
Fii zuckt bedauernd die Achseln. »Hier sind die meisten vegan.«
Ich schaue ihn verständnislos an.

»Na, Milch und Honig. Kuh und Biene. Geht nicht, leider.«

Ich sehe mir das Etikett noch einmal genauer an. »Da ist doch bestimmt keine echte Milch drin.«

»Vermutlich nicht viel«, bestätigt Fii. »Trotzdem. Nimm sie mit.«

»Alle?«

»Alle.«

Anna hat ihre Ausbeute ebenfalls auf den Tischen verteilt. Als ich ihr eine Shampooflasche hinhalte, schüttelt sie den Kopf. »Fii hat recht, nimm einfach alle. Schade eigentlich, aber wir können die echt nicht brauchen.«

Und so schaufle ich Milk & Honey in meine Umhängetasche, bis sie kaum noch zugeht.

»Mehr geht nicht.«

»Den Rest kriegen wir auch noch los.« Anna lächelt mich an.

»Danke.«

»Wir sagen danke.«

Nadine und ich stehen an die Wand gelehnt und betrachten den Tisch mit den Lebensmitteln. Anna hält uns zwei Flaschen Bier hin.

»Wollt ihr?«

Nadine sieht mich an. »Teilen wir?«

Ich lächle. »Eine reicht«, sage ich zu Anna. »Danke.«

Meinen Arm habe ich um Nadines Schulter gelegt. Nadine ihren um meine Hüfte. Die Bierflasche wandert abwechselnd zwischen unseren anderen Händen hin und her. Manchmal machen wir einen Schluck. Manchmal malen ihre Finger Muster auf meinen Rücken. Lange stehen wir so und sehen den anderen zu, wie sie die Lebensmittel in Regale verstauen oder in Plastiksäcke, die sie draußen vor die Fenster hängen, weil es keinen Kühlschrank gibt.

Wir zögern es lange hinaus, aber irgendwann muss Nadine heim. Ich begleite sie die Straße hinunter, durch die Bahnunterführung bis zur Brücke über den Wienfluss. Als wir uns eng umschlungen übers Geländer lehnen, sehen wir unter uns die U-Bahn durchfahren. Ich wünschte, es wäre die Letzte für heute. Aber es ist Wochenende, da fahren die U-Bahnen die ganze Nacht.

Schützenweg

Am Sonntag bringe ich zu meiner Mutter etwas von der Pizza mit, die Fii am Vortag gebacken hat.

»Gestern haben wir Pizza gemacht«, sage ich. Sollen sie ruhig glauben, mein Vater war dabei.

»Wer wir?«, will Mart wissen. So leicht lässt er sich nicht reinlegen.

»Freunde«, sage ich. »Bei uns zuhause.«

Ich sehe, wie meine Mutter zusammenzuckt. ›Bei uns zuhause‹ ist jetzt nicht mehr hier. Aber sie versucht, sich nichts anmerken zu lassen, und kostet von der Pizza. »Wirklich gut«, lobt sie.

Linzer Straße

Von der Schule, in der ich wohne, bis zur Schule, in der ich lerne, brauche ich rund eine Dreiviertelstunde. Es gefällt mir, wieder einmal woanders zu wohnen, und ich mag es, mich zwischen unterschiedlichen Schulwegen entscheiden zu können. Zweimal Straßenbahn ist die faule Variante. Zweimal U-Bahn geht auch, aber da brauche ich länger, bis ich zu Fuß bei der Station bin.

Für Yossi und Anat bin ich der freakige Frühaufsteher.

»I like to explore a city when everything is still asleep.«

Anat schüttelt verständnislos den Kopf. »You're weird.«

»Really! In winter, when night is slowly turning into day. There's something magical about it.«

In Wirklichkeit mag ich gar nichts daran. Wenn mein Handy vibriert, möchte ich mich am liebsten noch mal umdrehen und in den Schlafsack kuscheln. So wie die Leute neben mir. In Wirklichkeit liegt auch gar nichts im Schlaf. Straßen und Gassen im Morgengrauen sind von Zombies bevölkert, die schlaftrunken in die Arbeit fahren oder sonst wohin, wo Menschen um diese Uhrzeit hinmüssen.
»I'm used to that from back home«, erkläre ich. »In Scotland in winter it stays dark until very late in the morning. This is a luxury in comparison.«

Was Jeremy in aller Herrgottsfrüh so erkundet, fragt zum Glück niemand. Yossi und Anat habe ich meine Nachtfotos der verschneiten Ringstraße gezeigt und sie waren beeindruckt. Wahrscheinlich nehmen sie an, dass ich jeden Morgen auf Fototour gehe. Ab und zu mache ich tatsächlich welche, falls sie mich danach fragen sollten. Tun sie aber nicht.
Alle wissen, dass Jeremy im Laufe des Nachmittags wieder zurück ist. Manchmal erst spät am Abend, weil ich noch irgendwo herumsitze, um meine Hausaufgaben zu machen oder für eine Schularbeit zu lernen.
In der Früh mache ich mir Brote für den ganzen Tag und nehme mir mit, was es sonst so gibt. Humus, Kuchen, Obst. Es ist immer genug da. Ab und zu kaufe ich mir eine Schnitzelsemmel oder einen Burger. Immer vegan ist nicht so meins.

Wenn Jeremy heimkommt, macht er sich gleich auf den Weg in die Küche. Ich habe mich der *AG Kochen* angeschlossen, weil mir die *AG Essen holen* zu riskant ist. Obwohl nie, nie irgendjemand kommt und uns bemerkt. Und selbst wenn, die Tatsache, dass wir das nehmen, was andere wegwerfen, kann wohl kaum große Probleme machen. Trotzdem.

Außerdem macht Kochen mit Fii Spaß. Er betrachtet Kochen als eine Art Kunst, glaube ich.
Nachvollziehen kann ich seine Begeisterung nicht, aber solange er daneben ist, färbt sie auf mich ab. Und es macht Spaß, gemeinsam mit ein paar anderen Gemüse zu schnippeln, Teig zu kneten oder Seitanschnitzel herzustellen.

Anat hat sich der *AG Nachbarschaft* angeschlossen. Die versuchen, die Leute aus der Umgebung in die Schule zu bekommen und mit ihnen Workshops zu machen. Fahrräder zu reparieren zum Beispiel. Oder T-Shirts mit Siebdruck zu verschönern. Wenn es wärmer wird, wollen sie im Garten Hochbeete anlegen. Ich gehe jetzt mal davon aus, dass ich hierbleiben kann, bis es wärmer wird. Vielleicht sogar bis zum Sommer.

Wenn Jeremy schlafen geht, schickt er Nadine noch eine Gute-Nacht-Nachricht. Mit vielen Smileys. Mindestens ebenso viele Smileys kommen zurück.
Was Jeremy nicht schafft, ist, in die Schule zu gehen. Dorthin geht Jakob und für Jakob interessiert sich Nadine offensichtlich wirklich nicht. Zumindest tut sich außer unseren Emojis-Nachrichten nichts. Sie schaut nicht mehr in meiner Klasse vorbei, ich sehe sie nie auf dem Gang, sie fragt nicht, ob sie noch einmal kommen kann. Und Jakob schafft es nicht, einfach zu ihr rüber zu gehen.

Schützenweg

Ich habe meiner Mutter angekündigt, dass ich diesen Sonntag früher komme, weil ich mit ihr gemeinsam kochen will.
»Ich wusste nicht, dass du das gerne tust«, sagt sie erstaunt, als ich Mart ignoriere und schnurstracks in die Küche gehe. Erstaunt, aber

auch erfreut. Durch Fii ist mir aufgefallen, wie seltsam es ist, dass wir nie miteinander gekocht haben. Tun das Eltern nicht mit ihren Kindern? Zumindest Kekse backen oder so?

Ich bin nicht besonders gut im Kochen, wenn mir niemand genaue Anweisungen gibt. Meine Mutter ist eigentlich nicht der Typ für Anweisungen, aber jetzt sagt sie mir doch einen Arbeitsschritt nach dem anderen an.
Ich habe mir Schnitzel gewünscht. Auch wenn ich die Argumente von Fii und Anna dagegen gut verstehen kann.

Ich komme drauf, dass ich sehr viele Dinge über unsere Küche nicht wusste. Dass wir aus einem unerfindlichen Grund zwei Fleischklopfer haben zum Beispiel, was dazu führt, dass meine Mutter und ich parallel Schnitzel klopfen. »Schau, so«, macht sie es mir vor.
Ich hole mit dem Klopfer aus und lasse ihn auf das Fleisch sausen. Nochmal. Und nochmal.
Irgendwann unterbricht meine Mutter ihre Arbeit und beobachtet mich von der Seite, wie ich aushole und das Schnitzel klopfe, flach und immer flacher. Dann bricht sie in Gelächter aus.
Ich halte inne. »Was ist denn?«
Meine Mutter hält sich die Hand vor den Mund und schüttelt den Kopf. »Nichts«, sagt sie prustend und kann nicht aufhören zu lachen. »Nichts.«
Ich lasse den Klopfer sinken und grinse. Ihr Lachen ist ansteckend.

Kochen mit meiner Mutter macht tatsächlich Spaß. Vor allem, weil Mart uns dabei in Ruhe lässt.

Linzer Straße

Trotzdem bin ich froh, als ich wieder in *mein* Zuhause fahren kann. Alles ergibt Sinn hier. Wir kochen. Essen. Schauen Filme. Putzen die Klos. Niemand fragt, wohin ich gehe, wenn ich gehe. Niemand fragt, warum ich nichts Sinnvolles mache, wenn ich nur rumsitze und in die Luft starre. Hier gefällt es mir. Hier könnte ich bleiben.

Mit so einem Zuhause ist es auch einfach, Nadine zu schreiben. *Kommst du heut noch vorbei? Es gibt Polentaauflauf mit Gemüse.*

Kiloweise Maisgrieß. War noch nicht mal abgelaufen.

Ich lieeeeebe Polenta!, kommt zurück.

Ich lächle. *Du meinst, genau so, wie du Hunde liebst?*, schreibe ich.

Fast noch mehr :)

Das heißt also, dass du kommst?

Bin um sieben da!

»How did the two of you meet?«, will Yossi wissen, als wir beim Essen sitzen.
Nadine hat es geschafft, sich fast nur Gemüse ohne Polenta auf den Teller zu laden. Dafür isst sie das Brot, von dem wir sieben Laibe lagernd haben. Ebenfalls noch nicht abgelaufen und noch weich.
»At a Party«, erzählt Nadine kauend. »Jeremy sleeped at my friend.«
Nadine ist süß, wenn sie Englisch spricht. Sie hat keine Ahnung von Grammatik, aber das hindert sie keine Sekunde daran, einfach drauflloszureden.

»I forget my wallet and go back when all others already away. And Jeremy was still there.«
Das ist nicht mal gelogen.
Sie grinst. »And then things just happen. You know how it is. «
Das klingt, als wäre das nicht das erste Mal, dass ihr sowas passiert.
Egal. Ich grinse auch.
»You know how it is«, wiederhole ich, als wäre das bei mir auch schon öfter mal so gewesen. Als hätte ich eine Ahnung, wie das jetzt so ist. Zwischen uns.

Nadine lässt es sich nicht nehmen, wieder bei der *AG Essen holen* mitzugehen. Ich auch nicht, wenn sie dabei ist. Natürlich habe ich noch immer Angst, dass uns jemand erwischt. Aber meine Befürchtung, dass Nadine mich für langweilig hält, wenn ich nicht mitmache, ist größer. Außerdem kann ich so wieder ihre Beine festhalten, ohne mich blöd zu fühlen.

»Wie kann ein einzelner Supermarkt so viel wegwerfen!«, regt sich Nadine auf, als wir unsere Beute zuhause in die Regale sortieren.
Ich schneide faule Stellen aus den Sellerieknollen, die vor mir liegen. »Dabei ist das nicht mal ein besonders großer. Wie viel Zeugs muss erst in den großen Supermärkten anfallen.«
Nadines Augen leuchten. »Meinst du ...«
Ich sehe sie fragend an.
»Meinst du, wir könnten zu einem richtig großen Supermarkt und schauen, was die dort so haben?«
Ich zögere. Eigentlich will ich überhaupt in keinen Supermarkt mehr. Ich will in Ruhe meinen Sellerie bearbeiten und ihn dann zu Fii in den Kochtopf werfen. »Weiß nicht. Brauchen wir denn überhaupt mehr, als wir schon haben?«
Doch Nadine ist schon aufgesprungen und in die Küche gelaufen. Ich höre sie mit Anna reden. Wenig später kommt sie zurück

und streckt mir ihre Hand entgegen. Am Zeigefinger baumelt ein Schlüsselanhänger. Mit einem Schlüssel dran.
»Gehen wir gleich noch los?«
»Jetzt?«, frage ich verwirrt. Mein Herz beginnt, wild zu klopfen. »Wir wissen doch gar nicht, wo der nächste große Supermarkt ist.«
»Anna hat's mir auf dem Plan gezeigt.« Nadine hüpft auf und ab. »Sie hat mir auch beschrieben, wie wir dort in den Müllraum kommen.«
»Äh ...«
Nadine zeigt sich von meinem zugegebenermaßen nicht besonders ausführlichen Einwand unbeeindruckt. »Na los, komm!«
Zögernd stehe ich auf.
»Dort liegen tonnenweise Lebensmittel im Müll«, sagt Nadine ungeduldig. »Und woanders verhungern die Kinder.«
»Ich komm ja schon.« Langsam ziehe ich meine Jacke an. Überlege, ob ich Nadine noch irgendwie umstimmen kann. Doch so entschlossen, wie sie ist, sehe ich keine große Chance. Und sie soll nicht glauben, dass ich ein Feigling bin, der nur an sich selbst denkt.

Zum großen Supermarkt müssen wir ein paar Stationen mit der Straßenbahn fahren. Er ist tatsächlich riesig. Der, wo wir bis jetzt waren, ist im Erdgeschoß eines Wohnhauses und teilt sich den Müllraum mit den Hausparteien. Falls uns jemand erwischt, können wir immer behaupten, dass wir im Haus wohnen und daher völlig legal den Müllraumschlüssel besitzen.
Hier ist die Situation anders. Der Supermarkt ist ein freistehendes Gebäude mit Parkplatz davor. Dahinter, bei den Bahngleisen, eine Unterführung. Keine angrenzenden Häuser weit und breit. Auch keine Leute.
»Anna hat gesagt, der Müllraum ist hier.« Nadine streckt ihre Hand aus, um mir zu zeigen, welche Stelle sie meint.
»Dann schauen wir mal«, sage ich mit brüchiger Stimme. Mein Magen verkrampft sich. Nadine scheint die Möglichkeit, dass wir

erwischt werden, überhaupt nicht in Betracht zu ziehen. Zielstrebig geht sie in die Richtung, in der sie den Müllraum vermutet. Ich folge ihr, blicke aber ständig über meine Schulter, ob uns nicht jemand folgt.

Annas Beschreibungen scheinen gut gewesen zu sein, denn Nadine findet den Müllraum auf Anhieb, der Schlüssel sperrt ohne Probleme und randvolle Container tun sich vor uns auf. Nadine zieht die Tür hinter uns zu, bis sie nur noch einen Spalt offen ist.
»Was, wenn die zufällt?« Und wir hier bis morgen bleiben müssen? Bis das Supermarktpersonal kommt? Oder gleich die Polizei?
Nadine grinst und zeigt auf den Holzkeil, den sie in den Spalt geschoben hat, um genau das zu verhindern. »Hab an alles gedacht«, flüstert sie. »Außerdem müssen die von innen eh immer aufgehen. Brandschutz und so.« Ich weiß nicht, ob ich ihr das glaube, aber zumindest der Holzkeil scheint fest an seiner Stelle zu sitzen.

Nadine stellt sich auf die Zehenspitzen, um den ersten Containerdeckel aufzuschieben. »Hältst du mich wieder?«
Natürlich halte ich sie. Lege meinen Kopf an ihren Rücken, während sie in die Tonne taucht und Säcke zur Seite schiebt. Mein Herz klopft, aber mit Nadine hat das nichts zu tun.

Mit übervollen Rucksäcken wanken wir zur Haltestelle und steigen in die Straßenbahn. Bestimmt stinken wir nach Müllraum, doch um diese Uhrzeit sind nicht mehr viele Fahrgäste unterwegs, die das stören könnte.
Eine Palette Joghurt, drei große Packungen Tofu, mehrere Kilo Spargel, das halbe Kilo jeweils in Plastik verpackt, fünf Stück Marmorkuchen, Bananen, zwei Kohlköpfe, eine Packung Champignons, vier Packungen Gnocchi.

»Wer kauft um diese Jahreszeit denn Spargel?«, wundert sich Anna, die uns beim Auspacken hilft.
»Niemand eben«, stellt Nadine fest. »Deshalb mussten sie ihn ja auch wegschmeißen.«
Yossi reißt die Folie vom Kuchen und schneidet ein paar Stück ab. »I love this kind of cake.«
»Morgen gibt's Spargelgratin«, verkündet Fii, nachdem er unsere Ausbeute mit der von vor zwei Stunden verglichen hat. »Zutaten haben wir alle!«

Schön, dass sich alle freuen. Ich dagegen bin so erschöpft, als wäre ich gerade einen Marathon gerannt. Alles ist gut gelaufen. Niemand hat uns gesehen, nichts ist passiert. Und wir haben genug zu essen. Aber was, wenn Nadine jetzt von mir erwartet, dass wir sowas jedes Mal machen, wenn sie mich besuchen kommt?

»Fährst du noch heim?«, frage ich Nadine, die keine Anstalten macht, aufzustehen und zu gehen, sondern damit beschäftigt ist, den Reißverschluss ihres Stiefels zu reparieren. Es ist fast Mitternacht.
»Ah.« Nadine sieht auf und lächelt. »Hab ganz vergessen, es dir zu sagen, ich hab meine Eltern gefragt, ob ich heut bei einer Freundin schlafen kann.«
»Aha«, sage ich verwirrt.
»Findest du das nicht gut?«
»Äh … doch«, stottere ich.
»Ist neben dir noch ein Platz frei?«
»Äh … ja …«
Sie grinst mich an und lässt den Reißverschluss Reißverschluss sein. »Na dann. Ich bin schon echt müde, gehen wir schlafen?«
Ich nicke verwirrt.

Nadine putzt sich neben mir die Zähne, als hätte sie das schon immer so gemacht. Holt einen Schlafsack aus dem Rucksack, den ich gar nicht bemerkt habe, als sie gekommen ist. Auf Zehenspitzen tapsen wir in den dunklen Schlafsaal zu meiner Matratze. Das Licht drehen wir nicht auf. Schließlich schlafen hier schon einige. Nadine tastet die Ecken meiner Matratze ab und rollt ihren Schlafsack neben meinen aus. Wir schlüpfen beide in unsere Säcke.
»Auf welcher Seite ist dein Zipp?«, will sie wissen.
»Links.«
»Cool, meiner ist rechts.«
»Mhm.« Ich weiß nicht, wie ich auf diese Information reagieren soll. Wenig später verstehe ich, warum es cool ist, dass unsere Reißverschlüsse einander gegenüberliegen. Weil man sie aufzippen kann. Die Hände rausstrecken. Und in den anderen Schlafsack rein. Dort streicheln. Und küssen. Und den Schlafsack an den eigenen heranziehen.
Den Müllraum habe ich vergessen. Ich habe alles vergessen, was nicht Nadines Haut ist, Nadines Haare oder Nadines Mund.

Letztes Jahr am Schikurs habe ich eine aus einer anderen Schule geküsst. In der Disco. Es war nur der umfunktionierte Keller des Sporthotels, also nicht besonders romantisch oder so. Ich kannte das Mädchen kaum, aber sie wollte tanzen und dann wollte sie noch mehr und ich wollte nicht länger der Einzige sein, der noch nicht hat. War auch gar nicht so schlecht. Aber auf mehr als ein bisschen Rumküssen hatte ich damals keine Lust.

Den Wecker für den nächsten Tag stelle ich eine halbe Stunde früher als sonst. Damit wir noch frühstücken können. Mit der italienischen Mokkakanne mache ich Kaffee, während Nadine versucht, mit dem händischen Milchschäumer die Milch zu schäumen. Wir dürfen sie aufbrauchen, denn die meisten trinken die nicht.

Nach kurzer Zeit gibt Nadine auf. »Der funktioniert auch nicht so richtig.«
Sie hat recht. Viele Dinge hier funktionieren nicht hundertprozentig. Haben einen wackeligen Griff oder einen Sprung querdurch.
Ich denke an den Induktions-Milchschäumer von Mart, der die Milch innerhalb einer Minute in einen Berg aus Schaum verwandelt, der nach einer Stunde noch fest ist.
Um nichts in der Welt würde ich zurücktauschen wollen.

Laaerbergstraße

Gleich nach der Schultür trennen sich unsere Wege, unsere Klassen liegen in verschiedenen Teilen des Schulgebäudes.
»Bis später.«
»Bis später!«
Kein Abschiedskuss.
Will sie anscheinend nicht, in der Schule, wo alle zuschauen können.
Bis wann später?

In Geografie kriegen wir den Test zurück.
Azra wirft mir ein Papierkügelchen zu. »Was hast du, Jakob?«, ist darauf zu lesen, als ich es auffalte.
Melisa dreht sich zu mir. »Und, gut oder schlecht?«
David macht Zeichen, die vermutlich ebenfalls bedeuten, dass ich ihm meine Note sagen soll.
Was hast du Jakob was hast du Jakob was hast du Jakob?
Früher hat sich niemand für meine Noten interessiert, bis vielleicht auf Lukas. Jetzt wollen es alle wissen. Einen Zweier auf Geografie, hey super. Die Pro-Gruppe freut sich.
Die Kontra-Gruppe natürlich nicht. In der Pause baut sich Henrik vor mir auf. »Kleiner Streber, hm?« Ich merke, dass er mir am liebs-

ten den Kopf tätscheln würde, um mir seine Überlegenheit zu zeigen. Traut er sich aber nicht. Inzwischen traut er sich sowas nicht mehr.

Stattdessen versucht er nur zu grinsen. »Schaffen wirst du's trotzdem nicht. Nicht bis zum Sommer. Das ist nichts für kleine Streberbubis wie dich, denen wichtig ist, dass Mami stolz auf sie ist.«

Auch wenn sein Grinsen schief im Gesicht hängt und ich merke, dass er weitaus nicht so sicher ist, wie er tut, hat er einen wunden Punkt erwischt. Gute Noten waren mir tatsächlich immer wichtig. Um meiner Mutter nicht noch mehr Stress zu machen. Um ihr zu zeigen, dass mein Leben, unser Leben trotzdem gelingt. Dass sie mir nicht die Kindheit versaut hat.

Schnell verscheuche ich all diese Gedanken, schiebe sie in die hintersten Hirnwindungen zurück. Beame mich zurück ins Wochenende. Noten sind nämlich gerade egal, ich bin eigentlich noch randvoll von gestern. Von Nadines Schlafsack an meinem Schlafsack. Ihrer Hand in meinen Haaren. Unter meinem Schlaf-T-Shirt.

Ich bin froh, dass ich meine Klasse hinter mir lassen und zu Anat, Yossi und den anderen nach Hause fahren kann. Natürlich freue ich mich auch über die gute Note, denn das heißt, dass ich mich in diesem Semester in Geografie nicht mehr sonderlich anstrengen muss.

DEZEMBER

Linzer Straße

Sobald ich mein besetztes Zuhause aus dem Straßenbahnfenster sehe, steigt meine Stimmung. Beschwingt drücke ich das Schultor auf, laufe in den Schlafsaal im ersten Stock, um meine Tasche dort zu deponieren, und mache mich dann auf den Weg in die Küche.

Fii unterhält sich mit einem Typ, den ich hier noch nicht gesehen habe. Als er sich umdreht, fällt mir das Lächeln aus dem Gesicht.
Es ist Paul. Paul aus der Parallelklasse.
»Hey Jeremy«, sagt er grinsend.
»Was machst du hier?«, fahre ich ihn an.
»Ich kenn Fii vom Klettern und wollt ihm mal einen Besuch abstatten.« Sein Grinsen hat Paul noch immer nicht abgelegt.
Fii blickt verwirrt von einem zum anderen. »Kennt ihr euch?«
»Äh ...«, stottere ich.
Im Gegensatz zu mir kann Paul in ganzen Sätzen sprechen. »Wir kennen uns über Nadine.«
Fii ist mit dieser Erklärung zufrieden.
»Die kommt eh später noch vorbei«, schießt Paul nach. »Hab sie eingeladen.«
»Was?« Hab sie eingeladen?!? Der kann doch nicht einfach in mein Haus einladen, wen er will. Auch wenn ich Nadine natürlich hier haben will, aber nicht, weil Paul sie einlädt. Das ist falsch. Das geht nicht, das geht einfach nicht.
Paul hebt die Augenbrauen. »Alles okay bei dir?«
Wortlos drehe ich mich um und stapfe wieder die Stufen zum Schlafsaal hinauf. Dort setze ich mich auf mein Bett und hole mein Handy hervor.

Ist Paul Pro oder Kontra?

Lukas antwortet sofort.
Keine Ahnung. Frag Azra, die weiß immer alles.

Gleich darauf kommt noch eine Nachricht.
Azra sagt Kontra. Is sich aber nicht sicher. Kann auch Wechselwähler sein.

Wechselwähler gibts auch?!?

Gibt immer welche, die umschwenken. Im Moment sind wir aber gut aufgestellt in der Pro. Don't panic.

Unschlüssig sitze ich auf meinem Schlafsack und drehe mein Handy hin und her. Ich sollte runtergehen. Fii rechnet damit, dass ich den Spargel verarbeite, den wir gestern gebracht haben. Aber während Paul danebensitzt und mir ins Gesicht grinst? Nein danke.

Schließlich gehe ich doch runter. Der Spargel ist schon gewaschen und geschnitten, ich weiß nicht, ob von Paul oder von Nadine, die mir vom Küchentisch entgegenwinkt. »Hallo.«
»Hey«, presse ich heraus.
»Wir haben uns schon gefragt, wo du bleibst.«
Warum hast du mich nicht gesucht? Ach ja, ich hab dich ja nicht eingeladen. Paul hat dich eingeladen. In *mein* Zuhause.

Nach dem Essen versuche ich, Nadine in einem Moment zu erwischen, in dem Paul nicht dabei ist. Irgendwann müssen schließlich alle mal aufs Klo. Paul ist sogar länger weg, denn er lässt sich von Anat die Fahrradwerkstatt zeigen, während wir im Salon rumhängen.
»Was macht denn der da?« Ich versuche, nicht allzu unfreundlich zu klingen, aber an Nadines Gesichtsausdruck kann ich erkennen, dass mir das nicht gelingt.

Sie runzelt die Stirn. »Ist alles okay bei dir?«
»Hört endlich auf, mich ständig zu fragen, ob alles okay ist! Mit mir ist alles okay. Aber anscheinend nicht mit Paul, wenn der es nötig hat, mir nachzuspionieren!«
»Schrei nicht so«, sagt Nadine. »Das hier ist ein Haus für alle. Da dürfen alle sein.«
»Warum schleppst du aber einen von der Kontra-Gruppe hier an?«, frage ich wütend. »Der will mir doch nur nachschnüffeln. Du kannst doch nicht mit mir rummachen und dann lustig mit den Kontras abhängen.«
Ich erwarte, dass Nadine mir die offensichtliche Tatsache erklärt, dass nicht sie ihn hergeschleppt hat, sondern er sie. Dass er ein Freund von Fii ist und es nichts mit mir zu tun hat, dass er da ist. Dass sie mich überraschen wollte und mir deshalb nichts davon gesagt hat, dass sie vorbeikommen wird.
Aber Nadine sagt nichts von alledem.
»Lass mich doch in Ruhe mit deiner Paranoia«, sagt sie unfreundlich. Dann dreht sie sich um. Und geht.

Kurz darauf höre ich ihre Stimme, dann die von Paul. Höre Fii lachen. Ich stopfe mir meine Kopfhörer in die Ohren und drehe die Musik auf volle Lautstärke.

Als ich mich wieder ein bisschen beruhigt habe, gehe ich betont langsam in die Küche. Von Nadine keine Spur. Von Paul und Anna auch nicht. Nur Fii sitzt auf der Couch in der Ecke und spielt auf seinem Handy.
Als er meine suchenden Schritte bemerkt, sieht er auf. »Falls du Nadine und Paul suchst, die sind Essen holen. Vom großen Supermarkt.« Er leckt sich die Lippen. »Das wird wieder eine Schlemmerei morgen.«
Vom großen Supermarkt. Na klar.

Ich nicke ein Danke und schlurfe in den Schlafsaal hinauf. Verstecke mich im Schlafsack. Musik auf volle Lautstärke. Die braucht bloß nicht glauben, dass sie auch diese Nacht hier schlafen kann. Glaubt sie ohnehin nicht.

Am nächsten Morgen drücke ich meinen Alarm weg. Heute gehe ich nicht in die Schule. Den ganzen nächsten Tag verbringe ich in und auf meinem Schlafsack. Habe keine Lust rauszugehen. »Ich fühl mich nicht gut«, sage ich, wenn mich jemand fragt. »Vielleicht werde ich krank.«
Regelmäßig sehe ich nach, ob eine Nachricht von Nadine da ist. Regelmäßig: nichts.
Yossi bringt mir das Abendessen. »It tastes amazing.«
Risotto mit Reis und Gemüse vom großen Supermarkt. Am liebsten würde ich es nicht mal mit der Gabelspitze anrühren. Aber dazu bin ich viel zu hungrig.

Vielleicht war es nicht nur die Sache mit Nadine, sondern auch so etwas wie Vorahnung, warum ich den ganzen Tag im Bett geblieben bin. So habe ich wenigstens für die Nacht vorgeschlafen, in der mich das Geräusch von klirrenden Scheiben aus dem Schlaf reißt.
Anat zieht sich den Kopfteil ihres Schlafsacks über den Kopf. »Jay, can't you get up quietly?«, murmelt sie. Doch da leuchten uns schon Taschenlampen ins Gesicht.
»Aufstehen, raus hier, sofort!«, tönen laute Stimmen durch den Schlafsaal. »Ihr habt genau fünfzehn Minuten, um das Gebäude zu räumen!«
Lichtkegel fahren aufgeregt durch den Raum. Ich halte mir die Hand vor die Augen. Verschlafene Schlafsackpakete richten sich eines nach dem anderen auf.
»Fuck«, höre ich Yossi neben mir.

Eine nach dem anderen rappeln wir uns auf, während immer mehr Polizisten den Raum stürmen. »Na los, dort ist die Tür!«
»Sie haben doch sicher gar keinen Räumungsbescheid«, höre ich Anna rufen. »Sie dürfen das gar nicht.«
»Wir wollen den Räumungsbescheid sehen!«, höre ich Stimmen. »Sie sind verpflichtet, ihn uns zu zeigen!«
»Gar nichts sind wir.« Eine Taschenlampe leuchtet mir direkt ins Gesicht. Ich halte mir den Arm vor meine schmerzenden Augen.
»Wer ist hier der Einsatzleiter?«, will Fii wissen. »Sind Sie das? Sagen Sie mir Ihre Dienstnummer.«
»Die kriegt ihr unten«, ist die Antwort.
Ich hänge mir meine Tasche um und will nach meinem Rucksack greifen. Eine Hand schiebt sich dazwischen und hindert mich daran, ihn aufzuheben.
»Ich geh ja schon«, sage ich scharf. »Aber ich brauche meine Sachen.«
»Die kannst du später holen«, schnauzt mich ein Polizist an. »Erst mal raus, hopphopp!«
Er schiebt mich Richtung Stiege. Ich traue mich nicht, mich nach meinen Schuhen zu bücken, die am anderen Ende der Matratze stehen, sondern hänge mir nur den Schlafsack über die Schulter. In Socken stolpere ich die Stufen hinunter und auf die Straße, die gesäumt ist mit Polizeiautos.
Ich kann die Leute darin nicht erkennen, aber wenn in jedem Auto jemand sitzt, dann sind die sicher dreimal so viele wie wir. Ein Feuerwehrauto steht auch da, zwei Leitern sind an die Fassade gelehnt. Ein Fenster im Erdgeschoß ist eingeschlagen. Das war wohl das Geräusch, von dem ich aufgewacht bin.
Das Haus ist inzwischen hell erleuchtet und Uniformierte sind durch die Fenster in allen Stockwerken zu sehen.
»Ich würde euch raten, schleunigst das Gelände zu verlassen«, sagt ein Polizist, der wohl denkt, uns damit einen guten Tipp zu geben.
»Aber meine Schuhe sind da drinnen«, protestiere ich.

»Unsere Schuhe sind noch drinnen«, ruft jemand neben mir.
»Mein Rucksack auch. Sie müssen uns noch einmal reinlassen«, rufe ich. »Zumindest, um unsere Sachen zu holen!«
Der Polizei scheint das egal zu sein. Ich sehe, wie Anat von zwei Polizistinnen aus der Tür getragen wird, gegen die sie sich mit Armen und Beinen stemmt. Eine der Uniformierten greift nach Anats Rucksack und zieht ihn ihr von der Schulter. Sie wirft ihn zurück in die Schule. Anat bekommt einen unsanften Stoß ins Freie. Fassungslos beobachte ich die Szene und verstehe gleichzeitig, dass es keinen Sinn hat, nach meinem Rucksack zu verlangen. Meine Socken sind von der feuchten Erde vor dem Haus nass und matschverschmiert, meine Füße frieren. Zum Glück zeigt sich der Winter derzeit von seiner milden Seite und mein Pyjama besteht aus mehreren Schichten. Trotzdem ist mir kalt. Ich wickle meinen Schlafsack enger um mich.

Fii, Anna und die anderen haben sich neben mir aufgestellt. »Wir wollen unsere Schuhe«, rufen sie im Chor. Ich blicke sie an und bemerke, dass niemand von uns welche anhat. Wie auch. Wir haben ja geschlafen.
»Wir wollen unsere Schuhe! Wir wollen unsere Schuhe.«
»Wir wollen in die Schule«, ruft jemand. »Wir wollen in die Schule!«
»Was ist jetzt mit der Dienstnummer?«, fragt Fii den Typen, der ihn hinausgeworfen hat und rauchend neben uns steht.
Der dreht sich nur kurz zu ihm um. »0815« sagt er grinsend. Dann dreht er Fii wieder den Rücken zu und geht zum Haus.
»Sie als Einsatzleiter sind verpflichtet, uns Ihre Dienstnummer zu geben!«, ruft Fii ihm nach.
Doch der Polizist ist schon im Gebäude verschwunden.
»What is happening now?«, will ich von Anat wissen.
Anat zuckt die Achseln. »We have to wait for them to give us back our things. And they're gonna check our IDs .«

»Our IDs?«, frage ich erschrocken.
Wie soll ich irgendjemandem hier erklären, dass Jeremy einen österreichischen Pass auf einen anderen Namen hat? Ich glaube kaum, dass ich die Polizisten dazu bekomme, so eine Personalienaufnahme still und leise durchzuführen. Die sehen nicht so aus, als würden sie sich nach meinen Wünschen richten.
»I ... I have to go«, stammle ich. »I ... I don't have any ID.«
»Oh Sheise«, sagt Anat. »But what about your backpack? And your shoes?«
Verdammt. Was ist mit denen? Wie krieg ich die jemals wieder?
Aber Anat hat eine Lösung »We'll deal with it«, versichert sie mir. »We'll let you know once we get your things.«
»Sure?«
»Sure. Now get going before anyone stops you.«
Langsam bewege ich mich vom Schauplatz des Geschehens weg, damit es nicht so aussieht, als würde ich weglaufen. Der gestreute Rollsplitt auf dem Gehsteig macht mir das Gehen zur Qual. Jedes kleine Steinchen spüre ich auf meinen Fußsohlen. Aber zumindest kann ich unbeachtet in die nächste Straßenbahn einsteigen, die die Leute, wie immer um diese Zeit, zur Arbeit bringt.
Die wenigen Fahrgäste schauen aus den Fenstern, um den Polizeieinsatz zu beobachten. Niemandem scheinen meine unbeschuhten Füße zu interessieren oder die Tatsache, dass ich einen Schlafsack um mich gewickelt habe.

52

Nachdem ich nicht weiß, wohin, steige ich einfach nicht aus. Meine Füße tauen auch in der warmen Bahn nicht wirklich auf, aber besser als draußen ist es noch allemal. Bis zur Endstation fahre ich und dann nochmal zurück.

An der Station, an der ich eingestiegen bin, sehe ich, dass sich die Situation nicht geändert hat. Noch immer Unmengen Polizeiautos, noch immer stehen viele von uns da und rufen etwas, das ich durch die geschlossenen Straßenbahnfenster nicht hören kann. Es sieht nicht so aus, als hätte irgendjemand schon Schuhe oder andere Sachen zurückbekommen.
Eine Dreiviertelstunde später das gleiche Bild. Ich muss also wohl oder übel ohne meine Sachen in die Schule. Ich hoffe, dass Anat und Yossi sie irgendwie wiederbekommen und mir zurückgeben können.
Ich öffne meine Umhängetasche und sehe nach, was ich alles bei mir habe. Die Geldbörse mit Bargeld und Ausweisen. Auch mein Handy. Taschentücher. Amelies Datteln. Und sieben Flaschen Shampoo. Milk & Honey.
Die wichtigsten Dinge also.
»Danke, Freund und Helfer«, murmle ich und umschlinge meinen Oberkörper so fest ich kann mit beiden Armen. Ich war mir so sicher, in unserem Haus bleiben zu können, dass ich überhaupt keine Mitglieder von *It's Your Home* mehr angeschrieben habe, ob sie einen Schlafplatz für mich haben.

Ich habe keine Wohnung. Ich habe keine Kleidung. Ich habe keine Schuhe.
Aber ich habe Shampoo. Da kann nichts schiefgehen.

Auch meine Schulsachen sind im Rucksack im abgeriegelten Gebäude geblieben.
Scheiße, meine Schulsachen. Sollten Anat und Yossi meinen Rucksack tatsächlich bekommen, werden sie sicher hineinschauen, um festzustellen, ob es auch wirklich meiner ist. Ich beruhige mich damit, dass ich das Schulzeug in einem extra Plastiksack im Rückenfach verstaut habe. So genau werden die ihn doch hoffent-

lich nicht durchsuchen. Und wenn, muss ich mir einfach etwas einfallen lassen, warum Jeremy österreichische Schulbücher mit sich herumträgt.
Außerdem kann ich froh sein, wenn ich vor diesem Problem stehe, denn das würde bedeuten, dass mein Rucksack zumindest wieder aufgetaucht ist. Im Moment kann ich mir nicht sicher sein, dass ich ihn jemals wieder sehe.

Irgendwann ist es Zeit, in die Schule zu gehen.
Ich will ja auch in die Schule.
Aber nicht in die, in die ich jetzt soll.

Laaerbergstraße

Im Supermarkt ein paar hundert Meter von meiner Schule entfernt besorge ich mir einen großen Plastiksack, um den Schlafsack hineinzustopfen. Ich kaufe mir auch zwei Dreierpackungen Herrensocken und frage nach der Kundentoilette. Dort setze ich mich auf den runtergeklappten Klodeckel und halte meine Füße unter großen Verrenkungen einen nach dem anderen minutenlang unter warmes Wasser, bevor ich sie sorgfältig mit Klopapier abtrockne und drei Paar Socken übereinander anziehe. Meine durchnässten Socken von heute Nacht schmeiße ich in den Mistkübel.

Im Ein-Euro-Shop daneben gibt es auch im Winter Flip-Flops, das weiß ich. Aber die sperren erst um 8 Uhr auf.
Was ist weniger auffällig: Pünktlich, aber nur in Socken in der Schule aufzutauchen oder zu spät, dafür in Flip-Flops? Keine der beiden Möglichkeiten gefällt mir. Ich habe keine Lust, dass Henrik blöd redet oder womöglich noch eine Lehrerin auf mich aufmerksam wird.

Schließlich entscheide ich mich dafür, zu warten, bis der Ein-Euro-Shop aufsperrt. Und: Bingo! Die haben nicht nur Flip-Flops, sondern auch Crocs. Fast normale Schuhe also und trotzdem nicht allzu teuer. Auch wenn sie mehr als einen Euro kosten.
Den Rest der ersten Stunde hänge ich im Supermarkt herum, weil ich definitiv nicht mitten in der Stunde so in der Klasse auftauchen will. Wenn ich in der Pause komme, falle ich weniger auf.
Ich halte nochmal meine Füße unter den warmen Wasserstrahl der Kundentoilette und ziehe dann die frischen Socken an. Die nassen Socken von vorhin schmeiße ich zu den anderen in den Mistkübel.

Als ich mich der Schule nähere, sehe ich Paul gerade durchs Schultor gehen. Kommt der also auch zu spät.
Paul war natürlich nicht dabei, als das Haus geräumt wurde. Natürlich nicht. Den Spaß macht er mit, aber wenn's dann hart auf hart kommt, ist er zuhause im warmen Heiabettchen.
Nadine übrigens auch.

Ich überlege, ob ich Nadine eine Nachricht schicken und erzählen soll, was passiert ist, aber ich weiß nie, wie beginnen. Sie meldet sich auch nicht. Immer wieder sehe ich auf meinem Handy nach, immer wieder: nichts.
Jedes Mal spüre ich einen Stich in der Brust beim Anblick des Displays, der keine Nachricht von ihr zeigt. ›Lass mich doch in Ruhe‹, habe ich ihre Stimme im Ohr. Das ist eine klare Ansage.
Ich weiß nicht, was es ist, was wir miteinander haben, aber es kann doch nicht einfach so vorbei sein, oder? Soll doch ich mich melden? Aber so abgesandelt, wie ich mich gerade fühle, bin ich dazu nicht in der Lage. Ich kann mich immer noch bei ihr melden, wenn ich wieder herzeigbar bin, sage ich mir. Wenn ich geschlafen und geduscht habe.

In der Pause nach der Englischstunde verlassen die meisten lärmend die Klasse. Zum Schulbuffet oder zum Kaffeeautomaten. Ich bleibe auf meinem Platz und sehe mir den Chemietest an, den Lukas in der ersten Stunde für mich entgegengenommen hat.
Eigentlich würde ich Henrik gern auch diesen Test unter die Nase reiben. Denn eigentlich weiß ich, dass er sich nur deshalb so aufplustern muss, weil es ihn wurmt, dass ich alles so gut hinkriege. Dass ich in der Stadt umherziehen kann und trotzdem gute Noten habe. Irgendwie freut es mich, das so durchschaut zu haben.
Für mich selbst kann ich mich aber nicht über die gute Note freuen. Dafür bin ich zu müde.

Die Klein bleibt am Lehrertisch und sortiert Unterlagen in eine Mappe. Als fast niemand mehr in der Klasse ist, schlendert sie langsam zu mir.
Fragend sehe ich sie an. Für den Vortag habe ich ihr eine Entschuldigung mit der perfekt gefälschten Unterschrift meines Vaters gegeben. Nachdem sie die richtige Unterschrift gar nicht kennt, kann ihr das nicht aufgefallen sein.
»Jakob, ist alles in Ordnung?«
Ich bemühe mich, munter und aufmerksam dreinzuschauen. »Ja, warum?«
Die Klein deutet mit dem Kinn unter meinen Tisch. »Du hast keine Schuhe an.«
Ich seufze. »Im Haus muss man ja nicht immer Straßenschuhe tragen, oder?«
»Du hast aber auch keine Hausschuhe an, wenn ich richtig sehe. Du hast Crocs an.«
»Meine Füße brauchen einfach ein bisschen Luft.«
Die Klein legt einen sarkastischen Unterton in ihre Stimme. »Im Winter.«
»Ja, auch im Winter.«

»Jakob, ist wirklich alles okay bei dir? Du wirkst in letzter Zeit so ...«
Sie spricht nicht weiter. Sagt nicht, wie ich wirke.
»Bei mir ja«, versichere ich. »Und bei Ihnen?«
Die Klein kneift die Augen zusammen und sieht mich lange an. Ihr Blick ist mir unangenehm. »Wieso beobachten Sie überhaupt meine Füße?«, sage ich ungehalten. Angriff ist schließlich die beste Verteidigung.
Die Klein runzelt die Stirn. »Ich schaue einfach genau hin«, sagt sie. Dann macht sie endlich Anstalten, die Klasse zu verlassen. An der Tür dreht sie sich nochmal um.
»Kommt deine Mutter zum Elternsprechtag?«
Stimmt, nächste Woche ist ja Elternsprechtag. Meine Mutter geht da nie hin, ich bin ein guter, unauffälliger Schüler, der keine Probleme macht. Niemand würde auf die Idee kommen sie vorzuladen. Bis jetzt. Obwohl, die Klein hat sie nicht vorgeladen, sie fragt nur. Ich muss nur ganz normal antworten.
»Sie muss an dem Tag lange arbeiten«, sage ich also betont ruhig. »Es ist nicht so einfach für sie, sich freizunehmen.«
Die Klein nickt, hört aber nicht auf, mich anzuschauen. Ich kann ihren Blick nicht deuten, starre aber zurück. Wer blinzelt zuerst? Irgendwann geht sie. Ich habe gewonnen.

Die Klein ist der Typ engagierte Junglehrerin, der es wirklich ein Anliegen ist, guten Unterricht zu machen. Die nicht einfach nur den Stoff durchkriegen will, sondern darauf achtet, was uns wirklich interessiert. Die Projekte ins Leben ruft und Exkursionen organisiert. Der es auffällt, wenn es jemandem mal nicht gut geht. In drei Jahren hat sie garantiert ein Burn-out. Aber bis dahin kümmert sie sich um alles. Auch um unsere Gefühle. Finde ich prinzipiell gut. Aber jetzt gerade wäre es mir lieber, sie würde sich um ihren eigenen Kram scheren.

Zu allem Überfluss kommt Lukas zur Tür herein, während die Klein und ich uns unser Blickduell liefern. Irritiert sieht er von mir zu ihr und dann wieder zu mir.
Mit einer Aufstrichsemmel in der Hand lässt er sich schließlich auf seinen Platz plumpsen.
»Was wollte die denn von dir?«
Ich halte einen meiner Crocs in die Höhe. »Die Klein hat sich für mich und meine Füße interessiert.«
Die Antwort wollte ich witzig klingen lassen, aber die Kombination aus ›die Klein‹, ›mich‹ und ›interessiert‹ aus meinem Mund trifft Lukas wieder an seinem wunden Punkt.
»Ja klar«, grummelt er. »Du bist interessant, egal was du tust.«
Schön langsam reicht mir Lukas' Rumgespinne. »Verdammt, ich hab keine Schuhe. Draußen ist es scheißkalt! Und jetzt schnüffelt mir auch noch die Klein hinterher. Du könntest sie ruhig mal ein bisschen ablenken. Die Aufmerksamkeit auf dich ziehen. Das willst du doch so sehnsüchtig. Streng dich gefälligst mal ein bisschen an.«
Mein Tonfall ist schärfer, als ich will, und verfehlt seine Wirkung nicht. Lukas starrt mich an, dann steht er wortlos auf und geht. Wohin auch immer. Vermutlich aufs Klo, um dort in Ruhe seine Semmel fertig zu essen.
Ich weiß, dass ich ihn verletzt habe. Aber im Moment habe ich nicht die Nerven, um mich darum zu kümmern, das wieder gutzumachen. Er hat auch nicht mal gefragt, warum ich keine Schuhe habe. Vermutlich denkt er, dass ich nur deshalb im Winter Crocs trage, um mich interessant zu machen.

Nach dem Unterricht beeile ich mich, das Schulgebäude zu verlassen. Um nichts in der Welt möchte ich in diesem Outfit Nadine begegnen.

Schützenweg

Als ich die Wohnungstür öffne, rieche ich den Besuch, noch bevor ich die Mäntel in der Garderobe sehe. Und kann schon am Geruch erkennen, welche Art von Besuch da ist.

»Fuck«, fluche ich. Schlechtes Timing. Ganz schlechtes Timing.

Mart hat wieder mal ein Ärzteessen. Das veranstaltet er alle paar Monate. Er lädt die wichtigsten seiner Kollegen und Kolleginnen ein und versucht, sie zu beeindrucken. Er zeigt, was er hat. Seine Praxis, sein Haus, seine Frau. Seinen Stiefsohn. Wie wird er sich freuen, dass der genau jetzt nach Hause kommt.

Gerade als ich überlege, ob ich leise den Rückzug antreten und ein andermal wiederkommen soll, balanciert meine Mutter ein Tablett mit schmutzigem Geschirr durchs Vorzimmer.

»Jakob!«, ruft sie erfreut. »An einem Freitag! Was führt dich denn hierher?«

»Fuck«, murmle ich noch einmal. Jetzt ist es zu spät. Aber zum Glück ist meine Mutter zu beschäftigt, um meine Antwort abzuwarten. Mit dem Ellenbogen drückt sie die Glastür wieder auf, die gerade hinter ihr zugefallen ist. »Mart, Jakob ist da.«

Keine Chance also auf Rückzug. Seufzend zähle ich die Schuhe. Sieben Paar, die ich nicht kenne. Vielleicht sollte ich einfach eines davon nehmen und wegrennen. Wegen der Schuhe bin ich schließlich da.

Als ich ins Wohnzimmer komme, sehe ich aber nur sechs Gäste am Tisch sitzen. Vielleicht ist einer am Klo. Oder Mart hat sich in der Zwischenzeit neue Schuhe gekauft.

»Schön, dass du da bist«, sagt meine Mutter lächelnd und gibt mir einen Kuss auf die Stirn. Das tut sie sonst nie. »Hallo«, brumme ich und wische mir über den Haaransatz. Ich würde sie gerne umarmen, eigentlich. Aber um nichts in der Welt spiele ich mit bei dem Heile-Familie-Getue für Marts Kollegen.

Mart setzt sich auch ein Lächeln aufs Gesicht. »Wir haben gar nicht mit dir gerechnet, sonst hätten wir dir etwas vom Essen übriggelassen.«
Ich hebe abwehrend die Hände. »Ich geh sowieso gleich wieder.«
Obwohl, Essen wäre schon gut. Amelies Datteln sind das Einzige, das ich heute zu mir genommen habe. Und so nahrhaft, wie sie behauptet hat, sind die auch wieder nicht. Zumindest knurrt mein Magen schon seit einiger Zeit gewaltig.

»Dich sieht man ja selten heutzutage«, sagt der wichtige Herr Doktor Franz Gruber zu mir, der gleich neben Lukas wohnt und daher denkt, mich zu kennen. »Viel zu tun in der Schule?«
Noch bevor ich antworten kann, ergreift Mart das Wort. »Er wohnt gerade bei seinem Vater.«
Dann labert er etwas davon, wie wichtig es ist, ein gutes Verhältnis zu beiden Elternteilen zu haben.
Was er sagt, klingt so, als habe er selbst mir vorgeschlagen, zu meinem Vater zu ziehen. Herr Doktor Franz Gruber runzelt die Stirn. Ein anderer, den ich noch nie gesehen habe, nickt nach jedem von Marts Worten.
Stabile nick Beziehungen nick sind nick wichtig nick für nick die nick Entwicklung nick von nick Kindern nick und nick Jugendlichen nick.
Wir hatten mal eine Hundefigur im Auto auf dem Armaturenbrett, die genau so mit dem Kopf wackelte. Bei jeder Bewegung. Irgendwann hat mich das so aggressiv gemacht, dass ich ihr den Kopf abgerissen habe. Ging ganz einfach. War nur billiger Plastikschrott.
»Also ich fände das schwierig«, sagt die Frau Dermatologin, deren Namen ich mir nie habe merken können. Sie erklärt nicht, was daran sie schwierig fände, aber es reicht, um den Kopf des Mannes zum Stillstand zu bringen. Wahrscheinlich wird sie mehr dazu sagen, wenn ich den Raum verlassen habe.

Mart will das sowieso nicht wissen. »Ach, schwierig«, dröhnt er. »Wenn man genug Vertrauen ineinander hat, ist das alles kein Problem. Man muss sich damit abfinden, dass die Kinder erwachsen werden.«

Der Mann beginnt wieder zu nicken.

Vertrauen nick das nick ist nick einfach nick die nick Grundlage nick von nick allem.

Jetzt nickt auch die Frau Dermatologin. Ich verschwinde in die Küche, bevor sie sich alle in Plastikhunde verwandeln und Mart womöglich noch auf die Idee kommt, mir den Arm um die Schulter zu legen oder sonst etwas in der Art.

In der Küche steht ein mir unbekannter Mann und hantiert mit Töpfen. Er hebt die Augenbrauen zum Gruß, als er mich sieht.

Einige Sekunden lang blicke ich ihn verwirrt an. »Hallo.« Dann geht mir ein Licht auf und ich verstehe, wem das siebte Paar Schuhe gehört.

»Sie sind ein Mietkoch«, sage ich, halb Frage, halb Feststellung.

»Kann man so sagen.« Der Mietkoch deutet mit dem Kinn nach unten auf seine Schürze. Mein Blick wandert kurz noch weiter hinunter auf seine Füße, die in Hausschuhen stecken. Bei Mart müssen sich sogar die Mietköche die Schuhe ausziehen.

Cateringservice Miklautsch steht auf der Schürze. *Wir nehmen Ihnen den Löffel aus der Hand.*

»Aha.« Ich beuge mich zu ihm und schnuppere. »Das heißt, das Essen war wirklich gut.«

Er lacht. »Kann man auch so sagen.«

Vielleicht war das Timing doch nicht so schlecht.

»Da ist sicher eine Menge übriggeblieben«, sage ich gespielt naiv.

»Ein bisschen was, ja.«

»Können Sie mir das einpacken?«

»Bist du der Sohn des Hauses?«

»Ja, aber meine Eltern glauben, ich bin auf Diät«, schwindle ich. »Deshalb kann ich nie so viel essen, wenn sie zusehen. Sonst würden sie mich für einen Versager halten.«
Der Mietkoch mustert mich eingehend. »Diät? Du?«, fragt er ungläubig.
»Ich find's auch blöd«, lüge ich weiter. »Aber meine Mutter meint, ich wiege zu viel.«
Der Mietkoch wischt seine Hände an der Schürze ab. »Was für ein Blödsinn.«
Keine Ahnung, warum ich diese Geschichte erfinde, vielleicht würde der Mietkoch mir auch so vom restlichen Essen abgeben. Aber irgendwie macht es mir Spaß, Geschichten anzuziehen wie Kleidungsstücke. Vor allem, weil ich merke: Ich kann das. Die nehmen mir das tatsächlich ab.
Muss ja nicht immer Jeremy sein.
Ich mache ein unglückliches Gesicht. »Ich weiß. Aber erklären Sie das mal meinen Eltern.«
Ich hoffe, dass der Mietkoch weder Mart noch meiner Mutter so nahesteht, dass er sie auf meine angebliche Diät anspricht. Da ich ihn aber noch nie zuvor gesehen habe, tippe ich darauf, dass er wirklich einfach gemietet ist und nur seinen Job verrichtet.
Der Mietkoch schüttelt den Kopf. Ob er damit seine Missbilligung der angeblichen Diätvorschriften ausdrücken oder einfach nur mal wieder seinen Kopf bewegen will, weiß ich nicht. Es ist mir auch egal, solange er tut, was ich von ihm will.
Er nimmt die Alufolie von der Pfanne. »Ente mit Honigkruste in Orangen-Gewürzsoße mit Mandeltagliatelle«, verkündet er.
Ich nicke begeistert. »Nehm ich. Meine Eltern schmeißen das eh nur weg.«
Zielstrebig öffne ich die Schublade, in der meine Mutter die Tupperware verstaut. Unmengen von Plastikgeschirr liegen darin. Es wird ihr nicht auffallen, wenn eines fehlt.

So wie er mir die Entenstücke in die Box legt und vorsichtig die Nudeln daneben verteilt, merkt man ihm an, dass er seinen Beruf liebt.
»Mhmmmm«, mache ich, damit er merkt, dass ich das zu schätzen weiß. »Riecht wirklich lecker.« Mir läuft tatsächlich schon das Wasser im Mund zusammen.
»Nachspeise gäbe es auch noch«, macht mich der Mietkoch aufmerksam. »Hast du noch was zum Einpacken?«
Er löffelt mir kopfschüttelnd Mousse au Chocolat in die nächste Box, die ich ihm entgegenstrecke.
»Diätwahnsinn ... Schwachsinn ... jetzt auch schon die Kinder«, höre ich ihn murmeln. Ich verzichte, ihn darauf hinzuweisen, dass ich mich eigentlich nicht mehr als Kind betrachte.

Von draußen höre ich Schritte. Schnell will ich die Plastikboxen in meiner Umhängetasche verstauen, aber das geht nicht. Zu voll. Die Shampooflaschen brauchen so viel Platz. Ich fische zwei heraus und halte sie dem Koch entgegen. »Brauchen Sie Shampoo? Milch und Honig? Ist doch wie gemacht für Köche.«
Der Koch grinst und schüttelt den Kopf. Meine Mutter kommt in die Küche, bringt Gläser und holt neue. Schnell schiebe ich die zwei Flaschen Shampoo unter meinen Pullover und blinzle dem Mietkoch verschwörerisch zu. Er blinzelt zurück. Ich bin mir sicher, er wird nichts sagen.

Das Timing war entgegen meiner ersten Annahme sogar ganz wunderbar. Ich habe genug Essen für die nächsten zwei Tage. Und ich konnte neue Schuhe und frische Sachen zum Anziehen holen, ohne dass es meiner Mutter oder Mart aufgefallen wäre.

Myrthengasse

Zum ersten Mal checke ich in meiner eigenen Stadt in einer Jugendherberge ein. Für zwei Nächte. Ich weiß, dass ich mir das eigentlich nicht leisten sollte. In den letzten Wochen habe ich zwar kaum Geld ausgegeben, aber trotzdem wird es immer weniger. Was ich tue, wenn es ganz aus ist, weiß ich nicht. Noch ist es nicht soweit. Noch will ich nicht daran denken. Im Moment will ich einfach nur schlafen und keine Fragen gestellt bekommen. Vielleicht ein bisschen Hausaufgaben machen und lernen. Und mich von Nadine ablenken.

Nicht leicht, wenn Wochenende ist und man viel Zeit hat. Lustlos zappe ich durch ein Youtube-Video nach dem anderen und ertappe mich dabei, dass ich ständig meine Nachrichten abrufe. Dabei höre ich ohnehin, wenn eine neue da ist. Aber auch Apps machen Fehler. Ich warte außerdem nicht nur auf Nadine, sondern auch auf Anat und Yossi. Eine Nachricht von denen bräuchte ich im Moment sogar um eine Spur dringender als eine von Nadine. Die hängt wahrscheinlich eh nur mit Paul rum.

Schützenweg

Sonntagmittag fahre ich zu meiner Mutter, obwohl ich am Freitag schon dort war. Aber mein Reinplatzen beim Ärzteessen zählt wohl nicht als Besuch und außerdem will ich die Plastikboxen nicht länger mit mir herumtragen.

Meinen Geografietest halte ich Mart genauso wortlos entgegen, wie ich das bei Henrik gemacht hätte. Aber Mart ist nicht beeindruckt.

»Gut«, sagt er. »Aber nicht sehr gut.«

»Gut ist doch auch gut. Reicht doch.«

Hätte ich lieber nichts gesagt. Jetzt muss ich mir Marts Redeschwall anhören.
»Du meinst, das reicht? Liest du keine Zeitung, schaust du keine Nachrichten? Was glaubst du denn, was mit denen passiert, die faul auf ihrem Hintern sitzen? Glaubst du, euch werden die Jobs nachgeschmissen? Glaubst du, die Welt da draußen wartet auf Durchschnittsmenschen?«
Undsoweiterundsoweiter. Ich schalte ab, ich kenne die Geschichte. Die Welt ist schlecht, Sicherheiten gibt es keine mehr und wir werden alle arbeitslos, wenn wir nicht jede Sekunde unseres Lebens versuchen, die Besten zu sein. Blablabla. Vielleicht stimmt das sogar. Aber was für ein Leben soll das denn sein?

Am liebsten würde ich gleich nach dem Essen weg. Mart ist heute in Hochform, vermutlich wegen dem Ärzteessen am Freitag. Zu viel Konkurrenz auf einem Fleck. Aber ich möchte warten, ob sich die Leute, denen ich geschrieben habe, melden. Nicht, dass ich umsonst eine weitere Nacht in der Jugendherberge einchecke. Also hänge ich länger als geplant in meinem alten Zuhause rum. Zum Glück wird Mart irgendwann zu einem Notfall gerufen und verlässt hastig das Haus.

Meine Mutter kommt mit zwei Häferln Tee zum Tisch, an dem ich sitze und auf mein Handy starre. Anat und Yossi melden sich überhaupt nicht. Nadine meldet sich auch nicht. Es versetzt mir einen Stich in die Brust, wenn ich daran denke. Mehrmals setze ich an, ihr eine Nachricht zu schreiben. Aber immer lösche ich sie bereits nach einigen Wörtern. Wenn sie will, wird sie sich schon melden.
Meine Mutter setzt sich zögernd neben mich und schiebt mir ein Häferl hin.
»Danke«, murmle ich.
Schweigend nippen wir an unseren Tees.

»Mart meint das nicht so«, sagt sie schließlich.
Ich schüttle den Kopf. »Der meint alles genau so, wie er es sagt.«
Meine Mutter seufzt. »Der hat es nicht leicht gehabt früher. Er hat nie jemanden gehabt, der ihn unterstützt oder gefördert hat. Jetzt übertreibt er es halt manchmal.«
Ich lache künstlich. »Unterstützen nennst du das?«
»Jakob.« Meine Mutter sieht mich ernst an. »Ich hätte dir das alles hier doch niemals bieten können ohne ihn. Du gehst in eine gute Schule, hast Chancen auf eine gute Ausbildung. Das ist nicht selbstverständlich.«
›Du gehst in eine gute Schule‹. Interessant, dass sie das so formuliert, denn eigentlich wollte mich Mart in eine ganz andere Schule schicken. Ich glaube nicht, dass meine Schule als ›gute Schule‹ gilt. Sie ist Durchschnitt, nehme ich an, und Mart war gar nicht begeistert, dass ich unbedingt dahin wollte. Wollte ich auch nur, weil Lukas dort angemeldet war und ich es mir nach vier Jahren Volksschule neben ihm nicht vorstellen konnte, alleine weiterzumachen. Ganz allein an eine neue Schule, womöglich noch eine private, wie Mart sie im Auge hatte. Der Gedanke hat mich dermaßen in Panik versetzt, dass ich kaum noch was gegessen und dafür ständig geheult habe. Irgendwann konnte meine Mutter Mart umstimmen und sie haben mich an der gleichen Schule wie Lukas angemeldet. ›Matura macht er dort doch auch‹, hat meine Mutter gesagt. Das war das einzige Mal, in dem ich mich gegen Mart durchsetzen konnte. Ich weiß noch nicht, ob das, was ich gerade mache, das zweite Mal ist.
Ich kann nicht sagen, ob ich mich gerade gegen irgendetwas durchsetze. Manchmal würde ich am liebsten einfach gar nicht zur Matura antreten, nur um ihn zu ärgern. Aber ich weiß, dass mir das außer einer kleinen Genugtuung nichts bringen würde. Ich will ja Matura machen. Auch wenn ich noch keine Ahnung habe, wie es danach weitergeht.

Ich versuche, mich zu erinnern, wie es war, als Mart noch nicht da war. Da war das Übergangswohnheim für wohnungslose Frauen und da waren andere Kinder, denen ich Kieselsteine nachgeschmissen habe. Auch an die Sozialarbeiterin dort kann ich mich erinnern, und dass meine Mutter ständig geweint hat. Mehr weiß ich nicht mehr.
Das nächste Bild ist dann schon der Marienkäfer, den meine Mutter auf meinen Arm gesetzt hat, als wir bei Mart eingezogen sind.
›Schau mal und freu dich‹, hat sie gesagt. Und ich habe geschaut und mich gefreut.

»Er ist so stolz auf dich«, fährt meine Mutter fort.
»Aber nur, wenn ich genau das mache, was er sagt.«
»Er will doch nur, dass du's leichter hast, als er es mal hatte. Manchmal ist er halt ein bisschen ungeschickt dabei.«
»Ich bin aber nicht wie er«, sage ich ungeduldig.
Meine Mutter sieht mich an. »Daran wird er sich gewöhnen müssen«, sagt sie lächelnd. »Er braucht halt ein bisschen Zeit. Du musst Geduld mit ihm haben.«

Es ist komisch, so mit meiner Mutter zu reden. Das tun wir normalerweise nicht. Wir reden nicht, schon gar nicht über Mart.
Ich bin froh, als mein Handy mit einer Nachricht vibriert. Endlich! Es ist *der_kleine_vampir,* den ich nach einem Schlafplatz gefragt habe. In meiner Anfrage habe ich die Wahrheit erzählt. Manchmal ist die Wahrheit dramatischer als jede Geschichte. Und Drama ist das, was ich im Moment brauche.
Ich habe also geschrieben, dass das Haus geräumt wurde. Dass mein Rucksack weg ist. Dass ich nicht weiterreisen kann, bis ich meine Sachen wiederhabe. Dass ich in einer Jugendherberge bin und mir schön langsam das Geld ausgeht.
Die Wahrheit. Größtenteils.

Hey Jeremy, hab von der Räumung gehört. Krass, dass die eure Sachen nicht rausrücken! Meine Wohnung ist superklein, deshalb hab ich eigentlich angegeben, dass ich niemanden bei mir schlafen lassen kann, aber in deinem Fall mach ich natürlich eine Ausnahme. Kann dir meine Isomatte auf dem Boden ausrollen, falls du noch nichts anderes hast.

Ich weiß, dass *der_kleine_vampir* in der Rubrik *Couch vorhanden?* nur *Vielleicht* angegeben hat, nicht *Ja* oder *Ja, auf jeden Fall*. Aber alle mit *Ja* hab ich inzwischen schon durch. Und *Vielleicht* heißt nicht *Nein*, hab ich mir gedacht.
Heißt es auch nicht, wie man sieht.

Das wär toll!, schreibe ich zurück.

»Was grinst du denn so?«, will meine Mutter wissen.
Ich schüttle den Kopf. »Nichts, nichts. Aber ich muss jetzt gehen.«
»So plötzlich?« Sie sieht enttäuscht aus.
»Ja, bin eh schon zu spät dran. Wir wollten noch ...« Was wir wollten, sage ich nicht. Genauso wenig, wen ich mit ›wir‹ meine.
»Na dann. Eine schöne Woche wünsch ich dir.«
»Dir auch.« Kurz darauf bin ich bei der Tür draußen. Wenn ich laufe, erwische ich noch den Bus.

Im Bus läuft das Gespräch mit meiner Mutter nochmal in meinem Kopf ab. ›Daran wird er sich gewöhnen müssen‹, höre ich ihre Stimme. ›Du musst Geduld mit ihm haben.‹
Geduld. Ich werde mich bemühen. Funktioniert aber besser mit Abstand.

Wohnpark Alt Erlaa

Der Wohnpark beginnt direkt bei der U-Bahn-Station, trotzdem verlaufe ich mich mehrmals, bevor ich Antons Wohnung finde. »Block C8«, murmle ich vor mich hin, während ich durch ein verlassen wirkendes Einkaufszentrum, an einer Schule vorbei und um eine Turnhalle und eine Kirche herum irre. Ich versuche zu schätzen, wie viele Leute in dieser Anlage wohnen. Zehntausend vielleicht?

Nachdem ich den richtigen Block endlich gefunden habe, habe ich die Wahl zwischen vier Liften und bin im Nu im zwanzigsten Stock. Antons Wohnung ist wirklich winzig, dafür mit gigantischer Aussicht. »Ich weiß, sie ist klein«, sagt Anton. »Aber es ist alles drin, was man braucht. Außer Platz.« Er lacht.
Ich sehe mich um. Wenn ich auf dem Boden schlafe, kann Anton nicht mehr aus dem Bett, ohne auf mich draufzusteigen. Ich rechne ihm echt hoch an, dass er mich hier übernachten lässt.

Anton holt Eistee und Soletti aus der Mini-Küche und deutet mir, dass ich mich an den Mini-Tisch setzen soll. Woanders wäre auch kein Platz für mich.
»Jetzt erzähl mal«, sagt er.
Also erzähle ich. Ausführlich. Vom schönen Anfang bis zum unschönen Ende. Das Ende schmücke ich ein bisschen aus. Sage natürlich nicht, dass ich weggeschlichen bin, weil ich meinen Ausweis nicht herzeigen wollte, sondern behaupte, weggelaufen zu sein vor einem Polizisten, der mich festnehmen wollte. Darauf kommt es jetzt auch nicht an.
Anton hört interessiert zu. »Verdammt«, sagt er schließlich. »Meinst du, dass du deine Sachen irgendwann mal wiedersiehst?«
»Na hoffentlich.«

»Hast du einen Plan B?«, will er wissen. »Also falls sie die Sachen einfach verbrannt haben oder weggeschmissen oder so?«
Ich verziehe das Gesicht. »Eigentlich nicht.«
»Solltest dir aber einen überlegen.« Anton steht auf und zieht an einer Schnur, mit der er langsam eine rechteckige Box zu sich herunter befördert.
Erst jetzt sehe ich die Schienen, die an manchen Stellen an der Wand montiert sind. Erstaunt sehe ich zur Decke. Lauter Boxen, Schachteln und Kisten hängen dort, alle mit einer Schnur verbunden, an denen man sie hinauf- und hinunterziehen kann.
Anton lacht. »Mein Schranksystem. Sonst hätte ich hier doch keinen Platz für all meine Sachen.«
»Du könntest denen von Ikea noch was beibringen«, murmle ich.
Anton öffnet die Box und holt Kleidungsstücke heraus. Er mustert mich von oben bis unten. »Du bist dünner als ich, also sind dir die Sachen höchstens zu groß, das sollte kein Problem sein.«
Ich sehe ihn verwundert an. »Oh, danke. Aber ein paar Sachen hab ich inzwischen schon wo aufgetrieben.«
»Wie du meinst. Aber du kannst gern meine anziehen, bis du dein Zeug zurückkriegst.«

Er hat recht. Meine alten Sachen konnte ich in der Jugendherberge waschen, aber ich habe nur eine Ersatzgarnitur mitgenommen, als ich bei meiner Mutter war. Die liegt jetzt getragen und zusammengeknüllt in einem Plastiksack und ich habe wieder das gleiche Zeug an wie damals, als die Polizei mich aus dem Schlaf gerissen hat. Ein paar Unterhosen und Socken habe ich mir im Ein-Euro-Shop gekauft, aber ansonsten wäre es nicht so schlecht, ein bisschen was zum Wechseln zu haben.
»Danke.«
»Keine Ursache. Schau einfach, womit du dich wohl fühlst.«

Die Sachen sind nicht ganz mein Stil, aber relativ unauffällig, insofern okay. Einen Pullover und ein T-Shirt nehme ich aus der Box, dann sehe ich Anton zu, wie er die Schachtel wieder an die Decke befördert.
»Ich kann dir als Gastgeschenk gerade leider nur Shampoo anbieten.« Ich hole eine Flasche davon aus meiner Tasche und stelle sie vor Anton auf den Tisch. War also doch nicht so blöd, so viele davon einzupacken.
»Milk & Honey«, liest er und grinst. »Warum nicht. Stells doch einfach in die Dusche.«

Anton versucht alles, um mir meinen Aufenthalt angenehm zu gestalten, aber ich merke, dass er es nicht gewohnt ist, jemanden so lange in seiner Wohnung zu haben.
»Sobald ich den Rucksack habe, mache ich mich auf den Weg«, verspreche ich ihm.

Laaerbergstraße

In der Schule erkläre ich, dass ich mein Chemie- und Mathebuch bei meinen Großeltern auf dem Land vergessen habe und inzwischen bei Lukas mitschaue. Zum Glück waren meine Englischsachen nicht im Rucksack, sondern in meinem Fach in der Schule. Ich hätte keine Lust, der Klein zu erklären, wo die hin sind. Ich bete, dass sie nicht begonnen hat, sich mit anderen Lehrern über mich zu unterhalten. Aber wenn schon. Dass man Großeltern auf dem Land hat, ist nichts Ungewöhnliches, und dass man mal die Schulsachen vergisst, auch nicht.
Die Klein kann mir gar nichts.

Die nicht. Aber andere. »Du musst dich schon ein bisschen zusammenreißen«, zischt mich David in der Pause an. Er steht neben Azra und Taisa, zu dritt bilden sie eine Art Halbkreis um mich.
Äh, was? Wie jetzt, zusammenreißen? Was meint der damit? Ich schaue die drei groß an.
»Letzte Woche keine Schuhe, heute keine Schulsachen, Mann, das fällt auf. Das kannst du nicht machen!«
Das kann ich nicht machen? Ich bin so perplex, dass ich gar nichts sage, sondern weiter völlig überrumpelt aus der Wäsche schaue.
»Das verunsichert die Leute«, erklärt Azra. »Die wandern ab, zu den Kontras, die können wir so nicht halten. Du weißt doch, Henrik wickelt die alle ein mit seiner großen Klappe.«
»Wir können den nicht gewinnen lassen.« Taisas Augen blitzen mich an. »Ich kann ihn doch nicht immer festbinden. Musst du besser aufpassen, echt!«
Und damit lassen sie mich auch wieder stehen.
Mir ist schwindlig. Was war das jetzt?
Es fühlt sich wie in Zeitlupe an, als ich meinen Kopf drehe, um ihnen nachzusehen. Blinzle. Und als ich die Augen wieder öffne, der Klein direkt in die Augen blicke.
Verdammt, muss die gerade jetzt Gangaufsicht haben?
Ich versuche ein Lächeln, stoße mich von der Wand ab und versuche, betont gelassen zurück ins Klassenzimmer zu gehen. Ihr Blick brennt auf meinem Rücken.
In der Klasse atme ich kurz durch. *Wir können den nicht gewinnen lassen.* Nein, das können wir nicht. Wir. Wer ist ›wir‹? Nadine gehört wohl nicht mehr dazu. Noch immer keine Nachricht von ihr. Wusste ich's doch. Wieso sollte sich eine wie sie auch für einen wie mich interessieren?
Dafür aber endlich eine Nachricht von Anat.

We've got your backpack! It wasn't easy, they didn't wanna give us back anything, not even our own stuff. But now we got it! No chance about the shoes though, they're all gone.

Erleichtert atme ich auf. Die Schuhe sind mir egal, ich habe ja genug davon. Aber meine Anziehsachen, mein Laptop und der restliche Kram! Ist wieder da!

Europaplatz

Wir treffen uns wieder am Westbahnhof, diesmal weiß ich, an welcher Haltestelle, außerdem sind sie ausnahmsweise mal vor mir da. Ich falle ihnen um den Hals, dann untersuche ich meinen Rucksack.
»All there?«, fragt Yossi.
»I think.« Vorsichtig taste ich das Rückenfach ab, um zu fühlen, ob meine Schulsachen noch drin sind. Die will ich nicht vor den beiden auspacken. Das Fach fühlt sich hart an. Die Sachen sind noch da. Ich schultere den Rucksack und schließe die Schnalle am Hüftgurt.
»Aaahhh«, mache ich. »I missed this feeling.«
Anat und Yossi lachen und umarmen mich noch einmal. »We missed you as well.«

»What are you doing now?«, will ich wissen. Der Himmel ist ein undefinierbares Graublau und es hat zu nieseln begonnen.
»We have to return to our *hosts*«, sagt Yossi entschuldigend. »They are waiting for us.«
Schade. Gerne hätte ich den Tag mit den beiden verbracht. Ich hab sie ehrlich vermisst. Aber zumindest habe ich meinen Rucksack zurück, das ist das Wichtigste.
»Where do they live?«

Es stellt sich heraus, dass wir mit der U-Bahn in die gleiche Richtung müssen. Habe ich also zumindest noch eine Viertelstunde gemeinsam mit ihnen, bevor sie wieder unerreichbar werden und sich erst irgendwann wieder melden.

U6

In der U-Bahn lassen wir uns auf einen Vierersitz fallen, mein Rucksack ist der vierte Fahrgast. Yossi studiert das Schild, auf dem die U-Bahn-Linien aufgezeichnet sind. Ich zeige auf eine Station eher am Ende unserer Linie. »That's where I am at the moment. Where do you live?«

»I'm trying to figure it out.« Er kneift die Augen zusammen und zählt die Stationen.

Eine Männerstimme sagt etwas. Eine Frau neben uns schreckt hoch und steht schnell auf.

»Damn«, flucht Anat. Ich habe nicht gehört, was der Mann gesagt hat, und verstehe erst nicht, was sie meint.

»Die Fahrkarten, bitte!«, wiederholt der Mann und die Fahrgäste beginnen eifrig, in ihren Taschen zu kramen und ihm ihre Fahrscheine entgegenzustrecken.

»Sheise«, sagt nun auch Yossi leise.

»Oje«, flüstere ich. »No ticket?«

Die beiden schütteln kaum merkbar den Kopf. Der Kontrolleur hat sich durch eine Reihe von Menschen durchgefragt und steht nun vor unserer Sitzreihe.

»Die Fahrscheine, bitte.« Ich öffne meinen Rucksack, in den ich die Umhängetasche gestopft habe, und ziehe meine Geldbörse heraus. Doch statt sie zu öffnen, erstarre ich. Was sich in meiner Geldtasche befindet, ist mein Jugendticket. Jakobs Jugendticket. Für Schüler. Das kann ich nicht herzeigen. Nicht, wenn Anat und Yossi

neben mir sitzen. Was, wenn sie zum Spaß Ausweisfotos vergleichen wollen oder so?
Jakob braucht jetzt keinen Ausweis, Jeremy braucht einen. Aber der hat keinen. Und Jakob kann ihm nicht helfen.
Eine Weile, die mir sehr lang erscheint, vermutlich aber sehr kurz ist, sitzen wir da und starren den Mann an. Er ist groß und ziemlich breit und hält sich mit beiden Händen an je einer Stange fest. Die Leute hinter uns haben längst ihre Fahrscheine hergezeigt. Wir drei starren nur.
Der Kontrolleur macht sich nicht die Mühe, noch einmal nach unseren Tickets zu fragen. Er wechselt einen Blick mit seinem Kollegen, der vom anderen Ende des Waggons kommt. »Sie steigen bei der nächsten Station bitte mit mir aus«, sagt er zu uns.

Als der Wagen hält, stehe ich auf. Anat und Yossi rühren sich nicht.
»Hopphopp«, sagt der Mann unfreundlich und stellt sich in die Tür.
»Der wird nicht weiterfahren, bis Sie nicht draußen sind.«
»Come on«, sage ich leise. Die beiden stehen langsam auf und folgen mir. Draußen am Bahnsteig zückt der Mann ein kleines, rechteckiges Gerät. »Erlagschein oder zahlen Sie bar?«, will er wissen.
»Äh«, stottere ich. Yossi und Anat sagen gar nichts. Sie erwarten anscheinend von mir, dass ich die Sache regle, da ich der Einzige bin, der Deutsch spricht.
»Ihre Ausweise«, sagt er ungehalten. »Your eidentifikäschn kaat.«
Yossi schüttelt den Kopf.
»Passport, passport!« Der Kontrolleur schlägt mit dem Handrücken auf seine Handfläche.
Ich überlege fieberhaft, was ich tun soll. Meinen richtigen Namen angeben und meinen Ausweis nachbringen? Anat und Yossi gegenüber kann ich ja noch immer behaupten, einen falschen Namen angegeben zu haben und von meiner späteren Fahrt ins Kundenzentrum der Wiener Linien brauchen sie ja nichts zu erfahren.

Aber ich verwerfe die Idee gleich wieder. Damit mir der Typ hier abnimmt, ich selbst zu sein, würde er meinen Ausweis sehen wollen. Kann ja jeder behaupten, Jakob zu heißen.
»If no passport then police«, droht der Mann wie zur Bekräftigung. Ich zucke zusammen. ›Police‹ kann ich nicht gebrauchen. Nicht schon wieder.

Aus den Augenwinkeln sehe ich, wie Anat Yossi zunickt. Dann rennen sie los. Ich hinterdrein, den großen Rucksack auf den Schultern. Wir laufen über den Bahnsteig, schlängeln uns um erstaunte Leute und hasten die Rolltreppe hinauf. Es ist wie im Film, abgesehen davon, dass ich mir bei Fluchtszenen im Film nie das Seitenstechen und die schmerzende Lunge der Laufenden vorgestellt habe. Jetzt weiß ich es besser. Das Adrenalin wiegt allerdings ziemlich viel auf. Ich spüre meine Beine nicht, aber ich laufe. Überhole Yossi, schlage einen Haken um einen entgegenkommenden Kinderwagen und schlittere gegen einen Zeitungsständer. Das Gewicht meines Rucksacks zieht mich nach hinten. Kurze Panik, dann weiter. Ich höre Yossis Keuchen im Rücken. Im Freien laufen wir einfach geradeaus, bis wir nicht mehr können.

Vivenotgasse

Außer Atem werfe ich meinen Tramperrucksack neben Anat in einen Hauseingang und lasse mich darauf fallen. Yossi kippt hustend auf uns drauf.
Kaum habe ich aufgehört zu laufen, beginnen meine Beine so stark zu zittern, dass ich sie festhalten muss, gleichzeitig kommt das Lachen. Auch die beiden anderen prusten los, Yossis Lachen wird immer wieder durch Hustenanfälle unterbrochen.

Eine ganze Weile liegen wir kichernd in diesem Hauseingang im Matsch, bis ein älterer Herr die Haustür aufstößt und einen erschrockenen Schrei ausstößt.
Wir rappeln uns vom Boden auf, um ihn vorbeizulassen. Ich atme tief durch. Niemand ist uns gefolgt. Vermutlich haben sie gar nicht erst angefangen zu laufen. Dafür bekommen sie wahrscheinlich nicht genug bezahlt.

Der Nieselregen ist stärker geworden. »Don't you want to have a hot drink or something?«, frage ich. Ich will noch nicht zu Anton fahren, obwohl ich den Schlüssel habe und jederzeit reinkann. Alleine ist es auch ganz schön in seiner Wohnung. Aber Anton hat unregelmäßige Arbeitszeiten und ich weiß nie, wann er da sein wird und wann nicht. Und wenn er da ist, möchte ich ihn nicht unnötig belagern. Aber allein in der Stadt rumhängen, danach ist mir auch nicht.
Yossi sieht mich entschuldigend an. »Sorry, we have to go. We're really late already.«
»We'll be in touch«, verspricht Anat.
Die beiden weigern sich noch immer, sich ein Handy zuzulegen, und über *IYH* funktioniert die Kommunikation auch eher einseitig. »We keep bumping into each other anyway«, meint Yossi, als ich ihn darauf anspreche. »Vienna is not that big.«
Für mich ist Wien groß. Groß genug, um sich darin verstecken zu können. Groß genug, um darin verlorenzugehen.

Also muss ich doch schon zu Anton zurück. Seufzend mache ich mich auf den Weg zurück zur U-Bahn-Station. Sollten die Kontrolleure noch da sein, kann ich ihnen ja nun problemlos mein Jugendticket zeigen. Aber natürlich ist jetzt alles friedlich und niemand will meinen Fahrschein sehen.

U6

Nachdem die U-Bahn bereits ein paar Stationen gefahren ist, fällt mir siedendheiß ein: Jeremy kann bei Anton bleiben, bis er seinen Rucksack zurückhat. Sobald der wieder aufgetaucht ist, will Jeremy seinen Weg fortsetzen, habe ich Anton erzählt. Richtung Balkan. Weg von diesem Nieselregen. Irgendwohin, wo es wärmer ist.
Verdammt.
Meine Fähigkeit vorauszudenken scheint mir offensichtlich abhandengekommen zu sein, sonst hätte ich schon früher überlegt, was ich jetzt machen soll. Schnell checke ich mein *IYH*-Profil.
Keine Antwort von irgendwem.
»Hast du einen Plan B?«, habe ich Antons Stimme im Kopf.

Europaplatz

Mein spontaner Plan B besteht darin, auszusteigen und zum Westbahnhof zurückzufahren. Dort hole ich meine Schulsachen und den Laptop aus dem Rückenfach und verstaue sie in meiner Umhängetasche.
Ich sperre den Rucksack in ein Schließfach und zahle für vierundzwanzig Stunden.
Dann mache ich mich auf den Weg zu Anton.

Wohnpark Alt Erlaa

Mit dem schlechtesten Gewissen der Welt werfe ich jeden Tag um die gleiche Uhrzeit weitere Münzen in mein Schließfach und bleibe noch ein paar Nächte in Antons Miniwohnung.

Ich weiß, dass Anton nicht aufs Klo geht, wenn er in der Nacht muss, weil er Angst hat, versehentlich auf mich draufzusteigen.
Ich weiß auch, dass die Schnur, an der er seine Wäsche aufhängt und an die Decke zieht, nicht lang genug ist für die Sachen von zwei Personen, und dass man sich daher in der Wohnung nirgends hinsetzen kann, wenn auch meine Wäsche trocknet.
Ich weiß, dass Anton viel zu höflich ist, um mich hinauszuschmeißen, und dass ich das schamlos ausnutze.
Aber es meldet sich niemand. Die Wiener *IYH*-Community ist offensichtlich doch kleiner, als ich mir das vorgestellt hatte. Oder es gibt immer wieder Tage und Wochen, wo plötzlich alle verschwinden und ihre Zusatzbetten und Sofas selbst brauchen. Wie sonst ist es zu erklären, dass ich ab und zu drei Schlafplätze hätte und dann wieder über Tage gar keinen?
Ich merke, wie Henriks Stimme in meinem Kopf laut werden will. ›Das schaffst du nie. Das schaffst du nie.‹ Ich schüttle mich, schüttle die Stimme aus meinem Kopf.

Ich stelle mir vor, jemand hätte sich letztes Jahr in meinem Zimmer einquartiert, so wie ich das bei Anton gerade tue. In mein Zimmer bei Mart und meiner Mutter, das fast genauso groß ist wie Antons ganze Wohnung. Bei dem Gedanken erschrecke ich. Was hätte ich getan, wenn ein Gast einfach nicht mehr gehen wollte? Hätte ich erfahren, dass der mich anlügt, ich hätte ihm wohl eine geknallt und ihn vor die Tür gesetzt. Noch einmal muss ich mich schütteln. Besser nicht mehr darüber nachdenken.

Laaerbergstraße

Als ich in der Pause mit den anderen aus der Klasse will, stellt sich die Klein mir in den Weg. Ich hebe fragend die Augenbrauen.

»Jakob, ich möchte dich etwas fragen.«
»Was denn?« Ich versuche, nach außen hin gelassen zu bleiben, doch innerlich werde ich nervös. Was will denn die schon wieder von mir? Schön langsam werden die Abstände, in denen sie mit mir reden will, immer kürzer.

Die Klein wartet, bis die meisten draußen sind. Dann setzt sie sich halb auf meinen Tisch, halb steht sie noch. »Du lebst jetzt bei deinem Vater?«
Ich nicke. »Ja.«
»Und, wie ist das so?«
Ich sehe sie irritiert an. »Wie soll das sein?«
»Na ja, gefällt es dir dort?«
»Sicher«, sage ich etwas zu schnell. »Sonst wär ich doch nicht dorthin gezogen.«
»Jakob, soweit ich weiß, ist dein Vater nicht erziehungsberechtigt, oder?«
Woher weiß sie das? Woher wissen verdammt noch mal alle immer alles? Ich beschließe, nichts zu sagen und abzuwarten, was jetzt kommt. Obwohl ich genau weiß, was kommt.
»Er ist also eigentlich gar nicht berechtigt, deine Entschuldigungen zu unterschreiben, weißt du?«
»Wirklich?« Ich tue so, als wäre mir das neu.
Die Klein nickt.
»Und was soll ich jetzt tun? Soll ich jedes Mal zu meiner Mutter fahren, wenn ich eine Entschuldigung brauche?«
»Zum Beispiel. Du siehst sie doch noch, oder?«
»Natürlich«, sage ich schnell.
»Na eben.«
»Das ist doch total mühsam«, protestiere ich. »Können Sie da keine Ausnahme machen?«
Die Klein seufzt. »Ich hab bis jetzt schon eine Ausnahme gemacht.«

»Verstehe. Na, dann latsch ich halt jedes Mal extra zu meiner Mutter«, sage ich patzig.
Die Klein nickt. Mein Tonfall scheint ihr egal zu sein.
»Und wenn du mal wen zum Reden brauchst …«, sagt sie.
Ich nicke. »Jaja, dann wende ich mich an Sie.«
Sie sieht mich lange an. »Das ist ernst gemeint, Jakob.«
»Ja, danke.« Jetzt haben wir das Gespräch beendet und ich kann gehen, oder? Aber die Klein macht keine Anstalten, meinen Platz zu verlassen.
»Was läuft eigentlich gerade bei euch in der Klasse?«, will sie wissen.
»Was meinen Sie?«
»Na, irgendwas läuft da doch. Und es hat mit dir zu tun.«
»Ich weiß nicht, wovon Sie reden.«
»Irgendwas ist nicht in Ordnung.«
»Und Sie werden herausfinden, was? Sind Sie von der Kriminalpolizei?«
Sie macht ein ernstes Gesicht. »Nein, aber ich interessiere mich dafür, wie es meinen Schülern geht. Und wenn irgendwas nicht in Ordnung ist …«
»Wenn Sie so was interessiert, hätten Sie Psychologie studieren sollen, nicht Englisch.«
Am liebsten würde ich den Satz wieder zurücknehmen oder zumindest meinen Tonfall. Verdammt. Je patziger ich werde, desto mehr schöpft sie Verdacht. Schließlich habe ich früher nie so mit ihr geredet.
Die Klein sagt nichts mehr und sieht mich weiterhin unverwandt an. Je länger sie schaut, desto unwohler fühle ich mich. Lass mich doch endlich in Ruhe! Kümmer dich doch um deinen eigenen Scheiß!
»Ich würd gern noch ein bisschen Pause machen«, sage ich endlich so ruhig, wie ich nur kann.

Die Klein nickt und steht endlich auf. Schnell verschwinde ich aus der Klasse.

Lukas steht draußen vor dem Schulgebäude auf der Straße und raucht, weil das auf dem Schulgelände selbst verboten ist. Als ich mich neben ihn stelle, hält er mir sein Zigarettenpäckchen entgegen. »Was wollte die Klein schon wieder von dir?«

Ich schüttle den Kopf und nehme stattdessen einen Schluck von seinem Cola. Lukas weiß genau, dass ich nicht rauche. Er steckt sich eine Zigarette zwischen die Lippen und sieht mich fragend an.

»Na?«

»Ach, nichts Besonderes. Wissen, wie es mir geht und so.«

»Die Klein interessiert sich aber schon auffallend für dich.« Lukas' Stimme klingt unfreundlich.

»Hey, ich kann nichts dafür«, fahre ich ihn an.

»Entspann dich!« Lukas hebt abwehrend die Hände. »Ist mir doch egal, was du mit der Klein machst.«

Ich stöhne. »Ich mach gar nichts mit ihr. Hab auch nicht das geringste Interesse daran. Sie wollte wissen, ob alles okay ist. Weil ihr so ein Tamtam um die ganze Sache macht, dass sogar die Lehrer was mitgekriegt haben. Sie wollte wissen, was da läuft.«

»Und, hast du's ihr gesagt?«

»Spinnst du? Aber ihr könntet euch wirklich einmal beruhigen.«

Taisa hat sich neben uns gestellt. »Bin ich ganz ruhig«, sagt sie bestimmt. So wie sie es ausspricht, klingt es wie ›ruchig‹.

Lukas verzieht den Mund. »Ja, klar«, sagt er ironisch. »Du bist die Ruhigste von uns allen.«

Taisa grinst und greift ungefragt nach dem Zigarettenpäckchen, das in Lukas' hinterer Hosentasche steckt.

Er schnellt herum. »Hey! Lass meinen Arsch in Ruhe.«

Taisa grinst. »Gibst du mir Tschik, lass ich in Ruhe Arsch.«

Lukas verdreht die Augen, grinst aber auch und hält still, während sich Taisa eine Zigarette aus der Packung nimmt.
Ich bin dankbar für die Ablenkung. Es bereitet mir genug Sorgen, dass sich die Klein über mich Gedanken macht, und ich habe nicht den Nerv, mich auch noch mit Lukas darüber zu unterhalten. Schon gar nicht, wenn er eifersüchtig ist auf jedes Interesse, das sie mir entgegenbringt. Doch Taisa dreht sich weg und beginnt zu telefonieren, und Lukas denkt immer noch an die Klein, das sehe ich.
»Die wär doch sowieso viel zu alt für dich«, sage ich.
»Zehn Jahre, Mann, zehn Jahre«, murmelt Lukas. »Das ist gar nicht so unüblich in Beziehungen.«
»Aber nicht in deinem Alter, Baby. Wenn du vierzig bist und sie fünfzig, ist es wahrscheinlich egal. Aber siebzehn und siebenundzwanzig ... na ja.«
»Achtundzwanzig«, sagt Lukas verzweifelt.
»Also sogar elf Jahre! Na, das geht ja gar nicht. Außerdem hat die doch bestimmt einen Freund«, sage ich.
Lukas schüttelt energisch den Kopf. »Kannst du dich nicht erinnern, wie wir sie mal persönliche Sachen fragen durften? Da hat sie gesagt, sie hat keinen.«
»Lukas, das ist eineinhalb Jahre her.«
»Vielleicht hat sie auch 'ne Freundin«, grummelt Lukas.
»Vielleicht. Jedenfalls steht sie nicht auf dich und das ist auch ganz gut so, glaub mir.«
»Du glaubst auch, dass alles so einfach ist, ja?«, fährt Lukas mich an. »Hat aber nicht jeder so viel Glanz und Glamour zu bieten wie du.«
Ich starre ihn mit zusammengekniffenen Augen an. »Wie meinst du das jetzt?«
»Na, glaubst du Nadine wär dir so einfach in den Schoß gefallen, wenn du bloß der kleine Jakob wärst?«
»Du glaubst ja wohl nicht, dass Nadine nur auf mich steht, weil ich so ein aufregendes Leben habe. Manchmal verliebt man sich eben

in einen Menschen, der einen auch zurückliebt. Soll vorkommen, weißt du?«
Sage ich, obwohl ich Nadine seit Tagen weder gesehen noch gehört habe.
Lukas kneift die Augen zusammen. »Komisch, dass Nadine da erst draufgekommen ist, nachdem du dir deinen Jeremy zurechtgemacht hast. Wieso ist ihr nicht früher eingefallen, dass sie was von dir will?«
Das sitzt.
»Willst du mir das mit Nadine jetzt ausreden oder was?«, frage ich verärgert.
»Du redest mir das mit der Klein auch aus«, zischt Lukas. »Wieso soll ich da bei dir Rücksicht nehmen?«
»Aber das ist doch was anderes. Ich und Nadine ...«
Ja, was? Was, ich und Nadine?
»Bloß weil ihr poppt, ist das anders, ja?«
»Ja, allerdings«, sage ich wütend. »Allerdings ist das anders.«

Dass wir gar nicht poppen, verschweige ich. Das Wort passt auch nicht zu Nadine und mir. Da passen andere, schönere Wörter. Allerdings, was weiß ich schon? Vielleicht passt gar nichts.
Vielleicht will Nadine tatsächlich nur meinen Glanz und Glamour, den ich jetzt anscheinend habe. Sich in einen Menschen zu verlieben, der einen auch zurückliebt. Wieso sollte sowas ausgerechnet mir passieren?

Wahrscheinlich mache ich mir nur etwas vor, genauso wie Lukas mit der Klein. Ganz bestimmt sogar. Sonst würde sie sich doch bei mir melden.

Wohnpark Alt-Erlaa

Anton ist zu seinen Eltern ins Waldviertel gefahren. Ich bin erleichtert, auch wenn ich am Wochenende ganz gern jemanden um mich gehabt hätte. Samstage alleine können sich in die Länge ziehen, das weiß ich mittlerweile. Ich würde so gerne Anat und Yossi anschreiben, aber ich weiß, dass sie meine Nachricht erst Tage oder Wochen später lesen würden.
Also sitze ich am Fenster der Zwergenwohnung und lasse meinen Blick schweifen. Die Stadt liegt mir zu Füßen, aber es ist ein Teil, in dem ich nichts wiedererkenne. Alle Orte, an denen ich bereits war, liegen am anderen Ende der Wohnblöcke, dort, wo Antons Wohnung keine Fenster hat. Alle, die ich kenne, wohnen hinter meinem Rücken. Lukas zum Beispiel. Was der wohl gerade macht? Ich verstehe nicht, wieso es zwischen uns in letzter Zeit immer wieder so komisch ist. Irgendetwas scheint er mir übelzunehmen. Dabei mache ich doch gar nichts.
Und Nadine? Ob sie gerade mit ihrem Vater streitet, der nur in der Wohnung sitzt und vor sich hin starrt?
So wie ich, fährt es mir durch den Kopf. Plötzlich halte ich es in der kleinen Wohnung nicht mehr aus. Ich muss raus hier, schnell.

Auf dem schottrigen Weg, der den Liesingbach entlangführt, beruhige ich mich wieder ein wenig. Ich bin fast allein, das Wetter lädt nicht unbedingt zum Spazierengehen ein. Nur wer einen Hund hat, muss heute raus. Ich atme tief durch. Die Luft ist kühl und frisch. Mit Rocky würde ich hier jetzt auch eine Runde gehen. Und danach würden wir heißen Kakao trinken.
Verdammt.

Schützenweg

Meine Mutter sieht mich besorgt an, als sie die Tür öffnet. »Alles in Ordnung mit dir?«
Ich fahre mir durch die regenfeuchten Haare. »Jaja. Scheißwetter, hm?«
Sie nickt. »Aber irgendwann kommt er, der Schnee.«
Auf ein verschneites Wien würde ich gerne herabblicken von Antons Wohnung aus. Doch ich weiß, dass sich das nicht ausgehen wird.

Wohnpark Alt-Erlaa

Nachdem ich mich die halbe Nacht hin- und hergewälzt habe und Anton damit vermutlich unheimlich auf die Nerven gegangen bin, habe ich beschlossen, dass nun Schluss ist. Schluss mit all der Jammerei und dem schlechten Gewissen und den miesen Gefühlen. Genau davon wollte ich ja weg. Wollte nicht das Scheißgefühl bei Mart gegen ein Scheißgefühl allein tauschen. Genug. Jeremy ist einer, der positiv denkt, der frisch und fröhlich in die Welt hinausspaziert, mit einem unendlichen Vertrauen darauf, dass sich schon irgendwann, irgendwie etwas auftun wird. Dass er schon irgendwie über die Runden kommt. Hat ja bis jetzt auch geklappt. War zwar nicht immer einfach, aber hey, was kostet die Welt.

»Mein Rucksack ist da!«, sage ich also zu Anton, als wir am Nachmittag wieder beide in der Wohnung sind. Auch wenn ich noch keine fixe Zusage für die nächsten Nächte habe. Aber ich muss hier raus, das geht so nicht. Definitiv nicht.

»Wo fährst du jetzt hin?«, will Anton höflicherweise noch wissen. »Gleich mit dem nächsten Zug Richtung Süden?«
»Keine Ahnung«, lüge ich. »Aber zumindest stehen mir wieder alle Möglichkeiten offen, jetzt, wo ich meine Sachen wiederhabe.«
Ich verfasse für Anton die längste und dankbarste Bewertung, die ich je geschrieben habe. Auch wenn er eigentlich niemanden bei sich übernachten lassen will, sollen alle wissen, wie großzügig er ist. Alle, mit denen er was trinken gehen will oder gemeinsam reisen oder ihnen die Stadt zeigen oder warum auch immer man auf *IYH* ist.

Beschwingt wie schon lange nicht mehr lasse ich den Wohnpark hinter mir. Beschließe, eine U-Bahn-Station zu Fuß zu gehen, um die wenige Zeit ohne Gewicht am Rücken noch ein bisschen auszukosten. Ein Stück entlang der Liesing, dann durch Wohngebiet. Schaue mir die kleinen Vorgärten an, die großen Familienautos, die Weihnachtsbeleuchtungen, die es vereinzelt schon gibt. Es ist angenehm frisch, ich pumpe meine Lungen voll mit Luft, die schon nach Schnee riecht.

Well, Jeremy, what next? Beim Schöpfwerk lasse ich mich auf eine Sitzbank am Bahnsteig fallen, fische mein Handy aus der Tasche, checke meinen Posteingang und ta-daa, *bikefreak2000* hat geantwortet. Hat Platz für mich! Ein Grinsen breitet sich auf meinem Gesicht aus. Warum habe ich es erst jetzt geschafft, Anton hinter mir zu lassen? Ich bin mir sicher, wenn ich es gestern getan hätte, hätte sich *bikefreak* schon gestern gemeldet.
Dass sie erst ab morgen ein Bett für mich hat, bringt mich nicht mehr aus der Fassung. Für diese Nacht wird sich auch noch was finden. Ganz bestimmt. Ich glaub jetzt einfach mal dran.

Bahnhof Meidling

Als meine U-Bahn in Meidling hält, springe ich auf den Bahnsteig. Obwohl mein Rucksack sich noch immer im Schließfach am Westbahnhof befindet, einige Stationen weiter.
Aber Jeremy will in den Süden und die Züge dorthin fahren nicht vom Westbahnhof. Ich will nicht zu viel nachdenken, was jetzt vernünftig und logisch wäre. Nachdenken hat mich in den letzten Tagen nicht weitergebracht.

In der Wartehalle starre ich auf die blaue Anzeigentafel. In 23 Minuten fährt ein Railjet nach Budapest-Keleti. Ich stelle mir vor, es gäbe Imre tatsächlich. Stelle mir vor, ich würde ihn jetzt besuchen fahren, rein in den Waggon und ab. Und von Budapest dann mit ihm weiter in den Süden. Von Stadt zu Stadt, per Zug oder Autostopp. Immer weiter nach Süden, immer näher dorthin, wo es warm ist. Bis irgendwann das Meer vor uns auftaucht.

Ich fahre tatsächlich die Rolltreppe zu Gleis 6 hinauf und setze mich auf eine der metallenen Bänke. Klemme mir meinen Fuß unter den Hintern, um die Kälte von unten nicht zu spüren. Sitze hier und sehe, wie sich der Bahnsteig langsam füllt. Höre Deutsch und Ungarisch, sehe eine koreanische Reisegruppe. Höre die Durchsagen, höre den Gesprächen um mich zu.

»Ja, ich komme ungefähr um Viertel nach an. Kann mich wer von euch abholen?« Ein Mädchen hat sich neben mich gesetzt. Während sie mit einer Hand telefoniert, wickelt sie mit der anderen ein Dürüm aus, das sie vorsichtig auf ihrer Jeans balanciert. Gebannt warte ich darauf, dass es ihr auf den dreckigen Bahnsteigboden fällt oder dass zumindest die Sauce über ihre Hose läuft, aber nichts davon geschieht.

»Super«, sagt sie und macht einen großen Bissen. »Wenn der Papa sowieso ...«
Der Rest geht im Quietschen des bremsenden Zuges vom gegenüberliegenden Bahnsteig unter. Aber ich höre ohnehin nicht mehr zu. Denn es hat ›pling‹ gemacht in meinem Kopf. *Wenn der Papa sowieso ... Mein Haus ist dein Haus.* Zugegeben, unser letztes Treffen war nicht berauschend und mein Einfall stimmt mich nicht gerade euphorisch. Aber die 23 Minuten sind bald vorbei und länger kann ich mir nicht vormachen, dass ich tatsächlich mit Imre Richtung Balkan fahren werde. Irgendwo muss ich hin. Jugendherberge gibt es nur mehr im absoluten Notfall, habe ich mir geschworen. Wenn anders gar nichts mehr geht, sonst wird das mit dem Geld schneller ein Problem, als mir lieb ist. Und lieb ist es mir ohnehin schon eine Weile nicht mehr.

Ich könnte wieder behaupten, dass ich den Bus verpasst habe. Erfahren muss davon auch niemand.
Mal schauen, ob er zuhause ist. Gehen kann ich dann ja immer noch.

Der Weg von hier zu ihm führt sowieso am Westbahnhof vorbei. Bis ich meinen Rucksack abgeholt habe, kann ich ja noch überlegen, ob mir was Besseres einfällt.

Sternwartestraße

Vor dem Wohnhaus meines Vaters lege ich den Kopf in den Nacken und blicke die Hauswand hinauf. Im dritten Stock brennt Licht. Ist also jemand zuhause.

Soll ich? Soll ich wirklich?

Eine gefühlte Ewigkeit überlege ich hin und her. Dann drücke ich auf die Klingel.
»Hallo?«, ertönt eine erstaunte Stimme. Das muss Gudrun sein.
»Äh, hier ist Jakob.« Ich versuche, nicht zu unsicher zu klingen. »Sorry, ich hab den letzten Bus nachhause verpasst und wollte ...«
Gudrun antwortet nicht, aber der Surrer ertönt und ich kann die Tür aufdrücken. Das heißt wohl, dass ich raufkommen soll. Daraus schließe ich auch, dass mein Vater ihr erzählt hat, dass ich vor ein paar Wochen schon mal hier war. Sonst würde sie wohl nicht einfach so aufmachen.
Diesmal nehme ich den Aufzug in den dritten Stock. Die Wohnungstür öffnet sich, sobald ich aus dem Lift steige.
Gudrun steht in der Tür und legt den Finger auf die Lippen. »Elias ist von der Klingel aufgewacht, aber schläft wohl gleich wieder ein, also pssst.«
Das letzte Mal habe ich Gudrun vor ein paar Jahren gesehen, da hatte sie kurze Haare, keine langen wie jetzt. Damals hatte sie auch noch keine Augenringe. Ich kann mich erinnern, dass sie versucht hat, unheimlich nett zu mir zu sein, und dass mir das unheimlich auf die Nerven gegangen ist. Jetzt bin ich froh darüber. Ich bin nicht in einer Situation, in der ich es mir leisten kann, mich über falsche Freundlichkeit zu ärgern.
Auf Zehenspitzen gehe ich ins Vorzimmer und schließe die Tür hinter mir mit heruntergedrückter Klinke. Erst als sie lautlos einschnappt, lasse ich los. Gudrun deutet mit der Hand auf ein Paar Schlapfen, was wohl bedeutet, dass ich mir die Schuhe ausziehen soll und sie mich nicht gleich wieder rausschmeißen will. Dann verschwindet sie im Kinderzimmer, aus dem leises Quengeln zu vernehmen ist.
»Sorry«, flüstere ich und sehe mich um. Mein Vater scheint nicht da zu sein. Ich gehe ins Wohnzimmer und warte. Nach einigen Minuten kommt Gudrun, ein Kind auf dem Arm. Vermutlich Elias.

Er hat den Daumen im Mund und sieht mich mit großen Augen an.
»Sorry«, sage ich nochmal.
Gudrun winkt ab. »Hat vielleicht gar nichts mit dir zu tun. Sag, wie war das, du hast den letzten Bus raus verpasst?« Ihre Anteilnahme wirkt ehrlich.
Ich nicke. »Und weil ich grad bei euch in der Gegend war, dachte ich, ich schau mal, ob ihr zuhause seid.« Das ist total unlogisch. Der Bus raus zu meiner Mutter fährt vom anderen Ende der Stadt ab.
Gudrun lächelt gequält. »Mit zwei kleinen Kindern ist man immer zuhause.«
»Mein Vater anscheinend nicht«, stelle ich fest.
Gudrun nickt, ein bisschen zu lange. »Da hast du allerdings recht.« Sie streichelt Elias über den Kopf. Dann zeigt sie auf mich. »Weißt du, wer das ist? Das ist dein Bruder. Jakob heißt der.«
Elias sieht mich nach wie vor mit großen Augen an und nimmt seinen Daumen keine Sekunde aus dem Mund.

»Brauchst du Geld für ein Taxi?«, fragt Gudrun.
Eigentlich wollte ich hier übernachten. Aber Taxigeld ist auch gut. Dann geht sich die Jugendherberge doch lockerer aus. Gudrun holt ihre Geldtasche und hält mir einen Schein hin. »Reichen zwanzig Euro?«
Ich hebe abwehrend die Hände. »Das ist zu viel, echt. Ich kann ja mit U-Bahn und Bus an den Stadtrand fahren und das Taxi von dort nehmen. Fünfzehn Euro reichen locker.«
Die billigste Jugendherberge kostet genau fünfzehn Euro.
Gudrun streckt mir weiterhin das Geld entgegen. »Sicher ist sicher.«
»Danke.« Ich falte den Schein und schiebe ihn in die hintere Hosentasche. »Zahl ich dir zurück.«
Gudrun schüttelt den Kopf. »Ist schon okay.«
»Nein, wirklich«, bestehe ich drauf. Dann fällt mir etwas ein. »Ähm, übrigens ... also ... ich weiß ja nicht, ob mein Vater mir heuer was zu

Weihnachten schenken will. Aber falls ... also falls ... dann braucht er mir das nicht schicken. Also ... also ich kann das auch abholen oder so.«

Nicht auszudenken, wenn ein Geschenk von meinem Vater an Marts Adresse kommt.

›Wieso schickt der dir etwas, wenn du doch bei ihm wohnst?‹, würde Mart wissen wollen.

Ich will nicht wissen, was passiert, wenn ich auffliege.

Gudrun nickt. »Ich sag's ihm.« Dann gähnt sie. »Sorry.« Sie deutet auf Elias, der inzwischen an ihrer Schulter eingeschlafen ist. »Ich leg den jetzt mal wieder hin und dann ruf ich dir ein Taxi.«

Schnell schüttle ich den Kopf. »Kann ich selber machen. Ich geh einfach jetzt gleich, dann habt ihr eure Ruhe.«

»Okay.« Gudrun begleitet mich zur Tür, den schlafenden Elias auf dem Arm.

»Das nächste Mal um diese Uhrzeit ruf lieber an«, sagt sie. »Damit du niemanden aufweckst.«

»Ich hab deine Nummer nicht.«

Gudrun sagt mir Zahlen an, die ich einspeichere. Dann streichle ich Elias über die Haare.

»Tschau«, sage ich leise.

Gudrun nickt mir nur zu und lächelt müde. Dann schließt sie die Tür hinter mir.

Im Erdgeschoß öffne ich die Lifttür und sehe bestimmt genauso erschrocken drein wie der Mann, der mir gegenübersteht. Es ist mein Vater. Natürlich.

»Äh ...«, stammle ich. »Hallo.«

»Hallo«, stammelt er zurück. Weiß ich wenigstens, von wem ich das habe, manchmal keine ganzen Sätze bilden zu können.

»Äh ... ich hab mir von Gudrun was geholt«, stottere ich.

»Äh, okay.«

Ich mache den Weg frei, so dass er in den Lift einsteigen kann. »Ich fahr jetzt heim.«
Mein Vater nickt mit verwirrtem Gesichtsausdruck. »Ja … ich auch.«
Ich muss grinsen. »Tu das.«

Kurz wäge ich ab, ob ich die Jugendherberge im Zentrum nehmen soll, die ich in zwanzig Minuten erreichen könnte, die aber neunzehn Euro pro Nacht kostet. Bei einem kurzen Anruf erfahre ich aber, dass bis Weihnachten alle Zimmer belegt sind. Also nehme ich die Herberge auf dem Hügel am Stadtrand, wo ich im schlimmsten Fall noch eine Stunde hinbrauche, wenn ich den Bus verpasse, der um diese Uhrzeit dort nur alle dreißig Minuten fährt. Aber es gibt noch einen Schlafplatz. Der kostet nur fünfzehn Euro. Habe ich also fünf Euro mehr als vorher.

Wilhelminenberg

Als ich dort ankomme, ist es fast Mitternacht. Leise rolle ich meinen Schlafsack auf dem unteren Teil des Stockbettes aus. Über mir dreht sich jemand grunzend um. Vorsorglich stecke ich mir Ohrstöpsel in die Ohren, die ich inzwischen immer mithabe. Wer ständig woanders schläft, braucht sowas. Dann stelle ich meinen Wecker auf Vibration und schiebe mir das Handy unter den Kopfpolster.

46B

Am nächsten Tag nehme ich den Bus in die Stadt. Ich habe gut geschlafen. Zu kurz, aber gut. Ich habe von Elias geträumt und von seiner Schwester Leonie, obwohl ich nicht mal weiß, wie sie aussieht. Im Traum bin ich auf der Straße vor ihrem Haus gestan-

den und habe die Fassade hinauf zu den Fenstern im dritten Stock geschaut. Die beiden haben mit dem Lichtschalter gespielt. Sie sind zuhause. Sie sind nicht zuhause. Sie sind zuhause. Sie sind nicht zuhause.
Ich gehe in Gedanken den Traum nochmal durch, während der Bus in Kurven den Hügel hinunterrollt. Damit ich ihn nicht vergesse.
»Das ist dein Bruder«, habe ich Gudruns Stimme im Kopf.
Nie im Leben hätte ich gedacht, dass Elias und Leonie etwas von mir erfahren würden. Ich dachte immer, ich bin der Unfall aus dem früheren Leben meines Vaters. Etwas, woran er nicht mehr erinnert werden will. Ob mein Vater weiß, dass Gudrun Elias von mir erzählt hat?

Ich habe zwei Geschwister. Ich weiß gar nicht, ob ich sie mag. Kinder sind schließlich nicht automatisch süß, also kann ich sie vielleicht gar nicht leiden. Aber sie sind meine Geschwister. Das gibt mir doch das Recht, sie zu sehen, oder?

Ich hole mein Handy hervor und suche Gudruns Nummer.
Sag mal, braucht ihr vielleicht manchmal einen Babysitter?

Die zwanzig Euro werde ich ihr nicht so bald zurückzahlen können. Aber irgendwas kann ich sicher tun.
Kurz bevor ich die Nachricht abschicke, bessere ich das ›braucht ihr‹ in ein ›brauchst du‹ aus. Mein Vater scheint ja eh kaum zuhause zu sein.

Gudruns Antwort kommt wenig später.
Das ist lieb von dir. Ich komm darauf zurück!

Ob sie das ernst meint oder ob das nur ihre Art ist, Nein zu sagen, weiß ich nicht. Sie war nicht unfreundlich gestern Abend. Aber

sie hat mir auch nicht gleich die Couch zum Schlafen angeboten, sondern ist mich lieber mit Geld wieder losgeworden.
Wahrscheinlich hätte sie so etwas vorher mit meinem Vater besprechen müssen und der war ja mal wieder nicht da. Ich frage mich, was jemand wie Gudrun bei jemandem wie meinem Vater verloren hat. Vielleicht weiß sie das selber gar nicht mehr.
Im Moment brauche ich über die beiden nicht mehr nachdenken. Heute kann ich zu *bikefreak2000* und mehr muss ich für jetzt einmal nicht wissen.

Ob Nadine Kinder mag? Wie ich sie einschätze, genauso wie Hunde. Was sie wohl gerade macht? Diese Gedanken geben mir einen kleinen Stich, also verscheuche ich sie schnell. Nicht mehr an sie denken.

Krongasse

Bikefreak alias Simone ist tatsächlich ein *bikefreak*. Mit einer Fahrradkette als Schmuck um den Hals, mit drei alten Fahrrädern im Vorzimmer und Ölspuren an den Fingern. Außerdem hat sie ein herzliches Lachen und ein ganzes Zimmer, in das ich einziehen könnte. Sie sucht jemanden für ihr freies Zimmer, nachdem ihr Mitbewohner vor einigen Tagen ausgezogen ist. »Hätt mich viel früher darum kümmern sollen«, sagt sie. »Aber jetzt vor Weihnachten hab ich alle Hände voll mit Märkten zu tun, da schaff ich's nicht, auch noch solche Sachen zu organisieren. Willst du nicht hier einziehen? Wenn du eh länger in Wien bleiben willst?«
Diesmal habe ich nämlich gleich erzählt, dass Jeremy länger in Wien bleiben will. Es ist mir zu anstrengend, ständig auf den Balkan zu wollen, und wie ich gemerkt habe, ist Jeremys Zukunft den meisten sowieso völlig egal.

Mit Simone könnte ich es mir vorstellen zusammenzuwohnen. Aber dreihundertfünfzig Euro pro Monat kann ich nicht zahlen. Dreihundertfünfzig Euro könnte ich derzeit nicht einmal ein einziges Mal zahlen.
Langsam wird es wirklich eng in meiner Geldbörse. Ich hoffe stark auf Weihnachten und auf ein Kuvert mit einem Geldschein drin. Muss also noch ein bisschen durchhalten.

»Kannst du Fahrräder reparieren?«
»Ähm ... nein. Habe ich noch nie gemacht.«
Verdammt. Hätt ich mich damals bloß mit Anat der *AG Nachbarschaft* angeschlossen statt der *AG Kochen*. Dann könnte ich jetzt vielleicht mit Ja antworten.
»Schade«, bedauert Simone. »Ich könnt mir nämlich vorstellen, dass mir jemand ein bisschen Werkstattarbeit abnimmt und dafür weniger Miete zahlt. Aber wenn du das noch nie gemacht hast ...«
Ich würde gerne sagen, dass ich es lernen kann. Aber wie soll ich das neben der Schule? Außerdem braucht Simone keinen Lehrling. Sie braucht jemanden, der ihr Arbeit abnimmt. Und weniger Miete würde mir ja auch nicht helfen.

Schließlich einigen wir uns darauf, dass ich so lange in Simones freiem Zimmer wohnen kann, bis sich jemand meldet, der einziehen will. Dafür helfe ich ihr beim Auf- und Abbauen und beim Transport der Sachen für den Wintermarkt.

Am Abend sehe ich auf Antons Profil nach, da ich überhaupt keine Bewertung von ihm erhalten habe.
letztes Login: vor fünf Tagen
Er will also gar nicht wissen, wer ihm schreibt, zumindest im Moment. Kann ich ihm nicht verübeln.

Lehargasse

Der nächste Markt ist dieses Wochenende. Freitagabend, Samstag und Sonntag. In einem Ateliergebäude der Kunstuni. Am Freitag untertags soll ich Simone beim Aufbauen helfen, was bedeutet, dass ich Schule schwänzen muss. Aber die Entschuldigung dafür krieg ich schon irgendwie hin.

Simone hat mir schon zuhause erklärt, was zu tun ist. Ich soll gemeinsam mit anderen, die dort sein werden, die Tische aus dem Prospekthof holen und im Raum aufbauen, während sie den Rest organisiert. Sie hat ein riesiges Blatt Papier vor mir aufgerollt. »Schau mal, das ist der Raumplan. So soll dann alles stehen.«
Ich habe keine Ahnung, was ein Prospekthof ist, aber so schwierig kann das nicht sein.

Wir sind die ersten beim Gebäude und warten, dass der Portier uns aufsperrt.
»Cool«, rutscht es mir heraus. »Ein sehr schönes Gebäude.« Ich zücke mein Handy und fotografiere aus unterschiedlichen Perspektiven. Simone schneidet Grimassen, als ich die Kamera auf sie richte. »Drinnen ist's auch nicht schlecht, da kannst du weiterfotografieren. Du, und von den Tischen brauchen wir auch Fotos, kannst du das übernehmen?«
Ich sehe sie verwundert an. »Sind die auch so *special?*«
Simone schüttelt den Kopf. »Ganz normale Heurigengarnituren. Aber wir kriegen die von einer Brauerei gesponsert und müssen sie haargenau so zurückgeben. Wenn wir keine Fotos machen, können die behaupten, wir haben da was ruiniert.«
»Ah.«
»Kannst du das übernehmen?«
»Das Fotografieren? Sure!«

Am Portier vorbei betreten wir das Gebäude und Simone steuert den Raum an, in dem der Markt stattfinden soll.
»Das ist doch echt asozial«, ruft sie. »Die wissen, dass wir hier aufbauen müssen. Und dann lassen sie uns das hier da!«
Ich werfe an ihrer Schulter vorbei einen Blick in den Raum. Quer über dem Fußboden liegt ein Weihnachtsbaum. Eine Riesentanne. Oder Fichte, keine Ahnung. Jedenfalls ein Nadelbaum, größer als jeder Christbaum, den ich je zuvor in meinem Leben gesehen habe.
»Wie sollen wir da etwas aufbauen?«, regt sich Simone auf.
»Wie kommt ein Weihnachtsbaum hier auf die Uni?«, wundere ich mich.
»Hier finden immer Weihnachtsfeiern statt«, erklärt Simone. »Von den Studis oder den Professoren, aber oft wird's auch extern vermietet.« Sie macht eine ausladende Handbewegung. »Sind ja auch super Räumlichkeiten hier.«
Wütend dreht sie sich um und stapft zum Portier. »Was soll das mit dem Baum da? Was für Asoziale haben da gestern gefeiert?«
Der Portiert zuckt nur die Schultern. »Von irgendeiner Bank«, sagt er einsilbig.
»Das ist ja wieder mal typisch. Die mit dem vielen Geld hauen auf den Putz und lassen ihren Müll einfach liegen. Und wir sollen den jetzt wegräumen.«
»Ihr könntet den Baum doch einfach verkaufen«, schlage ich vor. »Der sieht doch noch recht gut aus. Und Leute, die auf einen Weihnachtsmarkt gehen, brauchen vielleicht noch Christbäume.«
»Wir sind kein Weihnachtsmarkt.« Simone funkelt mich an. »Wir sind ein Wintermarkt. Wir verkaufen keinen Christkindscheiß.«
»Oh, sorry.« Ich betrachte den Baum.
Und dann habe ich eine Idee.
Den Baum verkaufen. Was, wenn ich das übernehme?
Ich könnte auf *willhaben* inserieren und schauen, ob irgendwer den Baum haben will. Vielleicht könnten wir uns dann das Geld teilen?

»Ich kümmere mich darum«, sage ich.
Simone sieht mich zweifelnd an. »Was heißt, du kümmerst dich drum?«
»Hier gibt es doch sicher auch so eine Plattform, auf der man als Privatperson gebrauchte Sachen verkaufen kann, oder?« Rechtzeitig ist mir eingefallen, dass Jeremy *willhaben* vermutlich gar nicht kennt, deshalb spreche ich Privatperson gleich auch Englisch aus, um keine Zweifel aufkommen zu lassen. Obwohl ich mir fast sicher bin, dass man in diesem Satz auf Englisch niemals die Worte *private person* verwenden würde. Aber Simone ist kein Native Speaker und wird das nicht merken.
Natürlich weiß Simone, was ich meine. »Ja, *willhaben.*«
»Cool.« Ich hole mein Handy aus der Tasche. »Wie heißt das nochmal? Ich registriere mich da gleich und ich wette, innerhalb der nächsten Stunden holt jemand den Baum ab.
»Meinst du?« Simone scheint sich nicht sicher zu sein. »Also eigentlich finde ich, dass die, die da gestern gefeiert haben, den Baum auch entsorgen müssen. Schon rein aus Prinzip. Ich red mal mit dem Portier, das muss sich doch herausfinden lassen, welche Bank da gestern ihre Weihnachtsfeier gehabt hat.«
»Hast du jetzt gerade Zeit fürs Prinzip?«, unterbreche ich sie.
Simone schüttelt den Kopf. »Alles andere als.«
»Siehst du«, bestätige ich. »Ich schaffe das schon.«
Simone kneift die Augen zusammen. »Hm. Na, mach mal, wie du glaubst. Ich fang inzwischen mit dem Aufbauen an, und wenn der Baum dann noch da ist, dann krieg ich eben später die Krise.«
Ich lache. »Passt, machen wir das so.«

Zwei Gestalten in Kapuzenjacken stecken ihren Kopf zur Tür herein. Simone winkt ihnen zu. »Hej gut, dass ihr schon da seid. Helft gleich mal mit, den Baum in die Ecke zu stellen.«

Von Stellen kann keine Rede sein. Gemeinsam schaffen wir es, den Baum zumindest in den Vorraum zu ziehen und dort an die Wand zu schieben. Dann verschwinden die drei, um die Tische zu holen. Das Fotografieren übernehmen hoffentlich sie. Ich bin nämlich jetzt dafür zuständig, den Baum so zusammenzubinden, dass man beim Hereinkommen nicht über ihn stolpert. Dafür, das Reisig wegzukehren, das jetzt überall herumliegt. Und das Wichtigste: dafür, ihn schnellstens auf *willhaben* zu verchecken.
Ich habe die Plattform früher schon ein paarmal genutzt, für alte Computerspiele und so. Ich ärgere mich, dass mir das nicht eher eingefallen ist. Da schaue ich zu, wie mein Geld immer weniger wird, und habe gleichzeitig bei meiner Mutter ein ganzes Zimmer voller Zeug, von dem ich die Hälfte nicht wirklich brauche. Ich nehme mir fest vor, beim nächsten Sonntagsbesuch meine Sachen durchzuschauen. Aber jetzt heißt es einmal, den Christbaum loszuwerden.
»Wenn du das echt schaffst, kannst du dir das Geld behalten«, hat Simone gesagt, als ich sie gefragt habe, welchen Anteil davon sie haben will. »Ich bin einfach froh, wenn alles hier wie geplant starten kann.«
Wie viel kostet ein Christbaum? Wie viel kann man für so eine Riesentanne verlangen? Oder Fichte? Ist eines teurer als das andere? Und wie wenig soll ich verlangen, damit innerhalb der nächsten Stunden jemand kommt, um den Baum abzuholen?

Nach einiger Recherche inseriere ich den Baum für achtzig Euro, dann helfe ich Simone und den anderen beim Aufbauen.
Simone wirft mir immer wieder einen fragenden Blick zu. Jedes Mal überprüfe ich dann mein Handy, obwohl ich weiß, dass nichts da ist. Mache eine unbestimmte Handbewegung, die alles heißen kann. Es wird schon jemand kommen. Es muss.
Nach zwei Stunden halbiere ich den Preis.

Zehn Minuten später habe ich einen Anruf.
»Der Drei-Meter-Christbaum, ist der noch zu haben?«
»Ja, gegen Selbstabholung. Sollte aber heute noch sein.«

Eine Dreiviertelstunde später helfe ich mit, den Baum mit Paketband besser einzuwickeln und in einen Lieferwagen zu hieven. Die Heckklappe geht nicht ganz zu, also fixieren wir den Baum mit Seilen.
»Yessss«, entfährt es mir, nachdem der Wagen um die Ecke gebogen ist. Immer wieder sehe ich nach, ob die vierzig Euro sich nicht heimlich aus dem Staub gemacht haben. Ob sie wirklich bei mir geblieben sind.
Sind sie.
Der Baum ist weg. Simone ist ein bisschen weniger gestresst. Und ich habe wieder Scheine in der Tasche.

Das Wochenende verbringe ich auf dem Weihnachtsmarkt und springe für Simone hinter dem Verkaufsstand ein, wenn sie irgendetwas zu erledigen hat oder einfach nur mal Pause machen will. Auch wenn ich nicht immer weiß, was das genau ist, was ich da verkaufe.
»Das? Äh, das ist eine Peitsche. Die ist aus alten Fahrradschläuchen gemacht. Äh, ja, auch keine Ahnung, wozu man die verwendet. Das andere? Das ist eine Krawatte. Auch aus einem alten Fahrradschlauch. Und der Armreifen war mal eine Fahrradkette, ja.«

Simone nennt das, was sie macht, *Upcycling*. Sie verwandelt alte Fahrradteile in Schmuck, Handytaschen, Schlüsselanhänger und sonstiges Zeug. Nicht bei allen Dingen verstehe ich, warum man das braucht, doch das verstehe ich bei den meisten Dingen auf diesem Markt nicht. Aber sie verkaufen sich gut.

Ich stelle mir vor, wie es wäre, mit Nadine hier die Stände entlangzuschlendern. Ich glaube nicht, dass sie hier viel kaufen wollen würde. Vermutlich würde sie immer wieder einen ihrer Lachanfälle bekommen. ›Wozu braucht man denn *das*?‹
Einen Becher heißen Punsch würden wir uns aber kaufen. Mit Nadine würde ich natürlich Punsch kaufen.
Warum muss ich noch immer an sie denken? Warum kann ich nicht akzeptieren, dass Leute wie sie in einer anderen Liga spielen als Leute wie ich?

Das Essen bei meiner Mutter habe ich mit der Begründung verschoben, dass wir uns in ein paar Tagen am Vierundzwanzigsten ohnehin sehen.

Krongasse

Am Sonntagabend macht Simone die Endabrechnung.
»Die Märkte im Dezember finanzieren mich jetzt die nächsten Monate.« Sie lacht. »Danke fürs Helfen.«
»Gerne nächstes Jahr wieder.«
»Wenn du da wieder in Wien bist, auf jeden Fall.« Simone zeigt auf die übriggebliebenen Sachen.
»Such dir was davon aus.«
»Einfach so?«
»Na, fürs Helfen. Und dass du den Christbaum weggeschafft hast und so.«
»Oh, danke.« Ich mustere die Dinge, die noch auf dem Tisch liegen. Schließlich entscheide ich mich für eine Scheibenbremse, an der drei Metallfüßchen montiert sind. Ein Untersetzer für heiße Töpfe. Für meine Mutter und Mart. Muss ich also kein Geld für ein Weihnachtsgeschenk ausgeben. Ich hätte sowieso keine Idee gehabt.

»Und, was machst du zu Weihnachten?«, will Simone wissen.
»Ähm, ich kenne hier ein älteres Ehepaar. Bekannte meiner Eltern«, schwindle ich. Diese Geschichte hab ich mir schon vor einigen Tagen zurechtgelegt, für den Fall, dass genau diese Frage kommt. »Ich habe ihnen versprochen, dass ich Weihnachten mit ihnen verbringe.«
»Ah, nett.«
Ich zucke die Achseln. Simone sieht mich an. »Falls es dir zu langweilig wird – ich lad am Abend ein paar Leute ein, da kannst gerne mitfeiern.«
Gut zu wissen. »Ja, danke, ich schau mal.«

Laaerbergstraße

Die letzten Tage vor Weihnachten sind in der Schule ziemlich gemütlich. Alle sind in Weihnachtsstimmung, niemand will zusätzlichen Stress. Dieses Jahr lasse ich mich anstecken von all dem Glitzer und Glimmer. Ich bin überraschend entspannt. Die zahlreichen Weihnachtsfeiern, die Mart für seine wichtigen Freunde organisiert, gehen mir sowas von nicht ab. Endlich mal nicht perfekte Familie spielen müssen. Die Tage vor Weihnachten können also tatsächlich schön sein.

Schützenweg

Am frühen Nachmittag des Vierundzwanzigsten mache ich mich auf den Weg zum älteren Ehepaar. Ich habe beschlossen, mir den ganzen Abend lang vorzustellen, Mart und meine Mutter wären eigentlich Freunde meiner Eltern, die mich liebenswürdigerweise eingeladen haben. Vielleicht wird es dann erträglicher.

Es gibt Raclette, Christbaumkugeln und Geschenke. Mein Herz klopft, als ich das erste Kuvert aufmache. Bitte, lass Geld darin sein. Bitte, bitte, BITTE!
Ich werde erhört, ein grüner 100-Euro-Schein leuchtet mir entgegen. Von Mart.
Er lächelt gezwungen, als ich mich bei ihm bedanke, und ich kann sehen, dass er sich gerade eine bissige Bemerkung verkneift. Egal. Ich muss mich bemühen, die hundert Euro nicht abzuküssen.
Mart dreht den Untersetzer ein paarmal in der Hand hin und her, nachdem er ihn ausgepackt hat. »Und was ist das?«
»Die Schwester von einer aus der Parallelklasse macht sowas. Könnt ihr sicher gut gebrauchen. In der Küche oder so.«
Meine Mutter nimmt Mart den Untersetzer aus der Hand und stellt ihn auf den Tisch. »Hübsch.«

Wir essen Kekse und reden über Belangloses. Mart regt sich über die neuesten Richtlinien der Krankenkassen auf. Meine Mutter sagt, dass sie hofft, dass die Krokusse über den Winter in der Erde überleben und im Frühling wieder blühen werden. Ich erzähle, dass ich dieser Schwester einer Schulkollegin bei einem Weihnachtsmarkt ausgeholfen habe.
»Deshalb konnte ich auch am Sonntag nicht zum Essen kommen. Tut mir echt leid.«
Mart nickt zufrieden. »Gut, wenn du dir ein bisschen was dazuverdienst.«
Ich sehe ihn mit zusammengekniffenen Augen an. »Hab ich umsonst gemacht. Freundschaftsdienst.«
Mart hebt die Augenbrauen und setzt an, etwas zu sagen. Meine Mutter hebt beschwichtigend die Hand. Mart wirft ihr einen Blick zu und sagt dann doch nichts.
»Die Krokusse letztes Jahr waren echt schön«, sage ich, um das Thema zu wechseln.

Um halb neun werde ich unruhig. Der letzte Bus nach Wien geht um neun.
»Ich hab dem Papa versprochen, dass ich noch mit ihm feiere«, behaupte ich. »Das heißt, ich sollte bald aufbrechen.«
Mart sieht mich irritiert an. Ich habe meinen Vater noch nie ›Papa‹ genannt. Ich merke, dass Mart etwas sagen will. Aber er sagt nichts. Er hält sich wirklich zurück heute Abend. Stattdessen nimmt er einen großen Schluck Rotwein.
»Ich fahr dich hin«, bietet meine Mutter an. »Dann haben wir jetzt nicht so einen Stress wegen dem Bus.«
Das ist bestimmt ein Trick. Sie wartet darauf, dass ich den letzten Bus verpasse und dann ändert sie ihre Meinung und ich muss hierbleiben.
Eine Sekunde später wundere ich mich über meine eigenen Gedanken. Vielleicht hat Nadine recht und ich werde wirklich paranoid. Warum sollte meine Mutter mich austricksen wollen?

Tatsächlich, eine Stunde später fährt sie mich. Nachdem wir noch mehr Kekse gegessen und eine Runde Uno gespielt haben. Ich bin längst zu alt für Uno. Aber einmal im Jahr geht das schon.

Ich weiß nicht, wann ich das letzte Mal nur mit meiner Mutter im Auto gesessen bin. Ich weiß, dass sie Auto fahren kann, aber wenn Mart dabei ist, sitzt immer er am Steuer. Aber der hat heute schon Wein getrunken. Außerdem würde er mich niemals zu meinem Vater fahren. Wundert mich ja, dass meine Mutter das macht.
»Du kannst mich einfach bei einer U-Bahn rauslassen«, sage ich. »Dann musst du mich nicht den ganzen Weg fahren.«
Meine Mutter schüttelt den Kopf. »Ich fahr dich schon hin«, besteht sie. »Sonst musst du ja noch durch die ganze Stadt.«
Also sage ich ihr die Adresse meines Vaters und sie gibt sie ins Navi ein. Dann dreht sie den Zündschlüssel und fährt los.

»Der Untersetzer ist toll«, sagt sie und drückt den Blinker nach unten. Dreht den Kopf, um zu schauen, ob rechts etwas kommt. Biegt links ein.
Ich weiß nicht, warum mich das fasziniert. Ich kenne meine Mutter nicht so, dass sie aktiv Dinge tut. Ich hatte immer das Gefühl, dass sie alles um sich herum geschehen lässt. Aber am Steuer eines Autos ist das wohl keine so gute Strategie. Wir reden nicht viel während der Autofahrt. Ab und zu merke ich, dass meine Mutter mich von der Seite her ansieht und lächelt.

Sternwartestraße

An der Adresse angekommen parkt sie ein und stellt den Motor ab. Dann lehnt sie sich ans Autofenster und sieht die Hausmauer hinauf. »Da wohnt er also«, stellt sie fest.
Ich nicke und mein Herz beginnt, wild zu klopfen. Nie haben meine Mutter und ich über meinen Vater geredet. Wir müssen nicht jetzt damit beginnen, ja? Und dann womöglich gemeinsam aussteigen. An der Tür klingeln. Und gemeinsam raufgehen. Weil ja Weihnachten ist, das Fest der Liebe und der Vergebung.
Zum Glück macht meine Mutter keine Anstalten auszusteigen. Sie sieht mich nur an.
»Hast du alles, was du brauchst?«
Ich nicke.
»Sicher?«, vergewissert sie sich.
»Sicher.«
»Du sagst mir, wenn du etwas brauchst?«
Ich nicke wieder. Mein Herzschlag beruhigt sich. Ich werde wirklich paranoid.

Eine Weile sehen wir einander nur an. Ich weiß nicht wirklich, wie ich mich von ihr verabschieden soll. Soll ich sie umarmen?
Zögernd öffne ich die Autotür. »Tschüs dann«, sage ich.
Sie winkt mir zu. Dann startet sie den Motor und betätigt den Blinker.

Krongasse

Simone wohnt nicht gerade ums Eck von meinem Vater, aber ich bin in der Großstadt und es gibt öffentliche Verbindungen. Eine Dreiviertelstunde später öffne ich also Simones Wohnungstür.
»Du kommst gerade richtig«, ruft sie aus dem Wohnzimmer. »Beeil dich!«
Schnell schlüpfe ich aus meinen Schuhe. Es riecht verbrannt, aber gut.
An der Wohnzimmertür drückt mir Simone eine brennende Wunderkerze in die Hand. Vier weitere Personen sitzen auf dem Sofa oder stehen an die Wand gelehnt und halten Wunderkerzen in die Höhe.
»Stimmung«, schreit Simone. Sie zieht immer mehr Wunderkerzen aus einer schmalen Packung und zündet eine nach der anderen an. Wenn eine abgebrannt ist, drückt sie uns die nächste in die Hand.
Ich stehe in der Tür und sehe den Kerzen beim Funkensprühen zu. Atme den Geruch nach Feuerwerk ein. Beobachte, wie sich zwei auf dem Sofa beieinander einhaken und die Sprühkerzen in der Luft schwenken wie bei einem Konzert, wenn ein kitschiges Lied kommt.
Stimmung. Tatsächlich.

»Und jetzt kriegt ihr Geschenke.«

Ich wickle mein Geschenk aus der Verpackung aus Zeitungspapier. Es ist eine der Fahrradschlauch-Krawatten.

»Hey, danke! Ich habe aber gar nichts für dich.«

»Ich wusste auch nicht, dass wir was kriegen«, sagt Joe, der neben mir auf dem Sofa sitzt. Er ist groß, hat dunkle Locken und ist ein Studienkollege von Simone.

Simone lacht. »Ich wollt euch nicht sagen, dass ich Geschenke habe, damit ihr keinen Stress kriegt und denkt, ihr müsst auch welche besorgen.«

Ich versuche, mir die Krawatte umzubinden, scheitere aber.

»Wart, ich helf dir.« Joe nestelt an meinem T-Shirt-Kragen bis er die Krawatte zugekriegt hat.

Simone kichert. »Ich muss gestehen, ihr habt die unverkäuflichen Exemplare bekommen. Die, wo mir irgendwas misslungen ist. Zum Beispiel der Verschluss.«

»Na, warte!« Ein Mädchen, das bis jetzt am Boden gehockt ist und deren Namen ich mir nicht gemerkt habe, springt auf und wirbelt die Peitsche durch die Luft, die sie gerade ausgepackt hat. »Das ist ja fast so schlimm wie Müll-Wichteln.«

Simone läuft kichernd durchs Zimmer und versteckt sich hinter dem Tisch. Mit Kriegsgeheul stürmt das Mädchen ihr nach, noch immer die Peitsche schwingend. Einer der Gummistreifen aus alten Fahrradschläuchen löst sich aus dem Knoten, der die Peitsche zusammenhält. Fliegt in hohem Bogen durch die Luft und landet auf der Pflanze in der Ecke.

»Oh, ein Weihnachtsbaum«, freut sich Simone. »Dekorieren wir ihn doch noch ein bisschen mehr!«

Die nächste Stunde verbringen wir damit, Simones Gummibaum festlich zu schmücken. Mit zerschnittenen Fahrradschläuchen als Lametta, Rücklichtern statt Christbaumkugeln und sonstigen Ersatzteilen.

Simone dreht das Licht ab und leuchtet den Baum mit einer Taschenlampe an. Die Reflektoren am Baum glitzern.
»Wow.«
»Echt schön!«
Ich zupfe an meiner Krawatte und lächle. Noch nie habe ich so Weihnachten gefeiert. Aber klar, Jeremy feiert so. Obwohl Jeremy eigentlich erst einen Tag später feiern würde, mit Truthahn und *christmas pudding*.
Egal, heute feiert Jeremy auf Simones Art. Ein perfektes Fest. Fast perfekt. Denn da ist es wieder, dieses Ziehen in meiner Brust, das sich irgendwann nicht mehr ignorieren lässt.
Ich blicke wieder zu den glitzernden Reflektoren und den Lamettaschläuchen und atme tief durch. Was, wenn ich mich doch bei Nadine melde? Leute wie Simone und ihre Freunde gefallen Nadine sicher. Auch wenn sie sich für Jakob nicht interessiert, kann ich sie mit einer Feier wie dieser vielleicht zumindest wieder an Jeremy erinnern. Bevor ich es mir anders überlegen kann, fotografiere ich unseren Weihnachtsbaum. Schicke Nadine das Foto. Frage sie, ob sie vorbeikommen will. Und drücke diesmal tatsächlich auf *senden*.

Wenig später habe ich eine Antwort von ihr.
Ich dachte schon, du meldest dich nie!

Nun fühle ich mich blöd. Richtig blöd. Wieso habe ich mich all die Tage nicht gemeldet? Wieso eigentlich wirklich?

Ich wiederhole meine Frage.
Kommst du vorbei? Heut oder morgen?

Geht leider nicht. Bin auf Urlaub. Mit meinen Eltern. Bäääh.

Ich starre auf das Display. ›Ah, auf Urlaub‹, will ich denken, doch in meinem Magen verkrampft sich etwas. Hat sie nicht gesagt, sie fahren nie auf Urlaub? Was soll das jetzt?
Ich schiebe das Handy auf die Seite. Für einen kurzen Moment habe ich geglaubt, es war alles nur ein Missverständnis. Aber jetzt erzählt sie mir, dass sie auf Urlaub ist, obwohl ich weiß, dass ihre Eltern das nie tun. Nur, weil sie mich nicht besuchen will. Die will einfach nicht mehr. Das sollte ich schön langsam akzeptieren.

Schützenweg

Die Weihnachtsfeiertage verbringe ich nochmal bei meiner Mutter. Untertags.
Mittagessen, Kaffee, Kuchen. Wenn uns der Smalltalk ausgeht, schalten wir den Fernseher ein. Oder ich ziehe mich in mein Zimmer zurück. Komisches Gefühl da irgendwie. Wie, wenn ich in ein früheres Leben zurückkehre. Eines, das mit mir gar nichts mehr zu tun hat.
Mart hält sich erstaunlich zurück. Manchmal, wenn er zu einer Rede ansetzt, hebt meine Mutter kaum merklich die Hand und er verstummt. Interessant. Das ist neu.

Krongasse

Kurz vor Silvester erklärt mir Simone, dass ich rausmuss. Eine Freundin von ihr kommt aus Indien zurück und braucht ein Zimmer. Immerhin erfahre ich es ein paar Tage davor, so dass ich noch Zeit habe, mich um etwas zu kümmern. Bloß, dass in den Weihnachtsferien wohl alle unterwegs oder sonstwie beschäftigt sind. Es kommen nur Absagen. Oder gar keine Antworten.

Ich ärgere mich, dass ich wieder einmal nicht längerfristig geplant habe. Aber es hat so gutgetan bei Simone. Einfach da zu wohnen, als hätte ich ein Recht, da zu bleiben, als gäbe es kein Ablaufdatum. Als wäre ich tatsächlich der neue Mitbewohner.
Langsam werde ich nervös. Niemand, wirklich niemand hat ein Bett für mich.

Und dann doch.
Aber erst, nachdem ich getan habe, was ich noch nie getan habe: ein Profil anschreiben, das null Bewertungen hat. Nicht mal besonders viele Angaben befinden sich darauf. Ich versuche, mich zu beruhigen. Auch Bewertungen kann man schließlich fälschen, also ist das hier nicht unsicherer als alles andere, was ich tue.

a_e_i_o_u kann mich aber erst ab dem 2. Jänner aufnehmen. Nicht früher. Bei Simone muss ich am Einunddreißigsten raus. Definitiv. Ich glaube, ich muss mich mit dem Gedanken anfreunden, mir wieder eine Jugendherberge zu checken. Geld habe ich ja gerade. Bloß wollte ich es nicht so schnell ausgeben.

Nach einigen Anrufen muss ich allerdings feststellen, dass alle Jugendherbergen Wiens über die Feiertage voll belegt sind.
Was jetzt? Vielleicht gibt es billige Hotels?
Ich mache mich ans Recherchieren und scrolle mich durch die Websites. Eines nach dem anderen: ausgebucht. Silvester in Wien ist eine begehrte Sache.

Vielleicht kann ich bei Simone auf der Wohnzimmercouch schlafen? Aber ich traue mich nicht, sie zu fragen. Ich habe ihre Gastfreundschaft schon genug strapaziert. Nicht mal Essen gekauft habe ich für sie. Ich hab einfach genommen, was sie da hatte. Ich bin ihr unheimlich dankbar, dass sie so wenig Aufhebens darum gemacht hat. Und gleichzeitig habe ich keine Lust mehr darauf. Ich merke, wie dringend ich es wieder mal bräuchte, irgendwo sein zu dürfen, ohne dankbar sein zu müssen. Sowas geht aber nur mit Geld, also suche ich weiter, in der nächsthöheren Preisklasse. Verdammt, mein ganzes Weihnachtsgeld wird für diese zwei Nächte draufgehen.

Eine Nachricht von Lukas.
Lust, morgen mit uns Snowboarden zu gehen?

Ich freue mich, dass er an mich denkt. Seit unserem Streit in der Schule haben wir getan, als ob alles wäre wie immer, aber irgendwie ist die Stimmung zwischen uns abgekühlt. Ich verstehe auch noch immer nicht, warum wir gestritten haben. Besser gesagt finde ich gar nicht, dass man das als Streit bezeichnen kann, unser Gespräch über die Klein und Nadine. Aber irgendwas ist komisch. Umso mehr freut es mich, dass er mit mir Snowboarden gehen will. Gleichzeitig spüre ich ein drückendes Gefühl auf der Brust. Weil ich weiß, dass ich ihm absagen muss, und weil er eine Idee in mir noch einmal aufflackern lässt, die ich schon einmal verworfen hatte.
Meinen Plan, einige meiner Dinge auf *willhaben* zu inserieren, habe ich schon in den Weihnachtsfeiertagen umgesetzt. Zum Verkauf stehen jetzt meine alte Stereoanlage, die derzeit im Kasten vor sich hinverstaubt, ein Hawaiihemd, das ich mir mal für den Fasching gekauft habe, und ein Teil meiner Comicsammlung. Bei den Heften mache ich mir nicht allzu viel Hoffnung, dass sie jemand will. Raritäten sind keine dabei und Comics werden ziemlich viele angeboten. Dafür habe ich auch Fußballschuhe im Angebot, die gehen sicher. Meine Zeit im Fußballverein war nicht nur wenig glorreich, sondern auch relativ kurz, die Schuhe sind fast neuwertig.
Aber ich bin wohl zu spät dran. So knapp nach Weihnachten sucht niemand, da wollen eher alle ihre ungewünschten und unpassen-

den Weihnachtsgeschenke wieder loswerden und sich nicht zusätzlich Dinge anschaffen. Zumindest ist noch keine Anfrage bei mir eingetrudelt. Vielleicht sind es auch einfach die falschen Dinge für die Jahreszeit.
Lukas' Nachricht lässt mich spüren, dass ich doch tun muss, was ich nie tun wollte. Ich scrolle durch meine Fotos, bis ich bei denen bin, die mein Snowboard von allen Seiten zeigen. Als ich es für hundertfünfzig Euro auf *willhaben* stelle, kommen mir fast die Tränen.

Tatsächlich bekomme ich schon am nächsten Tag einen Anruf.
»Ja, das Snowboard ist noch zu haben. Natürlich können Sie es sich davor ansehen. In Wien, ja. Bei mir zuhause? Das ist im Moment eher schlecht, aber ich kann es wohin bringen. Wie wär's, wenn wir uns am Hauptbahnhof treffen? Ich bringe das Board mit, Sie sehen es sich an und wenn es Ihnen gefällt, nehmen Sie es gleich mit?«
Ich seufze, als ich auflege. Wieso, verdammt noch mal, will niemand mein Hemd, meine Comics oder meine fast neuwertigen, blöden Fußballschuhe, aber mein geliebtes Snowboard wollen sie sofort?
Morgen werde ich Roland nach dem Mittagessen bei meiner Mutter am Hauptbahnhof treffen und danach mit hundertfünfzig Euro mehr wieder zu Simone fahren. Ich versuche, mich auf das Geld zu konzentrieren. Damit kann ich locker das teurere Hotel bezahlen, das in der Nacht von 1. auf 2. Jänner ein Zimmer frei zu haben scheint, weil jemand storniert hat. Und danach trotzdem noch genügend Geld haben, um eine Weile über die Runden zu kommen. In der Silvesternacht selbst will ich ohnehin nicht schlafen, habe ich beschlossen. Lukas und Anthony haben mich gefragt, ob ich mit ihnen in die Innenstadt gehen will.
Natürlich will ich.

Auf der Website des Hotels kann man nur reservieren, wenn man eine Kreditkarte hat. Habe ich nicht, aber das geht sicher auch telefonisch.
Fünf Minuten später weiß ich, dass ich mich geirrt habe. Ohne Kreditkarte geht gar nichts, denn das Hotel will irgendeine Sicherheit haben für den Fall, dass ich einfach nicht auftauche.
Verdammt. Und jetzt?
Kurz darauf rufe ich nochmal an. »Wenn ich vorbeikomme und das Geld im Voraus zahle, kann ich mir so das Zimmer reservieren?«
»Ah, Sie sind schon in Wien?« Die Stimme am Telefon klingt erstaunt. »Natürlich, das geht dann auch.«
Soll ich das wirklich tun? Jetzt schon zum Hotel fahren und für die Nacht in ein paar Tagen zahlen? Lieber nicht. Sollte sich wider Erwarten etwas anderes für mich auftun, würde ich mich sehr ärgern, einfach so Geld rausgeschmissen zu haben.

Schützenweg

So weh es mir tut, mich von meinem Snowboard zu trennen, so sehr freue ich mich darüber, wie alles zu funktionieren scheint. Heute bin ich sowieso wieder zum Essen bei meiner Mutter. Da nehme ich das Board mit und behaupte später, dass ich es bei meinem Vater untergestellt habe.
Vielleicht habe ich Glück und meine Mutter bietet mir sogar an, mir Geld für die Liftkarte zu geben. Doch diesen Gedanken verwerfe ich wieder. Ich kann schlecht sagen, dass ich mit Lukas Snowboarden gehe. Meine Mutter und Mart laufen seiner Mutter in unserer Siedlung regelmäßig über den Weg und würden sich vielleicht erkundigen.
Nein, ich gehe mit meinem Vater. Da werden sie mir bestimmt kein Geld zuschießen.

»Ich geh mit dem Papa Snowboarden«, sage ich also beiläufig zwischen zwei Bissen Kuchen.
»Schön«, sagt meine Mutter.
Mart hebt die Augenbrauen. »Ich wusste gar nicht, dass der Herr Snowboard fährt.«
»Tut er auch nicht«, sage ich schnell. »Er fährt Schi. Snowboard fahr ich.«
»Nur ihr zwei?«, will meine Mutter wissen.
Ich überlege. Kommen Gudrun und die Kinder auch mit? Vermutlich nicht, die sind ja noch viel zu klein, um auf Brettern zu stehen. Also nicke ich.
»Freut mich für dich«, sagt meine Mutter.
Ich sehe sie irritiert an. Das kann sie nicht ernst meinen. Aber sie sieht mich nur an und hat kein verkniffenes Gesicht wie sonst manchmal.
»Äh ... ich hol dann mal das Board«, sage ich und stehe auf.
»Macht der jetzt einen auf Kumpel oder was?«, höre ich Marts Stimme, als ich die Stiege hinaufgehe. Ich bleibe stehen und lausche.
»Lass ihn doch«, sagt meine Mutter. »Immerhin ...«
Mart wird laut. »Immerhin was? Sag mir nicht, dass er immerhin sein Vater ist. Das hätte er sich früher überlegen sollen.«
Ich höre genau hin, aber meine Mutter sagt nichts mehr. Ich höre nur das Klappern von Geschirr. Wahrscheinlich räumt sie den Geschirrspüler ein. Ihre übliche Antwort.

Ich klemme das Snowboard unter den Arm und gehe wieder die Stufen hinunter.
Dann öffne ich die Tür zur Vorratskammer und scanne schnell die Regale ab. Wovon haben wir mehrere Stück, so dass es nicht auffällt, wenn ich etwas davon mitnehme?

Schließlich räume ich eine Packung in Plastik verpackte Aufbackbrötchen, ein großes Glas selbstgemachter Kirschmarmelade, eine Flasche Cola und eine Packung Chips in meine Tasche.
Damit ich Simone wenigstens irgendwas mitbringen kann und nicht immer nur von ihren Sachen lebe. Sehnsüchtig schiele ich nach der Salami, die da liegt. Es ist nur eine. Wenn ich die mitnehme, würde das auffallen. Also lieber nicht.

»Was machst du eigentlich zu Silvester?«, will meine Mutter beim Verabschieden wissen.
»Noch keine Ahnung. Vielleicht mit Papa, vielleicht mit Freunden.« Ich zucke die Achseln. »Ihr?«, schiebe ich schnell nach, damit sie nicht auf die Idee kommt, mich nach den Freunden zu fragen, und Mart die Chance gibt, sich einzumischen.
»Wir haben die Heinrichs eingeladen.«
»Ah.« Ich verziehe das Gesicht. »Wie letztes Jahr.«
Meine Mutter lacht. »Ja, wie letztes Jahr. Wär also total langweilig für dich.«
Ich lächle.

Am Hauptbahnhof

Roland steht schon bei den Fahrkartenschaltern, als ich ankomme.
Ich stelle das Snowboard vor ihm ab. »Das isses.«
Roland betrachtet es von oben bis unten.
»Ist ein gutes Board«, sage ich.
Roland nickt und dreht es hin und her. Ich merke, dass er zögert.
»Ich kann auch auf hundertzwanzig runtergehen«, sage ich also.
Roland fährt mit dem Finger die Unterseite des Boards entlang.
»Ich bin nur ein paarmal damit gefahren«, sage ich.

»Glaub ich Ihnen schon.« Roland kneift die Augen zusammen und dreht das Board um seine eigene Achse. »Es ist nur, ich hab mir irgendwie was anderes vorgestellt.«

»Was anderes vorgestellt?« Meine Stimme überschlägt sich. »Aber Sie haben doch die Fotos gesehen und eine genaue Beschreibung hab ich auch ins Netz gestellt.«

Roland hebt entschuldigend die Hände. »Jaja, hab ich alles gesehen. Aber irgendwie ... macht es nicht Klick bei mir. Sorry.«

Es macht nicht Klick?!? Das ist ein Snowboard und nicht der Partner fürs Leben!

Aber ich kann Roland nicht umstimmen. Wenn es nicht Klick macht, dann macht es eben nicht Klick. Scheiße.

Und jetzt? Wie erkläre ich Simone, dass Jeremy plötzlich ein Snowboard hat? Es zu meiner Mutter und Mart zurückzubringen kommt nicht in Frage. Wenn Simone nicht zuhause ist, kann ich es vielleicht unbemerkt in meinem Zimmer verstecken.

Auf dem Heimweg sehe ich nach, ob ich am 1. Jänner nicht doch irgendwo billiger unterkommen kann. Auf *IYH* hat sich aber noch immer niemand gemeldet. Und auf der Hotelwebsite sind alle Hotels ausgebucht, bis auf das eine. Soll ich jetzt hinfahren, um mir den Platz zu sichern? Aber was, wenn sich doch noch spontan irgendwas anderes für mich auftut? Ich bin unschlüssig. 50 Euro einfach so in den Sand zu setzen, kann ich mir nicht leisten.

Krongasse

Ich lasse das Brett in Simones Stiegenhaus stehen und laufe zur Wohnung hinauf. Der Schlüssel dreht sich zweimal im Schloss. Ein gutes Zeichen.

»Halloo?«, rufe ich. Keine Antwort.

Also sprinte ich schnell wieder hinunter, hole das Board. Trage es in mein Zimmer und schließe die Tür. »Du willst nicht weg von mir, hm?«, murmle ich und streiche über die Bindung. Dann hänge ich mein Handtuch über das Brett, so dass nicht auf den ersten Blick erkennbar ist, was sich darunter befindet, sollte Simone in mein Zimmer müssen.

Am Silvesterabend trage ich das Snowboard die Stiegen hinunter, als Simone gerade auf der Toilette ist, und bete, dass es niemand klaut, während ich mich hier oben verabschiede. Es steht auch wirklich noch da, als ich mit meinem Rucksack auf dem Rücken wiederkomme.

In zwei Stunden treffe ich Lukas und Anthony in der Innenstadt, das war der Plan. Aber mit Snowboard, das war nicht der Plan. Mit Board und ohne hundertfünfzig Euro mehr. Ich könnte einen der beiden fragen, ob ich das Snowboard bei ihm unterstellen könnte. Gleich verwerfe ich diesen Gedanken wieder. Um es zu Lukas zu bringen, müsste ich in unsere Siedlung zurück, nicht auszudenken, wenn mich Mart oder meine Mutter dabei sehen würde. Und Anthony hat gemeint, dass er direkt von seinen Großeltern in die Stadt fahren wird. Der ist also gar nicht mehr zuhause.
Zumindest meinen Rucksack sollte ich in ein Bahnhofschließfach stellen, sonst wird das ein mühsamer Abend.

Rotenturmstraße

Lukas und Anthony kriegen auch gleich einen Lachanfall, als sie mich mit dem Board kommen sehen.
»Was hast du denn heut noch vor?«

»Das ist mein Schutz vor den Silvesterkrachern«, gebe ich flapsig zurück. »Soll ja nicht ungefährlich sein in der Innenstadt.« Ich halte das Board über den Kopf.
»Damit dir der Himmel nicht auf den Kopf fällt, ja?«
»Genau. Vielleicht hatte Majestix ja recht.«
Ich schaffe es, so lange herumzublödeln, dass ich schließlich nicht erklären muss, warum ich das Snowboard mit mir herumtrage. Ich bin froh, dass wir uns außerhalb des offiziellen Silvesterpfades treffen. Dort hätten sie mir mein Board bestimmt abgenommen und wer weiß, ob ich es jemals wiedergesehen hätte.
Anthony hat eine Plastikflasche mit Wodka Orange gefüllt und hält sie uns in regelmäßigen Abständen unter die Nase. Immer wieder telefoniert er. »Wo seid ihr?«, brüllt er ins Telefon. »Aha. Bleibt stehen, wir kommen da jetzt hin.« Er deutet uns, dass wir ihm folgen sollen.
»Was ist eigentlich der Plan heute?«, will ich wissen. »Wer kommt denn alles?«
»Alle«, sagt Lukas. »Wenn Anthony was organisiert, kommen alle, das weißt du doch.«
»Auch Nadine?«, frage ich vorsichtig.
»Ich denk schon«, sagt Lukas. »Die ist gestern aus dem Urlaub zurückgekommen.«

Oh. Hat das mit dem Urlaub also doch gestimmt. Schon wieder fühle ich mich so blöd, wie man sich nur fühlen kann. Warum habe ich Nadine nicht einfach zurückgeschrieben? Warum rastet irgendwo in mir so oft eine Sperre ein, wenn es um sie geht? Warum kriege ich den Mund nicht auf und die Finger nicht auf die Tasten?

Anthony holt weit mit den Armen aus. »Kommt schon, die stehen am Rudolfsplatz.«

»Da kommen wir doch nie durch«, rufe ich ihm zu. Bereits um diese Uhrzeit sind die Straßen voller Menschen.
»Mit deinem magischen Board wirst du uns schon einen Weg bahnen«, ruft Anthony gut gelaunt zurück und geht einfach los. Lukas und ich werfen einander einen resignierten Blick zu. Dann folgen wir ihm.

Rudolfsplatz

Anthony stellt sich auf die Zehenspitzen und hält Ausschau nach der Gruppe, mit der wir uns treffen wollen. Ich kann sie schon erkennen. David, Azra und ein paar andere, die ich nur vom Sehen kenne. Nadine scheint nicht dabei zu sein.

»Hey«, höre ich plötzlich ihre Stimme und fahre herum. Sie steht hinter mir und lächelt vorsichtig. Anthony und Lukas sind schon weiter vorne bei den anderen angelangt, aber ich bleibe stehen.
»Äh ... hey.«
Wie begrüßen wir uns jetzt? Ich habe keine Ahnung, also mache ich erst mal nichts.
»Ich dachte, ihr fahrt nie auf Urlaub«, sage ich nur.
Nadine verzieht das Gesicht. »War auch scheiße. Ich bin froh, dass ich wieder hier bin.«
Sie zeigt auf mein Snowboard. »Fährst du weg? Oder wieso schleppst du das Snowboard mit dir herum?«
Ich verdrehe die Augen. »Ist eine lange und äußerst uninteressante Geschichte. Erzähl ich dir ein andermal.«
»Aha, okay. Und was machst du sonst grad?«
»Grad allgemein oder grad jetzt und hier?«
Sie lächelt wieder. »Beides.«

Da muss ich nicht lang überlegen. »Jetzt grad Silvester feiern. Sonst nix Besonderes. Du?«

»Auch nicht.«

Kurzes Schweigen. Dann beginnt Nadine wieder. »Hab das mit dem Haus gehört. Echt scheiße.«

»Mhm.«

»Gibt auch ein Video davon, da bist du auch drauf.«

Ich hebe die Augenbrauen. »Echt?«

»Ja, kannst auf Youtube anschauen. Wart mal, ich zeig's dir.« Sie kramt ihr Handy hervor. Ich hoffe, dass ich nicht dabei gefilmt wurde, wie ich klammheimlich den Rückzug antrete, sondern wie ich mich heldenhaft der Polizei zur Wehr setze. Weil ich das aber gar nicht getan habe, kann das nicht zu sehen sein.

»Schau mal, das hier bist doch du, oder?«

Unscharf sehe ich ein paar Gestalten ohne Schuhe, die dabei zusehen, wie die Polizei das Transparent vom Gebäude entfernt. Die Gestalt, auf die Nadine deutet, hat einen Schlafsack um die Schultern gewickelt. Es bin tatsächlich ich.

»Wie hast du mich denn da erkannt?«

Nadine legt den Kopf zur Seite. »Hab mir das Video ziemlich oft angeschaut.«

»Echt?«, wundere ich mich. Wenn die Person, die das gefilmt hat, einfach weiter die Kamera draufgehalten hat, dann geht es jetzt noch ewig so weiter: Ein paar Gestalten ohne Schuhe sehen dabei zu, wie die Polizei das Gebäude abriegelt. Mäßig spannend.

»Na, weil du drauf bist«, sagt Nadine leise.

Mir wird plötzlich ganz warm. »Weil ich drauf bin?«

Nadine nickt.

»Um mich zu sehen, hättest du aber kein langweiliges Video anschauen müssen«, sage ich. »Hättest dich auch bei mir melden können.«

Nadine hebt die Schultern und sieht mich zweifelnd an. »Du warst so unfreundlich das letzte Mal, da hab ich mich nicht getraut.«
»Nicht getraut?«, frage ich ungläubig. Nadine und sich nicht trauen? Die traut sich doch alles! Aber sie nickt vorsichtig. »Du hast so rumgeschrieen, da hab ich gedacht du bist sauer auf mich. Und dann, na ja …« Sie atmet tief ein. »Dann hast du dich nur zu Weihnachten kurz gemeldet und dann wieder gar nicht. Da hab ich gedacht, ich interessier dich halt nicht mehr.«
Ich reiße die Augen auf. »Du hast geglaubt, du interessierst mich halt nicht mehr?«
Nadine lacht und verwandelt sich mit einem Schlag wieder in die selbstsichere Nadine, die ich kenne. »Sag mal, kannst du nur noch wiederholen, was ich sage?«
»Sag mal, kannst du nur noch wiederholen, was ich sage?«, wiederhole ich grinsend.
Nadine stemmt die Hände in die Hüften. »Du interessierst dich also noch für mich«, stellt sie mit klarer Stimme fest. Aber unter ihrem selbstsicheren Getue kann ich spüren, dass sie noch ein bisschen zweifelt.
Ein Lächeln breitet sich auf meinem Gesicht aus. Ich könnte sie jetzt noch ein bisschen zappeln lassen. Für die Sache mit Paul. Dafür, dass sie mich paranoid genannt hat. Dafür, dass ich wochenlang nichts von ihr gehört habe. Dafür, dass sie behauptet hat, nie auf Urlaub zu fahren. Könnte ich. Aber ich wüsste nicht, warum.

Anthony macht uns ein Zeichen, dass sie weiter vorne rumstehen werden, warum auch immer. Ist mir nur recht. Ich will mich jetzt nicht um die anderen kümmern. Nadine scheint es auch nicht eilig zu haben, ihnen zu folgen.

Nach meinem ersten Kuss in der Schikurs-Disco hab ich nicht ganz verstanden, was alle daran so toll fanden. Aber jetzt verstehe ich es.

Jetzt verstehe ich alles. Und ärgere mich, dass ich nichts habe, wohin ich sie einladen kann.
Wie machen das denn andere? In Filmen sind sie immer schon erwachsen und haben eigene Wohnungen, oder sie haben sturmfrei, oder sie wollen sowieso nur Händchen halten. Aber in der Realität haben doch alle in meinem Alter Eltern und Geschwister zuhause, die die gesamte Wohnung in Beschlag nehmen. So wie Nadine, die mir schon erklärt hat, dass sie nie alleine ist, weil ihr arbeitsloser Vater immer zuhause rumsitzt.
Wie entstehen dann aber all die ungewollten Teenager-Schwangerschaften? Wie, verdammt noch mal, machen das die anderen?

»Was soll ich denn nun der Pro-Gruppe erzählen?«, will Nadine wissen.
»Worüber denn? Ob wir zusammen sind?« Der zweite Satz ist mir nur so rausgerutscht und ich wünschte, ich könnte ihn zurücknehmen. Plötzlich werde ich nervös. Meine Hände beginnen zu schwitzen. Bestimmt nervt Nadine diese Frage.
Tatsächlich lässt sie meine Hände los. Ich wünschte, ich könnte unsichtbar werden, eine Einheit mit der Mauer hinter mir.
Nadine sieht mich an. »Sind wir das denn?«, fragt sie vorsichtig. »Zusammen?«
»Äh ...« Einen ganzen Satz, einen ganzen Satz, Jakob, in solchen Situationen sagt man am besten einen ganzen Satz!
»Willst du das?«
Nadine kratzt mit der Schuhspitze auf dem Boden herum. »Willst du?«
»Äh ...«
»Muss nicht sein, weißt du.« Nadine starrt auf ihre Fußspitzen.
Ich fühle mich, als wäre mein Herz gerade durch den Magen in den Bauch durchgebrochen.
Muss nicht sein?

Ich nehme meinen gesamten Mut zusammen. »Muss nicht sein?«, wiederhole ich als Frage. »Aber kann sein?«
Nadine sieht wieder hoch zu mir. Dann nickt sie schüchtern. »Schon. Wenn du willst. Aber du musst ni...«
»Ich glaube, wir sind beide Vollidioten«, unterbreche ich sie. Beuge mich zu ihr hinüber. Und küsse sie nochmal. Lange. Wie im Film. Sogar mit Feuerwerk im Hintergrund. Die Glocke schlägt Mitternacht und über uns krachen bunte Farben in die Luft.
Manchmal kann man eben doch alles haben.

JÄNNER

»Ey, ihr zwei Turteltäubchen«, grölt Anthony. »Seid doch mal ein bisschen sozialer und kommt hier rüber!«
Ich verdrehe die Augen. Nadine lacht nur und nimmt mich an der Hand. Gemeinsam gehen wir zu den anderen.
Anthony legt mir den Arm auf die Schulter. »Lukas fühlt sich schon alleingelassen«, brüllt er.
Ich halte mir die Ohren zu. »Schrei doch nicht so.«
Lukas rempelt ihn an. »Red nicht so einen Scheiß.«
»Wir sind ja schon da«, sagt Nadine.
»Na, dann kommt jetzt aber auch mit«, befiehlt Anthony und dirigiert uns durch die Menge in ein Lokal, in dem eigentlich niemand mehr Platz hat. Trotzdem passen wir alle hinein, sogar mein Snowboard. Wir stehen aneinandergedrängt wie die Sardinen in der Dose.
Anthony bestellt Sekt und Schnaps und Erdnüsse und wir legen alle unser Geld zusammen. Ich weiß, dass ich mir das eigentlich nicht leisten sollte. Aber daran will ich gerade nicht denken. Nicht jetzt. Mein Kopf ist angenehm leicht vom Sekt, mit Lukas scheint alles wieder in Ordnung und vor mir steht Nadine, so nah, dass ich den Gewürzduft ihrer Haare riechen kann. Von mir aus kann das noch stundenlang so weitergehen.
Ich kriege mein Lächeln nicht aus dem Gesicht.
Es war alles ein Missverständnis.
Wir sind jetzt zusammen.
Ich habe eine Freundin.
Jetzt muss ich nur noch herausfinden, wie ich zu dem Teil mit den ungewollten Teenager-Schwangerschaften komme.

Um zwei zerstreut sich die Gruppe. Anthonys Vater holt ihn mit dem Auto ab und hat sich angeboten, auch die anderen heimzufahren. Das ist der Moment, in dem sich in mir die Realität wieder breitmacht und Gewürzshampoo, Sekt und Feuerwerk verdrängt.

»Wohin gehst du jetzt?«, will Nadine wissen.
Ich würde ihr gern sagen, dass ich es nicht weiß. Dass sie mich mit heimnehmen soll, oder irgendwohin, wo es warm ist. Aber ich kann nicht. Ich weiß nicht, ob sie einen Jakob küssen will, der die Pro-Gruppe enttäuscht. Solang es geht, will ich der Jakob für sie sein, der auch Jeremy ist. Der locker einen Schlafplatz nach dem anderen aus der Tasche zieht.
Ich sehe also auf die Uhr. »In einer halben Stunde bin ich mit meinem nächsten *host* verabredet«, sage ich. »Vor der Oper.« Nicht zu nah, aber auch nicht zu weit von unserem Standort.
»Wow, perfektes Timing«, stellt Nadine fest.
»Ist es.«
»Na dann.« Nadine beugt sich zu mir. Ich versuche, mich nur auf den Kuss zu konzentrieren, aber ich schaffe es nicht mehr. Ich habe keine Ahnung, wo ich hinsoll. Nicht die leiseste. Und es ist kalt. Richtig kalt.

Ich lehne mich auf mein Snowboard und winke der Gruppe nach, bis ich sie nicht mehr sehen kann. In zwanzig Minuten soll ich bei der Oper sein. Zwanzig Minuten lang tue ich so, als wäre das wahr.

Opernring

Vor der Oper setze ich mich auf mein Snowboard und sehe der Müllabfuhr zu, wie sie Scherben und Müll wegräumt. Bestimmt zerkratzen die Steinchen auf der Straße das Board. Im Moment schaffe ich es nicht, vorsichtiger damit umzugehen. Auch wenn ich diesen Winter wohl nicht snowboarden gehe, weiß ich, dass ich mich später über ein zerkratztes Board ärgern werde. Aber ich bin zu beschwipst, um mich darum kümmern zu wollen, und kann mir im Moment auch nicht vorstellen, was dieses Später sein soll. Wo

ich sein werde, wenn es nächstes Jahr wieder schneit und ich Snowboarden gehen könnte. Was auf mich wartet nach dem Sommer. Wartet überhaupt etwas?
Ich habe vergessen, Nadine zu fragen, was sie wirklich mit ihrer Frage gemeint hat.
›Was soll ich denn nun der Pro-Gruppe erzählen?‹
Als ich nun genauer über diese Frage nachdenke, steigen wieder Zweifel in mir auf. Was wollen die denn wissen? Was will Nadine denn von mir wissen, um es ihnen zu erzählen? Und was würde sie tun, um an dieses Wissen zu kommen?
Ich schüttle den Kopf, um die Gedanken zu vertreiben. Du wirst wirklich paranoid, Jakob, sage ich mir. So wichtig bist du auch wieder nicht.
Aber ganz lassen sich meine Zweifel nicht verscheuchen.

U1

In der Silvesternacht fahren die U-Bahnen durchgehend, also setze ich mich in die U1, als mir vor der Oper zu kalt wird. Den Kopf an die Scheibe gelehnt würde ich gerne ein bisschen schlafen, aber an jeder Station steigen gutgelaunte Menschen ein und lassen mich nicht. Um vier Uhr früh steige ich am Hauptbahnhof aus, wo mein Rucksack im Schließfach auf mich wartet.

Jetzt, wo ich alle meine Sachen habe, würde ich gerne schon ins Hotel fahren und mich schlafen legen. Wenn das Zimmer überhaupt noch frei ist. Siedend heiß durchfährt mich der Gedanke, dass jemand schneller gewesen sein könnte als ich und das Zimmer gebucht hat.
Ich traue mich nicht, nachzusehen, ob das Zimmer noch frei ist. Will nicht jetzt schon erfahren, dass es in den nächsten eineinhalb

Tagen keinen Ort gibt, an dem ich einen Platz habe. Zumindest die nächsten paar Stunden will ich mir einreden, dass alles in Ordnung ist. Ich werde einfach hinfahren. Alles wird gut sein. Ich denke an Nadine. Dass es manchmal einfach gut ist, kann tatsächlich vorkommen.

Stadlauer Straße

Das Hotel, von dem ich so inständig hoffe, dass es heute ein Zimmer für mich hat, ist am Stadtrand. Man kann erst am frühen Nachmittag in die Zimmer, ich stehe aber schon vor Sonnenaufgang vor dem Haustor. Bete, dass niemand schneller war als ich.

Der Weg zur Rezeption führt durch einen freundlichen Innenhof, in dem man bei warmem Wetter sicher gemütlich draußen sitzen kann.
»Genau, Sie haben angerufen.« Eine gefühlte Ewigkeit tippt die Rezeptionistin in den Computer, dann sagt sie die Worte, die ich brauche. »Ja, das Zimmer ist noch frei. Aber um diese Uhrzeit können Sie da noch nicht rein.«
Mein übermüdetes Hirn braucht ein paar Sekunden, aber als es versteht, was das bedeutet, fühle ich mich, als würde man mir einen Stein von der Brust nehmen. »Ist mir schon klar«, sage ich betont lässig, hole meine Geldbörse hervor und ziehe einen 50-Euro-Schein heraus. »Ich wollte nur sichergehen, dass niemand anders das Zimmer bucht, deshalb bin ich so früh da. Vielleicht kann ich in der Zwischenzeit irgendwo warten?«
Die Rezeptionistin gibt mir ein Formular zum Ausfüllen. Während ich meine Wohnadresse schreibe, spüre ich ihren Blick auf mir. Verdammt. Was, wenn es ein Problem ist, dass ich noch nicht volljährig bin? Darf man mit siebzehn überhaupt alleine in ein Hotel

einchecken? In den Jugendherbergen war das nie ein Problem, aber mit Hotels kenne ich mich nicht aus. Und sollte ich nicht lieber eine falsche Adresse angeben? Wenn die sieht, dass ich eigentlich gleich außerhalb Wiens wohne, wird die dann nicht misstrauisch? Ich bemühe mich, ruhig weiterzuschreiben. Nicht paranoid werden, Jakob, sage ich mir. Die will dir hier lediglich ein Zimmer vermieten.
Tatsächlich sagt sie nichts, sondern fährt mit mir in den obersten Stock, in dem ein Ecksofa im Vorraum steht. »Hier können Sie warten, wir sagen Ihnen dann, sobald Sie ins Zimmer können.« Sie sieht auf die Uhr. »Wird aber erst in einigen Stunden sein.«
»Kein Problem«, versichere ich und lasse mich in die weiche Couch sinken. Beobachte durchs Fenster den Himmel, der immer heller wird. Dann schließe ich die Augen.

Als ich endlich in mein Zimmer kann, betrachte ich mich im Spiegel. Meine Lidränder sind knallrot und unter den Augen habe ich tiefe Ringe. Ich muss jetzt schlafen, so lange, bis ich wieder einigermaßen aussehe. Damit mein *host* morgen nicht denkt, ein Zombie kommt zu Besuch.

Eine Nachricht von Nadine.
Happy New Year. Smiley. Herzchen.

Meine Mundwinkel ziehen sich so weit nach oben, dass sie fast meine hängenden Augenlider berühren. Ich habe jetzt eine Freundin. Wir sind jetzt zusammen.

Einige Minuten starre ich einfach nur auf das Display. Ich wäre jetzt gerne charmant und witzig, aber mein Hirn kann nicht mehr denken. Schließlich schreibe ich einfach genau das Gleiche zurück.

Happy New Year. Smiley. Herzchen.

Muss jetzt gleich zu meiner Oma. Gäääähn! Was machst du heut so?

An dich denken, schreibe ich zurück. Dann fallen mir die Augen zu.

Ich schlafe den Nachmittag durch und stehe abends nur auf, um mir an der Straßenecke ein Kebab zu kaufen.

Familienfeiern sind öööööd. Schlaf gut!

Ich schicke sieben Herzchen auf einmal. Dann gehe ich wieder ins Bett.

Am nächsten Morgen überfliege ich unseren Nachrichtenwechsel und fühle mich blöd. Nadine muss denken, ich habe überhaupt nichts im Kopf. Was den gestrigen Tag betrifft, hätte sie damit sogar recht, aber das soll sie nicht wissen.
Zerknautscht tappe in den Frühstücksraum. Eigentlich sollte ich jetzt ausgeschlafen sein, schließlich habe ich fast fünfzehn Stunden geschlafen. Ich fühle mich aber noch immer wie gerädert.
Ich schaufle Eierspeise in mich hinein, löffle drei Teller Cornflakes und schmiere mir fünf Brote mit Aufstrich und Käse. Dazu leere ich mir nach und nach fast die gesamte Kanne Kaffee in die Tasse.
Brrr. Ich schüttle mich. Nach dem Frühstück ist mir schlecht. Ich packe die restlichen Käsebrote in eine Serviette und schiebe sie mir unter den Pullover. Dann checke ich aus und mache mich auf den Weg.

Guten Morgen, schreibt Nadine. *Gut geschlafen?*

Ich bin auf dem Weg zu meinem nächsten *host*. Wenn ich noch warte, bis ich dort angekommen bin, kann ich Nadine sicher etwas Intelligenteres antworten als bisher. Jeremy wacht schön langsam wieder auf in mir.

Die Person, zu der ich fahre, nennt sich *a_e_i_o_u*, was überhaupt keine Rückschlüsse auf irgendetwas zulässt. Auch die Information, dass es im Wohnzimmer ein Gästebett gibt und ich gerne kommen kann, war nicht mit einem Namen, sondern mit *a_e_i_o_u* unterzeichnet.
Es wird schon nichts passieren nichts passieren nichts passieren, versuche ich meine Beunruhigung einigermaßen in den Griff zu kriegen. *a_e_i_o_u* ist sicher ein total lieber Mensch.

Pappenheimgasse

a_e_i_o_u sind gleich fünf Menschen. André, Edita, Ismail, Olga und Ubert. Ubert heißt eigentlich Hubert, aber weil André Franzose ist und das nicht aussprechen kann, wird er Ubert genannt.
»Mein Glück«, sagt Hubert. »Die WG hat nämlich das Prinzip, neue Mitbewohner nur dann aufzunehmen, wenn ihre Namen mit dem passenden Buchstaben anfangen.«
»Mit U ist es immer schwierig«, erklärt Edita.
»Würde ich im Notfall als I durchgehen?«, will ich wissen.
»Ieremy?« Ismail verzieht das Gesicht. »Nur im absoluten Notfall.«
»Sei nicht so streng«, meint Edita. Sie zeigt auf eine Liste an der Pinnwand, wo die Namen aller Leute stehen, die schon in dieser WG gewohnt haben. »Unter I ist auch Jakob zum Beispiel.«
»Den spricht man aber auch I-akob aus«, stellt Ismail klar. »Wie Dsch-eremy da reinpasst, das erklär mir mal.«

Ich hebe abwehrend die Hände. »Keine Sorge, ich habe nicht vor, hier fix einzuziehen. Ich bleibe nur für ein paar Nächte.«
Mit mir bleibt mein Snowboard. »Das habe ich mir von einem Freund in Ungarn ausgeborgt«, sage ich. »In ein paar Tagen kommt er nach Wien, da gebe ich es ihm zurück.«
a_e_i_o_u finden diese Geschichte glaubwürdig genug, um mich nicht nochmal darauf anzusprechen.
Eigentlich sind nur *e_i_u* da, weil André und Olga über die Weihnachtsferien nach Hause gefahren sind. Kurz freue ich mich, dass ich mir nun eines der beiden WG-Zimmer aussuchen kann, aber *e_i_u* bieten mir nur den Couchplatz im Wohnzimmer an. Immerhin, ein Schlafplatz.

e_i_u sind nett, aber ein bisschen anstrengend. Alle drei sind für ein oder zwei Semester als Austauschstudierende hier und finden alles sehr aufregend. Ich erkläre ihnen, dass Jeremy bereits seit einiger Zeit in Wien ist und die wichtigsten Dinge schon gesehen hat. Sie bestehen trotzdem darauf, mir alles dreimal zu erklären und mich ständig auf noch spannendere Dinge hinzuweisen, die ich in dieser Stadt unbedingt noch sehen muss, bevor ich fahre. Aber ich kann hier bis zum Dreikönigstag bleiben, ohne irgendwem im Weg zu sein, also lächle ich und tue jedes Mal interessiert.

Da ich Schulferien habe, ist es leicht, Jeremy zu spielen. Ich muss schließlich keine Ausreden erfinden, warum ich so früh rausmuss und auch keine Hausaufgaben im Geheimen erledigen.
Es ist auch einfach, Nadine zu schreiben.

Lust auf a_e_i_o_u?

Nadine hat Lust, Nadine hat Zeit und Jeremy stellt Edita, Ismail und Hubert seine Freundin vor. Wir erzählen die gleiche Geschichte, die wir Yossi und Anat erzählt haben. Was die beiden gerade wohl machen? Ich habe schon ewig nichts mehr von ihnen gehört.

e_i_u mögen Nadine sofort. Ich wüsste auch nicht, wie man sie nicht mögen könnte. Sie ist angenehm unkompliziert und überhaupt nicht schüchtern, wenn sie neue Leute kennenlernt. Sie passt gut zu Jeremy.
Ich traue mich nicht, die drei zu fragen, ob Nadine auch mal bei ihnen übernachten kann. Ich traue mich auch nicht, Nadine zu fragen, ob sie das überhaupt will.

Schützenweg

Am Sonntag bringe ich das Snowboard zurück. Sollte es jemand kaufen wollen, kann ich es ja wieder holen. Ich habe keine Lust, es ständig mit mir herumzuschleppen.
»Wie war's?«, will meine Mutter wissen.
»Schön.« Ich versuche, das Gespräch schnell auf ein anderes Thema zu lenken, bevor sie noch Details wissen will. »Wie war's mit den Heinrichs?«
»In Ordnung. Dir wäre vermutlich sterbenslangweilig gewesen.«
Ich lächle. »Ja, vermutlich.«
»Wir war dein Silvester?«
»Auch ganz in Ordnung. Hab mit Lukas und Anthony und den anderen gefeiert.«
Meine Mutter lächelt auch. »Schön.«

Ich überlege, ob ich ihr von Nadine erzählen soll. Normalerweise erzähle ich meiner Mutter nicht viel Persönliches. Aber irgendwie ist sie so anders, seit ich nicht mehr hier wohne. Irgendwie würde ich ihr gerne erzählen, dass ich eine Freundin habe.

Aber nicht, wenn Mart zuhört. Der würde sich sicher einmischen wollen und mir Sachen verbieten oder vorschreiben.

Als hätte er meine Gedanken gehört, kommt er mit zusammengekniffenen Augen zum Tisch.
Ich sehe ihn fragend an.
»Das Zahlen soll der Herr Vater aber bitte auch übernehmen«, sagt Mart unfreundlich.
»Tut er ja.« Ich verstehe nicht, was er meint.
Mart wirft einen Brief vor mich hin. Er ist bereits geöffnet, aber an ihn adressiert, also hat er zumindest nicht in meiner Post geschnüffelt.
Ich fische den Brief aus dem Kuvert und falte ihn auf. Eine Mahnung. Wenn ich nicht sofort meine Handyrechnung zahle, wird mein Telefon gesperrt. Scheiße.
»Hat der Herr Vater kein Geld für dich?«
»Er gibt mir mein Taschengeld in bar«, verteidige ich meinen Vater, der es gar nicht verdient hat, verteidigt zu werden. Schon gar nicht, wenn es um Geld geht, schließlich hat er nie etwas gezahlt. Meine Mutter hat es vergeblich versucht, aber wie man Alimente von jemandem einfordert, der in Südostasien verschollen ist, konnte ihr niemand erklären. Und dann war Mart da und sie wollte einfach nur ihre Ruhe. Geld war ab dann schließlich kein Problem mehr.
»Ich hab nur vergessen, was fürs Handy aufs Konto einzuzahlen.«
»Mach das besser schnell«, sagt Mart unfreundlich.
»Ich hab einfach drauf vergessen«, wiederhole ich. »Ich mach das gleich.«
Mart scheint mit dieser Erklärung zufrieden zu sein und verzieht sich wieder, ohne mehr zu dem Thema zu sagen. Ich atme tief durch.
Verdammt. Ich muss schleunigst Geld auf mein Konto einzahlen. Bisher ist das automatisch passiert, wenn Mart mir mein Taschen-

geld überwiesen hat. Er wollte immer, dass ich mir das Handy selbst bezahle. Damit ich lerne, mit Geld umzugehen. Das kann ich auch. Aber wenn man kaum eines mehr hat, gibt es nicht mehr viel umzugehen.
Auf dem Heimweg zähle ich, was ich noch habe. Die offene Rechnung zu bezahlen ist kein Problem, aber dann bleibt mir nicht mehr wahnsinnig viel übrig. Ich hoffe, dass sich bald jemand für mein Snowboard interessiert oder für eines der anderen Dinge, die ich auf *willhaben* gestellt habe. Wenn das alles jemand kaufen würde, hätte ich gerade keine Probleme.

Pappenheimgasse

Die letzten Ferientage verbringen Nadine und ich gemeinsam. Ein paarmal gehen wir mit einem der drei mit in die Stadt. Eines muss man ihnen lassen, sie wissen, was gerade wo passiert, und vor allem, was gerade gratis wo passiert. Wir lassen uns treiben und machen mit, wenn uns etwas vorgeschlagen wird. Kommen mit zu einer Ausstellung, einer Filmvorführung und einer Tae-Kwon-Do-Schnupperstunde.

Klosterneuburger Straße

Nach der Tae-Kwon-Do-Stunde lehnt sich Nadine an mich. Sie riecht nach Schweiß. Ich bin erstaunt, dass ich das gut finde. Wirklich gut.
»Ich würd jetzt gern mit dir in die Wohnung«, flüstert sie mir ins Ohr.
»Dort haben wir nur das Wohnzimmer«, flüstere ich zurück.
»Ich weiß.« Nadine sieht bedauernd zu Boden.
Ich ziehe sie enger an mich. »Können wir nicht mal zu dir?«

Sie schüttelt den Kopf. »Mein Vater ist immer zuhause. Echt, immer. Der ist das Klischee des Arbeitslosen, der die Wohnung nicht mehr verlässt. Meine Mutter macht das schon wahnsinnig.«
»Und dich auch.«
Sie nickt. »Mich auch.«
Eine Zeit lang stehen wir so da, bis unsere Körper ausgekühlt sind. Die Tae-Kwon-Do-Trainerin reicht eine Liste herum, in die wir unsere Kontaktdaten eintragen sollen, wenn wir an weiteren Stunden interessiert sind. Der Höflichkeit halber trage ich irgendetwas ein. Sie soll nicht glauben, die Stunde hätte mir nicht gefallen.

Pappenheimgasse

Wenig später sitzen Nadine und ich doch bei *a_e_i_o_u* im Wohnzimmer. Immer wieder geht irgendwer durchs Zimmer, also knutschen wir nur ein bisschen und reden die meiste Zeit.
»Weißt du, was ich möchte?«, frage ich vor mich hin.
Nadine sieht mich von der Seite an. »Was?«
»Ein Buch lesen, in dem ich die Hauptfigur bin.«
Nadine lacht. »Gar nicht eingebildet«, sagt sie und wuschelt mir durch die Haare.
Ich grinse.
»Und wie stellst du dir das vor? Der edle Ritter, der das Burgfräulein rumkriegt?«
»Seh ich aus, als würde ich in Groschenromanen mitspielen?«, frage ich empört.
Sie lacht. »Vom Aussehen her würdest du gut reinpassen.«
»Was soll denn das heißen?«
Nadine fährt die Konturen meines Gesichts nach.
»Komm Jakob, du weißt schon, dass du schön bist.«
Ich sehe sie verwirrt an. »Was bitte?«

»Na, wenn du nicht dieses Lächeln hättest ...«
Ich verziehe mein Gesicht zu einer Grimasse.
Nadine lacht. »Okay, hässlich schaffst du auch. Aber das muss dir schon klar sein, dass du ein schöner Mensch bist, oder? Also nicht nur für eine wie mich, die sich total verknallt hat in dich.«

Für eine wie mich, die sich total verknallt hat in dich.

Am liebsten würde ich sie fragen, ob sie mir das aufschreibt. Auf einen Zettel, den ich in die Hosentasche stecken und immer wieder herausziehen kann, wenn sich wieder was versperrt in mir. Wenn ich wieder mal nicht daran glaube, dass eine wie sie sich für einen wie mich ernsthaft interessiert. Wenn ich es nicht schaffe, auf ihre Nachrichten zu antworten, weil ich mir sicher bin, dass sie nur Jeremy will und Jakob ihr nur auf die Nerven geht.
Aber diese Gefühle sind gerade weit, weit weg. Nadine ist hier, ich bin hier, es ist warm. Alles ist gut und wird so bleiben.
»Bist du dir sicher, dass du nicht irgendeine Augenkrankheit hast?«, frage ich also stattdessen.
»Mhm«, sagt Nadine ironisch. »Das wird's sein.« Dann wird sie wieder ernst. »Was ich meine, ist, wenn du nicht so ein fescher Typ wärst, hättest du's doch bestimmt schwerer bei deinem Projekt.«
Meinem Projekt? Ich sehe sie irritiert an.
»Na, dein Ich-schaff's-bis-zum-Sommer-immer-woanders-zu-übernachten-Projekt«, erklärt Nadine.
In ihrer Stimme schwingt Bewunderung mit.
»Also wenn du nicht dieses umwerfende Lächeln hättest, glaubst du, dann würden dich so viele Leute so lange bei sich übernachten lassen?«
Ich weiß, dass Nadine das alles als Kompliment meint, aber irgendwie gefällt mir dieser Gedanke nicht. Also lenke ich das Gespräch wieder auf das vorige Thema.

»In Groschenromanen sind die alle reich, das funktioniert nicht bei mir. Aber ich wär wirklich oft gern einfach eine Figur in einer Geschichte.«
Nadine lacht und kommt mit ihrem Gesicht ganz nah an meins. Gerade ist außer uns niemand im Wohnzimmer. Das müssen wir ausnutzen.

Aber im Ernst: Genau das ist es, was ich jetzt tun möchte. Mich ausklinken aus dem Ganzen. Mich mit Nadine gemütlich ins Sofa kuscheln. Das Buch aus der Tasche ziehen und lesen. Und alles wäre nur eine Geschichte. Einfach nur eine Geschichte.
Wenn es auf Seite 25 nicht mehr auszuhalten ist, kann ich auf Seite 100 vorblättern. Nur ganz kurz, nur einen Augenblick. ›Jakob lacht‹, würde dann da stehen. Und ich könnte beruhigt weiterlesen. Wenn Jakob auf Seite 100 noch lacht, dann wird er die Seite 25 auch überstehen.
Ich hingegen weiß gar nichts. Ich weiß, wo ich gerade bin. Mehr nicht. Noch sitze ich mit Nadine auf dem Sofa und es fühlt sich gut an, dort zu sein, wo ich bin. Das Sofa fühlt sich gut an, Nadine fühlt sich gut an, ich fühle mich gut an.

Es ist nur so, dass ich nicht weiß, wie es auf den nächsten Seiten weitergeht. Bei *a_e_i_o_u* kann ich nur bis zum Ende der Weihnachtsferien bleiben. Für danach habe ich schon wieder nichts. Langsam wird das echt anstrengend.

Laaerbergstraße

Ich bin gespannt, wie sich Nadine in der Schule verhält. Jetzt, wo wir offiziell zusammen sind. Ich könnte zu ihr raufgehen. Aber was dann? Soll ich einfach in ihre Klasse spazieren und zu ihrem

Tisch gehen? Was, wenn sie gerade nicht dort ist, sondern irgendwo anders im Schulgebäude? Wenn mich alle blöd anstarren, weil sie denken, ich habe mich verlaufen?
Warum ist Jakob bloß so ein Hosenscheißer? Why can't Jeremy just take over?

Ich weiß, warum Jeremy nicht übernehmen kann. Weil ich heute noch nichts habe. Weil *Helga Schneider,* bei der ich die nächsten Tage bleiben kann, erst morgen nach Wien kommt, und ich für heute Nacht nur Absagen bekommen habe. Was sage ich, wenn Nadine mich fragt, wo ich heute noch hinfahre?

Als eine Nachricht von ihr kommt, schlägt mein Herz aus Freude und Nervosität zugleich.

Hol ich dich nach der letzten Stunde ab?

Von Nadine abgeholt werden ist gerade das, was ich mehr will als alles andere. Für Jeremy wäre es leicht ›Jaaa, komm vorbei!‹ zu schreiben. Aber Jeremy ist so weit weg und ich fühle mich nicht in der Lage, so umwerfend und bezaubernd zu sein, wie Nadine mich mag.

Sorry, muss gleich wohin, schreibe ich daher.

Schade, kommt zurück. Und dann ein paar Herzchen.

Herzchen schicken kann sogar Jakob. *Morgen dann!,* schreibe ich noch.

Ohjaaa bitte, kommt zurück.

Und weil Herzchen-Schicken nicht schwierig ist, schicke ich gleich noch ein paar als Antwort.

Urban-Loritz-Platz

e_i_u haben mir vorgeschwärmt, wie toll die städtische Hauptbücherei ist, also beschließe ich, ihr diesen Nachmittag einen Besuch abzustatten.
Sie haben recht, das Gebäude ist wirklich beeindruckend. Ein paarmal kreise ich um das Gebäude herum, um die besten Winkel für Fotos zu finden, bevor mir zu kalt wird und ich die Rolltreppe ins Innere nehme.

Ich lasse mich in eines der herumstehenden Sofas sinken und schließe die Augen. Höre das Blättern von Seiten, das Surren eines alten Laptops und ganz leise den Verkehr von draußen, den die Glasscheibe nicht vollständig aussperren kann. Ab und zu spüre ich ein Vibrieren, wenn die U-Bahn unter dem Gebäude durchfährt.

Sitzen.
Warm.
Weich.

Ich fühle mich wohl mit all den Büchern rund um mich. Nicht, dass ich eines davon tatsächlich lesen will. Aber Lesen ist die einzige Tätigkeit, bei der man stundenlang, tagelang, wochenlang vortäuschen kann, sie zu tun, ohne Verdacht zu erregen. Nirgends anders kann man minutenlang auf denselben Punkt starren, ohne Aufmerksamkeit hervorzurufen. Solange man ab und zu raschelnd umblättert oder über den Bildschirm wischt, kann man tun, was man will.

Hier fragt mich niemand, was ich tue. Wahrscheinlich halten sie mich für einen fleißigen Studenten, bepackt mit Büchern, Heften und Stiften. Damit bin ich den meisten hier sehr ähnlich. Und wahrscheinlich halten sie mich auch für gar nichts. Vermutlich denken sie überhaupt nicht über mich nach. Das ist es auch, was mir so guttut. Niemand fragt mich hier, wer ich bin.

Dann öffne ich die Augen wieder.
Ich sollte mich um einen Schlafplatz kümmern.
Aber wie ich das machen soll, weiß ich nicht.
Ich sollte über *willhaben* zu etwas Geld kommen.
Aber wie ich die Menschen dazu bringen soll, meine Dinge zu kaufen, weiß ich auch nicht.
Ich sollte meine Freundin anrufen.
Wie ich das tun soll, weiß ich ebensowenig.

Mehrmals wähle ich Nadines Nummer aus der Kontaktliste. Auf ›verbinden‹ drücke ich nicht.
Ich will, dass sie kommt. Zu mir. Aber bei mir, wo ist das?

Ich bin müde. Am liebsten würde ich nur schlafen. Eigentlich sind die Sofas in der Bücherei gar kein schlechter Ort dazu. Wenn da nicht die Bibliotheksangestellten wären, die ihre Rundgänge machen und manchmal kontrollieren, dass die Bücherei auch richtig genutzt wird.
Zum Lesen. Zum Lernen. Zum Arbeiten.
Nicht zum Dahindösen.
Oder bilde ich mir das nur ein? Vielleicht sollte ich einfach versuchen einzuschlafen. Das Schlimmste, was mir passieren kann, ist aufgeweckt zu werden.
Aber ich kann meine Augen nie länger als ein paar Sekunden geschlossen halten. Immer, wenn ich Schritte höre, reiße ich sie

wieder auf. Dabei ist es meistens nur irgendjemand mit einem Buch in der Hand auf dem Weg zum Entlehnschalter.
Soll ich doch noch einmal eine Nacht in einer der Jugendherbergen? Ich werfe einen Blick in meine Geldbörse. Es würde sich gerade noch ausgehen, aber was dann? Was dann ab morgen? Allein schon die Entscheidung überfordert mich.

Ich sollte tatsächlich Nadine anrufen. Oder ihr zumindest eine Nachricht schreiben. Ich könnte ihr ein Treffen vorschlagen.
Wenn du nicht dieses umwerfende Lächeln hättest, glaubst du, die Leute würden dich dann bei sich übernachten lassen?, habe ich ihre Stimme im Kopf. Was, wenn ich dieses Lächeln gerade nicht bieten kann? Nadine würde reden wollen. Mit mir, Jakob.
Aber was habe ich schon groß zu sagen?
Klar, man kann den Nachmittag auch verbringen, ohne viel miteinander zu sprechen. Haben wir schließlich schon. Nicht, dass ich das nicht gerne wiederholen würde. Aber nur deswegen anrufen kann ich nicht.

Ich will ein Haus, einen Hund, mit Kakaobechern anstoßen, einen Spaziergang im Schnee und dann vielleicht.
Ich will gemeinsam im Müll wühlen, Youtube-Videos schauen, Kaffee kochen und am Milchschäumer scheitern und dann vielleicht.
Ich will eine Tae-Kwon-Do-Stunde, auf der Wohnzimmercouch sitzen, über Groschenromane reden und dann vielleicht.
Ich will das Drumherum. Ohne Drumherum geht das nicht.

Alle paar Minuten wähle ich Nadines Nummer und drücke doch nie das grüne Symbol. Ich habe gerade kein Drumherum anzubieten. Jakob hat nichts zu erzählen. Jeremy, der kann plaudern, was das Zeug hält. Aber Jeremy ist gerade weit weg.

Sehr geehrte Leserinnen, sehr geehrte Leser, die Hauptbücherei schließt in zwanzig Minuten. Bitte lassen sie Medien, die sie mitnehmen möchten, rechtzeitig an den Selbstverbuchungsgeräten oder den Verbuchungsschaltern im zweiten Obergeschoß verbuchen.

Ich richte mich aus meiner halbliegenden Position auf und strecke mich. Tue so, als würde mir diese Durchsage überhaupt nichts ausmachen. So wie den anderen um mich herum, die langsam beginnen, ihre Sachen zusammenzupacken. Ich starre aus dem Fenster und beobachte das Schneetreiben draußen.

Sehr geehrte Leserinnen, sehr geehrte Leser, die Hauptbücherei schließt in fünf Minuten. Das Team der Hauptbücherei dankt für Ihren Besuch und wünscht noch einen schönen Abend.

Dass ich hier nicht ewig bleiben kann, was klar, also mache ich mich langsam auf den Weg Richtung Ausgang. Aber ich kann mich noch nicht überwinden, in die Kälte hinauszugehen. Unschlüssig stehe ich im Foyer herum und betrachte die Flyer, die dort auf einem Tisch herumliegen. Nur um irgendetwas zu tun, stecke ich ein paar davon ein. Dann fällt mein Blick auf die Veranstaltungsankündigungen, die an einer Anschlagtafel hängen.

Literarisches Kamingespräch steht da. Ein Journalist, den ich nicht kenne, wird sich mit einer Schriftstellerin unterhalten, die ich genauso wenig kenne.
Wichtiger als diese Information ist aber die Uhrzeit.
19.30 Uhr. Hauptbücherei.
Sperrt hier also doch nicht alles um sieben zu.

»Wie kommt man denn da hin?«, frage ich einen Typen, der das Logo einer Sicherheitsfirma auf der Jacke trägt.

Er zeigt die Stufen hinauf. »Veranstaltungsräume sind im dritten Stock.«
»Danke.«
Langsam steige ich die Stiege in den dritten Stock hinauf und warte, bis das Kamingespräch beginnt.
Es sind nicht besonders viele Leute im Publikum, aber immerhin genug, um nicht aufzufallen. In meinem Alter ist sonst niemand hier. Zu meinem Glück sitzen ein paar ziemlich große Menschen in der vorletzten Reihe, so dass ich mich gut hinter ihnen verstecken kann.

Vermutlich sollte ich meine Zeit besser nutzen. Es gibt die Möglichkeit, eine Notfallnachricht in der *Vienna Group* zu posten. Irgendwer schaut da immer rein und meldet sich, das habe ich bei anderen schon beobachtet.
Aber ich traue mich nicht. Was, wenn das jemand liest, der mich schon als Jeremy kennt und merkt, dass da irgendetwas nicht stimmt? Ich kann von Glück reden, dass mir noch niemand eine negative Bewertung hinterlassen hat. Ich war immer der nette, sympathische Jeremy, bei dem es keinen Grund zur Beschwerde gegeben hat.
Er ist leider immer vor dem Frühstück schon verschwunden, war die größte Kritik, die jemand hinterlassen hat. Aber wenn irgendjemand mein Profil genauer untersucht und die Bewertungen miteinander vergleicht, dann fällt inzwischen längst auf, dass das, was ich erzählt habe, so nicht stimmen kann.

Hat bis jetzt anscheinend noch niemand gemacht. Aber ich überprüfe schließlich auch nicht jedes Detail der anderen Profile. Wenn der allgemeine Eindruck stimmt, passt es. Dennoch möchte ich nichts herausfordern, indem ich durch eine Notfallnachricht alle auf mich aufmerksam mache.

Nein, ich muss versuchen, die Leute einzeln anzuschreiben und möglichst keinen Kontakt zwischen ihnen herzustellen. Also keine Notfallnachricht.

Zwei Stunden später ist das Kamingespräch zu Ende und die Bibliothek schmeißt definitiv alle hinaus. Noch langsamer, als ich hinaufgegangen bin, steige ich die Stiege wieder hinab. Der Eingang zur Bücherei ist durch metallene Ständer mit einem roten Band dazwischen abgesperrt. Kurz überlege ich, ob ich unter dem Band durchtauchen, in die Bibliothek hineinlaufen und mich hinter einem Regal verstecken soll. Aber ein Blick auf den Securitymenschen reicht, um diese Idee wieder zu verwerfen.

Ich versuche, die Tatsache, dass es dicke Flocken schneit, positiv zu sehen. Solcher Schnee bildet sich schließlich nur bei Temperaturen, die nicht allzu tief unter dem Gefrierpunkt liegen.

Gleich unter der Hauptbibliothek ist die U-Bahn-Station. Ich lehne mich an die Wand neben dem Fahrscheinautomaten und ziehe mir die Kapuze ins Gesicht. In meiner Jackentasche spüre ich hartes Papier. Die Flyer, die ich im Foyer eingesteckt habe. Weil ich nichts anderes zu tun habe, sehe ich mir einen nach dem anderen an.

10 Jahre EU XXL – Wanderkino im 21. Jahrhundert
Kostet Geld, also wandert es in den Mistkübel, der neben mir an der Wand angebracht ist. Ein gebrauchtes Taschentuch hinterher.

Buchstart – Kinder lieben Bücher. Lesefrühförderung: Veranstaltungen für die Kleinsten. Von 0 bis 3 Jahren.
Kostet kein Geld, ich bin aber die falsche Altersgruppe. Also auch in den Mist.

3.-Mann Tour im Wiener Kanalsystem – tauchen Sie ein in die Stadt unter der Stadt.
Ich werfe den Flyer den anderen hinterher. Die oberirdische Stadt reicht mir fürs erste.

Notschlafstelle für Jugendliche, Beratung und Begleitung
Diesmal wandert der Flyer, der eigentlich eine doppelseitige Broschüre ist, nicht in den Mülleimer. Ich falte das Papier glatt und lese.
Täglich 19.30 bis 8.30 Uhr.

Da hätte ich mir das Kamingespräch auch sparen können.
Aber eine Notschlafstelle? Ich bin doch kein Penner!

Wir bieten Mädchen und Burschen zwischen 14 und 18 Jahren Notquartier, Schutz- und Erholungsraum. Egal, was der Grund dafür ist, dass Du auf der Straße stehst, bei uns kannst Du Dich ein paar Tage ausruhen.

Egal, was der Grund ist.

Du kannst ohne Anmeldung kommen, das Übernachten ist freiwillig, anonym und kostenlos. Du kannst bis zu fünf Nächte im Monat kostenlos bei uns übernachten.

Anonym. Kostenlos. Vielleicht ist das doch nicht so schlecht. Meine Stimmung hebt sich. Mehr als fünf Nächte im Monat bräuchte ich sowas bestimmt nicht. Ich wende die Broschüre und studiere den Lageplan. Gleich hinter dem Westbahnhof. Also auch gar nicht so weit weg von der Bücherei, neben der ich mich noch immer befinde.
Aufgeregt lese ich weiter.

Bevor Du das erste Mal bei uns schläfst, musst Du ein Gespräch mit einem/r unserer SozialarbeiterInnen führen.

Nie im Leben. Ich bin doch kein Sozialfall!

Lange stehe ich da, die Broschüre in der Hand. Schließlich landet auch sie im Mülleimer.

Europaplatz

Also fahre ich ein paar Runden mit der U-Bahn und steige schließlich am Westbahnhof aus. Den Lageplan der Notschlafstelle habe ich noch im Kopf.

Nicht, dass ich da jemals hingehen würde.

SozialarbeiterInnen. Soweit kommts noch. Die denken dann sicher, mit mir stimmt irgendetwas nicht.
Vielleicht fände Nadine das spannend. Vielleicht könnten wir uns als junges, drogenabhängiges Pärchen ausgeben und eine Nacht dort verbringen. Eigentlich könnte ich das auch alleine tun. Aber irgendwie schaffe ich das nicht. Nicht, wenn dort Leute sind, die wirklich mit mir reden wollen. Womöglich so jemand wie die Klein.

Ich kaufe mir am Bahnhof eine Pizza, lasse mich auf eine Bank sinken und stelle den Rucksack neben mir ab. Lehne mich nach vor und vergrabe meinen Kopf in den Händen. Es ist ein Uhr. Der Bahnhof ist hell erleuchtet und es gibt keine Chance, auch nur eine Stunde ein Auge zuzutun. In sieben Stunden fängt die Schule an. Zum Glück haben wir weder Schularbeit noch Test oder sonst was in der Art.

Ab 16 Uhr kann ich zu *Helga Schneider,* die bestimmt nicht wirklich Helga heißt, obwohl sie ihre Nachrichten an mich so unterschrieben hat.

Ein bärtiger Typ setzt sich neben mich und reißt mich aus meinen Gedanken. Ich höre nicht ganz, was er vor sich hin nuschelt, nur »Cent Euro ...«
Das reicht aber, um zu verstehen, was er will. »Bitte?«, frage ich trotzdem nach.
»Cent Euro?«, fragt er nochmal in starkem Akzent. Ich sehe jetzt, warum er so undeutlich spricht. Ihm fehlt der Großteil der unteren Zahnreihe.
Ich hebe entschuldigend die Schultern. Cent Euro habe ich zwar noch ein paar, aber nicht mehr viel. Er murmelt etwas Unverständliches und steht dann wieder auf. Langsam schlurft er weiter und spricht die Nächsten an. Er scheint nicht viel Erfolg zu haben. Die Gestalten, die sich um diese Uhrzeit am Bahnhof herumtreiben, haben wohl alle selber kein Geld.
Die nächste halbe Stunde verbringe ich damit, ihn zu beobachten, wie er alle anschnorrt, die er sieht. Schließlich kommt er wieder auf mich zu und setzt sich noch mal neben mich. »Cent Euro?«
Ich schüttle den Kopf. »Mich hast du schon gefragt.«
Er grinst. »Weiß doch.« Dann klopft er sich auf den Kopf. »Bisschen blöd, aber nicht ganz. Paar Sachen weiß ich noch.« Umständlich holt er eine Handvoll Münzen aus der Hosentasche. »Hilfst zählen?«
Ich nicke. Ist zumindest ein Zeitvertreib.
Er deutet mir, meine Hände zu öffnen, und legt eine Münze nach der anderen hinein.
»Eine Euro«, zählt er. »Eine Euro fuffzig, eine Euro siebzig, zwei Euro zwanzig, drei Euro zwanzig, vier Euro ... nein, wie viel?« Er sieht mich fragend an.
Ich blicke fragend zurück. »Keine Ahnung.«

Beim nächsten Mal zähle ich mit. »Sieben Euro zweiunddreißig.« Er nickt zufrieden und verstaut das Geld wieder umständlich in seiner Hosentasche.
»Reicht für uns beide«, sagt er und steht auf. »Kommst mit?«
Ich blicke ihn verwirrt an. »Wohin?«
Er grinst und macht mit der Hand eine Bewegung vor dem Mund, die eindeutig ›Trinken‹ bedeutet. Ich schüttle den Kopf. »Nein, danke.« Alkohol wäre jetzt echt keine gute Idee. Morgen um acht muss ich in der Schule sein. Vielleicht nicht ausgeschlafen, aber definitiv nüchtern.
Er zuckt die Achseln und steht auf. »Schade.«
»Du kannst dir ja ein Bier kaufen und dich dann wieder hersetzen«, schlage ich vor. Das würde mir zumindest die Zeit vertreiben. Irgendwie ist er mir sympathisch.
Aber er schüttelt den Kopf. »Trink doch nicht am Bahnhof«, nuschelt er entrüstet. Dann schlurft er weg.

Ohne richtig zu wissen, warum, stehe ich auf und folge ihm. Meine Sitzgelegenheit läuft mir schließlich nicht davon.
Er geht aus dem Bahnhofsgebäude hinaus und überquert den großen Platz davor. Schlurft zur bekannten Einkaufsstraße, die hier beginnt. Dann biegt er in eine Seitengasse ab und ich auch, einige Meter hinter ihm.

Stumpergasse

Schließlich bleibt er vor einem Kellerlokal stehen. Mit dem rechten Arm stützt er sich an der Wand ab und steigt langsam eine Stufe nach der anderen hinunter. Zögernd folge ich ihm. Unten angelangt geht er zielstrebig in den zweiten Raum weiter, während ich unschlüssig im Vorraum stehen bleibe. Die Wände sind schwarz gestrichen und es riecht nach Keller. Vielleicht soll ich doch wieder zum Bahnhof zurückkehren? Dort weiß ich wenigstens, was mich erwartet.

Niemand beachtet mich, als ich den Gastraum betrete. Mein Freund vom Bahnhof sitzt bereits an der Bar. Er freut sich, als ich mich auf den Hocker neben ihn setze. Dass ich hier bin, scheint ihn nicht zu wundern, er begrüßt mich, als wären wir verabredet.

»Ahoj!«

Dann winkt er dem Typen hinter der Bar und hält Zeige- und Mittelfinger in die Höhe. Der Typ nickt. Gleich darauf stellt er mir ungefragt einen weißen Spritzer vor die Nase. Auch mein Bahnhofsfreund bekommt einen und prostet mir zu.

»Prost«, sage ich und stoße mit ihm an. Dann nippe ich vorsichtig. Ich mag Spritzer nicht und mein Vorsatz, keinen Alkohol zu trinken, gilt noch immer. Aber ich will nicht unhöflich sein.

»Miloš«, sagt mein Bahnhofsfreund und zeigt auf sich.

»Jakob.« Ich hätte ›Jeremy‹ sagen können. Aber das passt gerade irgendwie nicht. Momentan ist kein Fünkchen Jeremy in mir. Miloš grinst und zeigt seine nicht vorhandenen Zähne. Dann macht er wieder einen großen Schluck.

Ich gähne.

»Trink«, ermuntert mich Miloš. »Dann bist du nicht müde.«

Das glaube ich zwar nicht, aber aus Höflichkeit mache ich noch einen winzig kleinen Schluck. Miloš bestellt sich inzwischen sein zweites Glas, diesmal pur, glaube ich. Ich sehe mich im Lokal um. Miloš scheint nicht der Einzige hier zu sein, der heute sein gesamtes Geld für Alkohol ausgeben will. Aber es ist definitiv nicht bloß eine Alki-Absteige. Einen Teil der Anwesenden kann ich nicht einordnen. Neben uns sitzt ein Mann in Anzug und Krawatte, der merkwürdig fehl am Platz wirkt. Er hat ein Buch vor sich aufgeschlagen und liest.

Miloš sieht, wie ich ihn beobachte. »Ist Stammgast«, sagt er grinsend.
»Echt? Woher weißt du das?«
Miloš grinst und deutet mit dem Finger auf sich selbst. »Auch Stammgast.«
Neben mir sitzen zwei, die sich über Arbeitsbedingungen an der Uni unterhalten. Manchmal legt die eine der anderen die Hand auf die Schulter oder aufs Bein.
Im Eck ist ein Typ mit einem Headset im Ohr, der aufgeregt telefoniert. Vielleicht führt er auch Selbstgespräche, so ganz klar ist das nicht.
An einem der Tische hinter mir sitzt eine Frau vornübergebeugt, ihren Kopf auf die verschränkten Arme auf den Tisch gelegt. Wenn man genau hinschaut, sieht man, wie sich ihr Körper mit ihren Atemzügen auf und ab bewegt. Sie schläft also. Sie schreckt nicht einmal auf, als sich eine andere Frau mit lautem Gepolter neben sie auf die Bank fallen lässt und lautstark ein Bier bestellt.

Wenn die hier schläft, vielleicht kann ich dann auch?

Ich blicke mich im Lokal um. Niemand scheint sich daran zu stören, dass diese Frau hier einfach auf dem Tisch lehnt und sich nicht bewegt. Ich frage mich, ob es jemandem auffallen würde, wenn sie einfach aufhören würde zu atmen. Vermutlich würde sie dann aber recht bald von der Bank fallen, was wohl Aufmerksamkeit erregen würde. Ich sehe nochmal genau hin. Auf. Ab. Sie atmet noch.

Der Mann im Anzug hat jetzt die dritte Bierflasche vor sich stehen. Die beiden von der Uni neben mir unterhalten sich inzwischen über eine Reise in den kurdischen Teil der Türkei, die die eine anscheinend bald vorhat. Im Eck noch immer der Typ mit dem Headset im Ohr. Schön langsam bin ich mir sicher, dass er nicht telefoniert, sondern Selbstgespräche führt.

Ich mache Miloš ein Zeichen, dass ich mich weg von der Bar und an den Tisch setzen werde. Er grinst mich an und nickt. Vorsichtig klettere ich vom Barhocker und bewege mich zu einem Eckplatz am großen Tisch. Niemanden scheint es zu stören, dass ich meinen Rucksack neben mich auf die Bank stelle und mich dagegen lehne, um eine bequeme Schlafposition zu finden.
Miloš hebt mein fast volles Weinglas in die Höhe, das ich am Tresen stehen habe lassen. Er sieht mich fragend an. Ich nicke ihm zu. Zufrieden leert er es in mehreren Schlucken.

Ich döse ein, schrecke aber immer wieder auf.
Endgültig aufgeweckt werde ich davon, dass ein helleres Licht angeht, was bedeutet, dass ich tatsächlich eingeschlafen sein muss. Es sind nicht mehr viele Gäste anwesend. Der Typ von der Bar räumt leere Flaschen und Gläser weg.
»Sorry«, murmle ich. »Ich geh gleich.«
Er lacht und schüttelt den Kopf. »Kein Stress. Du bist nicht der Einzige. Und ich brauch noch eine Weile.«
Blinzelnd sehe ich mich im Raum um. Miloš ist verschwunden, der Anzugträger und die Unileute auch. Nur die schlafende Frau liegt noch schwer atmend über den Tisch gebeugt und in der anderen Ecke des Raumes kann ich einen bärtigen Mann ausmachen, der im Sitzen eingeschlafen zu sein scheint.
»Danke«, murmle ich und schließe meine Augen wieder.

Als der Typ von der Bar uns endlich rausschmeißt, ist es noch immer viel zu früh am Tag. Vom Himmel fallen wieder dicke Flocken. Ich warte, bis genug davon in meiner hohlen Hand geschmolzen sind, und fahre mir dann mit der feuchten Handfläche über das Gesicht. Der Bahnhof ist schon offen. Zeit, dort Kaffee zu trinken. Mein Magen knurrt. Essen sollte wohl auch sein.

Ich rümpfe die Nase. Irgendetwas riecht hier unangenehm. Es dauert nur kurz, bis ich merke, dass ich es selber bin. Ich halte meinen Jackenärmel an die Nase und muss mich bei dem Geruch fast übergeben. Ich rieche, als käme ich gerade aus dem Schornstein.
Letzte Nacht ist mir der viele Rauch gar nicht aufgefallen. Doch jetzt wird mir fast schlecht von dem Geruch. Ich halte meine Hände an die Nase und schüttle mich. Sogar meine Haut riecht wie direkt aus der Kohlenkammer.

Europaplatz

Am Bahnhof bekomme ich Kaffee, Semmeln und einige Münzen zurück. Unglücklich schaue ich auf das Geld. Das hier ist nicht mehr viel. Wirklich nicht mehr viel.

Eine Nachricht von Nadine.
Wenn du schon früher da bist, Treffen draußen vor der Schule?

Ich rieche nochmal an meinem Arm. Nein, so kann ich Nadine nicht treffen.

Bin knapp dran, schreibe ich zurück. *Ich komm in der Pause zu dir rauf!* Und wieder ein paar Herzchen.

Laaerbergstraße

Eine Stunde später sitze ich an meinem Platz in der Klasse. Lukas rückt energisch von mir weg. »Jakob, du stinkst elendiglich.«
»Reg dich nicht auf«, sage ich zu ihm. »Du bist schließlich der Raucher von uns beiden.«

»Aber ich zieh mir frisches Gewand an«, kontert er. »Was man von dir nicht behaupten kann.« Er rümpft die Nase. »Wo warst du überhaupt? Wo darf man denn überhaupt noch so viel rauchen, dass man so stinken kann?«
Kurz überlege ich, ob ich Lukas die Wahrheit sagen soll. Dass ich keinen Schlafplatz hatte. Dass ich am Bahnhof rumgesessen und dann Miloš gefolgt bin.
Dass ich keine Lust mehr habe auf das alles.
Dass ich einfach nur in Ruhe irgendwo schlafen will.
Dass ich eigentlich nicht mehr kann.
Aber ich sehe in Lukas' erwartungsvolles Gesicht und merke, er will eine Story hören. Eine aufregende, wenn's geht. Also erzähle ich eine. Erzähle, dass ich die letzten Tage bei einem Typen namens Miloš gewohnt habe, den ich auf *It's Your Home* kennengelernt habe. »Der hat mir eine Reihe schräger Typen vorgestellt, echt. Und gestern haben sie mich in ein Lokal geschleppt und wollten Party machen.«
An der Art, wie Lukas mich ansieht, merke ich, dass er mich beneidet. Um mein Leben. Die Leute, die ich kennenlerne. Die Dinge, die ich mache. Detailliert beschreibe ich das Publikum von gestern Nacht. Dass ich dort auf der Bank geschlafen habe, erwähne ich nicht.

Den Schultag bringe ich mehr schlecht als recht hinter mich, aber immerhin wird mein Gebet erhört und die Klein kommt mir nicht so nahe, dass sie meine Kleidung riechen kann.

Zu Nadine rauf gehe ich natürlich nicht. Das habe ich nur geschrieben, damit sie nicht in meine Klasse runterkommt. In den Pausen verziehe ich mich jedes Mal aufs Klo, falls sie doch auf die Idee kommt, mich zu besuchen. Und nach dem Unterricht schaue ich, dass ich so schnell wie möglich wegkomme.

Eigentlich könnte ich ihr denselben Blödsinn erzählen wie Lukas. Aber Nadine würde mir näher kommen wollen. Und sie soll nicht wissen, dass ich so riechen kann wie jetzt gerade.

Keine Ahnung, ob Nadine mich in der Klasse gesucht hat, während ich am Klo war. Ich traue mich nicht, Lukas zu fragen, außerdem ist er eh ständig draußen rauchen.
Geschrieben hat sie mir jedenfalls nicht. Vermutlich denkt sie, dass jetzt ich mal dran bin mit Melden.
Erst viel zu spät fällt mir ein, dass ich mich am Schulklo hätte umziehen können. Frisches Gewand habe ich schließlich im Rucksack. Der war zwar auch im Lokal, die Sachen drinnen riechen jedoch relativ normal. Aber mein Hirn war zu müde, um auf diese Idee schon früher zu kommen.

Goldeggasse

Bevor ich bei *Helga Schneider* einfalle, ziehe ich mich also schnell auf einem Kaffeehaus-Klo um. Am liebsten hätte ich mich auch eine Stunde lang geduscht, aber das frische Gewand hilft zumindest ein bisschen.

»Hey Jeremy, freut mich, dass du da bist«, begrüßt sie mich und stellt sich als Verena vor. Sie erzählt, dass sie die letzte Woche bei ihrer Familie auf dem Land war und jetzt erst einmal Erholung davon braucht.
»Aber entschuldige, ich laber dich total voll«, unterbricht sie sich selbst. »Du schaust total müde aus. Willst du dich hinlegen oder so?«
Diese Frage klingt wie direkt aus dem Himmel. Ich nicke. »Mein *host* für gestern hat mir abgesagt und ich habe die Nacht auf dem Bahnhof verbracht«, rutscht es mir heraus. »Wenn es keine Umstände

macht, würde ich mich wirklich gerne hinlegen.«

»Frechheit«, ruft Verena. »Wer war das denn?« Sie nimmt ihr Handy vom Tisch und sieht mich an. »Dem werd ich gleich mal was erzählen! Das kann man doch nicht machen!«

Ich hebe abwehrend die Hände. »Mach dir keine Mühe.«

Aber Verena ist nicht zu bremsen. »Solche Leute machen den Spirit von *It's Your Home* kaputt!«, regt sie sich auf. »Da geht's nicht nur um dich, Jeremy. Vielleicht machen die das ja noch bei anderen und zerstören so total das Vertrauen in die Community.«

Sie sieht mich erwartungsvoll an, bereit, sofort eine verärgerte Nachricht an die betreffende Person oder womöglich gleich an die ganze *Vienna Group* zu senden.

»Äh ... ich glaube, da gab es einen Notfall«, sage ich schnell. »Wirklich. Irgendetwas ganz Dringendes. Er hat mir nicht gesagt, was genau, aber klang nicht gut. Ich glaube, er hatte einen Unfall oder es ist jemand gestorben oder so.«

»Hat er das gesagt?«, fragt Verena, obwohl ich gerade erwähnt habe, dass das nicht der Fall war.

Ich schüttle den Kopf. »Warte bitte noch. Ich glaube, der meldet sich bald mit einer Erklärung und einer Entschuldigung. Wenn er das nicht macht, kannst du ja noch immer schreiben, dass das nicht okay ist.«

Fast enttäuscht lässt Verena das Handy sinken. »Wenn du meinst.« Dann fällt ihr ein, dass ich mich hinlegen wollte. »Ich zeig dir dein Bett«, sagt sie. »Kannst auch vorher noch duschen.«

Ich nicke schnell. Duschen. Haarewaschen vor allem.

»Ich schalt übrigens gleich die Waschmaschine ein«, ruft sie aus dem Badezimmer, wo sie mir ein Handtuch bereitlegt. »Falls du also was waschen willst, tu's einfach in die Trommel.«

»Mache ich«, rufe ich zurück.

Duschen. Wäschewaschen. Schlafen. Verena hat der Himmel geschickt.

Ich schlafe durch bis zum Abend. Verena hat Eintopf gekocht, den ich dankbar in mich hineinlöffle.
Den Abend döse ich vor dem Fernseher vor mich hin. In meinem Kopf pocht es. Verena gibt mir eine Kopfschmerztablette. Ich erzähle ihr kurz, dass ich eigentlich Richtung Balkan wollte, aber jetzt in Wien auf einen Freund warte, der in ein paar Tagen kommt und mit mir gemeinsam weiterreisen will. Die nächsten paar Nächte kann ich bei ihr bleiben, kein Problem.

Um neun Uhr lege ich mich wieder hin. Mein ganzer Körper tut mir weh. Ich muss in Zukunft besser planen. Ich weiß nicht, wie oft ich so eine Nacht wie die letzte durchhalte. Obwohl es nicht an schlechter Planung gelegen sein kann, denn ich hab rechtzeitig versucht, mich darum zu kümmern. Hat einfach nicht funktioniert. An manchen Tagen hätte ich drei Übernachtungsmöglichkeiten, an anderen hat niemand einen Platz für mich. Irgendwie muss ich es besser hinkriegen, mit solchen Löchern umzugehen.

Am nächsten Tag in der Früh kann ich mich kaum noch bewegen. Mein Kopf dröhnt und ich fühle mich wie von einer Planierraupe überrollt. Wenn ich schlucke, schmerzt mein Hals wie Hölle. Also drücke ich das Vibrieren meines Handys weg und bleibe im Bett.
Zwei Stunden später wanke ich Richtung Küche. Verena sieht mich erschrocken an. »Alles okay?«
»Ich glaube, ich bin krank«, krächze ich.
»Kein Wunder, wenn dich dieser Idiot versetzt hat und du am Bahnhof schlafen musstest.« Verena steht auf und schaltet den Wasserkocher an. »Willst du Tee?«
Ich nicke. »Hast du auch noch eine Schmerztablette?«
Verena muss weg, aber ihr Mitbewohner Tobias, von dem ich gestern noch nicht wusste, dass er existiert, kommt nach Hause und versorgt mich mit mehr Tee, Lutschtabletten und Fieberthermometer.

38,2 Grad zeigt es an. Zumindest habe ich die Sicherheit, mich die nächsten paar Tage hier auskurieren zu können. Ich weiß nicht, was ich täte, wenn ich jetzt auf die Straße hinaus müsste. Wenn es in dieser Welt nicht Leute wie Verena gäbe.

Eine Nachricht. Von Azra. *Wo bist du???*

Mir tut alles weh, selbst die Finger, mit denen ich die Antwort tippe.
Bin krank.

Düdeldüp.
Das kannst du nicht machen!!!!!!!

Ich zähle die Rufzeichen. Es sind sieben.
Das kann ich nicht machen.
Ich mache auch gar nichts. Es macht mich. Ich presse mir den Polster auf den Kopf und will nichts mehr hören oder sehen.

Als ich wieder aufwache, habe ich vier neue Nachrichten auf der Mailbox. Mein Kopf tut zu weh, um sie mir anzuhören. Ich tue es trotzdem.

Die erste ist von Azra.
ehmmm … du tut mir echt leid mit der Nachricht gerade … ich war nur so sauer, weil zwei von den Pros zu den Kontras gewechselt haben und Henrik jetzt glaubt, er ist der große Checker … glaubt er sowieso, aber wenn du fehlst, ganz besonders … aber da kannst du natürlich nichts dafür … ich wünsch dir gute Besserung, hoffentlich wirst du bald wieder gesund … meld dich, wenn du wieder gesund bist, oder … na ja ich merk es eh, wenn du wieder da bist … bis bald also … tschüs

Die Nachricht sollte mich versöhnlicher stimmen, tut sie aber nicht. Azra hat kein einziges Mal gefragt, ob ich ein Bett habe. Kranksein ist scheiße. Kranksein ohne Bett ist die Hölle. Sie könnte sich wenigstens erkundigen, wie es mir geht. Ob ich nur verschnupft bin oder todkrank. Oder mir ihr Gästezimmer anbieten. Ich weiß, dass es bei ihr zuhause eines gibt.
Aber das wäre gegen die Regeln. Mir ein warmes Bett und ein Fieberthermometer anzubieten, ergäbe Minuspunkte.

Die zweite Nachricht ist von Andi *blueballoon*.
Hey, ich seh grad, dass du noch immer in Wien bist! Find ich super, vielleicht gehen wir wieder mal was trinken?

Meine Stimmung hebt sich ein winziges bisschen. Der denkt also noch an mich. Ich nehme mir vor, mich bei ihm zu melden, sobald ich mich wieder lebendig fühle.

Beim Abhören der dritten Nachricht freue ich mich noch ein bisschen mehr, denn jemand will tatsächlich meine Comicsammlung kaufen.

Die vierte Nachricht ist keine. Nadine hat aufgelegt, als die Sprachbox ranging.
Meine gute Stimmung ist dahin. Ich möchte nicht wissen, was die jetzt von mir denkt. Ich hoffe, sie will mich noch sehen, nachdem ich sie schon seit zwei Tagen versetze.

Tut mir sooooooooooooo leid!!! Bin voll krank geworden! Vermiss dich!!!

Das kriege ich gerade noch hin.
Zum ersten Mal, seit ich weg bin, wünsche ich mir, dass meine Mutter anruft.

Ich will jetzt bitte sofort meine Mama. Die mir heißen Tee bringt und kalte Umschläge und die mir sagt, dass alles wieder gut wird. Für's erste würde es mir reichen, einfach ihre Stimme zu hören.
Aber selber anrufen schaffe ich nicht.
Ich schließe die Augen und vergrabe mein Gesicht in der Bettdecke.

Zwei von den Pros haben zu den Kontras gewechselt. Zwei also glauben nicht mehr an mich. Warum?
Und wer?

Als ich aufstehe, wird mir schwindlig. Der Weg zum Klo und zurück ist zu viel für mich. Erschöpft lasse ich mich wieder auf die Couch fallen und wickle mich fest in die Daunendecke. Ich bin Verena und ihrem Mitbewohner wirklich dankbar dafür, dass sie mich nicht rausschmeißen. Eine Virenschleuder zu beherbergen, muss nicht wirklich angenehm sein. Sobald ich wieder gesund bin, kriegt *Helga Schneider* die beste Bewertung, die mir einfällt. Momentan aber fällt mir gar nichts ein.

Darf man nicht einfach mal krank sein? Der Gedanke daran, warum zwei von der Pro- zur Kontra-Gruppe gewechselt haben, schwirrt in meinem brummenden Kopf herum, bis ich endlich einschlafe.
Als ich wieder aufwache, steht Tobias im Zimmer und stellt einen Tiegel Wick VapoRub vor mich hin. Er lächelt mich an. »Guten Morgen. Soll ich dir eine Suppe bringen?«
Ich nicke schwach. »Bitte«, krächze ich.

Oje, du Armer!!!, lese ich, als ich auf mein Handy schaue. *Kannst du telefonieren?*

Hab keine Stimme, schreibe ich zurück und es ist nicht mal richtig gelogen.

Eine Weile schreiben wir noch hin und her, hauptsächlich Smileys und Herzchens und andere Emojis. Wenigstens Nadine fragt, was genau ich habe und ob sie mir helfen oder mir irgendwas bringen kann. Ich winke ab. Am Handy Jeremy sein, das schaffe ich. Aber den kranken Jakob auf der Couch, den will ich ihr wirklich nicht zeigen.

Danke, aber brauch nix. Nur Schlaf. Ich meld mich wieder, ja? Vermiss dich.

Schützenweg

Am Sonntag bin ich immerhin so gesund, dass ich das Mittagessen bei meiner Mutter nicht ausfallen lassen muss. Aber auch noch verkühlt genug, so dass nicht mal Mart daran zweifelt, dass ich tatsächlich krank war, und er mir widerspruchslos eine Entschuldigung für Freitag unterschreibt.

Er lässt es sich auch nicht nehmen, das Stethoskop aus der Praxis zu holen und mich abzuhören.

»Bleib lieber morgen noch zuhause«, sagt er stirnrunzelnd. »Notfalls auch übermorgen. Das klingt noch nicht ganz abgeheilt.«

»Willst du nicht gleich hierbleiben?«, fragt meine Mutter mit hoffnungsvollem Blick. »Leg dich einfach in dein Bett und kurier dich gut aus.«

Ich schüttle den Kopf. Bis Dienstag kann ich noch bei Verena bleiben. Das will ich ausnutzen. Als ich gehe, drückt Mart mir ein Säckchen mit Medikamenten in die Hand. Hustensaft. Schmerztabletten. Nasenspray. »Falls es doch nicht von alleine besser wird.«

Ich weiß, das ist Marts Art mir zu zeigen, dass er für mich da ist. Dass es ihm wichtig ist, wie es mir geht.

Am Heimweg treffe ich mich noch mit Stefan, dem Comicfreak. Nachdem er die Hefte kurz durchgeblättert hat, drückt er mir 15 Euro in die Hand. Immerhin. Ein bisschen was.

Goldeggasse

Wenn ich schon eine offizielle Entschuldigung bis Dienstag habe, bleibe ich die nächsten zwei Tage gleich auch noch daheim. Obwohl ich mich nicht mehr wirklich krank fühle. Verena und Tobias haben mehrmals betont, dass ich mir alles aus dem Kühlschrank nehmen kann, was ich will. Gesund in einer Wohnung mit Schlafgelegenheit und vollem Kühlschrank zu sitzen, reicht mir im Moment, um mich glücklich zu fühlen.
Jetzt, wo mein Hirn nicht mehr von Fieber umnebelt ist, muss ich ständig an Miloš denken. Wo der wohl gerade ist? Wo er schläft? Und wie er wohl war, als er so alt war wie ich?

Als ich meinen Laptop aufladen will, merke ich, dass mein Ladekabel verschwunden ist. Ich leere meinen Rucksack und die Umhängetasche aus und verteile die Sachen auf dem Fußboden. Nichts. Wann habe ich es zuletzt gesehen? In der Bücherei, kurz bevor ich die Nacht in Miloš' Lokal verbracht habe. Hat es mir dort jemand geklaut? Aber was sollten die dort mit einem Ladekabel anfangen? Das kann man ja nicht mal um viel Geld verchecken.
Ich glaube aber, mich erinnern zu können, es in der Bücherei eingepackt zu haben. In die Seitentasche des Rucksacks. Dort ist es aber nicht. Es muss mir also im Lokal jemand aus der Seitentasche gezogen haben.
Ist jetzt aber nicht so wichtig. Denn Nadine schreibt mir in regelmäßigen Abständen Nachrichten und fragt, wie es mir geht. Jedes Mal breitet sich ein Lächeln auf meinem Gesicht aus.

Jetzt wird's aber langsam Zeit für einen Krankenbesuch, lese ich Dienstagfrüh auf meinem Display.

Ich strecke mich und setze mich auf der Couch auf. Besuch von Nadine? Ich fühle mich wieder ziemlich fit und gar nicht mehr krank. Das viele Schlafen hat gutgetan. Langsam schlurfe ich in die Küche. Schalte den Wasserkocher ein und überlege. Verena und Tobias sind nicht da, ich bin alleine in der Wohnung. Aber wann sie wiederkommen, weiß ich nicht. Die beiden haben so viel für mich getan in den letzten Tagen, dass ich nicht fragen will, ob ich Besuch einladen kann. Sie haben zwar nie den Anschein erweckt, als wären sie genervt davon, dass ich krank auf ihrer Couch herumliege, aber trotzdem. Die haben jetzt sicher mal wieder Lust auf weniger Leute im Haus, nicht auf noch mehr.
Ich drehe mein Handy in den Händen hin und her. Verena und Tobias nerven oder Nadine vertrösten? Ein guter Gast sein oder ein guter Freund?
Jakob denkt wieder mal zu viel. Jeremy soll übernehmen. Ich muss ausnutzen, dass er gerade da ist.

Komm!, schreibe ich also. *Meine hosts dürfen aber nicht mitkriegen, dass ich Besuch habe!!!*

Wenige Stunden später steht Nadine im Stiegenhaus. Durch das Guckloch sehe ich sie grinsen und einen Kussmund machen. Ich öffne die Tür nur einen Spalt. »Pssst«, mache ich und ziehe sie in die Wohnung. Sie formt die Hände zu einer Pistole und hält sie vor den Mund. Drückt sich mit dem Rücken zur Wand und sieht hastig von links nach rechts.
»Ist die Luft rein?«, flüstert sie.
Ich nicke. »Noch«, wispere ich zurück. »Wer weiß, wie lange.«

»Wir checken das.« Nadine beugt sich hinunter und folgt mir geduckt in das Zimmer, das im Moment hier meins ist. Schnell mache ich die Tür hinter uns zu.
Das Zimmer, in dem ich hier schlafe, ist zwar getrennt begehbar, aber es ist eigentlich das Wohnzimmer. Der Fernseher steht hier drin und auch ein Esstisch, an den mehr Leute passen als an den kleinen Tisch in der Küche. Es kann also gut sein, dass Verena oder Tobias ziemlich bald hier reinwollen, wenn sie nach Hause kommen.
Aber Nadine lässt mir nicht viel Zeit, mir Sorgen zu machen. Die Hände noch immer zum Revolver geformt schleicht sie im Zimmer herum. Blickt hinter die Bilder an der Wand und hinter den Vorhang und zielt dann durchs geschlossene Fenster auf den Gehsteig. »Peng«, flüstert sie. Dann führt sie die Hände wieder vor den Mund und bläst mit halbgeschlossenen Augen den Rauch von ihrem Colt. Sie grinst. »Als Kind hab ich nie verstanden, was die da machen mit ihrer Waffe. Ich hab immer gedacht, die riechen dran.« Ihr Grinsen wird breiter. »Ich hab das dann immer so nachgespielt, schau mal.« Sie knallt nochmal einen unsichtbaren Feind auf der Straße ab und hält sich die Pistolenhände vor den Mund. Versucht lässig dreinzuschauen und nimmt einen tiefen Atemzug von der Coltspitze. Sie sieht so komisch aus dabei, dass ich laut loslache und gleich vor Schreck wieder innehalte und lausche. Ist das die Tür? Kommt jemand? Nichts ist zu hören. Beruhigt atme ich auf.
»So haben die anderen Kinder mich auch ausgelacht.« Nadine kichert. »Hat ewig gedauert, bis ich gecheckt habe, was ich falsch mache.« Dann setzt sie ein prüfendes Gesicht auf und mustert mich von oben bis unten. »Krank schaust du nicht aus«, stellt sie fest.
Ich schüttle den Kopf. »Bin nicht mehr ansteckend. Kannst mich also küssen.«
»Kann ich das also?« Nadine legt den Kopf schief und macht einen Schritt auf mich zu. Und dann kriege ich den längsten Kuss mei-

nes Lebens. *Den* Kuss meines Lebens. Mein Hirn hört auf zu denken und meinen Ohren ist egal, ob sie die Eingangstür hören oder nicht. Ich kippe gleich aus den Latschen und finde das seltsamerweise sehr gut.
»Wow«, sage ich, als mein Mund wieder Platz hat, etwas zu sagen, denn mein Hirn braucht länger, um wieder Worte zu finden.
Nadine sieht mich schelmisch an und führt dann wieder die Pistole vors Gesicht. Sieht sich hastig um und bevor ich etwas sagen kann, schleicht sie ins Vorzimmer und sieht durchs Guckloch in der Eingangstür. »Die Luft ist rein«, flüstert sie und öffnet die Tür, nur ganz wenig. Drückt sich durch den Spalt hinaus und zwinkert mir zu. Dann schließt sie die Tür hinter sich. Mein Hirn hat noch immer keine Worte gefunden. Als ich durchs Guckloch ins Stiegenhaus schaue, sehe ich, wie sie sich mit der Pistole in der Hand von einem Stiegenabsatz zum anderen schleicht und schließlich einige Stufen überspringt und aus meinem Sichtfeld verschwindet.
»Wow«, murmle ich noch einmal.

Nadines Besuch hat maximal eine Viertelstunde gedauert, aber in meinem Kopf wiederhole ich die Szene die nächste Stunde lang immer wieder, bis Tobias heimkommt und sich nach meinem Befinden erkundigt.
»I'm fine«, sage ich. »Vielen Dank, dass ihr euch so um mich gekümmert habt.«
Tobias winkt ab. »Ist doch selbstverständlich. Morgen fährst du gleich in der Früh, hast du gesagt?«
Ich nicke. Morgen muss ich wieder in der Schule sein. Danach hab ich noch einen Nachmittag rumzukriegen und am Abend bin ich von *dazedandconfused* auf eine Party eingeladen und kann anschließend bei ihm übernachten.

Laaerbergstraße

Am Mittwoch bin ich ganz schön aufgeregt, als ich mich der Schule nähere. Ich werde Nadine an der Straßenecke treffen und dann vermutlich mit ihr gemeinsam durchs Schultor gehen. Wenn die mich wieder so küsst wie gestern, kann der Portier mich reintragen, denn meine Knie kriegen das sicher nicht im Stehen hin.

Aber Nadine küsst mich nicht, Nadine hebt ihre Hände zum Mund, dann zielt sie auf meinen Jackenärmel. »Peng«, flüstert sie und grinst. »Hab dir nur eine Schneeflocke weggeschossen.«
Sie braucht mich nicht mal zu küssen, um meine Knie weich werden zu lassen.

In der Englischstunde lege ich der Klein die Entschuldigung mit Marts Unterschrift vor die Nase. »Von meinem Stiefvater unterschrieben«, sage ich freundlich. Heute gelingt es mir sogar, zur Klein freundlich zu sein. Heute schaffe ich alles. »So wie Sie es wollten!«, füge ich hinzu.
»Danke, Jakob«, sagt die Klein ohne aufzusehen.

Ich bin so beschwingt, dass ich in der Pause einfach in das Stockwerk raufgehe, in dem sich Nadines Klasse befindet. Sie lehnt am Tischtennistisch, der da oben am Gang rumsteht, obwohl kaum jemand darauf spielt, und unterhält sich mit mehreren anderen. Gleich sinkt mein Mut wieder ein bisschen. Soll ich einfach auf die Gruppe zugehen? Ich weiß ja nicht, wie Nadine reagiert, hier in der Schule.
Aber dann erinnere ich mich, dass ich eine Einladung für sie habe. Zu *dazedandconfuseds* Party heut Abend nämlich. Selbst wenn sie vielleicht gar nicht wegdarf, ist das ein guter Grund, in ihr Gespräch reinzuplatzen.

»Hey«, sage ich also und tippe ihr auf die Schulter.
Überrascht dreht sie sich um. »Hey.«
Ich kann ihre Stimmung nicht einschätzen und würde Jakob am liebsten in den Arsch treten. Gestern war wunderbar, heute früh war wunderbar, warum sollte jetzt nicht auch wunderbar sein.
Nadines Freundinnen haben ihr Gespräch unterbrochen und sehen mich an. Meine Hände beginnen zu schwitzen. »Äh ...«
ScheißeJakobScheißeJakobduwirstdochwohlnochwasanderes-sagenkönnenals »Äh«.
Alle Augen sind noch immer auf mich gerichtet und mir fällt nur eine Lösung ein, mich aus meiner Starre zu befreien.
»I'm going to a party tonight«, sagt Jeremy auf Englisch. »Wanna come?«
Nadine steigt auch gleich darauf ein. »A party? What party?«
Jeremy lacht und schüttelt seine Haare. »I don't know. But I'm invited. We are invited. So we have to find out.«
Nadine überlegt nur kurz. »Yeah«, sagt sie und lächelt. »Why not.«

Sie hat mich nicht geküsst oder auch nur umarmt, oben beim Tischtennistisch. Aber sie hat ›yes‹ gesagt und als ich mich auf der Stiege nach ihr umgedreht habe, hat sie mir zugezwinkert und mit ihren Revolverhänden in die Luft gezielt, als ihre Freundinnen grad nicht hingeschaut haben.
Und nicht viel später habe ich eine Nachricht von ihr. Eine Nachricht mit Herzchen und der Frage, wo wir uns für die Party denn treffen.

Stimmt, wo genau muss ich denn hin? *dazedandconfused* hat was von 20 Uhr geschrieben, daran kann ich mich erinnern. Aber wo genau, weiß ich nicht mehr. Ich war mit Kranksein und dann mit Nadine beschäftigt und hab mir nicht gemerkt, was genau der Plan für heute Abend war. Wusste nur, dass ich einen Schlafplatz habe und vorher irgendwas mit Party und dass ich *Great* zurückgeschrieben habe. *Great, ich freu mich!*

Deshalb kippe ich auch fast aus den Latschen, als ich *dazedandconfuseds* Nachricht nochmal lese.

Hey, dein Profil klingt spannend, ich glaub, wir haben viele Gemeinsamkeiten! Mittwoch bin ich auf einer Party eingeladen, kenn dort selber kaum jemanden, hast Lust mitzukommen? Danach kannst du leider nicht bei mir übernachten, freu mich aber, wenn du trotzdem mitkommst!

Der Satz springt mich an wie ein kläffender Straßenhund.
Danach kannst du leider nicht bei mir übernachten.
Was soll das, wieso schreibt er mir plötzlich sowas? Das war nicht ausgemacht! Wieso ändert der plötzlich seine Meinung?
Doch bevor ich sauer werden kann, realisiere ich, dass diese Nachricht keine neue Nachricht ist. Es ist genau die Nachricht, auf die ich *Great, ich freu mich!* geantwortet habe. Als Antwort hat er mir nur geschrieben, dass ich heute um 20 Uhr vor den Gasometern sein soll und er mich dort abholt. Stimmt, da war was mit den Gasometern, daran kann ich mich irgendwie erinnern. Ich dachte, dass er dort wohnt, offensichtlich ist aber nur die Party dort.

Nochmal und nochmal lese ich die Nachricht. Wie kann das sein, dass ich sie so falsch verstanden habe? Dass ich daraus geschlossen habe, nach der Party einen Schlafplatz zu haben, womöglich sogar für mehr als eine Nacht?
Ich reibe mir die Augen und schüttle mich. Reibe mir nochmal die Augen. Der Satz steht noch immer so da. *Danach kannst du leider nicht bei mir übernachten.* Ich verstehe nicht, welche Wortkombination ich da missverstanden habe. Mein Fieberdelirium muss schlimmer gewesen sein, als ich dachte.

»Alles in Ordnung, Jakob?« Es ist die Stimme der Klein, die Gangaufsicht hat und neben mir stehen geblieben ist. Ich zucke zusammen. Lass mich doch in Ruhe, lass mich doch endlich in Ruhe!
Ich atme tief durch. »Alles gut«, presse ich hervor.
»Schleppst du jetzt immer dein ganzes Zeug mit dir rum?«
Nochmal tief durchatmen. »Welches Zeug?« Ich breite meine Arme aus. »Sehen Sie Zeug?«
»Deinen Riesenrucksack mein ich.« Die Klein deutet auf die Tür zu meiner Klasse. »Den du fast immer mithast.«
Jetzt ganz ruhig bleiben. Die kann dir gar nichts.
»Ich wohn ja jetzt meistens bei meinem Vater«, erkläre ich also das Offensichtliche. »Aber dann auch wieder bei meiner Mutter. Da muss ich mein Zeug immer mitnehmen. Ich schlepp den nicht freiwillig herum.«
»Hm«, macht die Klein und hört nicht auf, mich anzusehen. Ich will nicht wissen, was gerade in ihrem Kopf vorgeht. Ich will einfach nur weg hier. Und kann es auch, weil die Glocke zur Stunde läutet und wir die nächste Stunde haben und die ist nicht Englisch.

Den restlichen Schultag bemühe ich mich, ruhig zu bleiben. Es ist ja nicht so, dass ich nichts habe. Ich gehe auf eine Party in den Gasometern, die hoffentlich bis in die Früh dauert, so dass ich vielleicht dort ein bisschen schlafen kann. Und Nadine kommt mit. Ich gehe also mit Nadine auf eine Party. Vielleicht küsst sie mich ja wieder und ich kippe diesmal tatsächlich aus den Latschen und wache erst am Tag darauf wieder auf.

Keine Panik, Jakob! Ich bin ausgeschlafen, gesund und nicht mal mein Rücken tut weh, weil ich den Rucksack heute seit Tagen wieder das erste Mal rumschleppe. Alles wird gut.

Gasometer

Ich fahre gleich nach der Schule zu den Gasometern, weil sich hier auch ein Einkaufszentrum befindet. Ein deprimierendes, abgefucktes Einkaufszentrum, aber es ist warm, immerhin. Ich war früher schon ein paarmal hier, auch schon mal im Kino, das sich hier befindet. Ich wusste auch, dass es hier Wohnungen gibt. Bin gespannt, wie die wohl so aussehen.
Mit dem Lift fahre ich in den oberen Stock, gehe den verglasten Gang entlang, der in die anderen Gasometer führt, wo es etwas ruhiger ist, und setze mich auf den falschen Rasen vor der Pop-Akademie. Außer mir sitzen noch ein paar andere hier, nicht viel älter als ich. Glaube nicht, dass ich hier auffallen werde.

Ich schreibe drei neue Leute auf *IYH* an, ob sie heute oder morgen spontan einen Schlafplatz für mich haben. Ihre Profile zeigen an, dass sie über 90 Prozent der Anfragen beantworten, ich sollte also bald eine Antwort haben. *Grinsekatze* schreibt auch sofort zurück, dass es bei ihm leider nicht geht, dass er aber für morgen einen Freund fragen wird und sich wieder meldet. Ich bin zuversichtlich, dass das klappt, und heute Abend wird schon.

Kurz vor acht hole ich Nadine von der U-Bahn-Station ab. Sie küsst mich auf die Wange und hängt sich bei mir ein. Ich habe *dazedandconfused* geschrieben, dass ich jemanden mitbringe. Nicht gefragt, ob das in Ordnung ist, sondern ihn einfach darüber informiert. Nachdem er sich darauf nicht gemeldet hat, bin ich ein bisschen nervös. Nicht, dass der Nadine gleich wieder auslädt.

Meine Sorgen waren umsonst, um Viertel nach acht kommt ein Typ auf uns zu, der noch viel nervöser wirkt als ich. »Bist du Jeremy?«, fragt er vorsichtig.

Ich nicke. »That's me. Und das ist Nadine.«
»Hey, hallo. Ich bin Nicolas.«
»Nice to meet you«, sagen Nadine und ich einstimmig. Sehen einander verwundert an und lachen.
Nicolas sieht verunsichert zwischen uns hin und her.
»Wir lachen dich nicht aus«, versichert Nadine und ich schüttle den Kopf.
»Ah, natürlich nicht.« Nicolas wirkt noch immer verunsichert, aber ich gehe jetzt mal davon aus, dass er meine Nachricht erhalten hat und Nadine genauso willkommen ist wie ich. »Was ist das denn für eine Party?«, frage ich schnell.
»Ähm, also ...«, stottert Nicolas. »Danke fürs Mitkommen. Ich bin da eingeladen. Ich hab in der Arbeit wen kennengelernt.«
Nicolas scheint so nervös zu sein, dass er nicht zusammenhängend sprechen kann.
»Es ist die Party einer Arbeitskollegin von dir?«, versucht Nadine, ihm auf die Sprünge zu helfen.
»Nein, ähm, nicht ganz, also es ist eine Kundin, eine Kundin von mir ist es. Ich hab sie im Geschäft kennengelernt und sie hat mich auf eine Party eingeladen.« Nicolas holt ein Stofftaschentuch hervor und tupft sich das Gesicht ab. »Ich hab sowas noch nie gemacht. Also mich in der Arbeit ansprechen lassen.« Er verhaspelt sich. »Also ... also ich spreche dort schon, natürlich. Aber mich so ansprechen lassen, so privat. Und einladen, auf eine Feier.« Er umklammert seine linke Hand mit der rechten. »Danke euch, dass ihr mitkommt. Ich kenne dort niemanden. Niemanden. Aber ich muss diese Frau näher kennenlernen.«
Ich verkneife mir ein Grinsen.
»Der Arme«, flüstere ich Nadine ins Ohr, während wir den passenden Gasometer und die passende Wohnung suchen.
»Ich wusste nicht, dass es noch Leute gibt, die Stofftaschentücher verwenden«, flüstert Nadine zurück.

Nicolas dreht sich fahrig um, es scheint ihn zu verunsichern, dass wir hinter seinem Rücken tuscheln.
»Warst du schon mal hier?«
»Wie heißt sie denn überhaupt?«
Nadine und ich haben unsere Fragen gleichzeitig gestellt, was uns wieder zum Lachen bringt.
»Noch nie«, antwortet er. »Und Nicole.«
»Nicole!«, rufen Nadine und ich im Chor und müssen uns zusammenreißen, nicht wieder loszuprusten.
Nicolas sieht uns unglücklich an. »So sind wir auch ins Gespräch gekommen. Sie hat mein Namensschild gelesen und mich dann darauf angesprochen.« Er bleibt vor der offenen Lifttüre stehen und zögert, den Aufzug zu betreten.
»Das ist ein Zeichen«, sagt Nadine. »Ein Zeichen, dass ihr füreinander bestimmt seid.«
Nicolas sieht noch immer unglücklich drein. »Ich weiß nicht«, sagt er leise. »Aber ich weiß, dass ich es versuchen muss.«
Gemeinsam drängen wir uns in den Aufzug, so dass auch Nicolas den letzten Schritt hineintun muss, weil wir ihn sonst umstoßen würden.

Ich gehe davon aus, dass die Frau, die uns die Tür öffnet, Nicole ist, denn Nicolas scheint im Erdboden versinken zu wollen. Er schafft es nicht mal, ihr in die Augen zu sehen.
»Wie schön, dass du gekommen bist«, ruft sie und breitet die Arme aus, doch Nicolas weicht ihrer Umarmung aus und macht hastig ein paar Schritte ins Vorzimmer.
Nadine und ich scheinen schon wieder die gleiche Idee zu haben, um der Situation ihre Seltsamkeit zu nehmen. Wir breiten beide auch unsere Arme aus und küssen Nicole auf beide Wangen. Nacheinander.
»Wir sind gute Freunde von Nicolas«, erklärt Nadine.

»Ja, gute Freunde«, bestätige ich.
»Herzlich willkommen!« Nicole drückt uns nochmal, dann nimmt sie Nadine an der Hand, Nadine nimmt mich an der Hand und wir gehen Nicolas suchen, der vor lauter Nervosität irgendwo in der Wohnung verschwunden ist.

»Das wird nie was«, seufze ich, als Nadine und ich es uns mit einem Glas Cola und einem Pappteller voller Essen vom Buffet auf dem Sofa gemütlich gemacht haben und aus dem Wohnzimmerfenster schauen. Ich habe mir eine Aussicht wie bei Anton erwartet, aber Nicoles Fenster scheinen alle in einen Garten zu gehen, der sich noch immer im Inneren des Gasometerturms befindet. Nur durch kleine Öffnungen in der Mauer dahinter leuchten Lichter auf, ich nehme an, dort befindet sich Wien. Egal, ich bin nicht wegen der Aussicht hier. Sondern wegen Nadine. Und um Nicolas zu helfen, der mir wirklich leidtut. Und, um mir am Buffet den Bauch vollzuschlagen.

Nadine scheint zuversichtlicher als ich, was Nicolas' Liebesglück betrifft. »Das kriegen wir schon hin«, meint sie. »Wir müssen einfach ein bisschen nachhelfen.« Sie winkt Nicolas, der verloren vorm Buffet steht, und deutet ihm, dass er sich neben uns auf die Couch setzen soll.
Nicole begrüßt inzwischen weitere Gäste und hat gar keine Zeit, sich länger mit uns zu beschäftigen.
»Wie mache ich das?«, fragt Nicolas verzweifelt, als er neben uns auf dem Sofa Platz genommen hat. Sein Fuß wippt auf und ab, als wollte er eine Nähmaschine zur Höchstgeschwindigkeit antreiben. »Wie komme ich mit ihr ins Gespräch?«
Ja, wie? Nicht, dass ich da der Experte wäre. Aber Nadine hat sich fest vorgenommen, die beiden zu verkuppeln, und scheint auch zu wissen, wie das geht.

Wir finden heraus, dass Nicolas in einem Geschäft arbeitet, das Geschirr und Besteck verkauft. »Keine Billigware«, betont er. »Bei uns kaufen die vornehmsten Hotels.«
Die vornehmsten Hotels. Ich muss grinsen. Selbst seine Art zu sprechen wirkt altmodisch, dabei ist der maximal zehn Jahre älter als wir, wenn überhaupt.
Nicole hat ein 60-teiliges Besteckset bei ihm gekauft.
»Für sechzig Personen?«, frage ich ungläubig.
Zum ersten Mal sehe ich in Nicolas' Augen so etwas wie Überlegenheit aufblitzen. »Zwölf Personen. Sechzig Teile. Gabeln, Löffel, Tafelmesser, Kuchengabeln, Kaffeelöffel«, zählt er auf. »Stäbchen hat sie noch extra dazu genommen.«
Ich sehe ihn kopfschüttelnd an. »Die kriegt man doch mit jedem Take-away mitgeliefert.«
Nicolas schnalzt verächtlich mit der Zunge. »Wer Qualität will, kauft bei uns.«
Nadine winkt ab. »Hör nicht auf den Banausen da. Ich geh jetzt mit dir rüber in die Küche und verwickle Nicole in ein Gespräch über ihr beeindruckendes Besteck, gut?«
Nicolas nickt zögernd und Nadine zieht ihn hoch und schiebt ihn vor sich her Richtung Küche. Ich warte auf der Couch. Mir das anzusehen, wäre mir zu unangenehm.

Zehn Minuten später kommt Nadine alleine zurück. »Yesss«, sagt sie und streckt die Arme in die Höhe. »Die beiden sind total ins Gespräch vertieft. Das wird was, ich sag's dir.«
»Nicht schlecht.« Ich lege Nadine die Arme um die Taille und ziehe sie zu mir aufs Sofa. Bin froh, mich endlich mal nicht um Nicolas kümmern zu müssen, sondern Nadine ein bisschen für mich zu haben.
Ich fahre ihr durch die Haare. »Eigentlich mutig von ihm, uns einfach so mitzunehmen«, sage ich.

Nadine hält meine Hand fest, verschränkt ihre Finger mit meinen. »Allein hätte der sich doch gar nicht hergetraut.«
»Weiß ich. Aber der kennt uns gar nicht. Wir könnten völlig durchgeknallte Freaks sein, die auf dieser Party mit Essen um sich werfen, die Schuhbänder der Gäste zusammenknoten und die Gastgeberin ausrauben.«
Nadine sieht mich streng an. »Sind wir aber nicht. Wir sind ein angenehmes, gesittetes Pärchen, das nur das Beste für ihn will.« Sie deutet auf die Küchentür. »Die beiden reden noch immer da drin.«
Angenehm und gesittet ist mir ziemlich egal. Aber Pärchen, das mag ich. Ich lehne mich an Nadine und küsse ihren Handrücken, während ich aus den Fenstern ins Innere des Gasometerturms blicke.

Viel zu bald muss Nadine nach Hause. Morgen ist schließlich Schule. »Leider darf ich nicht ewig wegbleiben«, sagt sie bedauernd. »Ich bin nicht wie du.«
Ich wünschte, sie wäre wie ich. Müsste genauso wie ich die nächsten Stunden auf der Couch verbringen. Würde genauso wie ich um vier von Nicole freundlich gebeten werden zu gehen, gemeinsam mit einem Typen, der zwar nicht mehr gerade stehen kann, aber sonst ziemlich friedlich ist.
Wann Nicolas gegangen ist, habe ich nicht mitbekommen. Vielleicht hat er sich auch in der Besteckschublade versteckt und wartet dort, bis er endlich alleine ist mit Nicole.

Ich hingegen bin alleine mit diesem Typen, von dem ich nicht weiß, ob er bekifft oder besoffen ist oder beides. Er scheint genauso wenig wie ich zu wissen, wo er jetzt hinsoll, jedenfalls macht er keine Anstalten, irgendwohin zu gehen. Wir stehen draußen im Freien, ich lege den Kopf in den Nacken und sehe die Gasometerwand hinauf, er schwankt von links nach rechts und sieht mich an.

»Was?«, frage ich unfreundlich und hebe die Arme in einer Bewegung, wie um ihn zu verscheuchen. Doch er lässt sich davon nicht beeindrucken.
»Die haben sich was dabei gedacht«, sagt er.
»Häh?«
»Die haben sich was dabei gedacht«, sagt er und macht eine ausladende Handbewegung. »Bei dem allen. Beim Oben und Unten und Außen und Innen.« Beim letzten Wort ballt er die Hand zur Faust und klopft sich auf den Brustkorb.
»Jaja«, murmle ich. Ich muss schauen, wie ich den Typen loswerde.
»Wie hätte das denn sonst gehen sollen, hm?«, redet er weiter. »Wenn da kein Plan dahinterstecken würde.«
Ich bin mir nicht sicher, ob er jetzt von Gott anfangen wird oder von einer Verschwörungstheorie, ich weiß nicht einmal, was genau er meint. »Schönen Abend noch«, sage ich laut, obwohl es längt nicht mehr Abend ist, sondern tiefste Nacht. »Ich muss jetzt weg.« Mit diesen Worten drehe ich ihm den Rücken zu und stapfe Richtung U-Bahn, die gar nicht mehr fährt.
»Siehst du«, höre ich seine Stimme im Rücken. »Das ist alles geplant. Der schöne Abend, alles geplant.«
Genervt drehe ich mich um. »Hörst du bitte auf, mir zu folgen?«
Er sieht mich verwundert an und schüttelt den Kopf. »Du hast es nicht verstanden«, sagt er und es klingt fast, als würde er mich bemitleiden. »Du musst einfach genau hinschauen, dann siehst du es. Wie alles zusammenhängt.«
Weil ich nicht weiß, wie ich ihn loswerden soll, beschließe ich, ihn zu ignorieren. Hole mein Handy aus der Tasche und wische mit dem Daumen den Entsperrungscode.
Das war der größte Fehler, den ich machen konnte. Denn in diesem Moment beginnt der Typ so zu schwanken, dass er beinahe umkippt. »Uuups«, sagt er. Holt aus, um sich an mir festzuhalten. Hängt sich mit all seinem Gewicht an meinen Arm. Dem Arm, der

gerade mein Handy hält. Hielt. Denn mit so einer Wucht habe ich nicht gerechnet. Ich sehe gerade noch, wie sich meine Hand öffnet und mein Handy loslässt. Sehe es wie in Zeitlupe fallen und in einer Pfütze verschwinden. Komplett verschwinden.
»Scheiße«, brülle ich und stoße den Typen zur Seite. Dass nun auch er umfällt, ist mir egal. Hastig greife ich in die Pfütze und brauche nicht zweimal zu schauen, um zu wissen, was los ist.

Mein Telefon ist im Arsch und ich mit ihm.
Die Antworten der drei *hosts*, die ich angeschrieben habe, werde ich nicht lesen können. Wenn der Freund von *Grinsekatze* sich bereiterklärt, mich bei sich aufzunehmen, werde ich es nicht erfahren. Ich drehe mich noch einmal um. Will den Typen so richtig anschreien, ihm meine ganze Wut an den Kopf schleudern, aber er hat jetzt doch das Weite gesucht. Ich sehe ihn etwas weiter hinten als dunkle Gestalt dahintorkeln.
Ich fröstle. Mittlerweile weiß ich, dass es sich noch viel kälter anfühlt, wenn Müdigkeit dazukommt. Mutlos schlurfe ich zum Eingang des Einkaufszentrums. Die Drehtür reagiert nicht, drinnen ist es dunkel. Klar, um diese Uhrzeit hat das noch gar nicht offen.
Und jetzt? Irgendwann in der nächsten Stunde muss die erste U-Bahn fahren, doch noch ist der Eingang geschlossen. Ich beschließe, einmal um die Gasometer herumzugehen. Bewegung hält schließlich warm und wenn ich stehen bleibe, kippe ich vor Müdigkeit um und erleide womöglich noch das gleiche Schicksal wie mein Handy.
Einmal umrunde ich die Gasometer, dann biege ich in eine Seitengasse ein. Gehe die Nussbaumallee entlang, die weder nach Nussbäumen noch nach einer Allee aussieht, umrunde ein seltsam wirkendes Häuschen mit Garten, das verloren wirkt inmitten der hohen Bauten rundherum, und gehe schließlich wieder um die Gasometer und auf die U-Bahn-Station zu. Inzwischen muss die doch offen sein.

Als ich näher komme, sehe ich, wie sich ein Securitymensch an der Drehtüre zu schaffen macht. Erleichtert atme ich auf. Das Einkaufszentrum erscheint mir gerade ein einladenderer Ort, die Stunden bis Schulbeginn zu verbringen, als die U-Bahn.

Laaerbergstraße

Kurz vor Schulbeginn warte ich wieder an der Straßenecke, für den Fall, dass Nadine gestern noch geschrieben hat, dass wir uns hier treffen sollen. Hat sie anscheinend nicht, denn unter denen, die an mir vorbei die Straße heraufkommen, erkenne ich einige aus unserer Schule, aber keine davon ist Nadine.

Irgendwie muss ich den Tag heute rumkriegen und irgendwie muss ich eine Möglichkeit finden, auf *IYH* nachzuschauen, wo ich heute Abend hinkann. Lukas ist nicht in der Schule, der ist krank, war auch gestern schon nicht da. Außer Lukas traue ich mich aber nicht, irgendwen zu bitten, mir kurz ein Handy zu borgen. Die Kontra-Gruppe könnte mitkriegen, dass alles doch nicht so leicht ist, wie es nach außen scheint.

In meinem Kopf beginnt es zu pochen. Ich bin viel zu erledigt, um in der Pause rauf zum Tischtennistisch zu schauen und mich von Nadines Freundinnen anstarren zu lassen. Aber ich muss. Denn Nadine ist außer Lukas die Einzige, die mich vielleicht von allen anderen unbemerkt auf ihrem Handy in *IYH* einsteigen lässt.

Das Bedürfnis nach einem warmen Bett heute Nacht lässt mich meine Schüchternheit überwinden und ich steige die Stufen zum obersten Stockwerk hinauf. Sehe ihre Freundinnen auch am Tischtennistisch lehnen.

»Wo ist Nadine?« Ich will die Frage lässig und beiläufig klingen lassen, klinge aber wahrscheinlich so gestresst, wie ich mich fühle.
»Die ist krank.«
»Krank?«
»Sag ich doch, krank.«
Damit ist das Gespräch beendet.

Nadine ist jetzt auch krank! Bestimmt schreibt sie mir Nachrichten und ich kann nicht darauf antworten!

Urban-Loritz-Platz

Nach der Schule versuche ich, so lange es geht, die Wärme der Bücherei zu tanken. Ich suche einige dicke Bücher aus dem Regal und lege sie vor mich auf den Tisch. Brauche ich alles für mein Studium, für die Arbeit, die ich schreiben muss, die Prüfung nächstes Monat. Ich bin der fleißige Student in der Bibliothek. Bloß nicht auffallen.

Versteckt unter den Wälzern liegt mein Mathebuch, 7. Klasse. Auch wenn ich dafür überhaupt keinen Nerv habe. Aber ich kann es mir nicht leisten, morgen schon wieder ohne Hausaufgabe zu erscheinen. Ich habe schon die letzte nicht gehabt, weil ich einfach darauf vergessen hatte. Ich vergesse gerade ständig Dinge, das bin ich von mir gar nicht gewöhnt. Außerdem haben wir bald Schularbeit, in zwei oder drei Tagen, so genau weiß ich es nicht. Ich rechne einige Übungen vor mich hin, die nach und nach nur mehr Kritzel ohne Sinn sind. Ich vergrabe mein Gesicht in den Händen und lege meinen Oberkörper auf die Tischplatte. Wenn jetzt die Welt untergeht, hätte ich nichts dagegen. Aber sie tut mir den Gefallen nicht. Sie dreht sich weiter im Kreis.

Ich richte mich auf und strecke mich. Das Mädchen mit dem Laptop, das mir gegenübersitzt, sieht auf. Ich bin mit meinen Füßen an ihre gestoßen. Ich lächle sie an, ganz automatisch, ohne es wirklich zu meinen. »Entschuldigung.«
Sie lächelt zurück und schüttelt den Kopf. Soll wohl ›macht nichts‹ heißen. Dann beschäftigt sie sich wieder mit ihrem Buch. Sie ist mir schon aufgefallen. Ich kann mir ein Leben vorstellen, in dem ich noch ein paarmal absichtlich die Füße ausstrecke, nur um wieder mit ihr zusammenzustoßen. Aber dieses Leben lebe ich nicht. Ich habe bald Matheschularbeit, ich habe keine Ahnung, ich habe weder eine Wohnung noch ein Handy. Ich habe keinen Nerv dazu, mich zu unterhalten.

Ich widme mich wieder meiner Kurvendiskussion und versuche, die Extremwerte zu bestimmen, aber die Zahlen verschwimmen vor meinen Augen. Ich schüttle mich. Zeit, mein Kleingeld dem Kaffeeautomaten zu verfüttern.

Als ich 50 Cent einwerfe, sehe ich aus dem Augenwinkel, dass sie neben mir steht. Mit einem metallischen Geräusch fällt die Münze durch den Automaten und landet im Geldausgabefach. Ich klaube sie heraus und werfe sie nochmal ein. Sie fällt nochmal durch, ohne dort hängenzubleiben, wo sie soll.
»Gegen Metall reiben hilft«, sagt sie neben mir. Langsam drehe ich den Kopf und sehe, wie sie auf eine Stelle auf dem Schild neben dem Einwurfschlitz zeigt, die schon starke Abriebspuren zeigt. »Die fallen hier immer durch, aber wenn du sie da dran reibst, dann funktioniert's meistens.«
Tatsächlich. Nachdem ich mit der Münze ein paarmal am Metall entlanggefahren bin, schluckt sie der Automat und wenig später halte ich einen Plastikbecher Kaffee in der Hand.
»Danke«, murmle ich.

Das Mädchen lächelt. »Ich bin schon so oft an diesem Automat verzweifelt, jetzt hab ich die Strategie heraußen.« Sie holt ihren Becher aus dem Ausgabefach und hält ihn mir entgegen, als würde sie mir zuprosten. Ich hebe meinen Becher ebenfalls. »Mhm«, brumme ich. Ich will nicht reden.
Aber sie.

»Lernst du auch?«
»Mhm.« Ich habe nicht die Energie, mehr zu sagen.
Sie nickt. »Um diese Zeit ist's ganz angenehm hier, oder? Da ist nicht so viel los.«
»Mhm.« Ich sollte freundlich lächeln und ihr zu verstehen geben, dass ich nun wirklich weiterlernen muss.
»Bist du im ersten Semester?«, will sie wissen.
Ich sollte ihr eine Story über meinen Studienbeginn und meine ersten Prüfungen auftischen.
»Ich bin im zweiten«, sagt sie. »Hab im Sommersemester begonnen, weil ich davor noch ein bisschen gejobbt hab. Jetzt mach ich Rechtswissenschaften. Das sind echt Hammerprüfungen. Was studierst du?«
»Ich, äh …« Ich starre auf das Handy in ihrer Hand. »Sorry, ich erzähl dir gleich mehr. Könnte ich mir ganz kurz dein Handy ausborgen? Hab meines versenkt, das ist komplett im Arsch.«
Das war wohl jetzt die blödeste Überleitung zu einer Frage *ever* und ich würde mir selber in dieser Situation wohl kein Handy borgen. Aber ich muss auf *IYH* nachschauen, ich muss ich muss! Muss Nachrichten checken, zurückschreiben, Telefonnummern austauschen und Treffpunkte ausmachen.
Sie sieht mich auch nur kurz verwundert an, dann entsperrt sie ihr Telefon und reicht es mir. Ich drehe mich zur Seite, so dass sie gerade so viel sehen kann, um sicher zu sein, dass ich nicht mit ihrem Handy abhaue, aber nicht, welche Seite ich aufrufe.

Und dann kommt der Schock: Keine Nachrichten im Posteingang. Keine einzige. Ich klicke mich noch mal durch die drei Profile, die ich angeschrieben habe. Die Studentin macht inzwischen kleine Schlucke von ihrem Kaffee und sieht aus dem Fenster.

Letztes Login: vor fünf Tagen, steht da. Kann meine Nachricht also noch gar nicht gelesen haben. Dass mir das gestern nicht aufgefallen ist, als ich sie angeschrieben habe? Ich werde immer unaufmerksamer.

Letztes Login: vor sieben Stunden. In: Toronto, Kanada.
Der ist also auf Urlaub gefahren.

Letztes Login: gestern. In: Wien.
Das ist *Grinsekatze.* Der sich einfach nicht nochmal gemeldet hat. ›Warum hast du mir nicht geantwortet?‹, schreie ich ihn in Gedanken an. ›Weißt du nicht, was davon abhängt?‹ Aber klar, das weiß er nicht. Woher auch. Und wüsste er's, wäre es vermutlich ein Grund mehr, mir nicht zurückzuschreiben.

Was jetzt? Anat und Yossi sind die Einzigen, die ich jetzt anrufen würde. »Notfall«, würde ich sagen. »Emergency. Mein *host* hat abgesagt und ich stehe auf der Straße.« Die beiden würden garantiert ihre *hosts* überzeugen, auch mich aufzunehmen.
Obwohl ich weiß, dass sie *IYH* höchstens einmal die Woche checken und eine Nachricht an sie keinen Sinn hätte, rufe ich ihr Profil auf.

Letztes Login: vor zwei Tagen. In: Graz.

Scheiße. Warum müsst ihr abhauen, ohne mir etwas zu sagen? Obwohl es objektiv gesehen für mich keinen Unterschied macht,

ob Yossi und Anat in Wien oder in Graz sind, sinkt meine Stimmung in den Keller.
Wien hat also nichts für mich heute Nacht. Nichts und wieder nichts.
›Glasgow‹ tippe ich auf *IYH* ein und weiß nicht warum. Scrolle mich durch die Profile. Ich finde sie tatsächlich: Kendra.
Auf dem Foto ein paar Jahre älter, aber dennoch eindeutig sie. In meinem Magen zieht sich etwas zusammen. Ich habe gar nicht gewusst, dass ich sie so vermisse. Um ehrlich zu sein, bin ich mir nicht sicher, ob ich tatsächlich sie vermisse, oder das, was auf ihrem Profil steht.

Has couch: definitely
Replies: 100 %
Last login: three hours ago

Ach Kendra. Wenn ich dich jetzt anschreiben würde, würdest du mich sofort bei dir aufnehmen. Mir die Couch in deinem Wohnzimmer anbieten, einen Schlüssel in die Hand drücken und ich könnte ein Jahr lang bei dir wohnen. So wie du bei mir.
Wir würden wie damals über die Felder rennen, Modeschauen mit Kleidungsstücken aus den Schränken anderer Leute veranstalten und mit der Taschenlampe Nachrichten ins All morsen.

Na ja, inzwischen bin ich nicht mehr zwölf, wir würden all diese Dinge also vermutlich nicht mehr tun. Aber ich könnte in ihrer Küche sitzen und ihr alles erzählen. Sie wäre die Einzige, bei der ich mir das vorstellen könnte. Die Einzige, mit der ich wirklich über Mart reden könnte. Weil sie selber ein Jahr unter seinem Dach verbracht hat. Mit Kendra konnte ich mich wunderbar über Mart aufregen. Es tat gut, noch jemanden zu haben, der ihn nicht aushielt.

Am liebsten würde ich sie tatsächlich anschreiben. Aber wie? Als Jeremy? Kommt nicht in Frage.

Eigentlich will ich mich noch bei Nadine melden, aber die Studentin scheint schön langsam ungeduldig zu werden, weil ich ihr Handy so lange in Beschlag nehme. Also logge ich mich aus *IYH* aus und reiche es ihr. »Sorry«, murmle ich verlegen. »Und danke! Mir ist eingefallen, dass ich was total Wichtiges vergessen hatte.«
»Kein Problem.« Sie lächelt. »Sollen wir einfach dort weiterreden, wo wir aufgehört haben?«
»Äh ...« Verlegen kratze ich mich am Kopf. »Wo haben wir noch mal aufgehört?«
Jule lacht. »Du wolltest mir erzählen, was du studierst.«
»Ah.« Ich habe Kopfschmerzen, ich habe Hunger, ich habe nicht geschlafen. Ich kann mir nicht vorstellen, wie ich in meinem Zustand glaubhaft vortäuschen soll, für die Uni zu lernen. Wäre ich besser drauf, würde ich mit links Georg, einen Studenten der Technischen Mathematik im ersten Semester aus der Tasche ziehen. Oder Pascal, den ehrgeizigen Medizinstudenten, oder Matthias, Lehramt Englisch und Psychologie. Aber ich bin nicht gut drauf. Einen fröhlichen, sozialen, interessierten Studenten schaffe ich gerade nicht. Ich fühle mich, als liefe ich in einen Tunnel hinein, dessen einziger Ausgang gerade zugeschüttet wird.

Aber Julia, genannt Jule, will reden. Besser gesagt, sie will zuhören. Und da sie so nett war, mir ziemlich lange ihr Handy zu überlassen, sollte ich ihr etwas erzählen. Kurz überlege ich, ob ich ihr einfach die Wahrheit erzählen soll. Aber die scheint mir gerade so fremd, viel fremder als alles andere, was es zu erzählen gibt.
Also doch eine Geschichte. Denn Geschichten erzählen kann ich. Sogar, wenn nichts anderes mehr geht. Nur fröhlich kriege ich im Moment nicht hin.

Also entsteht Hannes. Hannes ist achtzehn, Hannes lernt Mathe, Hannes ist ... von zuhause ausgerissen? Nein. Oder doch? Ist er das? Fast. Ich höre mir selbst zu, wie Hannes von Stress mit seinen Eltern erzählt, von seiner Freundin, mit der er zusammengezogen ist, um seine Ruhe zu haben, aber die macht plötzlich auch Stress, die Freundin, nur Stress, und Hannes hält es auch dort gerade nicht aus und so ist die Bibliothek sein einziger Zufluchtsort.
Jule hört mir zu. Hört einfach zu, ganz wunderbar, und ich wünsche mir in dem Moment nichts sehnlicher, als Hannes zu sein und jemanden gefunden zu haben, der mir so zuhört wie Jule. Einem völlig fremden Menschen die eigene Lebensgeschichte zu erzählen muss etwas Befreiendes haben. Ich beneide Hannes darum.

»Wo bleibst du eigentlich heut Nacht?«, fragt Jule kurz vor Büchereischluss. Ich bemühe mich, nicht allzu verzweifelt zu wirken, und zucke die Achseln. »Irgendwo«, murmle ich. »Werd schon was finden.«
»Hm«, macht Jule. »Also ... also du kannst schon ... weißt du in meiner Wohnung ist viel Platz ...«
Ich mache eine abwehrende Handbewegung und nuschle: »Ich will keine Umstände machen.« Gleichzeitig spüre ich, wie der Klumpen in meinem Bauch leichter wird. Jetzt bloß nicht aufdringlich werden.
Jule schüttelt energisch den Kopf. »Mit Umständen hat das nichts zu tun.«
»Echt nicht?«
»Echt nicht«, versichert sie.
Ich lächle. »Danke«, bringe ich heraus, aber dieses Wort spiegelt nicht im Geringsten meine Gefühle wieder. Um auszudrücken, wie ich mich fühle, müsste ich ihr um den Hals fallen. Das kann und will ich nicht. Also schiebe ich dem kleinen, vertrockneten ›Danke‹ ein zweites hinterher.

»Wie lang willst du noch lernen?«, frage ich dann. »Ich richte mich ganz nach dir.«
»Na dann. Von mir aus können wir gleich gehen. Ich wohn auch gar nicht weit von hier.«

Halbgasse

Jules Wohnung ist wirklich nur wenige Minuten zu Fuß von der Bücherei entfernt in der Halbgasse.
»Passend zu meinem Leben.« Sie lacht und hält mir die Tür auf.
»Wieso das?«
»Na, weil alles halb ist bei mir. So richtig ganz krieg ich nichts auf die Reihe.«
Hört sich bekannt an. Bloß, dass es bei mir nicht einmal halb ist, sondern schön langsam in seine Einzelteile zerfällt. Aber jetzt ist keine Zeit für Selbstmitleid. Ich habe ein warmes Bett!

Jules Toilette duftet nach Lufterfrischer mit Kokosgeruch. Mir wird schlecht, wenn ich Kokos rieche. Echte Kokosnüsse sind okay, aber künstliches Kokosaroma verursacht bei mir immer Übelkeit. Bei Nadine ist es Minze. Wenn sie Pfefferminztee trinkt, muss sie sich übergeben. Vor kurzem mussten wir feststellen, dass die sogar den Eistee heimlich mit Minze versetzen. Nirgends ist man mehr sicher.

Jule scheint sich nicht an derlei Gerüchen zu stören, denn das erste, was sie mir anbietet, ist Früchtetee mit Vanillearoma. Und Lasagne aus dem Tiefkühler.

»Normalerweise mach ich sowas übrigens nicht«, sagt sie, als wir beim Essen sitzen. »Fremde Leute einfach mit nach Hause nehmen.«

Sie sieht mich an, als würde sie eine Antwort erwarten. Eine Antwort, ob ich so etwas normalerweise mache. Mit fremden Leuten mitgehen.
Ja, würde die Antwort lauten. In letzter Zeit schon. Aber ich lache nur. »Ich auch nicht«, sage ich. Ich will mich nicht unterhalten, aber ich muss, glaube ich.
»Was ist denn alles halb bei dir?«, versuche ich es, um ein Thema zu finden, das sich nicht um mich dreht.
Jule seufzt. »Kompliziert.«
»Was denn?«
»Alles eigentlich. Job, Uni, Familie, Beziehung.«
Ich weiß nicht so recht, wie ich reagieren soll, also nicke ich vorsichtig. »Hm.«
Jule stützt den Kopf in die Hände. »Schon mal was von ›Schorlenmenschen‹ gehört?«
Ich runzle die Stirn. »Was soll das sein?«
»Weißt du, was ›Schorle‹ ist?«
Ich schüttle den Kopf. Keine Ahnung, was das heißt.
»Spritzer nennt ihr das hier in Österreich, glaube ich.«
»Ah.« Ich bin zu müde, um Jule zu erklären, dass Jeremy manche deutschen Wörter nicht kennt. Zum Glück, fällt mir Sekunden später ein. Ich bin heute ja gar nicht Jeremy. Ich bin ja Hannes. Hannes kennt den bundesdeutschen Ausdruck auch nicht, aber aus anderen Gründen als Jeremy.
»Da hab ich mal einen Artikel drüber gelesen«, fährt sie fort. »Menschen, bei denen alles nicht so ganz ist. Die Hälfte ist Apfelsaft oder Wein oder was auch immer und dann kommt halt Wasser dazu, damit es wirkt, als wäre das Glas voll. In Wirklichkeit ist aber nur die Hälfte echt. Der Rest ist bloß Wasser.«
Ich glaube zu verstehen, was sie meint. »Und du wärst dann so ein Schorlenmensch?«

Jule nickt seufzend, dann lächelt sie. »Ist so ein Insiderwitz geworden mit Jonas.«
Ich sehe sie fragend an.
»Wir haben eine Schorlenbeziehung«, sagt sie mit verstellter Stimme und lacht. »Klingt doch besser als zu sagen: Wir sind zu unfähig, uns zu trennen, aber noch unfähiger zusammenzubleiben.«
Ich nicke verständnisvoll. In Wahrheit fühle ich mich alles andere als verständnisvoll. Was Jule und ihr Ex oder Nicht-Ex miteinander machen oder nicht machen, ist mir so egal wie nur etwas.

Anscheinend bin ich irgendwann abgedriftet, denn Jule sieht mich plötzlich fragend an, als erwarte sie eine Antwort. »Mhm«, mache ich und nicke, da ich darauf tippe, dass sie noch etwas über ihre Beziehung zu Jonas erzählt hat.
Jule lacht. »Mhm ist keine Antwort.«
Ich blinzle verwirrt. »Äh, sorry, wie war die Frage?«
Ich habe nicht bemerkt, dass sie inzwischen Gläser auf den Tisch gestellt hat. »Ob du eher der Weißwein- oder der Rotweinschorlenmensch bist, hab ich gefragt.«
»Oh.« Ich überlege. Eigentlich gar keines von beiden im Moment. Aber ich kann heute nicht nein sagen. Ich kann zu nichts nein sagen. Jule lässt mich bei sich schlafen und Jule will mit mir Wein trinken. Also trinke ich mit ihr.
»Rotwein wäre offen«, sagt sie.
»Wollte eh gerade rot sagen.«
Jule stellt einen roten Spritzer vor mich hin und setzt sich neben mich. Sie hebt das Glas. »Auf das ganze Leben.«
Ich verziehe meinen Mund zu einem Lächeln. »Auf das Ganze.«
Die Gläser machen ›pling‹, als sie aneinanderstoßen, in meinem Kopf macht es ›plonkplonkplonk‹.
Alkohol ist nicht der beste Freund meiner Kopfschmerzen, es pocht immer stärker in meinen Schläfen.

»Hast du ein Aspirin oder so?«, frage ich schließlich.
»Sicher.« Jule springt auf und legt kurz danach eine ganze Packung vor mich hin. Ich drücke eine Tablette aus der Hülle und nehme sie in den Mund.
»Warte, ich hol dir ein Glas Wasser.«
Ich schüttle den Kopf. »Gehg schon scho, ganke«, nuschle ich, bevor ich schlucke.

Jule erzählt weiter. Von Jonas. Von den engstirnigen Leuten in der deutschen Kleinstadt, aus der sie kommt. Davon, dass sie sich auch in Wien nicht so richtig ganz fühlt. Bestimmt auch noch von anderen Dingen, aber mein Gehirn ist nicht fähig, so viel Information auf einmal zu verarbeiten.
Sie hat Hannes vorhin so aufmerksam zugehört, also hört Hannes jetzt auch ihr zu. Ich versuche, am Klang zu erkennen, ob das, was sie sagt, ein Satz oder eine Frage ist, um nicht wieder an der falschen Stelle ›mhm‹ zu sagen.
Zum Glück fragt sie gerade nicht viel, sondern erzählt, und ›mhm‹ scheint meistens die richtige Antwort zu sein. Jule erzählt und schenkt sich Wein nach. Auch mir. Sie sitzt zu nah an mir dran.

Und dann spüre ich ihre Lippen auf meinen. Spüre wie sie sich öffnen, spüre Labello, spüre ihre Zunge in meinem Mund. Aber sonst spüre ich nichts. Ich weiß nicht, was wir hier machen. Da sind Lippen und Zungen, die aneinanderkleben. Aber da hängen keine Menschen dran. Trotzdem mache ich mit.

Jules Hände ziehen mir den Pullover über den Kopf, schieben sich unter mein T-Shirt, knöpfen meine Hose auf. Was meine Hände tun, weiß ich nicht. Es geht ziemlich schnell, dass unser Zeug über den Boden verstreut ist und wir nur mehr die Unterwäsche anhaben.

»Das Schlafzimmer ist da drüben«, flüstert Jule und zieht mich mit. Sie bleibt mit einem Fuß in meinem Pullover hängen und kickt ihn auf die Seite. Mit dem Ellenbogen drückt sie die Türschnalle hinunter und stößt die Tür auf. Sie macht kein Licht an, ich erkenne nur schemenhaft ein Doppelbett.
»Achtung«, flüstert Jule und lässt sich mit mir auf die weiche Matratze fallen. Die Federung schaukelt auf und ab. Jule lacht leise und küsst mich hinters Ohr.
Ich hole tief Luft und erstarre. Irgendetwas riecht nach Minze.

Ruckartig setze ich mich auf. Langsam erkenne ich die gesamte Schlafzimmereinrichtung. Ein Schrankverbau füllt die Wand mir gegenüber aus, an den Schrankwänden sind Spiegel angebracht. Ich bewege meinen Arm. Der Junge im Spiegel bewegt sich ebenfalls. Das bin also wirklich ich.
Jule stützt sich auf einen Ellenbogen und streichelt mir mit der anderen Hand über den Arm.
»Alles okay?«
»Mhm«, quetsche ich aus mir heraus.
Jule sieht mich skeptisch an. »Du siehst nicht so aus.«
»Entschuldige«, flüstere ich. »Ich glaube, es geht nicht.«
Jule setzt sich nun auch auf und schaltet die Nachttischlampe an. Resigniert sieht sie mich an. »Ist schon in Ordnung«, murmelt sie. Sie steht auf und geht ins Badezimmer.

Ich sammle meine Kleidungsstücke ein und ziehe mir mein T-Shirt wieder an. Höre, wie Jule Zähne putzt, dann ist es ruhig. Ich weiß nicht, wo ich jetzt hinsoll, außer dem Doppelbett gibt es keine Schlafgelegenheit. Ich lege mich an den Rand des Betts und wickle meinen Schlafsack fest um mich. Alle Gedanken an Nadine schiebe ich beiseite. Ich habe einen Knoten im Bauch, der immer größer wird. Einen, den man nicht mehr lösen kann.

Laaerbergstraße

Lukas ist noch immer krank und ich traue mich nicht, nachschauen zu gehen, ob Nadine wieder da ist. Sie kommt auch nicht zu mir runter. Als könnte sie spüren, was ich letzte Nacht gemacht habe. Mir ist schlecht.

Ob mein Handy mittlerweile ausreichend getrocknet ist, weiß ich nicht. Ich habe irgendwo gelesen, dass man es nach einem Wasserschaden auf keinen Fall einschalten soll, bevor es nicht ganz trocken ist. Aber wie, verdammt noch mal, soll ich wissen, ob es ganz trocken ist? Kann man ja nicht aufmachen, diese blöden Dinger.

Urban-Loritz-Platz

Den Nachmittag hänge ich wieder in der Bücherei rum, aber nicht bei den Lerntischen. Ich verstecke mich in einem Sessel in einer Ecke, wo Jule mich nicht sehen kann. Immer wieder spähe ich zwischen den Regalen durch und vergewissere mich, dass sie noch da ist.
So lange habe ich nämlich noch die Wahl. Sie zu fragen, ob ich noch eine Nacht bei ihr schlafen kann. Ich weiß nicht, ob ich das tun will. Besser gesagt weiß ich, dass ich es nicht tun will. Ich weiß nicht, was ich alles tun müsste, damit sie mich bei sich schlafen lässt. Aber es wäre vielleicht noch immer weniger schlimm als eine Nacht auf der Straße.
Solange sie dasitzt und lernt, habe ich noch die Wahl. Also verbringe ich den restlichen Nachmittag damit, sie zu beobachten.
Ein paarmal steht sie auf, vermutlich um aufs Klo zu gehen, Kaffee zu trinken oder zu telefonieren. Aber immer lässt sie ihre Jacke auf der Sessellehne zurück, so dass ich weiß, dass sie wiederkommt.

Um sechs Uhr packt sie ihre Sachen zusammen.
Was mache ich jetzt?

Bevor ich richtig nachdenken kann, stehe ich vor ihr.
»Oh, hallo Hannes«, flüstert sie überrascht.
»Hallo«, flüstere ich zurück.
Sie betrachtet die Unterhaltung hiermit offensichtlich als beendet, schultert ihre Tasche, schiebt den Sessel an den Tisch und beginnt, auf ihrem Handy zu tippen. Ich folge ihr bis ins Foyer. »Du, Jule«, sage ich mit normal lauter Stimme.
Sie dreht sich um, das Handy am Ohr. »Hm?«
»Kann ich eventuell ... also könnte ich noch eine Nacht ... also noch eine Nacht bei dir ...?«
»Ich ruf dich zurück«, sagt Jule schnell ins Handy, dann lässt sie die Hand mit dem Telefon sinken. Sie sieht mich skeptisch an. »Ich bin aber nicht die Notschlafstelle, damit das klar ist.«
»Ich weiß«, sage ich. »Ich ... nur eine Nacht, wirklich.«
Vor Scham könnte ich im Boden versinken. Noch nie habe ich jemanden so angebettelt. Jule verdreht die Augen. Ihr Handy klingelt und sie hält es sich wieder ans Ohr.
»Ja ... ich ruf dich zurück, hab ich doch gesagt ... erklär ich dir später ... ja, mein scheiß Helferinnensyndrom ... ich ruf dich zurück.«
»Na, dann komm mit«, sagt sie zu mir. Nicht freundlich, aber auch nicht unfreundlich.
Ich starre auf den Boden und folge ihr.

Halbgasse

In der Früh mache ich mich auf den Weg aus Jules Wohnung, noch bevor sie aufwacht. Die Isomatte, die sie mir in einer Ecke des Wohnzimmers ausgebreitet hat, rolle ich zusammen und spanne

das Gummiband darum, damit sie sich nicht wieder von selbst entrollt. Ich putze mir schnell die Zähne und schmeiße mir eine Handvoll Wasser ins Gesicht. Aufs Klo gehe ich nicht, aus Angst, Jule könnte vom Geräusch der Spülung aufwachen.
Wahrscheinlich sollte ich eine Nachricht auf den Tisch legen und mich bedanken, denn Jule hat mich aufgenommen und in Ruhe gelassen. Aber ich wüsste nicht, was ich schreiben soll.

Laaerbergstraße

Zumindest Lukas ist wieder in der Schule, bin ich also nicht so alleine wie die letzten Tage.
»Du siehst ja noch schlimmer aus als ich«, sagt er zur Begrüßung. Normalerweise würde ich etwas Flapsiges darauf antworten, aber das kann ich gerade nicht. Lukas redet auch gleich weiter. »Wenn du den gleichen Virus gehabt hast, den ich jetzt hatte, dann waren wir beide fast tot. Ich war echt noch nie so krank.«
»Es geht was um grad. Nadine ist auch krank.«
»Ah, echt?«
Ich nicke, obwohl ich natürlich keine Ahnung habe. Ich hoffe, dass sie noch immer krank ist, wobei ich ihr diesen Virus natürlich nicht wünsche. Aber ich kann ihr auf keinen Fall begegnen nach meinen zwei Nächten bei Jule. Sie darf mich nicht sehen, so wie ich gerade drauf bin, so erschöpft und zusammengefallen.
»Sag, kann ich mal dein Handy haben?«, frage ich Lukas. »Ich hab meins ertränkt und glaub, ich sollt noch ein bisschen warten mit Anschalten.«
»Oh, Scheiße. Sicher.« Lukas entsperrt sein Telefon und schiebt es mir über die Tischplatte entgegen. Anders als Jule hält er sich nicht zurück, sondern schaut mir ziemlich auffällig über die Schulter, als ich mein *IYH*-Profil aufrufe.

Endlich, endlich eine neue Nachricht. *Wokaholic* alias Cengiz hat einen Schlafplatz für mich. Er ist erst seit zwei Monaten Mitglied auf *It's Your Home* und hat noch keine Bewertungen. Inzwischen macht mir sowas keine Sorgen mehr. Inzwischen ist mir das egal. Ich könnte Lukas' Telefon abküssen vor Erleichterung.

»Cooles Foto.« Lukas zeigt auf mich mit Sonnenbrille auf dem Snowboard.
»Ja, weil man nichts sieht von mir.«
»Haha. Darf ich mal lesen, was die Leute so über dich schreiben?«
»Sicher.« Lukas hat mir sein Handy geborgt und mir so einen Schlafplatz gesichert. Der darf gerade machen, was er will.
Lukas scrollt hinunter und liest meine Bewertungen. »Hey, echt? Du hast einem geholfen, die Liebe seines Lebens zu finden?«
»Gib mal her.« Ich nehme Lukas das Handy aus der Hand.
Tatsächlich. *Dazedandconfused* hat mir eine lange Bewertung hinterlassen, in der er schreibt, dass er es ohne meine Hilfe nie geschafft hätte, Nicole anzusprechen. Anscheinend sind die beiden jetzt zusammen. Trotz meines miserablen Zustands muss ich grinsen. Jeremy ist super. Jeremy und Nadine sind super. Die schaffen sogar sowas.

Tivoligasse

»Ich muss aber früh raus«, sagt Cengiz gleich zur Begrüßung, als ich nach der Schule bei ihm auftauche.
Ich nicke. »Das hast du eh geschrieben. Das ist kein Problem, ich stehe eh gern früh auf.« Dann fällt wenigstens nicht auf, dass ich jeden Tag um genau die gleiche Zeit das Haus verlasse, um in die Schule zu gehen.

»Hab ich dir auch geschrieben, dass ich die nächsten Tage ziemlich spät heimkomm?«
Hat er nicht. Aber ich kann hier schlafen, eine ganze Woche lang. Eine ganze Woche! Das kommt mir vor wie eine Ewigkeit. Eine Woche lang einfach heimkommen und schlafen. »No problem«, sage ich also. »Es gibt genug, das ich noch nicht gesehen habe in dieser Stadt. Und inzwischen kenne ich auch schon einige Leute hier, die ich noch einmal treffen will. Spät ist also wirklich kein Problem.«
»Super«, sagt Cengiz erleichtert. »Ich muss nämlich einen Projektantrag fertigschreiben und das gestaltet sich als etwas schwierig. Da werd ich sicher bis zehn oder so im Büro sitzen.«
Ich warte darauf, dass er mir einen Zweitschlüssel zu seiner Wohnung anbietet, aber das tut er nicht.
»Ist okay«, sage ich also.
»Kannst wirklich gern eine Woche hierbleiben«, bekräftigt er sein Angebot. »Ich freu mich, wenn ich dann abends noch ein bisschen Ansprache habe. Im Moment besteht mein Leben nur aus Arbeit. Das war eigentlich auch der Grund, warum ich mich bei *It's Your Home* angemeldet habe. Damit ich wenigstens ein bisschen Sozialleben habe.«
Er lacht. Auf mich wirkt er eigentlich nicht so, wie ich mir Menschen ohne Sozialleben vorstelle.

Wir machen uns aus, dass ich ihn jeden Tag um zweiundzwanzig Uhr von seinem Büro abhole.
»Damit ich wirklich irgendwann Schluss mache«, meint er. »Dann können wir auch zu Fuß in meine Wohnung gehen, das sind nur zwanzig Minuten. Damit ich zumindest ein bisschen Bewegung mache.«
»Klar«, sage ich. »Mache ich doch gerne.«

Cengiz stellt eine Schale mit Nüssen vor mich auf den Tisch. Erst, als ich eine nach der anderen in den Mund schiebe, merke ich, wie hungrig ich eigentlich bin. Cengiz macht keine Anstalten, irgendetwas zu kochen.
»Ich würde schnell runtergehen, was zu essen holen«, sage ich nach einer Weile. Ich habe gesehen, dass sich gleich ein paar Häuser weiter eine Pizzeria befindet. »Willst du auch etwas?«
Cengiz schüttelt den Kopf und ich bin ihm dankbar dafür. Natürlich hätte ich ihn eingeladen. Aber das hätte ich mir nicht wirklich leisten können. Für mich hole ich nur zwei Pizzastangerl mit Knoblauch, das Billigste auf der Speisekarte. Danach habe ich noch vierzehn Euro in der Geldtasche.

»Weißt du, dass du einen Fehler in deinem Profilnamen hast?«, frage ich vorsichtig, während ich mir den letzten Rest des Pizzastangerls in den Mund schiebe.
Cengiz grinst. »Ist schon Absicht so.« Er deutet auf die Wokpfanne auf dem Abtropfbrett neben der Spüle. »Ich koche voll gern. Am liebsten Wok, das geht schnell. Momentan hab ich leider nicht mal dazu Zeit.«
»Ah.« Ich komme mir blöd vor. Aber Cengiz scheint nicht beleidigt zu sein.
»Würdest du dich als Workaholic bezeichnen?«, will ich dann wissen.
Cengiz lächelt. »Vermutlich.«
»Geht es dir gut dabei?«
»Mir geht's jedenfalls nicht schlecht. Ich mag meinen Job einfach gerne.« Er zögert. »Außer das mit den Projektanträgen. Das ist total langweilig. Muss aber sein.«

Ich bin so müde wie noch nie in meinem Leben, aber gleichzeitig plötzlich total aufgedreht. Denn das Beste an Cengiz ist nicht,

dass ich eine Woche hierbleiben kann. Das Beste an Cengiz ist, dass Jeremy wieder zurück ist. Mit jeder Minute, die ich mich mit Cengiz unterhalte, werde ich selbstsicherer. Und mutiger. Jeremy beschließt einfach, dass das Handy nun lang genug Zeit zum Trocknen hatte und wieder funktionieren soll.
Wenn man Wünsche nur klar genug formuliert, werden sie offensichtlich manchmal einfach erhört. Mein Handy macht ›pling‹, es leuchtet, es fragt nach dem Pin. Es funktioniert wieder!
Nach und nach trudeln Nachrichten ein.

Mart: *Ladekabel gefunden. Deins?*

Nadine: *Jetzt hats mich erwischt. Krankrankrank!!! Alles tut weh! Hätt so gern Krankenbesuch von dir!*

Dann die nächste. *Was machst du heute?*
Das war Mittwochabend. Ich will gar nicht daran denken, was ich da gemacht habe.

Bist anscheinend sehr beschäftigt.

??????
Das war gestern …

Meine Finger tippen, so schnell sie nur können, ich schreibe lauter kurze Nachrichten hintereinander.

Verdammt, hats dich auch erwischt!

Hab deine Nachrichten erst jetzt gelesen.

Hab mein Handy versenkt.

Auf der weirden Party im Gasometer.

Crazy story, erzähl ich dir noch.

Funktioniert erst jetzt wieder.

Soooooooo sorry!!!

Bist hoffentlich wieder gesund?!?!?

Treffen morgen???

Vermiss dich!!!
Herzchen Herzchen Herzchen. Und Herzchen.

Was, wenn sie sich jetzt nicht mehr meldet? Wer ist denn auch so bescheuert und versenkt sein Handy.

Zum Glück habe ich bald darauf eine Nachricht von ihr.

Puh, hab schon gedacht, dir ist was passiert! Ja, morgenmorgenmorgenmorgeeeeen!!!

Cengiz freut sich wirklich, dass ich bei ihm wohne und ihm ein bisschen Sozialleben verschaffe. Es ist einfach, mit ihm zu plaudern. Er hat zu jedem Thema etwas zu sagen, vermeidet aber persönliche Fragen, und ich vermute, dass es ihm auch recht ist, dass ich ihn nichts zu seiner persönlichen Geschichte frage. Da passen wir gut zusammen.
Nicht so gut passt, dass ich wirklich jeden Tag bis zehn Uhr warten muss, bis ich zu ihm in die Wohnung kann. Zumindest ist es wieder wärmer geworden, es hat untertags mindestens zehn Grad.

Kein Schnee in Sicht – Hoteliers bangen um die Wintergäste, lese ich die Schlagzeile der Tageszeitung. Bis auf vereinzelten Schneefall, der am nächsten Tag gleich wieder weggeschmolzen ist, ist dieser Winter bislang ziemlich mild.
Ich bete zur Klimaerwärmung, dass das so bleibt.

Columbusplatz

Am Samstag treffe ich Nadine schon am frühen Vormittag im Einkaufszentrum in der Nähe unserer Schule. Erklären tue ich überhaupt nichts, sondern stehe nur mit hängenden Armen vor ihr. »Tut mir so leid«, sage ich unglücklich. »Jetzt bist du es, die krank ist, und ich kann mich nicht mal bei dir melden.«
»Schon okay«, sagt Nadine und dann zieht sie mich zu sich und umarmt mich. Ich verschränke meine Arme hinter ihrem Rücken und drücke sie. Lasse sie minutenlang nicht mehr los. »Sorry«, wiederhole ich immer wieder. »Das Leben ist soo arg, wenn dein Handy ertrunken ist.«
»Das Leben ist auch arg, wenn deine Freundin erstickt ist«, presst Nadine unter meiner Umarmung hervor.
Schnell lasse ich los. »Oh Gott! Sorry! Es tut mir so leid!«
Nadine grinst. »Nur ein Scherz. Jetzt alles in Ordnung mit deinem Handy?«
Ich nicke. »Hoffe ich zumindest.«
Nochmal umarmen traue ich mich nicht. Obwohl ich gerne würde.

Im Lauf des Tages entschuldige ich mich noch mehrmals. Aber auf ihre Fragen, was ich die letzten Tage so gemacht habe, antworte ich ausweichend. Was sollte ich ihr denn erzählen? Von Jule etwa? Daran will ich nicht mehr denken.

Ich vergrabe mein Gesicht in Nadines Haaren. Nie wieder möchte ich irgendwo anders sein.
»Jakob«, murmelt Nadine. »Jakob. Jakobold.«
Ich hebe meinen Kopf. »Für einen Kobold bin ich aber zu groß.«
»Wir haben gerade in Chemie was über Kobalt gelernt«, sagt Nadine, wie um zu erklären, wieso sie darauf kommt, mich so zu nennen.
»Ist ein Gestein, oder?«
»Ein Erz oder so«, erklärt Nadine. »Und man kann es nicht verhütten. So wie dich.«
»Verhüten hätten mich meine Eltern schon können«, brumme ich. »Hätten bloß besser aufpassen müssen.«
Nadine geht nicht auf mein Selbstmitleid ein. »Verhütten, du Doofi. Zwei T.«
»Und was heißt das?«
»Dass du nirgends bleibst. In keiner Hütte. Immer haust du ab.«
»Haha. Das hat doch irgendwas mit Metallverarbeitung zu tun.«
Nadine lacht. »Na, wenn du's eh weißt, warum fragst du dann?«
Das war's. Erklären scheine ich nichts mehr zu müssen. Ich vergrabe mein Gesicht wieder in ihren Haaren.

Ich wünschte, ich hätte den Schlüssel zu Cengiz' Wohnung, der tatsächlich so ein Workaholic zu sein scheint, dass er auch am Wochenende bis spätabends arbeitet.
Ein paarmal habe ich schon angesetzt, ihn danach zu fragen. Hab's aber nie getan. Irgendwie spüre ich, dass er das nicht will, und ich weiß nicht, wie er auf die direkte Frage danach reagieren würde. Ich will die Unterkunft bei ihm nicht aufs Spiel setzen. Und ich habe mich schon zu vielen Leuten aufgedrängt.
Ich wünschte, Nadines Vater wäre nicht arbeitslos. Oder sie würde mich trotzdem mal fragen, ob ich zu ihr nach Hause mitkommen will. Aber ich verstehe, dass sie mich nicht fragt. Ich will sie bei mir ja auch nicht vorstellen.

Ich wünschte, wir müssten nicht den ganzen Tag durch die Stadt laufen oder in Einkaufszentren rumhängen. Obwohl mit Nadine sogar das schön ist. Ich will nur verdammt noch mal endlich einen Raum für uns beide haben, wo ich die Tür zumachen kann.

Aber das spielt es nicht und wir müssen mit den Sitzgelegenheiten im Einkaufszentrum vorliebnehmen.
»Ist hier die Teenie-Knutschecke?«, fragt einer laut.
»Was heißt hier Teenie«, flüstert Nadine entrüstet, so dass nur ich es hören kann. »Wir sind doch einundzwanzig!«
Mit dem Knutschen hören wir trotzdem auf. Fast bin ich erleichtert. Irgendwie ist es mir peinlich, das so öffentlich zu tun. Obwohl ich insgeheim auch hoffe, dass jemand vorbeikommt, der mich kennt, schließlich ist das Einkaufszentrum nicht allzu weit weg von unserer Schule. Jemand von der Kontra-Gruppe vielleicht. Jemand, der dann sieht, dass ich es noch immer schaffe. Dass ich geduscht und gut angezogen mit einer wie Nadine engumschlungen hier bin.
Wir sitzen da, bis sich mein Herzschlag wieder beruhigt hat. Dauert ziemlich lange, denn Nadine hat den Kopf an meine Schulter gelehnt und bläst mir ihren Atem an den Hals.

Dann schmeißen sie uns raus, weil das Einkaufszentrum schließt. Ich muss noch ein paar Stunden rumkriegen, bis ich zu Cengiz kann. Aber so würde ich es Nadine gegenüber nie formulieren.
»Ich hab noch ein paar Stunden, dann muss ich Cengiz abholen«, sage ich also. »Soll ich dich nach Hause begleiten?«
Nadine legt den Kopf schief und sagt nichts.
»Keine Sorge, ich will auch nicht rauf, deine Eltern kennenlernen«, sage ich schnell. »Wir können auch noch was trinken gehen hier, wenn du magst. Ist schließlich Samstag.« Ich rede schnell weiter, will gar nicht hören, dass sie mir gleich sagt, sie will jetzt ohne mich weg.

»Was machen denn die anderen heute?«, frage ich also. »Weißt du was?«
Nadine schüttelt den Kopf. »Hab auch gar nicht so Lust auf die anderen grad«, sagt sie und wuschelt mir durch die Haare. »Nach Hause begleiten wär super.«
»Echt?« Ich sehe sie skeptisch an. Irgendwie bin ich mir nie sicher, woran ich bei ihr bin, wenn ich Jakob bin, auch wenn ihre Worte eigentlich eindeutig sind. Aber jedes Zögern in ihrer Stimme, jeden abwartenden Blick interpretiere ich sofort als die eine und einzige wahrscheinliche Möglichkeit: Sie will mich eigentlich gar nicht.
Ich vermisse Jeremy. Jeremy ist sich nie unsicher. Jeremy würde Nadine natürlich sofort nach Hause begleiten, weil er weiß, dass sie sich darüber freut.
»Great«, sage ich also. »I'm gonna walk you home.«

Wir reden Englisch und Denglisch miteinander, bis uns die Füße wehtun. Die ganze Favoritenstraße nämlich, und die ist lang. Vom Einkaufszentrum auf Nummer sieben über den Verteilerkreis an der Fachhochschule vorbei bis zur Siedlung, wo Nadine wohnt, wo die Nummern schon im dreistelligen Bereich sind. Weil ich Jeremy bin, merke ich, dass Nadine absichtlich langsam geht, um den Zeitpunkt, an dem wir uns trennen müssen, noch möglichst lange hinauszuzögern.

Schützenweg

Am Sonntag überlege ich mir kurz, Nadine zu meiner Mutter mitzunehmen. Dort hätte ich ein Zimmer. Aber das würde bedeuten, sie offiziell vorzustellen. Meiner Mutter. Und Mart.
Sicher nicht. Das, was ich mit Nadine habe, ist mir zu kostbar, um es von Mart auseinandernehmen zu lassen.

Meine Mutter freut sich, dass ich heute den gesamten Tag bei ihr verbringe und erst mit dem letzten Bus nach Wien fahre, um Cengiz abzuholen.

Laaerbergstraße

Am Montag nach der Schule hänge ich noch ein bisschen mit Nadine rum, aber sie muss bald nach Hause. Lernen.
»Heute in einer Woche hab ich Französischprüfung«, sagt sie genervt. »Wenn ich im Halbjahreszeugnis positiv bin, hab ich nächstes Semester nicht so viel Stress.«
Klar. Verstehe ich. Muss ich ja verstehen. Obwohl das Timing scheiße ist.
»Heißt das, dass du jetzt jeden Tag gleich heimmusst?«, frage ich unglücklich. Wie kann es sein, dass Nadine gerade dann keine Zeit für mich hat, wenn mir die Woche bei Cengiz ermöglicht, wieder mal in Ruhe Jeremy zu sein.
Sie sieht mich entschuldigend an. »Ich fürchte, ja.«
»Und auch am Wochenende lernen musst?«
Nadine küsst mich zur Antwort. »Aber danach hab ich alle Zeit der Welt.«

Finde ich scheiße, kann ich aber nicht ändern. Gehe ich eben alleine in den Park. Die Einkaufszentren und Fastfood-Ketten nerven mich nämlich schon.

Schlosspark Schönbrunn

Cengiz' Wohnung liegt gleich in der Nähe von Schönbrunn und im Winter hat der Schlosspark bis halb sechs Uhr offen. Als Tourist passt Jeremy auch gut dorthin, obwohl er eigentlich schon lang genug in Wien ist, um nicht mehr ganz als Tourist durchzugehen.

Natürlich war ich schon mal in Schönbrunn, mit Mart und meiner Mutter und auch mit der Schule. Im Schloss und im Park. Trotzdem verstehe ich erst jetzt, in welchem Teil Wiens Schönbrunn genau liegt. Weil ich inzwischen eine ziemlich gute Karte von Wien im Kopf habe. Eine seltsame Freude überkommt mich, wenn ich merke, wie die unterschiedlichen Orte zueinander in Beziehung stehen. Ich mag Stadtpläne. Das wusste ich davor nicht.

Ich schicke Nadine ein Selfie vor dem Schloss und eines vor dem Neptunbrunnen.

Sightseeingprogramm, schreibe ich. Mit Smiley.

Kannst du eine französische Touristin kidnappen? Die schicken wir dann statt mir zur Prüfung!

Den Rest des Nachmittags verbringe ich damit, Leute zu fotografieren und die Fotos Nadine zu schicken. Sie schreibt mir daraufhin, welche davon ich weiterverfolgen soll, um herauszufinden, ob sie sich für eine Geiselnahme eignen.
Bis siebzehn Uhr dreißig macht das Spaß. Danach schließt der Schlosspark und ich streife durch die Gassen und Straßen rund um Cengiz' Wohnhaus. Es gibt eine Selbstbedienungswäscherei, deren Türen sich um 22 Uhr automatisch versperren. Außerdem gibt es ein Schwimmbad, das an manchen Tagen bis spät geöffnet hat. Wenn ich behaupte, jemanden abzuholen, kann ich bestimmt in der Kassenhalle warten. Und wenn ich Hunger bekomme, kann ich zum McDonald's beim Bahnhof Meidling und mir irgendeinen 1-Euro-Scheiß kaufen. Der hat bis ein Uhr früh offen. Spaß macht

das alles nicht, aber immerhin ist es warm und niemand fragt blöd, was ich dort mache.

Das Wetter ist wieder etwas milder, daher verbringe ich auch den nächsten Nachmittag im Schlosspark. Eine Weile hält man es hier schon aus, und ich habe genug Anziehsachen mit, um nicht zu frieren. Irgendwie beginnt mir diese Anlage zu gefallen. Früher habe ich an solchem Schnörkel und den schnurgerade geschnittenen Bäumen und Hecken nicht wirklich was finden können. Tue ich jetzt auch nicht, aber irgendwas hier gefällt mir doch. Es ist auch jetzt im Winter immer noch so viel los, dass man einfach nur schauen und beobachten kann. Und die Touristen sind nie dieselben, so dass sich niemand fragt, was denn ich hier schon wieder mache. Will ich meine Ruhe, gibt es auch genügend Winkel, in die man sich zurückziehen kann. Beim Rosengarten zum Beispiel, den mag ich irgendwie.
Offensichtlich nicht nur ich.
Auch ein anderer Bursche in meinem Alter sitzt hier herum. Er macht immer dasselbe. Sitzt auf einer Bank. Raucht.
Tippt auf seinem Handy. Starrt in die Luft. Steht auf. Fragt jemanden um eine Zigarette. Setzt sich wieder hin. Und dann wieder von vorne. Er macht sich nicht die Mühe, so wie ich immer wieder den Platz zu wechseln. Warum ich das mache, weiß ich auch nicht. Ist schließlich nicht so, dass mich jemand verfolgt oder so. Aber irgendwie erscheint es mir blöd, einfach nur an einer Stelle rumzusitzen.

Ich habe meinen frisch aufgeladenen Laptop auf den Knien und tippe die Englischhausübung hinein. Ein kurzer Artikel über Eltern in den USA, die ins Gefängnis mussten, weil sie ihren Kindern mit Hightech-Methoden geholfen haben, sich die Aufnahmeprüfung an die Uni zu erschummeln. Ich soll meine Meinung zu dem Thema erörtern.

Ich find's cool, dass diese Eltern so hinter ihren Kindern stehen. Das ist zwar vermutlich nicht die Ansicht, die zu diesem Artikel erwartet wird, aber bei der Klein kann man schreiben, was man wirklich denkt, und nicht, was man glaubt, dass gut ankommt. Was das betrifft bin ich froh, die Klein in Englisch zu haben. Andererseits merke ich, wie ich immer wieder aufpasse, nichts zu schreiben, was sie noch mehr auf mich aufmerksam machen könnte. Vielleicht schreibe ich doch nicht, dass ich toll finde, wie die Eltern ihre Kinder unterstützen. Womöglich glaubt sie dann, dass meine zu wenig für mich da sind, und will intervenieren. Also schreibe ich, dass es meiner Meinung nach wichtigere Probleme auf der Welt gibt als Aufnahmeprüfungen. Stimmt schließlich auch.

Englisch fällt mir leicht, also bin ich sicher bald fertig. Dann werde ich wieder Platz wechseln. Ab und zu sehe ich auf und beobachte, was der Typ auf der anderen Bank gerade macht. Er hat den Kopf zwischen die Schultern gezogen und raucht. Starrt in die Luft. Gleich wird er aufstehen und jemanden um eine Zigarette anschnorren.

Ich behalte recht, er steht auf. Sieht sich um, aber gerade kommt niemand den Kiesweg entlang. Also fällt sein Blick auf mich. Langsam schlendert er auf mich zu. Ich senke meinen Kopf wieder und tue, als wäre ich in meine Hausübung vertieft.
»Hallo. Entschuldigung. Hast du Zigarette?«
Ich sehe auf. »Hallo. Entschuldigung. Keine Zigarette.«
Er lächelt mich an. »Auch oft hier, ja?«
Ich runzle die Stirn und sage nichts.
»Auch oft hier«, sagt er noch einmal. Diesmal nicht als Frage. Also nicke ich und klappe meinen Laptop zu. Mit der Hausübung bin ich fast fertig und ich habe noch viele Stunden rumzukriegen, bevor ich zu Cengiz kann. Gibt also keinen Grund, abweisend zu sein.

Ich rutsche ein wenig zur Seite und deute auf die Bank neben mir. Er macht ein Zeichen mit der Hand, das wohl ›warte‹ bedeutet. Dann steuert er den nächsten Passanten an, der gerade durch den Park geht. Wenig später kommt er mit einer Zigarette in der Hand zurück und setzt sich neben mich.
Raucht. Starrt in die Luft. Nach ein paar Zügen hält er mir die Zigarette hin. Ich schüttle den Kopf.
»Danke, ich rauche nicht.«
Er lächelt. »Besser.« Dann holt er eine Packung Chips aus seinem Umhängebeutel, öffnet sie und hält sie mir hin. »Du rauchst nicht, aber du isst, oder?«
Ich lächle und greife zu. »Danke.«
Eine Weile knabbern wir vor uns hin und schweigen. Ich muss aufpassen, die Chips nicht allzu gierig in mich hineinzuschaufeln.
»Was machst du den ganzen Tag hier?«, frage ich schließlich.
Hamid steckt sich die letzten Brösel in den Mund und knüllt die Packung zusammen. »Warten.«
»Worauf?«
Er zuckt die Achseln und zieht an der Zigarette. Bläst den Rauch aus und starrt in die Ferne.
»Was machst du?«, fragt er statt einer Antwort.
Ja, was macht Jeremy hier? Ich beschließe, Jeremy Jeremy sein zu lassen. »Hausübung«, sage ich also.
»Ah.« Er sieht auf. »Machst du auch Deutschkurs?«
Ich muss lachen. »Äh, nein, Deutsch ist meine Muttersprache. Die Hausübung ist in Englisch.«
»Ah«, wiederholt er. »Dann streckt er mir die Hand entgegen. »Hamid.«
»Jakob.«
»Worauf wartest du?«, frage ich noch einmal.
Hamid seufzt. »Auf Bescheid.«
»Bescheid was?« Ich verstehe nicht.

»A-syl-be-scheid«, sagt Hamid langsam und deutlich, als würde ich ihn sonst nicht verstehen. »Po-si-tiv A-syl-be-scheid.«
»Ah«, sage ich nochmal. »Wie kriegt man den?«
Hamid zündet sich eine weitere Zigarette an. Nach einigen Zügen hält er sie mir hin. Ich schüttle den Kopf. »Ich rauch nicht«, wiederhole ich.
»Früher hab ich auch nicht«, sagt Hamid. »Aber was soll ich sonst ganzen Tag tun?«
»Wie bekommt man einen positiven Asylbescheid?«, frage ich nochmal, weil Hamid die Frage ignoriert hat. Er zuckt mit den Achseln. »Warten. Und warten. Und warten.«
»Woher kommst du?«, will ich wissen.
»Afghanistan. Kundus. Kennst du Kundus?«
»Ist das die Hauptstadt?«
Er lacht und schüttelt den Kopf. »Hauptstadt ist Kabul.«
Ah ja. Weiß ich eigentlich. Ich fühle mich blöd.
»Und du? Woher kommst du?«
Ich setze ein schiefes Lächeln auf. »Von hier«, sage ich.
»Hier?« Hamid sieht mich erstaunt an. »Warum bist du dann immer Park? Warum bist du nicht zu Hause?«

Hamid hat eine interessante Art zu sprechen. Immer wieder lässt er Worte aus und macht kleine Fehler, aber sein Akzent ist beinahe wienerisch.
Ich seufze. Warum bin ich nicht zuhause? Eigentlich weiß ich es selber nicht mehr so richtig.
»Ich hab Probleme mit meinen Eltern«, sage ich zögernd.
Hamid schüttelt den Kopf. »Was soll das heißen ›Ich hab Probleme mit meinen Eltern‹?«, fragt er, fast unfreundlich. »Was soll das heißen?«
»Na, ja …«, beginne ich. »Wir streiten immer. Wir …« Ich stocke. Hamid hat recht. Warum gehe ich nicht einfach nach Hause?

Hamid hält mir sein Handy hin. »Meine Mutter.« Er wischt über den Bildschirm. »Meine Schwester.«
»Wo sind sie?«
»Meine Mutter in Kundus. Meine Schwester in Pakistan.«
»Und dein Vater?«, frage ich vorsichtig.
Hamid fährt sich mit der Handkante über die Kehle.
»Oh.«
Hamid zündet sich noch eine Zigarette an. »Geh nach Hause«, sagt er.
Ich ignoriere seinen letzten Satz. »Was willst du machen, wenn du einen positiven Bescheid hast?«, wechsle ich das Thema.
»Dolmetscher«, erklärt Hamid. »Wie mein Vater. In Afghanistan Dolmetscher sein ist nicht sicher. Aber hier ist kein gefährlicher Job.«
Ich weiß nicht, was ich sagen soll, also sage ich gar nichts.
»Was machst du heute noch?« Hamid sieht mich erwartungsvoll an.
Ich zucke die Achseln. »Nichts.«
»Kommst du mit zu Beratung? Ich hab Termin.«
»Äh ... sicher.« Ich habe sonst nichts zu tun und dort ist es vielleicht warm.
»Ist aber bisschen weit.« Er deutet auf seine Beine. »Ich geh zu Fuß.«
Ich sehe ihn erstaunt an.
»Hab kein Geld für Ticket. Zu Fuß ist gut für dich?«
Ich nicke. Warum nicht. Herumgesessen bin ich schon lange genug. Also machen wir uns auf den Weg.
Als wir die Linzer Straße kreuzen, muss ich kurz an Fii denken. Wo der wohl grad ist? Und für wen er jetzt sein Spargelgratin kocht? Bei dem Gedanken beginnt mein Magen zu knurren.
Lange gehen wir schweigend eine laute, stark befahrene Straße bergauf, gehen an Haltestellen vorbei, deren Busse uns immer wieder überholen.
Ich folge Hamid einfach, weiter an einer Kleingartensiedlung und den Trainingsplätzen der Sportuni vorbe. Dann sind wir in

kleineren Gassen, in denen wir uns gut unterhalten könnten, es aber trotzdem nicht tun. Nach einer knappen Stunde biegt Hamid wieder in einer große Straße ein und zeigt auf das nächste Haus. »Hier«, sagt er.

Es gibt einen Lift, aber wir gehen zu Fuß die Stiegen in den dritten Stock hinauf. Eigentlich wollte ich einfach im Wartezimmer auf Hamid warten, aber Nils, bei dem Hamid den Termin hat, bittet mich gleich mit zu ihm ins Büro. »Schön, dass du mit bist«, sagt er. Er denkt wohl, Hamid und ich kennen uns schon länger.

Während Hamid und Nils reden, sitze ich daneben und verstehe nicht viel. Nils erklärt Hamid, dass der österreichische Staat zwar versteht, dass Hamid in Kundus um sein Leben fürchten muss, dass die Stadt Mazar-i-Sharif aber als sicher gilt und sie meinen, dass Hamid dort ein Leben aufbauen könnte.
»Ich war noch nie Mazar-i-Sharif«, sagt Hamid verzweifelt. »Ich kenn dort niemand. Wo wohne ich dort? Wo soll ich mich verstecken? Wer schützt mich? Man kann dort nicht einfach hingehen und ganz allein ein Leben machen.« «
»Ich weiß«, sagt Nils. »Ich weiß. Wir tun, was wir können, um diese Entscheidung zu bekämpfen. Ich hoffe, das Gericht stimmt uns zu, aber im Moment ist es schwer berechenbar.«
»Wenn ich dort überleben will, muss ich bei Taliban mitmachen«, sagt Hamid und lacht zornig auf. »Will Österreich wirklich, dass ich zu Taliban gehe?«

Nils freut sich offensichtlich, dass ich hier bin. Es tut gut, an einem Ort zu sein, wo sich jemand über mich freut. Deshalb bleibe ich noch ein bisschen, als Hamid auf die Toilette verschwindet und danach sicher gleich rausgeht, um eine zu rauchen.
»Darf ich dich was fragen?«

Nils lächelt. »Sicher.«
»Hamid hat mir erzählt, dass er nur ein ›kleines Asyl‹ hat. Was soll das heißen?«
Nils ist es offensichtlich gewohnt, diese Dinge zu erklären. Nach einigen Minuten habe ich verstanden, dass Hamid etwas hat, was sich ›Subsidiärer Schutz‹ nennt und nach einem Jahr verlängert werden muss.
»Und Hamid muss das jetzt einfach verlängern?«
»Genau. Aber das Problem ist, dass er vor kurzem volljährig geworden ist und die Asylbehörde seinen Schutz nicht verlängert, sondern ihn aberkannt hat.«
»Was heißt das?«
»Sie meinen, dass er jetzt problemlos in Afghanistan leben kann, weil er nicht mehr minderjährig ist. Österreich leitet im Moment leider reihenweise Aberkennungsverfahren ein. Aus verschiedenen Gründen. Einer davon ist Volljährigkeit.«
»Aber ich dachte, wenn man Asyl bekommt, ist man in Sicherheit.«
Nils seufzt. »Derzeit wird leider ziemlich viel Steuergeld dafür ausgegeben, Menschen den Schutzstatus wieder abzuerkennen. Weil sich angeblich die Sicherheitslage in Afghanistan verbessert hat.«
»Hat sie das denn?« will ich wissen. Ich habe überhaupt keine Ahnung von Afghanistan.
Nils schüttelt den Kopf. »Ist eher noch gefährlicher geworden.«
»Aber ...« Mir bleibt der Mund offen. »Was bedeutet das jetzt für Hamid?«
»Im Moment warten wir auf die Gerichtsentscheidung. Wenn wir Glück haben, wird sein Schutz verlängert und er kann erst mal noch zwei Jahre hierbleiben. Wenn wir Pech haben, wird er abgeschoben.«
»Nach Afghanistan?«, frage ich entgeistert.
Nils nickt. »Ja.«
»Aber dort wird er umgebracht!«

Nils nickt wieder. »Ich finde es auch sehr gefährlich. Leider ist die politische Lage bei uns im Land im Moment so, dass das trotzdem gemacht wird.«
Ich schüttle mich, als könnte ich diese Informationen von mir abschütteln. »Kann man denn da gar nichts tun?«
»Wir machen, was wir können«, versichert mir Nils. »Jetzt ist die Sache mal beim Gericht. Im Moment können wir nur warten.«
»Kann man irgendwas tun?«, frage ich verzweifelt. »Also jemand wie ich, der kein Geld hat?«
Nils sieht mich an. »Du tust eh schon was. Mitgehen mit Hamid, wenn er Termine hat, das ist das Wichtigste, was du tun kannst. Vor allem bei offiziellen Terminen, auf Ämtern und so. Was glaubst du, wie die mit Asylwerbern reden. Aber wenn jemand Blondes danebensitzt, sind die viel freundlicher.«
Reflexartig greife ich mir in die Haare.
»Das ist echt schon viel wert«, sagt Nils. »Unterschätz das nicht.«

Altmannsdorfer Straße

»Du bist heut erst die zweite Person, mit der ich real spreche«, sagt Cengiz, als ich ihn um 22 Uhr abhole. »Hast du Hunger?« Ich nicke.
»Komm, gehen wir was essen«, schlägt Cengiz vor. »Ich lad dich ein. Ich find das so toll, dass du mich abholst. Mein Plan, mir über *It's Your Home* ein bisschen Sozialleben zu verschaffen, ist voll aufgegangen.«
Ich bemühe mich, nicht allzu erfreut zu wirken, als Cengiz das italienische Restaurant in seiner Gasse vorschlägt, das bis 23 Uhr offen hat. Essen. Meinen knurrenden Magen habe ich den Nachmittag über mit Kleinigkeiten wie Chips und Erdnüssen und einer Portion Pommes besänftigt. War erstaunt, wie gut das geht. Aber jetzt spüre ich so richtig, wie leer mein Magen ist.

Ich bin eingeladen, also wird es diesmal mehr als nur Pizzastangerl. Ich glaube, ich bestelle alles auf der Speisekarte.

Laaerberggasse

In den Pausen treffe ich mich mit Nadine beim Tischtennistisch, beim Kaffeeautomaten oder auf der Straße vor dem Schultor, wo nur hindarf, wer über 16 ist und keine Aufsicht mehr braucht. Es ist kalt, aber wir stehen so nah beieinander, dass wir uns gegenseitig wärmen. Dennoch, die Treffen in der Schule sind immer noch eigenartig. So gut Jakob gelernt hat, Nachrichten zu schreiben, so schlecht funktioniert er real.
Ich würde Nadine gerne von Hamid erzählen, aber Nadine ist voll mit Französisch und irgendwie hat das hier keinen Platz. Hier in der Schule wirkt das alles so unendlich weit weg. Auch ich komme mir vor, als wäre ich eigentlich weit weg, wenn ich mit Nadine nochmal die Fotos durchsehe, die ich ihr geschickt habe, und weiter darüber spekuliere, welche der Touristinnen wir statt ihr zur Prüfung schicken sollen. Wenn ich sie bloß zu Cengiz einladen könnte, wenn Jeremy wieder da wäre, würde alles wieder rund laufen. Wenn, ja wenn.

Schlosspark Schönbrunn

Am nächsten Tag nach der Schule wartet Hamid schon auf mich und schlägt mit der Hand in meine ein. Er freut sich sichtlich, mich zu sehen.
Wir schlendern einige Runden durch den Park, machen Selfies vor der Römischen Ruine und der Gloriette, dann lassen wir uns auf einer Bank nieder.

»Wann bist du weg aus Afghanistan?«, will ich wissen.
»Vor vier Jahren.«
»Dann warst du ...«, ich rechne zurück, »vierzehn?«
Hamid nickt. »Ich glaube. Bin nicht hundert Prozent sicher. Aber vier Jahre, das weiß ich. Meine Mutter gesagt, ich soll gehen. Weil sie sonst mich als nächsten holen.«
»Du meinst, die Leute die deinen Vater ...?« Ich spreche den Satz nicht fertig. Hamid nickt.
»Bist du alles zu Fuß gegangen?«, frage ich vorsichtig.
»Einen Teil. Auch mit Auto, Bus, Boot. Alles, was mich mitgenommen hat. «
»Und wie lange bist du schon hier?«
»In Österreich? Zwei Jahre«, sagt Hamid. »Davor war ich in der Türkei und dann länger in Griechenland.«
»Kannst du Griechisch?«, will ich wissen.
Hamid wiegt den Kopf. »Ein bisschen ...«, sagt er. Dann zündet er sich eine Zigarette an und schweigt.
»Ich war auch schon mal in Griechenland«, sage ich schließlich, um irgendwas zu sagen.
Hamid sieht mich kurz von der Seite an, sagt aber nichts.
»Auf Santorin. Und auf Chios.« Ich denke an den Strand und die kleinen, weißblauen Häuschen.
»Schön für dich«, sagt Hamid nur. Dann schweigt er wieder.
»Griechisches Essen ist super«, sage ich, um das Schweigen zu unterbrechen. »Ich würd jetzt echt viel für ein Moussaka geben. Oder Souvlaki. Und als Nachspeise Joghurt mit Honig und Walnüssen. Hmmmm.« Wenn ich davon spreche, merke ich, dass ich eigentlich schon wieder Hunger habe.
Aber bevor ich das vorschlagen kann, rollt Hamid seinen Pulloverärmel hinauf. Eine breite, hässliche Narbe auf seinem Arm kommt zum Vorschein.

»Souvenir aus Griechenland«, sagt er. »Ouzo und Souvlaki für euch. Das hier für uns.«
Erschrocken starre ich auf seinen Arm.
»Ich hab ganze Flucht ohne Narben gehabt«, sagt er tonlos. »Hab gedacht, das ist Zeichen, dass alles gut wird.«
Er schüttelt den Kopf. »Eineinhalb Jahre ohne Narben. Und dann Griechenland. Wham.«
Ich starre ihn noch immer an. Weiß nicht, was ich sagen soll.
»Sechs Monate habe ich in Abbruchhaus geschlafen«, erzählt er weiter. »Die heißen dort ›Afghani-Hotels‹. Nicht alle Griechen mögen Afghani-Hotels.«
Er fährt sich über den Arm, dort, wo die Narbe ist.
Ich atme tief durch.
Hamid schüttelt sich, wie um böse Erinnerungen zu vertreiben. Dann öffnet er den Beutel, den er immer mit sich herumträgt, und holt eine Mappe heraus. »Kannst du meine Hausaufgabe durchlesen?«
Ich nehme das Blatt Papier, das er mir entgegenhält. »Du hast auch Hausaufgaben?«
»Für Deutschkurs«, erklärt Hamid. »Ich lerne für Prüfung. Muss Beschwerdebrief schreiben, kannst du schauen, was ich Fehler habe?«
Ich lese mir den Text durch, in dem sich Hamid bei einer Modefirma darüber beschwert, dass sein Sommerpraktikum nicht den Angaben in der Jobanzeige entsprochen hat. Streiche ab und zu Buchstaben weg oder schreibe ein Wort dazu.
»Viele Fehler?«, will Hamid wissen.
Ich schüttle den Kopf. »Im Großen und Ganzen passt es.«
Hamid überfliegt meine Korrekturen und greift sich an die Stirn. »Ja, weiß ich ... weiß ich auch ... weiß ich alles, aber schreib ich immer falsch.«

»Du hast überhaupt nicht viele Fehler«, sage ich, und dann fällt mein Blick in Hamids offenen Beutel, der zwischen uns auf der Bank steht.

Fällt auf ein Gurkenglas, das darin liegt. Sogar noch mit dem Etikett der Gurkenfirma drauf, aber ohne Gurken. Mit einer öligen Flüssigkeit gefüllt, zumindest soweit ich das sehen kann.
»Was ist das?«, frage ich erstaunt.
Hamid zuckt die Achseln und beginnt, seinen Beschwerdebrief und die Mappe wieder im Beutel zu verstauen.
»Du weißt nicht, was du mit dir herumträgst?«
»Benzin«, sagt Hamid und konzentriert sich auf den Beutel.
»Benzin?«, frage ich erstaunt. »Warum schleppst du Benzin mit dir herum?«
Hamid starrt auf seine Fußspitzen. »Wenn Bescheid negativ ist. Wenn sie mich zurückschicken.«

Ich starre auf seine Füße, wie sie Steinchen hin- und herschieben. Und dann macht es Klick in meinem Kopf.
Wie in Zeitlupe drehe ich mich zu ihm. Sehe Hamid. Das Gurkenglas voll Benzin. Das Feuerzeug daneben.
»Ich geh nicht zurück«, sagt Hamid mit fester Stimme. »Die finden mich nach paar Tagen. Oder Monaten« Er fährt sich mit der Handkante über die Kehle. »Ich werde nicht warten, bis sie mich holen.«
›Du musst nicht zurück‹, will ich sagen. ›Du kriegst die Verlängerung, ganz bestimmt.‹ Aber ich kann es nicht. Was weiß ich schon von seinen Chancen, in Österreich bleiben zu dürfen?

›Wenn wir Pech haben, wird er abgeschoben‹, hat Nils gesagt.

Wie jeden Tag wird es irgendwann dunkel und der Park schließt. Wir stehen auf und schlendern den Kiesweg entlang. Am Parkeingang bleiben wir stehen.

»Du musst nicht zurück«, sage ich schließlich. »Ich bin mir sicher.«
»Ich weiß.« Hamid deutet nach hinten auf den Beutel, den er nun am Rücken trägt. »Wenn sie mich zurückschicken wollen, bin ich schneller.«
Ich würde jetzt gerne etwas sagen, das hilft. Aber ich weiß, dass es so etwas nicht gibt. Mir ist schlecht.
Hamid will seine Hand in meine einschlagen, so wie wir das bisher immer gemacht haben. Aber ich kann mich nicht bewegen. Ich fühle mich wie erstarrt. Er lacht und boxt mir in die Seite. »Bis morgen?«, will er wissen.
Ich nicke. Dann sehe ich ihm nach, bis sein Umriss mit der Dunkelheit verschwimmt.

Der Gedanke an den Waschsalon oder den nach Frittierfett riechenden Fast-Food-Lokalen bereitet mir Übelkeit. Im Schwimmbad haben sie letztes Mal doch blöder geschaut als angenommen, das halte ich heute auch nicht gut aus. Ich beschließe, mir von meinem letzten Geld ein paar Stunden in einem Kaffeehaus zu gönnen. Wo es sauber ist und ruhig.
Ich kann mich an ein Kaffeehaus in der Nähe erinnern, das bis Mitternacht offen hat. Letztes Jahr war ich da mal mit Lukas und Anthony, bevor wir in einen Club ganz in der Nähe gegangen sind. Das kommt mir vor, als wäre es ein halbes Leben her. Es war auch eine halbe Weltreise von Anthony, von dem es nochmal eine halbe Weltreise zu Lukas und mir ist. Aber jetzt ist es nur ein paar Straßen weiter.

Schönbrunnerstraße

»Ist da noch frei?«, spreche ich das Mädchen an, das an einem Ende einer Sofabank sitzt. Sie nickt und zieht ihre Jacke an sich heran, die über den Rest des Sofas ausgebreitet war. »Sorry, ja ist frei.«
Ich lächle ein Danke und lasse mich auf die Couch fallen. Bestelle einen Schinken-Käse-Toast, weil ich dringend was essen muss. Und ein Glas Leitungswasser.
»Hallo Jakob«, spricht mich das Mädchen plötzlich an.
Ich verschlucke mich an meinem Soda. »Äh, hallo. Kennen wir uns?«, frage ich, obwohl ich mir ziemlich sicher bin, sie nicht zu kennen.
Sie grinst. »Nein, aber mein Computer zeigt unter *Verfügbare Funknetzwerke* unter anderem *Jakob's iPhone* an. Mit vollem Empfang. Da sonst niemand neben mir sitzt, denke ich, dass du dieser Jakob bist. Oder?«
Ich nicke verwirrt. Zum Glück hab ich mich noch nicht als Jeremy vorgestellt. Ich hätte aber Lust dazu. Keine Lust habe ich, wieder auf Jakob-Modus umzusteigen. Jakob muss ständig an Hamid denken. An Positiv, das vielleicht nicht verlängert wird. An das Gurkenglas voll Benzin.
Jeremy hat damit nichts zu tun. Der kann Spaß haben und sich später noch von Cengiz zum Essen einladen lassen.
»Eigentlich heiße ich Jeremy«, sage ich also. »Manche nennen mich Jakob, aber das mag ich eigentlich nicht so.«
Das Mädchen scheint nichts an dieser Erklärung komisch zu finden. »Evdokia«, stellt sie sich vor. »Ich wollt eigentlich nur fragen, ob du weißt, ob es hier irgendwo eine Steckdose gibt.« Sie hält das Kabel ihres Laptops in die Höhe. »Ich kann keine finden.«
Suchend sehe ich mich um und zeige dann in die Richtung, in die das Kabel einer Lampe verläuft. »Da hinten ist eine, aber dann wird es hier vermutlich dunkel.«

»Hm.« Evdokia sieht skeptisch drein. »Dann lieber nicht.« Sie klappt ihren Laptop zu. »Sorry, wollt dich auch nicht weiter stören.«

»Du störst nicht«, sage ich. Nachdem sie mich gleich mit Namen angesprochen hat, schließe ich, dass sie sich vielleicht gern unterhalten möchte. Ich jedenfalls will mich unterhalten. Will irgendetwas tun, dass mich davon ablenkt, an Hamid zu denken.

»Interessanter Name«, sage ich also gleich darauf, um irgendwie eine Konversation zu beginnen. »Woher kommt der?«

»Ist griechisch«, erklärt Evdokia.

Griechisch. Ich atme tief durch. Der Versuch, mich von Hamid abzulenken, ist schon mal gründlich fehlgeschlagen.

Aber ich gebe nicht auf. Jeremy gibt nicht auf. »Habe mir schon überlegt, welcher Akzent das ist, aber ich wäre nicht draufgekommen.«

Evdokia grinst. »Ich bin auch auf die deutsche Schule in Thessaloniki gegangen, so viel Akzent ist also hoffentlich nicht zu hören.«

»Hey, so wie ich«, rutscht es mir heraus. Dabei habe ich inzwischen herausgefunden, dass es in Glasgow gar keine deutsche Schule gibt. Ob sie das weiß, wenn sie selbst eine besucht hat? Die sind bestimmt vernetzt. Außerdem gibt es vielleicht Ähnlichkeiten an allen deutschen Schulen, und wenn ich davon nichts weiß, fliege ich sofort auf.

»Ich meine, ich habe auch nicht viel Akzent, oder?«, schiebe ich also schnell nach.

Evdokia hat von der Sekundenpanik, die mich überfallen hat, nichts mitbekommen. »Wieso, woher kommst du denn?«

»Schottland«, sage ich. »Glasgow.«

»Nice to meet you«, sagt Evdokia.

»Du siehst nicht wie eine Griechin aus«, stelle ich fest.

Sie lacht. »Wie sehen Griechinnen denn aus?«

»Sie haben braune Haare und schwarze Augen und tanzen ständig Sirtaki. Oder waren es schwarze Haare und braune Augen?«

»Du siehst auch nicht wie ein Schotte aus«, sagt sie.

Ich hebe fragend die Augenbrauen und nehme einen Schluck Wasser.
»Sie haben rote Haare, einen Dudelsack und tragen keine Unterhosen.«
Ihr Gesichtsausdruck ist so komisch, dass ich mich vor Lachen verschlucke. Ich muss husten.
Evdokia grinst. »You're funny, you know?«
Eigentlich müsste ich das zu ihr sagen und nicht sie zu mir. Aber ich grinse nur zurück. »I know«, sage ich. »I know.«

Warum ist das Leben für Jeremy so einfach? Jeremy kann sich wunderbar ablenken. Jakob hingegen hat es noch nie auf die Reihe gekriegt, mit irgendjemand Fremdem in einem Kaffeehaus zu sitzen und witzig zu sein. Und Jeremy sitzt hier mit einer sicher um fünf Jahre älteren Griechin und hat überhaupt keine Probleme, sich gut zu unterhalten.

»Sag mal, wenn du Schotte bist, kannst du mir bestimmt was sagen«, unterbricht Evdokia meine Gedanken. Sie kramt einen Zettel hervor. »Ich hab grad was mit dieser Frau aus Schottland zu tun, die so heißt.«
Eilidh steht auf dem Zettel. »Ist angeblich ein typisch schottischer Name. Aber wie spricht man den aus? Bis jetzt haben wir nur gemailt, aber falls ich die jemals treffe, muss ich doch wissen, wie ich sie anspreche.«
Oh verdammt. Hätte ich doch bei Jakob bleiben sollen.
»So wie *eyelid*?«, will Evdokia wissen.
»Mhm«, brumme ich. Frag mich doch nicht sowas! Ich krieg den Akzent einigermaßen hin, aber von der Aussprache schottischer Namen hab ich doch keine Ahnung. Darüber habe ich mit Kendra nie geredet. »Wirklich?« Evdokia sieht mich an. »Den Namen spricht man genauso aus wie *Augenlid* auf Englisch?«

»Mhm«, brumme ich nochmal. Dann sehe ich mich nach dem Kellner um und mache ihm ein Zeichen, dass ich zahlen will.
»Ich muss jetzt los«, sage ich zu Evdokia. »Nice to meet you.«
»Ebenfalls«, sagt sie. »Ich bleib noch ein bisschen hier und mach mich auf die Suche nach einer Steckdose.«
»Tu das.«
Ich packe meine Sachen und stehe umständlich auf. Also doch U-Bahn fahren, bis ich Cengiz abholen kann. Um keinen Preis kann ich mich länger mit Evdokia unterhalten und mich der Gefahr aussetzen, noch weitere Details über schottische Aussprache gefragt zu werden.
Nachdem der Kellner nicht kommt, lasse ich das genau abgezählte Geld für meinen Toast auf dem Tisch liegen. Trinkgeld kann ich mir nicht leisten, also ist es mir auch lieber, wenn ich dem Kellner dabei nicht in die Augen schauen muss.
»Tschau Evdokia.«
Sie hebt die Hand und winkt. »Tschau Jakob.«

Kaum habe ich das Lokal verlassen, funktioniert das Ablenken mit Jeremy nicht mehr. Auf der Straße zündet sich eine Frau neben mir eine Zigarette an. Ich will nicht genau hinschauen, aber ich sehe das Feuerzeug. Ein Zippo. Ein Benzinfeuerzeug.

Schnell gehe ich weiter, am besten doch nicht U-Bahn fahren, am besten einfach gehen. Gehen, bis ich außer dem kalten Wind nichts mehr spüre.
Nachdem ich einige Straßen gegangen bin, sehe ich vor mir eine Tankstelle. Auf der Anzeige die Literpreise. Für Diesel. Und Benzin.

Um auf andere Gedanken zu kommen, gebe ich *eilidh aussprache* in die Suchmaschine ein. Ich halte mir das Handy ans Ohr. *Ä-i-l-i*, sagt die Computerstimme. *Äili*. Wäre ja auch ein Zufall gewesen, wenn ich mit meiner Vermutung recht gehabt hätte. Evdokia hätte eigentlich selbst drauf kommen können, online zu suchen, anstatt mich zu fragen.

Ich weiß, dass ich mich in den nächsten Tagen noch auf einige solche Situationen gefasst machen muss. Es ist immer so. Immer wenn du auf irgendetwas fokussiert bist, siehst du es überall.
Als meine Mutter schwanger war, waren plötzlich überall Frauen mit dicken Bäuchen zu sehen. Verloren hat sie das Kind dann aber alleine. Da hat die restliche Welt dann nicht mehr mitgemacht.

Mein Handy vibriert. Eine Nachricht von Nadine.
Französisch ist beschissen!!!

Ich starre auf das Display. Französisch findest du beschissen? Dort, wo meine Gedanken jetzt sind, kommt mir dieses Problem verdammt lächerlich vor.

Schlosspark Schönbrunn

Die Temperatur ist in der Nacht um mindestens zehn Grad gefallen. Es ist viel zu kalt, um im Park abzuhängen. Trotzdem gehe ich nach der Schule hin. Hamid hat mir geschrieben, dass er dort sein wird.
Ich habe ihn letztes Mal gefragt, warum er immer in Schönbrunn ist, ewig weit weg von seiner Unterkunft. Warum er nicht irgendwo hingeht, was näher ist. Zuerst habe ich vermutet, dass er einfach gerne in der Stadt herumgeht, so wie Jeremy manchmal. Das war aber nicht der Grund. ›Weil sie mich hier in Ruhe lassen‹, hat er gesagt. Hat mir erzählt, dass er durchaus andere Orte versucht hat, an denen man nichts konsumieren muss. Bahnhöfe, Shoppingcenter. »Immer kommen Securitys und jagen dich weg. Oder die Polizei.«

Hamid tritt von einem Bein aufs andere und umschlingt seinen Oberkörper mit einem Arm, als ich komme. In der anderen Hand hält er eine Zigarette.
Als ich näher komme, greift er in seinen Beutel und zieht ein Büchlein hervor. »Hier.«
The Picture of Dorian Gray. Hab ich ihm geborgt, weil er mich danach gefragt hat. »Damit ich mein Englisch nicht vergesse«, hat er gesagt.
»Bist du schon fertig?«
»Nein.«
»Dann behalt's dir doch noch. Oder gefällt's dir nicht?«
Er wiegt den Kopf. »Doch.«
»Ich weiß, ist nicht die spannendste Story. Aber ich hab momentan sonst nichts auf Englisch.«
Hamid hält mir nach wie vor das Buch hin. Er zittert. Mir fällt auf, dass er nur die dünne Jeansjacke trägt, die er die letzten Tage anhatte. Ich habe heute eine Schicht mehr an.
»Hast du nicht mehr zum Anziehen?«
Er schüttelt den Kopf.
Ich mustere ihn von oben bis unten. »So können wir aber nicht hier draußen bleiben.«
Ich bin viel wärmer angezogen als Hamid, aber ich glaube, auch ich sollte den Nachmittag nicht im Freien verbringen. Wir könnten in den Waschsalon. Oder ... Ich habe eine Idee. »Wir fahren zum Ikea.«
»Ikea? Das Möbelgeschäft?«
Ich nicke. Warum ist mir das nicht schon früher eingefallen?
Hamid sieht mich irritiert an, als ich auf die U-Bahn-Station zusteuere.
»Ich hab kein Ticket«, sagt er.
»Ah.« Stimmt. Schwarzfahren ist vermutlich nicht ratsam. Aber zu Fuß schaffen wir es dort nicht hin. Ein Blick auf Google Maps zeigt mir, dass wir über drei Stunden dazu brauchen würden.

Hamid kramt in seiner Hosentasche. »Kein Problem. Kann ich eins kaufen.«
»Wir können auch woanders hingehen«, sage ich schnell. Ich will nicht, dass Hamid sein weniges Geld für Fahrscheine ausgeben muss. Aber er schüttelt den Kopf. »Ich kaufe«, besteht er darauf.

Sverigestraße

Beim Ikea angekommen genießen wir erst mal die Wärme.
»Ich muss Hausübungen machen«, sage ich. »Ich werd den Schreibtisch in der 25m²-Wohnbox da drüben nehmen. Dort fällt man nicht auf.« Inzwischen kenne ich diesen Ikea ziemlich gut und muss nicht lange nach dem unauffälligsten Platz suchen.
»Okay. Ich lese noch *Dorian Gray* weiter. Vielleicht schaffe ich fertig, dann kann ich dir wirklich zurückgeben.«
»Setz dich einfach da aufs Sofa.« Ich zeige in die 35m²-Modellwohnung gleich neben meiner. »Da kommen nicht viele Leute rein, da sieht man dich nicht gleich.«
Hamid nickt und wir verziehen uns in unsere Wohneinheiten.

Sobald ich jemanden kommen höre, lege ich die schwedischen Bücher, die bei Ikea überall rumstehen, auf meine Geometriesachen und tue so, als würde ich gerade den Schreibtisch vermessen. Niemand nimmt Notiz von mir. Die Leute gehen hinter mir vorbei und unterhalten sich über die Möbel. Sogar die Ikea-Angestellte, die für diesen Bereich zuständig ist, wirft ein paarmal einen Blick in die Wohnbox. Dass ich immer am gleichen Platz sitze, scheint sie nicht zu stören.

Plötzlich höre ich jemand in der Einheit nebenan schreien. »Jetzt kommen die schon hierher zum Schlafen. Eine Frechheit ist das!«

»Keine Panik«, höre ich Hamid. »Ich lese nur.«
Ich springe auf und laufe einmal im Kreis, bis ich bei ihm bin. Die Ikea-Mitarbeiterin hat ihn an der Jacke gepackt und zieht ihn zu dem Loch in der aufgestellten Wand, das die Tür der Wohneinheit symbolisiert. »Du gehst jetzt lieber, bevor ich die Polizei rufe.«
»Hey«, rufe ich und stelle mich den beiden in den Weg. »Was ist denn hier los?«
»Wir sind ein Möbelhaus und kein Schlafplatz für Obdachlose«, zischt die Ikea-Frau. Ein Kunde daneben nickt befriedigt. Vermutlich war er es, dessen Stimme ich zuvor gehört habe.
»Ich hab nur gelesen«, verteidigt sich Hamid wieder.
»Wir sind auch keine Bücherei«, sagt die Frau unfreundlich und gibt ihm einen Schubs. »Na los, wird's bald?«
Hamid blickt sich hilfesuchend zu mir um. Inzwischen hat sich eine kleine Traube von Schaulustigen gebildet, die die Szene beobachten. Hamid zieht den Kopf zwischen die Schultern.
»Lassen Sie ihn doch«, sage ich. »Wir gehen schon.«
Die Ikea-Frau funkelt mich an. »Das will ich hoffen.«

Der Weg bis zum Ausgang ist mit Pfeilen auf dem Boden gekennzeichnet. Sie folgt uns, bis sie sichergehen kann, dass wir das Gebäude auch wirklich verlassen.
Draußen zündet sich Hamid eine Zigarette an.
»Sorry«, sage ich und fühle mich hilflos.
»Ist okay.«
Es ist nicht okay. Aber was soll er sonst schon sagen.

24A

Auf die Fahrkarte für die Rückfahrt lade ich ihn ein. Ich könnte heulen, weil das das Einzige ist, was ich gerade für ihn tun kann.

»Sorry«, sage ich nochmal. »Ich dachte, dass man hier in Ruhe gelassen wird. Ich war schon öfters hier und mir ist so etwas noch nie passiert.«
Hamid sieht mich an. »Du hast auch weiße Haut«, sagt er. Dann schaut er aus dem Fenster und sagt nichts mehr. Ich weiß nicht, was ich sagen soll. Also schweige auch ich den Rest der Fahrt.

»Ich besorg dir was Warmes zum Anziehen«, verspreche ich, als wir uns trennen. »Meine restlichen Sachen sind bei Cengiz, aber morgen bring ich dir einen Pullover. Und Handschuhe.«
Hamid lächelt schwach. »Danke.«
Als wir uns verabschieden, umarmt er mich. Das hat er davor noch nie gemacht.

Laaerbergstraße

Cengiz ist heute früh auf Dienstreise gefahren.
»War echt nett mit dir, Jeremy«, hat er gesagt und ich habe ihm auf die Schulter geklopft. »Lass mich wissen, ob dein Projektantrag durchgeht.«
»Auf jeden Fall. Gute Reise noch.«

Der Rucksack wiegt schwer auf meinen Schultern, was einerseits daran liegt, dass ich ihn zum ersten Mal seit Tagen wieder mit mir herumtrage, andererseits auch daran, dass ich schon seit einer ganzen Weile nicht mehr richtig gegessen habe. Denn nun ist der Punkt erreicht, von dem ich lange zumindest irgendwie ignorieren wollte, dass er eintreten könnte. Den ich hinauszögern wollte, so lange es ging. Aber jetzt gibt es nichts mehr hinauszuzögern. Meine Geldbörse hat nur noch Kupfer anzubieten, das große Fach ist schon länger leer. Das Letzte hier drinnen waren Stefans Scheine.

Auch mein Kopf ist ganz leer, wenn es darum geht, in die Zukunft zu denken. *Willhaben* heißt meine größte Hoffnung, aber da meldet sich niemand mehr.
In der Pause beiße ich von Lukas' Eiaufstrichsemmel ab und bemühe mich, nicht zu gierig dabei auszusehen. Ich habe mal gelesen, dass man von Hunger Mundgeruch bekommt. Habe ich Mundgeruch? Ich hauche in meinen Jackenärmel und rieche daran. Nichts. Aber ich glaube, das funktioniert so nicht.

Ich würde gerne zu Nadine raufgehen, wenn ich sie schon am Nachmittag nicht sehen kann, weil sie lernen muss. Aber was, wenn ich doch Mundgeruch habe? Lukas komme ich nicht so nahe, dass er es riechen könnte, aber welche Ausrede soll ich Nadine gegenüber erfinden, warum ich sie nicht mal umarmen will? Lieber bleibe ich, wo ich bin, und schaue wieder mal, dass ich nach der Schule so schnell wie möglich verschwinde. Sobald ich was gegessen habe, werde ich mich bei ihr melden.

Henrik schaut schon die ganze Zeit so blöd. Azra schaut auch besorgt. Oder bilde ich mir das nur ein? Am besten schnell weg, sobald die Schule aus ist.

Mariahilfer Straße

Inzwischen weiß ich, wo die Leute stehen, die immer die Werbegeschenke austeilen. Vor der Uni zum Beispiel. Oder in der Fußgängerzone auf der großen Einkaufsstraße. Die schauen einen oft gar nicht richtig an, also fällt es nicht auf, wenn ich im Zehn-Minuten-Takt immer und immer wieder an ihnen vorbeigehe.
Diesmal habe ich nun schon sieben Fläschchen Trinkjoghurt in der Tasche. Drei davon reiße ich sofort auf und stürze sie in einem Zug

hinunter. Nicht, dass man von Joghurt satt wird. Aber besser als nichts ist es. Und heute Abend kann ich zu *Dobar Daniel,* dort gibt es hoffentlich was. Vielleicht auch Tipps für den Balkan, in den ich ja angeblich immer noch will.
Zuerst aber will ich in den Park. Zu Hamid. Ich habe meine gesamten Sachen mit, da kann er sich etwas zum Anziehen aussuchen. Die gleiche Größe haben wir ja.

Schlosspark Schönbrunn

Hamid hat auf meine Nachrichten nicht geantwortet, also fahre ich auf gut Glück in den Schlosspark. Doch auch dort finde ich ihn nicht. Ist er etwa sauer auf mich? Weil ich angenommen habe, er könnte es beim Ikea warm haben, so wie ich? Weil ich so naiv war? Ich denke an unsere Verabschiedung gestern. Oder hat er mich deshalb so umarmt, weil er den endgültigen negativen Bescheid bekommen hat? Wollte er mir vielleicht deshalb das Buch zurückgeben, obwohl er es nicht fertig gelesen hat? Weil er weiß, dass er abgeschoben wird und wir uns nie wiedersehen werden?
Blödsinn. Wahrscheinlich ist ihm einfach etwas dazwischengekommen. Er ist schließlich nicht verpflichtet, sich jeden Tag mit mir zu treffen. Wahrscheinlich ist es ihm einfach zu kalt und er ist zuhause geblieben. Und hat kein Geld, sein Guthaben aufzuladen. Sehen wir uns eben morgen.

Drei Stunden habe ich noch, bis ich zu *Dobar Daniel* kann. Draußen ist es viel zu kalt für drei Stunden. Zum Ikea will ich nicht mehr nach dem, was gestern dort passiert ist. Im Waschsalon halt ich es auch nicht lange aus. Soll ich irgendwen um Geld fragen und mir beim McDonald's Pommes kaufen? Wenn ich jetzt draußen bleibe, werde ich am Ende nochmal krank.

Soll ich wirklich auf der Straße nach Geld schnorren?

Als Kinder haben ich und Lukas das manchmal gemacht. Wenn wir im Schwimmbad waren und kein Geld für ein Eis hatten. Wir waren ziemlich direkt damals.
»Hallo, wir wollen ein Eis. Kaufst du uns eins?«
Die meisten haben Nein gesagt, aber allein das Fragen war lustig für uns. Und irgendwer hat uns dann doch immer eines gekauft.

Aber was soll ich jetzt sagen? »Hallo, ich habe heute noch nichts gegessen, kaufen Sie mir Pommes?«
Schon beim Gedanken daran steigt mir die Schamesröte ins Gesicht. Sowas wäre heute nicht mal mehr mit Lukas gemeinsam lustig. Schließlich bin ich kein siebenjähriges freches Kind mehr, sondern ein erschöpfter Siebzehnjähriger mit Tramperrucksack und Augenringen. Dem kauft niemand mehr irgendetwas.

Ich denke an Annas Müllraumschlüssel. Jetzt könnte ich den echt gut brauchen. Obwohl ich um diese Uhrzeit gar nicht versuchen bräuchte reinzukommen. Die Supermärkte haben ja noch alle offen. Für die, die Geld haben.

Wilhelmstraße

Ich setze mich trotzdem in den McDonald's, ohne Pommes. Trinke die restlichen vier Fläschchen Joghurt aus. Hilft überhaupt nicht gegen den Hunger. Mein Magen gluckst. Er fühlt sich nicht gut an. Er braucht irgendetwas Festes, nicht bloß Joghurt.
Um einen Euro würde ich hier etwas zu essen bekommen. Wie kann es sein, dass ich nicht mal den habe? Ein Euro war immer nichts. Das war etwas, das man achtlos in die Hosentasche steckt,

weil man zu faul ist, deshalb die Geldbörse hervorzuholen. Etwas, bei dem man vergisst, dass man ihn einstecken hat.
Ich denke daran, wie mir mal ein Euro ins Gras gefallen ist, als ich mich im Freibad zum Schwimmen umgezogen habe. Wie ich nicht mal danach gesucht habe, weil es heiß war und ich einfach nur ins Wasser wollte. Es kommt mir vor wie aus einem anderen Leben. Ich will nicht an Schwimmen denken und an Freibad. Denn Freibad bedeutet Sommer. Und was Sommer bedeutet, weiß ich schon lange nicht mehr.

Sehnsüchtig starre ich die Tabletts an, die die anderen nach und nach in die Fächer des Metallwagens abstellen, bevor er von einem Mitarbeiter weggeschoben wird. Auf manchen der Tabletts liegen noch Essensreste. Einige Pommes frites in einem Ketchupberg. Ein halbes Chicken McNugget. Der Rand einer Apfeltasche.
Ich reiße mich aus meinen Gedanken. Wirklich nicht! So tief bin ich noch nicht gesunken!

Warum ist Hamid nicht gekommen? Der hätte bestimmt wieder eine Packung Chips mitgebracht und mit mir geteilt. Und ich mein Fruchtjoghurt mit ihm.

Mein Handy vibriert. Nadine.
Sag mal, hast du schon wieder dein Handy versenkt?

Als ich antworten will, vibriert mein Handy ein zweites Mal. Eine Nachricht von *Dobar Daniel*. Auf Englisch und Deutsch:

I hope you understand that I'll need to see your passport or some other kind of identification when you arrive – just to be on the safe side.
Bitte um Verständnis, dass ich bei deiner Ankunft deinen Pass oder einen anderen Ausweis sehen will – nur um sicherzugehen.

Alles beginnt sich zu drehen rund um mich. Fuck. Fuckfuckfuckfuckfuck.

Sure, no problem, schreibe ich zurück, nachdem sich das Karussell wieder beruhigt hat. Gleichzeitig rattert mein Kopf alle möglichen Alternativen zu *Dobar Daniel* heute Abend durch.

Eine Notfallnachricht in der *Vienna Group* ist ausgeschlossener denn je. *Dobar Daniel* würde das sehen und so wissen, dass meine Geschichte vom ungarischen Freund, der ganz plötzlich meine Hilfe braucht, erstunken und erlogen ist.

Und dann fällt mir Andi ein. Der wollte mich doch schon längst mal wieder treffen. Bevor ich das tue, überprüfe ich alle Bewertungen von *blueballoon* und *Dobar Daniel*, um zu sehen, ob es Überschneidungen gibt. Gibt es nicht. Die beiden kennen ganz andere Leute. Sie gehören auch nicht den gleichen Gruppen an, scheinen völlig unterschiedliche Interessen zu haben.
Ich atme tief durch. Soll ich oder soll ich nicht? Wie hoch ist das Risiko, total aufzufliegen?

Das Risiko, wieder eine Nacht ohne Bett zu verbringen, wenn ich Andi nicht kontaktiere, ist jedenfalls hundert Prozent. Im schlimmsten Fall kann ich ihm ja eine Geschichte erzählen, dass mein ungarischer Freund plötzlich doch keine Hilfe mehr gebraucht hat, es mir aber peinlich war, *Dobar Daniel* so spontan noch mal zu kontaktieren. Wenn ich das selbstbewusst genug erzähle, gibt es keinen Grund, das anzuzweifeln. Hoffe ich zumindest.
Zuerst muss ich hoffen, dass Andi heute überhaupt Zeit für mich hat.

Hey Andi!
Entschuldige bitte, dass ich mich so lange nicht gemeldet habe – war viel los in letzter Zeit. Ich würde sehr gerne mit dir was trinken gehen. Ich habe eigentlich auch einen kleinen Überfall auf dich: Mit meinem host für heut Abend ist was blöd gelaufen und das funktioniert doch nicht. Könnte ich ganz spontan deine Couch crashen heute Nacht?
Falls das nicht geht, kein Problem – Jugendherbergen gibt's schließlich auch. Dann sag mir, wann du sonst mal für ein Treffen Zeit hättest.
Cheers, J.

Drei Minuten später ist eine Antwort da. Auf Andi ist Verlass.
Hey J., schön von dir zu hören!

Ich traue mich fast nicht weiterzulesen. Jugendherbergen gibt's nämlich nicht. Nicht mehr für mich.
Für ein Treffen hätt ich zwar nicht unbedingt heute vorgeschlagen, weil ich hundemüde von der Arbeit bin – aber hier schlafen kannst du natürlich, keine Frage!
Bin zuhause, komm einfach vorbei!
A.

Ich muss die Nachricht mehrere Male lesen, so als könnte sich die Einladung in eine Absage verwandeln, wenn ich das nicht täte.

THANKS!!!, tippe ich. *Bin in zwanzig Minuten bei dir!*

Tannengasse

Und so sitze ich wieder in der Tannengasse bei Andi in der Küche. Fast drei Monate sind vergangen seit dem letzten Mal. Es erscheint mir wie eine Ewigkeit.

Andi freut sich, dass ich es überhaupt nicht aus Wien rausgeschafft habe.
»Hab deine Bewertungen überflogen«, sagt er und schenkt mir ungefragt ein Glas Rotwein ein.
»Du hast ja fast die gesamte *IYH*-Community Wiens schon durch.« Er lacht.
»Kann sein.« Ich ringe mir ein Lächeln ab. Vermutlich hat er recht. Vermutlich ist genau das mein Problem.
›Das schaffst du nie‹, habe ich Henriks Stimme im Ohr. Zum ersten Mal habe ich den Verdacht, dass er recht haben könnte. Wie soll ich das bis zum Sommer durchziehen?

Ich habe aber keine Zeit, lange über Henrik nachzudenken. Andi will wissen, was Jeremy in letzter Zeit so getrieben hat. Also erzählt Jeremy. Davon, dass ich Yossi und Anat wiedergesehen habe. Von der besetzten Schule und der Räumung. Davon, wie ich mit Peter in das Konzert reingekommen bin ohne zu zahlen. Von *a_e_i_o_u*. Von Weihnachten bei Simone. Von *Mona Mours* abgebrannter Küche.

Anscheinend erzähle ich auf eine witzige Art und Weise, denn Andi lacht. »You're funny, you know?«
»Das hat Evdokia auch gesagt.«
»Wer ist Evdokia?«
Und so erzähle ich auch noch von ihr. Obwohl es da gar nichts zu erzählen gibt. Aber Jeremy kann sogar aus dieser kleinen Begegnung eine interessante Geschichte machen.

Jakob ist froh, dass Jeremy übernimmt. Nichts erzähle ich von Nadine. Nichts von Miloš. Nichts von Jule. Nichts von Hamid.

Andi geht wohl davon aus, dass ich schon gegessen habe und ich traue mich nicht, etwas zu sagen. Von den Soletti in der Schüssel auf dem Tisch schiebe ich eines nach dem anderen in mich hinein. Als die Schüssel leer ist, füllt Andi Chips nach. Die futtere ich zur Hälfte auf, dann bremse ich mich. Ich will nicht, dass er etwas merkt.

In der Nacht schleiche ich mich nochmal in die Küche. Nehme mir aus dem Kühlschrank, wovon ich glaube, dass es nicht auffällt. Ein paar Scheiben Käse. Eine Karotte. Butter. Schneide ein paar Scheiben Brot ab und wische die Brösel weg. Schiebe alles unter mein Pyjamaoberteil und verschwinde auf dem Klo. Falls Andi zufällig aufwacht und in die Küche kommt, soll er nicht merken, dass ich sein Essen genommen habe.
Ich setze mich auf den heruntergeklappten Klodeckel und stopfe alles in mich hinein. Trinke Wasser aus dem Waschbecken. Ich glaube, jetzt bin ich satt genug, um schlafen zu können.

Am nächsten Morgen bin ich vor Andi wach, aber ich will mir nicht mehr aus dem Kühlschrank nehmen, ohne ihn zu fragen. Es ist Samstag, daher gehe ich davon aus, dass Andi nicht arbeitet und wir gemeinsam frühstücken. Also beginne ich, den Tisch zu decken. Ich höre, wie sich Andis Tür öffnet, dann das Geräusch der Dusche. Ich schalte die Kaffeemaschine ein und warte. Setze mich an den Tisch und blättere in der Zeitung, die darauf herumliegt. Lese die Schlagzeile.

Aktion hart – Österreich setzt vermehrt auf Rückführungen junger Afghanen.

Meine Hände beginnen zu zittern. Ich schließe die Augen und schiebe die Zeitung von mir weg. Bitte nicht Hamid. Bitte lass Hamid nicht dabei sein.

Andi kommt pfeifend aus der Dusche. »Cool, du hast schon alles hergerichtet, das ist ja ein Luxus.«
Ich nicke stumm. Andi mustert den gedeckten Tisch.
»Aufstrich gibt's auch.« Er öffnet die Kühlschranktür. »Hab gestern auch Schinken gekauft und Oliven.« Er deutet auf eine Schublade. »Da drin sind Aufbackbrötchen, wir können so richtig schön frühstücken.«
Mein Mund ist plötzlich ganz trocken. Ich glaube nicht, dass ich jetzt etwas hinunterbekomme »Ich ... habe eigentlich gar keinen Hunger«, krächze ich.
Bitte nicht Hamid. Bitte. BITTE.
Andi sieht mich erstaunt an. »Echt? Aber Kaffee trinkst du mit mir, ja?«
Ich nicke. Ich fühle mich nicht in der Lage, aktiv irgendetwas zu tun. Aber den Kaffee, den Andi mir einschenkt, kann ich zum Mund führen und hinunterschlucken.

Andi freut sich, dass ich zu Gast bin. »Sorry, wenn ich gestern unfreundlich war oder so, aber ich war echt hundemüde.«
Ich schüttle den Kopf. »Warst du gar nicht. Unfreundlich.«
»Na, dann ist's ja gut.« Andi nimmt die Zeitung vom Tisch und überfliegt die Schlagzeilen.
Aktion hart – Österreich setzt vermehrt auf Rückführungen junger Afghanen.

Ich drehe meinen Kopf, so dass ich nicht in Versuchung komme weiterzulesen.
›All I can do there is wait for them to kill me‹, habe ich Hamids Stimme im Kopf.
Andi überfliegt die erste Seite. »Gut so«, kommentiert er den Artikel. »Wir können auch nicht alle aufnehmen.«

Schnell nehme ich noch einen Schluck Kaffee, damit mein Mund nicht zu trocken zum Sprechen ist. »Aber wohin sollen sie denn zurückgehen?«, presse ich hervor.
Andi seufzt. »Okay, in Syrien ist Krieg. Aber die aus Afghanistan oder so, die kommen doch alle nur, weil sie denken, hier kriegen sie alles geschenkt. Das sind doch alles Wirtschaftsflüchtlinge.«
Ich denke an Hamids Vater. Daran, dass seine Mutter gesagt hat, er soll gehen. Weil sie sonst ihn als nächsten holen.
»Aber ...«
Andi lässt mich nicht ausreden. »Die erzählen doch irgendwas. Es soll sogar Leute geben, die behaupten, sie kommen aus Syrien, damit sie hierbleiben können. Dabei kommen die aus Marokko oder Ägypten oder von ganz woandersher.«
»Aber ...« Mir ist schwindlig.
»Ist schon gut, wenn wir die jetzt schneller abschieben. Ich meine, wenn jemand Sachen behauptet, die einfach nicht stimmen, dann kann er nicht erwarten, dass er bleiben darf.«

Wenn ich noch einen Satz von Andi hören muss, tue ich etwas, was ich später bereue. Um nichts in der Welt kann ich weiter zuhören, wenn er so weiterredet. Ich habe das Gefühl, als würde die Luft um mich dichter und enger. Ich muss sofort hier weg.
»Ich ... ich muss jetzt gehen«, krächze ich.
»Jetzt schon?« Andi sieht enttäuscht drein. »Äh, okay. War total nett, dass du wieder vorbeigeschaut hast.«

Als ich vom Tisch aufstehe, wird mir kurz schwarz vor Augen. Vor Hunger. Und vor Wut.
»Du kannst echt jederzeit bei mir übernachten, das weißt du«, redet Andi weiter. »Meld dich einfach rechtzeitig.«
Ich nicke schnell und beeile mich, meine Sachen zusammenzupacken. Dann laufe ich die Stiegen hinunter, zwei Stufen auf einmal.

Sätze schwirren durch meinen Kopf:

Wenn jemand Sachen behauptet, die einfach nicht stimmen, dann kann er nicht erwarten, dass er bleiben darf.

Meine Mutter gesagt, ich soll gehen. Weil sie sonst mich als nächsten holen.

Du kannst echt jederzeit bei mir übernachten, das weißt du.

Ich starre Andis Nummer an. Die Ziffern drehen sich vor meinen Augen. Erst als ich auf *Löschen* drücke, beruhigt sich das Display wieder.

Dann rufe ich zum x-ten Mal Hamids Nummer auf und drücke auf *Verbinden.* Lasse es läuten, wieder und wieder. Verdammt noch mal, Hamid. Wo bist du?
Ich versuche, mich damit zu beruhigen, dass Hamid einfach sein Handy verloren haben könnte, denn auch fehlendes Guthaben erklärt nicht, warum er nicht abhebt. Aber es gibt Erklärungen für alles, oder? Es gibt doch sicher eine logische Erklärung, die nicht schlimm ist.

Und wo soll ich jetzt hin? Es ist Samstag, also kann ich nicht mal in die Schule.

Schlosspark Schönbrunn

Ich verbringe den Tag damit, panisch durch den riesigen Park zu laufen und jeden Winkel nach Hamid abzusuchen. Bitte Hamid, komm doch einfach jetzt zu unserer Bank. Und alles wird gut, ja?

Aber Hamid bleibt verschwunden. Ich versuche, mich selbst zu beruhigen. Es kann gar nicht Hamid gewesen sein, von dem in der Zeitung die Rede war. Abschiebungen gehen doch gar nicht so schnell, oder?
Aber was weiß denn ich von Abschiebungen. Außerdem ist Hamid bestimmt nicht in Afghanistan. ›Wenn sie mich zurückschicken wollen, bin ich schneller‹, habe ich seine Stimme im Kopf. Scheiße.

Irgendwann sehe ich ein, dass es sinnlos ist, im Park auf und ab zu tigern, und setze mich in den Bus. Ich muss mit Nils reden. Vielleicht weiß der ja irgendetwas.

10A

Nach ein paar Stationen fällt mir ein, dass die Beratungsstelle am Samstag gar nicht offen hat. Morgen auch nicht. Die wollen auch mal Wochenende machen. Verdammt.
Weil ich nicht mehr weiterweiß, bleibe ich einfach sitzen. Fahre bis zur Endstation und wieder zurück. Starre aus dem Fenster, und irgendwann starre ich auf mein Telefon und suche das Internet nach Berichten über Selbstverbrennungen ab.
Beim Lesen der Artikel darüber wird mir wieder schlecht, aber ich kann nicht aufhören. ›Bitte, lass Hamid nicht darunter sein‹, bete ich und weiß nicht zu wem. ›Bitte, lass es nicht Hamid sein. Bitte. Bitte.‹
Wenn mir schlecht ist, habe ich wenigstens keinen Hunger.
Ich habe Hamids Stimme im Ohr.
Geh nach Hause.

Ich muss irgendwo schlafen. Und ich muss irgendwo essen, sonst kippe ich um. Ich weiß nicht, wie es funktioniert, dass mein Hirn noch Ideen produziert, aber ich habe tatsächlich eine. Ob die funktioniert, weiß ich nicht. Aber ich muss es darauf ankommen lassen.

Studentenlokale gebe ich in die Suchmaschine ein, die brav eine Liste davon ausspuckt. Die Mensa fällt aus, da muss man sich das Essen selber holen und gleich zahlen. Ich brauche ein Lokal, wo man das Essen bekommt, bevor sie Geld sehen wollen.

Florianigasse

Im Lokal meiner Wahl scheint im Moment nicht so viel los zu sein, was für meinen Plan günstig ist. Also trete ich ein und sehe auf mein Handy.

Verfügbare Funknetzwerke zeigt neben *student123* auch *Richard's iPhone* an.

Suchend sehe ich mich um. An einem großen Tisch sitzt ein Typ. Er hat seinen Laptop aufgeklappt und sein Telefon danebenliegen. Bingo. Das ist also Richard.

Ich setze mich ans andere Ende des Tisches. Richard starrt in seinen Laptop und löffelt Suppe. Das ist gut. Das bedeutet, dass er noch ein Weilchen hierbleibt, wenn er jetzt erst die Vorspeise isst.

Der Kellner kommt zu unserem Tisch. »Was darf's für dich sein?«

»Menü zwei bitte. Und ein Glas Leitungswasser.«

»Menü bring ich gerne, Wasser kannst du dir da drüben selbst holen.« Der Kellner deutet auf einen Tisch, wo Krüge voll Leitungswasser stehen. In einigen schwimmen Orangenstücke.

»Oh, danke.« Ich hole mir ein Glas Wasser und hoffe. Wenn mein Plan nicht funktioniert, muss ich die Zeche prellen und davonlaufen. Vorsichtshalber blicke ich mich schon mal im Lokal um und plane meinen Fluchtweg. Hoffentlich muss ich das nicht tun.

Ich räuspere mich. »Hey, hallo Richard.«
Der Typ neben mir sieht von seinem Laptop auf. »Äh ... hallo?«
»Wir haben uns mal auf der Uni getroffen, kannst du dich erinnern?« Ich hoffe, dass Richard tatsächlich irgendwas studiert oder zumindest aus sonst einem Grund mal auf der Uni war.
»Echt?« Er mustert mich von oben bis unten. »Sorry, kann mich nicht erinnern. Ich hab aber auch echt ein schlechtes Namensgedächtnis.«
Ich lächle breit. »Egal. Ich bin Jakob.« Jeremy wäre mir lieber. Aber Jeremy ist nicht auf die Uni gegangen und passt hier nicht. Egal. Was Jeremy kann, kann Jakob jetzt auch.
Ich strecke Richard meine Hand hin. Nach einigen Sekunden schlägt er ein.
»Danke«, sage ich zum Kellner, der mir die Suppe und Richard die Hauptspeise bringt. Gierig löffle ich in mich hinein. »Mahlzeit«, sage ich zu Richard.
Kurz darauf kommt auch meine Hauptspeise und ich bin gleichzeitig mit Richard fertig, so schnell verschlinge ich sie. Mein Magen ist jetzt beruhigt, aber mein Herz beginnt, schneller zu klopfen.
Jetzt kommt der unangenehme Teil. Jetzt entscheidet sich, ob ich weglaufen muss oder nicht. Mit großen Bewegungen wühle ich in meinem Rucksack. »Verdammt«, sage ich laut.
Richard reagiert nicht.
»Die haben mir die Geldbörse gestohlen!«
Jetzt sieht Richard doch kurz von seinem Laptop auf.
»Oder hab ich sie zuhause liegengelassen?«, überlege ich laut weiter. »Oh nein, ich hab sie zuhause liegengelassen!«
Der Kellner kommt zu uns herüber. »Darf's noch was sein?«
»Zahlen bitte«, sagt Richard und klappt seinen Laptop zu.
»Du, Richard ...«, beginne ich.
»Ja?«

»Richard, sorry, mir ist das grad total unangenehm. Aber ich schein echt mein Geld zuhause vergessen zu haben. Könntest du ... also könntest du mir was borgen? Wenn du mir deine Kontonummer gibst, überweise ich es dir gleich heute noch. Oder glaubst du, ich kann dem Kellner das Geld überweisen?«
Die letzte Frage war eine rhetorische. Kein Lokal macht so etwas.
»Glaub ich kaum, dass die das machen«, sagt Richard auch. »Ja ... hm ... blöd ... also kann ich schon machen.«
»Echt?« Ich strahle ihn an. »Richard, du rettest mich!«
Ich hoffe, ich trage nicht zu dick auf. Inzwischen hat er wohl kapiert, dass ich seinen Namen kenne.
Als der Kellner wieder zu unserem Tisch kommt, deutet Richard auf uns beide. »Zusammen«, sagt er. Auf die Rückseite der Rechnung schreibt er mir seine Kontodaten.
»Du kriegst das Geld gleich heute. Spätestens am Montag müsst es dann bei dir sein.«
Richard nickt. »Passt.«
»Danke nochmal.« Ich verkneife mir, noch einmal seinen Namen zu sagen. »Wünsch dir einen schönen Tag noch.«

Danke, Evdokia. War es doch gut, dass ich dich getroffen habe.

Nachdem Richard das Lokal verlassen hat, sitze ich noch stundenlang herum und trinke Leitungswasser mit Orangenstücken. Immer wieder rufe ich die *It's Your Home*-Seite auf. Immer wieder das gleiche Bild. Niemand hat sich auf meine Anfragen gemeldet. Ich weiß auch nicht mehr, wen ich noch anschreiben soll. Ich glaube, jetzt habe ich wirklich alle durch.

Dann, eine Nachricht.
Ich hätte Interesse an Ihrem Hawaiihemd. Wohne aber in Kärnten, nicht in Wien. Schicken Sie es auch per Post?

Ich versuche, klar und strukturiert zu denken. Jemand will etwas von mir kaufen, das ist gut. Das ist sehr gut. Davor müsste ich aber Porto zahlen. Das ist nicht gut. Das kann ich nicht.

Haben Sie keine Möglichkeit, nach Wien zu kommen?, schreibe ich zurück.

Selbst wenn ich jetzt das Portogeld auf der Straße finden würde, wer garantiert mir, dass der Typ mir die sieben Euro für das Hemd dann auch tatsächlich überweist?

In drei Wochen habe ich einen Termin in Wien, kommt zurück. *Würden Sie es mir bis dahin zur Seite legen?*

Ich stöhne auf und beschließe, diese Nachricht zu ignorieren. In drei Wochen! Wer weiß, was dann ist?
Dann besinne ich mich doch eines Besseren. Genau, wer weiß, was dann ist? Vielleicht löst sich mein Problem morgen auf, aber in drei Wochen bräuchte ich genau diese sieben Euro.

Mach ich!, verspreche ich also, denn ich kann mir nicht vorstellen, dass bis dahin irgendjemand anders das scheußliche Hemd haben will. *Kontaktieren Sie mich bitte wieder.*

Dann überfliege ich meinen Nachrichtenwechsel mit Nadine, wieder und wieder. Obwohl man gegen Ende nicht mehr von Wechsel sprechen kann. Die letzten paar Nachrichten sind nur noch von ihr und irgendwann hört es auf.
Mehrmals setze ich an, ihr zu schreiben, und lösche die Buchstaben wieder, bevor sie sinnvolle Wörter ergeben.
Schließlich entscheide ich mich für *Sorry.* Mit Herzchen dazu. Das kriege ich gerade noch hin.

Als es dunkel wird, mache ich mich auf den Weg. Auf dem Weg aus dem Lokal streife ich langsam an den leeren Tischen vorbei. Zu jedem Heißgetränk gibt es hier ein kleines Keks, aber nicht alle essen das.

Antwort von Nadine bekomme ich keine. Verstehe ich auch. Was soll man auf *Sorry* denn auch antworten.

Da ich nicht weiß, wo ich sonst hinsoll, fahre ich zum Bahnhof und warte, ob ich Miloš dort treffe. Als ich ihn nach einer Stunde noch nicht gesehen habe, mache ich mich auf den Weg in sein Stammlokal.

Stumpergasse

Dort ist er auch nicht, aber der Mann im Anzug nickt mir freundlich zu. Wie letztes Mal hat er ein Buch vor sich aufgeschlagen. Ich nicke zurück und verziehe mich in eine Ecke auf die Sitzbank.
Um diese Uhrzeit ist noch kaum jemand hier. Den Tisch, an dem ich sitze, kann man vom Tresen aus nicht sehen, und weil hier Selbstbedienung ist, hoffe ich, dass niemand kommen wird, um mich zu fragen, was ich bestellen will.
Nach und nach trudeln Leute ein. Die mit den roten Gesichtern und den dicken Nasen, die den billigsten Fusel trinken. Die mit den großen Brillen, die hier diskutieren wollen. Die, die ich nicht einordnen kann. Je später es wird, desto mehr Leute rücken an mich heran.
Ich lehne im Eck über meinen Rucksack gebeugt und habe die Augen geschlossen. Irgendwann schlafe ich ein.
Einmal grölt jemand neben mir rum. Kurz legt sich einer, der nicht gut riecht, neben mich, steht dann aber auf und kommt

nicht wieder. Eine Zeit lang diskutiert irgendwer über den Nahostkonflikt.

Ich weiß nicht, was wann passiert und was wann wieder aufhört. Als ich die Augen öffne, sind nicht mehr viele Leute da. Ich bleibe so lange, bis ich mit ein paar anderen in der Früh rausgeschmissen werde.
Am Bahnhof kann man duschen. Allerdings nicht am Westbahnhof, der hier in der Nähe wäre, sondern nur am Hauptbahnhof, der ohnehin zwischen hier und meiner Mutter liegt. Also bringt es nichts, mich über die fehlende Ausstattung am Westbahnhof zu ärgern, und ich steige in die Straßenbahn, die die beiden Bahnhöfe verbindet.

Am Hauptbahnhof

Ich habe kein Geld für die Dusche, wenn ich aber stinkend zu meiner Mutter komme, wird sie misstrauisch.

›Es ist ganz einfach, Jakob‹, sage ich mir vor. ›Wie damals mit Lukas. Damals hat euch auch immer jemand ein Eis gekauft.‹
Aber es ist nicht wie damals. Mehrmals steuere ich jemanden an und gehe im entscheidenden Moment dann doch weiter.
Ich kann das nicht.

Aber Paul kann das. Ich stelle ihn mir absichtlich als einen Paul vor, weil ich Paul nicht mag und mich wohl insgeheim freuen würde, wenn er hier am Bahnhof rumschleichen würde und Wildfremde um Geld anbetteln müsste.
Also gehe ich, geht Paul mit bestimmten Schritten auf den nächstbesten Passanten zu. Schnell ein Blick in alle Richtungen, um aus-

zuschließen, dass mich hier jemand kennt, dass jemand Jakob erkennt. Dann fragt Paul nach ein paar Cent für die Dusche. Muss gar nicht lügen, denn eine Dusche ist wohl das, was er offensichtlich am dringendsten braucht.
Und Paul ist gut, Paul ist überzeugend. Paul hat bald genug Geld für die Dusche zusammen. Und für das Schließfach.

Schützenweg

Bei meiner Mutter schaufle ich das Essen in mich hinein. Bemühe mich, ein Gespräch aufrechtzuerhalten. Bilde ich mir ein, dass mich meine Mutter besorgt ansieht? Zum Glück hat Mart heute Rufbereitschaft und ist gerade zu einem Notfall geholt worden. Mit meiner Mutter lässt es sich viel besser reden, wenn Mart nicht dabei ist. Auch viel besser schweigen, was ich heute hauptsächlich tue.
Nach dem Essen ziehe ich mir in meinem Zimmer frische Sachen an und packe noch ein paar Kleidungsstücke in meine Umhängetasche. Alles, was sich in meinem Rucksack im Bahnhofsschließfach befindet, ist schon tagelang getragen und riecht wirklich nicht mehr gut. Das Hawaiihemd bleibt einstweilen noch, wo es ist, ganz unten im Kasten. Ich lasse meinen Blick in meinem Zimmer umherschweifen. Es riecht gut hier, nach Holz und frischer Wäsche, und ist so sauber und aufgeräumt, wie es nie war, als ich noch hier gewohnt habe. Es fühlt sich fremd an. Es ist nicht mehr meines.
Meine Mutter umarmt mich zum Abschied fest. »Jakob«, sagt sie. »Du fehlst hier, weißt du das?«
So fest ich kann, presse ich die Augenlider zusammen und schlucke. »Ich komm schon wieder«, murmle ich.
Ich spüre meine Mutter an meinem Hals nicken. Sie lässt mich immer noch nicht los.
»Lass dir Zeit«, sagt sie.

In meinem Hals formt sich ein Kloß, der immer größer wird. Ein bisschen zu unsanft befreie ich mich aus der Umarmung. »Ich muss jetzt«, stoße ich hervor.
Meine Mutter nickt und lässt die Arme sinken. Auf dem Weg zur Bushaltestelle spüre ich ihren Blick im Rücken. Ich drehe mich nicht um.

Zwei Nachrichten auf *It's Your Home*, beides Absagen. Nette Absagen, aber das bringt mir nichts.

Eine Nachricht auf der Sprachbox.
Sag mal, das Snowboard auf willhaben, ist das wirklich in so einem Top-Zustand wie auf den Fotos? Also auch wirklich nicht zerkratzt oder so? Der Letzte, dem ich eins abkaufen wollte, hat mich da voll beschissen, also sag mir bitte ehrlich, ob es sich auszahlt, dass ichs mir mal anschau ... ähm, also wenns noch zu haben ist natürlich.

Tief einatmen. Luft anhalten. Langsam ausatmen. Ich denke an Silvester, an mich, beschwipst auf dem Snowboard sitzen, an die Scherben und Steinchen darunter. *Also auch wirklich nicht zerkratzt oder so?* Da brauche ich gar nicht zurückrufen. Ich balle die Fäuste vor Wut auf mich selbst. Hundertfünfzig Euro gehen mir gerade durch die Lappen.

Eine Nachricht von Nadine.
Hast wohl grad ein sehr aufregendes Leben, Mister Sorry!

Ein aufregendes Leben, klar. Ich laufe wieder durch den Park, in der Hoffnung, Hamid doch noch zu finden. Aber keine Chance.
Und ich weiß, wo ich heute Nacht wieder landen werde. Vielleicht treffe ich Miloš ja dieses Mal.

Ich werde Nadine antworten, wenn ich alles wieder im Griff habe. Wenn ich gegessen, geduscht und geschlafen habe. Dann werde ich sie anrufen oder zu ihr raufkommen und alles wird gut.

Laaerbergstraße

»Schon wieder Party gemacht, hm?«, sagt Lukas, als ich am Montag in die Schule komme. »Hab mir aber extra die Haare gewaschen«, sage ich erschöpft. »Und frische Sachen angezogen.«

Lukas grinst. »Man riecht's trotzdem.«

Ich lächle schwach. Was haben wir nochmal in der ersten Stunde? Zum Glück ist es knapp vor den Semesterferien und alle Schularbeiten und Tests sind schon vorbei. In meinem jetzigen Zustand könnte ich garantiert keine positive Note schreiben. Ich verschränke meine Arme auf dem Tisch und lege meinen Kopf darauf.

»Sag mal, nimmst du mich mal dorthin mit?«, höre ich Lukas' Stimme.

Ich hebe den Kopf und blinzle ihn an. »Wohin?«

»Na dorthin, wo du abends immer abhängst.«

»Äh ... sicher. Ja, komm doch mal mit. Heute?«

»Gehst du da jetzt jeden Tag hin?«

Ich schüttle langsam den Kopf. »Nein, aber wann immer du willst. Ich hab einen Typen kennengelernt, der dort arbeitet, und den geh ich immer wieder besuchen.«

Weiß nicht, ob es das Schlaueste war, das zu behaupten.

Lukas überlegt. »Heute ist blöd, ich muss ja erst fragen, ob ich überhaupt wegdarf. Aber vielleicht morgen? Kann ich's dir morgen sagen?«

»Sicher.«

Morgen kommt Lukas also mit in meine nächtliche Absteige. Ich weiß nicht, ob das gut oder schlecht ist. Mir ist gerade alles egal.

Nach der Schule überlege ich, ob ich wieder Evdokias Trick anwenden soll, um zu einem Mittagessen zu kommen. Aber ich traue mich nicht. Ich glaube nicht, dass ich ein zweites Mal so viel Glück habe. Irgendwas muss ich aber essen.
Weiterhin keine Nachricht auf *It's Your Home* von irgendwem. Offensichtlich sende ich gerade zu viele negative Vibes aus oder so ähnlich. Anders kann ich es mir nicht erklären, warum da plötzlich Funkstille herrscht. Oder habe ich zu oft angefragt? Kommen meine Anfragen überhaupt an? Ich merke, wie sich mein Herzschlag erhöht und die Buchstaben vor meinen Augen verschwimmen. ›Relax‹, sage ich zu mir selbst. ›Panik hilft jetzt auch nicht.‹
Ich schließe kurz die Augen und atme ein paar Mal tief durch. Als ich mich etwas beruhigt habe, gehe ich auf das Profil von Anat und Yossi.

Letztes Login: Zagreb
Die beiden haben es also auf den Balkan geschafft. Im Gegensatz zu Jeremy. Der hat sich aus dem Staub gemacht und an seiner Stelle geht Paul in regelmäßigen Abständen auf wildfremde Passanten zu. Ich denke an Nadine und den großen Supermarkt. Dort Essen zu retten fand sie gut. Ich bezweifle, dass sie das, was ich hier mache, auch gut findet. Ich denke an ihre letzte Nachricht.
Hast wohl grad ein sehr aufregendes Leben, Mister Sorry!

Ich habe noch immer nicht geantwortet. Ich werde auch nicht antworten. Jetzt ist sie ohnehin schon sauer auf mich.

Dabei hätte ich gerne Nadine an meiner Seite, wenn ich zu Nils in die Beratungsstelle fahre. Würde mich im Bus an sie kuscheln und meinen Kopf auf ihre Schulter legen. Ihre Haare an der Wange spüren, die Augen schließen und ein bisschen schlafen, zumindest eine Busfahrt lang.

Aber die Realität sieht anders aus. Ich kann Nadine nicht die aufregenden Dinge bieten, die sie sich von mir erwartet. Aufregend ist schon lange nichts mehr. Die Show, die ich jeden Tag abziehe, kommt mir im Moment so lächerlich vor. Am liebsten würde ich aus all dem aussteigen. Aber ich kann nicht. Habe keine Kraft dazu. Doch das kann ich Nadine nicht schreiben. Und daran, mich an sie zu kuscheln, ist sowieso nicht zu denken bei dem Geruch, der an meiner Kleidung haftet. Ich will nicht, dass sie mich so sieht. Da will ich sie lieber gar nicht sehen.

Wattgasse

Auch wenn das bedeutet, dass ich ganz allein die Stufen zur Beratungsstelle hinaufsteige muss, dass ich ganz allein warten muss, bis Nils Zeit hat, und dass ich mich ganz allein auf die Horrornachricht vorbereiten muss, die er mir vielleicht überbringen wird.

Doch Nils hat auch nichts von Hamid gehört. Er rät mir, mir nicht allzu viele Sorgen zu machen.
»Das passiert immer wieder, dass Klienten ihre Handynummern wechseln und wir sind die Letzten, die das mitbekommen. Kann alle möglichen Gründe haben.«
»Wirklich?« Ich sehe ihn zweifelnd an.
»Wirklich«, versichert er.
Ich atme tief durch. Gerne möchte ich ihm glauben. Dass es eine Erklärung gibt, die nichts Schlimmes bedeutet.
Nils scheint mir anzusehen, dass ich nicht überzeugt bin. »Wenn ich nicht daran glauben würde, dass etwas auch gut ausgehen kann, dann würde ich meine Arbeit hier nicht machen.« Er schiebt mir ein Kärtchen hin. Seine Visitenkarte.

»Ruf mich an, wenn du was von Hamid hörst«, sagt er. »Und wenn du mir deine Nummer gibst, meld ich mich bei dir, sobald ich was höre, okay?«

Ich tippe die Nummer auf dem Kärtchen in mein Handy und drücke auf *Verbinden.* »Jetzt hast du meine«, sage ich, als das Display auf Nils' Diensthandy aufleuchtet.

»Danke.« Nils legt das Handy zur Seite. »Sag, wenn du Interesse hast, was zu tun, also nicht nur für Hamid ...«

Mein Magen knurrt so laut, dass ich befürchte, Nils hat deswegen seinen Satz unterbrochen. Aber noch bevor ich mich entschuldigen kann, redet er weiter. »Du könntest Buddy werden. Also so wie mit Hamid dich mit einem Geflüchteten treffen und gemeinsam Sachen unternehmen, zu Terminen begleiten und so weiter.«

Je länger Nils redet, umso weniger kann ich zuhören. ›Ja‹, möchte ich sagen, ›wenn ich gegessen und geschlafen habe, kann ich mir das echt vorstellen.‹ Aber ich habe nichts gegessen. Habe kaum geschlafen. Meine Energie scheint gerade so weit gereicht zu haben, mich zu Nils zu schleppen und herauszufinden, wo Hamid ist. Jetzt fühle ich mich, als hätte man mir den Stoppel herausgezogen und die ganze Luft aus mir ausgelassen. Jeden Moment kippe ich um.

Nils sieht mich besorgt an. »Ist alles okay?«

Ich nicke schnell. »Ich glaub, ich muss an die frische Luft, mir ist ein bisschen schwindlig. Aber meld dich, wenns wieder so ein Buddy-Vorbereitungstreffen gibt.« Ich glaube, Nils hat vorhin etwas über Vorbereitungstreffen gesagt.

Nils nickt. »Mach ich.«

Europaplatz

Irgendwie schaffe ich es, mich zum Bahnhof zu schleppen, wo mich die Securitys nicht vertreiben, sondern als Paul zumindest so

viel Geld zusammenschnorren lassen, dass ich mir etwas zu essen kaufen kann. Hamids Handy springt inzwischen gleich zur Sprachbox, wenn ich anrufe, also lasse ich es bleiben und klammere mich an den Gedanken, dass er sicher irgendwann wieder bei Nils auftauchen wird.
Ich hätte Hausübung zu machen für morgen, aber das schaffe ich nicht. Ich sitze an einem der Tischchen im Wartebereich und versuche, an die Wand gelehnt zu schlafen. Funktioniert natürlich nicht, die Zeit vergeht trotzdem irgendwie.
Irgendwann stehe ich auf, steht Paul auf und schnorrt noch ein paar Euro für einen Kaffee zusammen. Paul könnte eigentlich auch ein bisschen spazieren gehen. Die Notschlafstelle für Jugendliche ist nicht mal eine Viertelstunde zu Fuß von hier.

Paul geht also spazieren. Eine Viertelstunde hin und eine Viertelstunde wieder zurück. Und dann wieder zehn Minuten. In die andere Richtung.

Stumpergasse

Miloš freut sich unheimlich, mich wieder zu sehen. »Jakooob!« Er umarmt mich und bestellt mir gleich einen weißen Spritzer.
Ich hebe abwehrend die Hände. »Du hast doch selber kein Geld.«
Miloš lacht. »Egal, egal. Alles egal.« Er hebt sein Glas und will mit mir anstoßen. »Prost. Auf das Leben.«
»Ja, genau«, murmle ich, aber mein ironischer Tonfall stört Miloš nicht. Auch nicht, dass ich mich wenig später auf meine Bank verziehe, um zu schlafen. Egal, egal. Alles egal.

Mein Handy piepst. Gudrun.
War das mit dem Babysitten ernst gemeint?

Ich drücke die Nachricht weg. Wenn Gudrun mich jetzt sehen könnte, würde sie mir so etwas bestimmt nicht schreiben. Egal, egal. Alles egal.

Freundlich rausgeschmissen werden. Zum Bahnhof fahren. Dort dann Leute anschnorren und duschen.

Am Hauptbahnhof

Kaffee und Semmel erschnorre ich mir auch, außerdem noch das Geld für das Schließfach, um meinen Rucksack zu verstauen. Wenn man einmal damit angefangen hat, ist es gar nicht mehr so schlimm.
Ich bin auch viel zu müde für Peinlichkeitsgefühle.
Außerdem sehe ich alles nur mehr verschwommen. Die Gesichter derjenigen, die mir Geld geben oder keines, merke ich mir nicht.

Von Nadine Funkstille. Kann ich ihr nicht verübeln.

Laaerbergstraße

Pünktlich in die Schule schaffe ich es noch. Die ersten zwei Stunden haben wir Musik. Da kann ich mich wenigstens in die hinterste Reihe setzen und dösen. Unser Musiklehrer ist der Letzte, den das kümmert. Der ist verhinderter Profimusiker, der den Durchbruch nicht geschafft hat und jetzt sein Geld mit Unterrichten verdienen muss. Dem ist egal, ob wir aufpassen oder nicht.

In der dritten Stunde haben wir die Klein. Davor wasche ich mir vorsichtshalber nochmal das Gesicht und fahre mir durch die Haare.

Eine Stunde lang muss ich jetzt meine ganze Energie darauf verwenden, frisch und munter auszusehen. Eine Stunde lang schaffe ich das auch. Zumindest bildet sich die Klein nicht ein, mich auf irgendwas ansprechen zu müssen.

In der Pause sacke ich wieder auf meinem Platz zusammen. Wäre das also geschafft. Kann ich mich also ausruhen.
Falsch gedacht, denn als ich kurz die Augen öffne, kann ich an der Tür Nadine erkennen. Nadine, die in meine Klasse stürmt. Scheiße, gestern war ihre Französischprüfung. Und ich hab nicht mal gefragt, wie es gelaufen ist.
Da steht sie auch schon vor mir und knallt ein Buch auf meinen Tisch. Ich zucke zusammen. Das Auf-den-Tisch-Knallen ist so laut, dass mir die Tränen in die Augen steigen.
»Warum meldest du dich nicht auf meine Nachrichten?« Nadines Tonfall ist schroff. Ich beiße mir auf die Unterlippe.
Ich spüre, wie Henrik mich beobachtet. Bestimmt beobachtet mich die ganze Klasse. Ist aber egal. Henrik ist egal. Sein lächerliches Pro-und-Kontra-Spiel ist egal.
Seit Hamid verschwunden ist, ist alles egal. Seither kommt mir alles so sinnlos vor. Jeremy, Henrik, die Pros und die Kontras. Was soll das alles?

Nadine sieht mich herausfordernd an. Ich atme tief durch und versuche, zumindest ihrem Blick standzuhalten. Wenn ich jetzt versuche, irgendetwas zu sagen, heule ich los.
Nadine stemmt die Arme in die Hüfte. »Du bist ein Schweiger, hm?«
Ich schweige als Antwort. Nicht losheulen, Jakob. Egal was, aber bloß nicht heulen. Nicht vor der ganzen Klasse.
»Ihr glaubt immer, dass das bei den Mädels gut ankommt«, fährt Nadine fort. »Aber ich sag dir was. Es kommt nicht gut an. Es kommt verdammt nochmal überhaupt nicht gut an.«

Ihre Augen funkeln mich an. Ich wusste gar nicht, dass sie so schauen kann. Ich will etwas sagen, aber selbst, wenn ich nicht mit den Tränen kämpfen müsste, wüsste ich nicht, was. Also sage ich nichts. Ich bin müde und mein gesamter Körper tut mir weh. Alles tut mir weh. Ich habe seit 72 Stunden nicht wirklich geschlafen. Ich habe keine Energie, Nadine irgendwas zu erklären. Ich habe für überhaupt nichts mehr Energie. Wenn das mit Nadine nicht funktioniert, dann kann ich nichts tun. Es macht mir im Moment nicht einmal wirklich etwas aus. Ich will nur in ein warmes Bett und fünf Monate durchschlafen. Bis zum Sommer. Wenn alles wieder gut ist.
Nadine scheint verstanden zu haben, dass aus mir keine Antwort herauszulocken ist. Sie nimmt ihr Buch mit einem Ruck an sich und starrt mich an.
»Arschloch«, sagt sie. Dann stürmt sie aus der Klasse.

Lukas legt mir die Hand auf die Schulter. »Scheiße. Alles okay?«
Ich schiebe seine Hand weg und nicke. »Mhm«, brumme ich. Langsam stehe ich auf und gehe Richtung Klo. Sperre mich in eine Kabine ein und warte darauf, tot umzufallen. Aber so schnell geht das nicht. Selbst die Tränen haben sich wieder irgendwohin verabschiedet.
Bis zum Läuten sitze ich auf dem zugeklappten Deckel und starre vor mich hin. Dann wasche ich mir das Gesicht und schleiche wieder in die Klasse. Bemühe mich, niemanden anzusehen. Was zwischen mir und Nadine ist, kann denen doch egal sein. Das hat mit den Spielregeln überhaupt nichts zu tun.

Urban-Loritz-Platz

Den Nachmittag hänge ich doch wieder in der Bücherei rum. Ich fühle mich zu schwach, mir etwas anderes zu suchen. Ich vermeide es, zu den Lerntischen zu sehen, wo bestimmt noch immer Jule sitzt. Aber die Bücherei ist groß und ich laufe ihr nicht über den Weg.

Ich habe aufgegeben, durch den Park zu laufen und nach Hamid Ausschau zu halten. In regelmäßigen Abständen suche ich online nach Horrormeldungen über ihn. Zum Glück finde ich keine. ›No news is good news‹ heißt es immer. Ich glaube aber nicht, dass das hier auch gilt.

Stumpergasse

Am Abend bin ich mit Lukas verabredet. Als wir die Tür zum Gastraum öffnen, nickt mir schon der Herr mit dem Buch freundlich zu. Ich nicke zurück.
»Der ist Stammgast«, flüstere ich Lukas zu. Lukas grinst. Er zündet sich eine Zigarette an und hält mir wie immer das Päckchen hin.
»Du weißt doch genau, dass ich nicht rauche.« Wenn ich Raucher wäre, hätte ich mein ›Projekt‹, wie Nadine es genannt hat, vermutlich schon vor zwei Monaten abbrechen müssen. Ich frage mich, woher Lukas eigentlich so viel Geld hat, sich ständig seine Zigaretten zu kaufen. Ich frage mich überhaupt, woher alle Menschen so viel Geld haben. Geld ist doch verdammt schwer zu kriegen.

»Welcher ist jetzt dein Bekannter?«, will Lukas wissen. Scheiße, das habe ich total vergessen. Angeblich kenne ich ja jemanden, der hier arbeitet.
»Äh, der hat erst später Schicht«, stottere ich. »Ich stell ihn dir dann vor.«
Lukas springt auf und kramt nach seiner Geldbörse. »Ich kauf mal was zu trinken. Was soll ich dir mitbringen?«

»Ein Soda Zitron.«
Lukas verzieht das Gesicht. »Wirklich? Ein Soda Zitron?«
Ich nicke. »Was ist denn daran auszusetzen?«
Lukas rollt mit den Augen. »Eh nichts.«
Er geht Richtung Tresen und kommt wenig später mit einem Soda Zitron und einem Bier wieder zurück. »Die nächste Runde zahlst du.«
Ich nicke und mache einen kleinen Schluck.
Lukas sieht sich im Lokal um. »Gefällt mir«, sagt er.
Ich lächle schwach.
»Willst du reden oder abgelenkt werden?«, fragt Lukas, nachdem er sich genug umgesehen hat. Ich will weder noch. Aber das kann ich Lukas nicht sagen.
»Abgelenkt werden ist immer besser«, sage ich also, weil ich definitiv nicht über Nadine sprechen will. Oder über mich.
Also beginnt Lukas zu erzählen. Dass seine Mutter nervt. Dass er nächstes Wochenende Snowboarden fahren will und ich doch mal wieder mitkommen soll. Dass er die Klein eigentlich gar nicht mehr so attraktiv findet. Dass Anthonys Vater will, dass Anthony öfter mit ihm nach Uganda fährt, um seine Wurzeln besser kennenzulernen, aber Anthony das gar nicht will. Ich versuche, aufmerksam zuzuhören oder zumindest so zu tun, als ob.
»Anthony sagt, in ein Land, in dem sie ihn umbringen würden, weil er schwul ist, will er nie wieder fahren.« Lukas macht einen Schluck Bier. »Ich wusste gar nicht, dass Anthony schwul ist«, sagt er dann. »Du?«
Ich schüttle den Kopf. Wusste ich wirklich nicht. Ist mir auch ziemlich egal gerade. Aber Lukas freut sich augenscheinlich, dass ich wieder mal Zeit mit ihm verbringe. Ich weiß nicht, wann ich ihm das letzte Mal genauer zugehört habe. Oder auch nur so getan habe. Es scheint ziemlich viel zu geben, das er mir erzählen will.

Daran, an den passenden Stellen zustimmende oder fragende Laute von mir zu geben, bin ich gewohnt. Die Müdigkeit kommt in Wellen. Zwischendrin bin ich wach genug, um auch mal eine Frage zu stellen oder einen Kommentar abzugeben.

Wäre ich satt und ausgeschlafen, dann würde auch ich mich freuen, wieder mal ausführlich mit Lukas zu reden. Vor allem würde ich ihm von Hamid erzählen, über den ich nicht aufhören kann nachzudenken.

Aber der Hunger und die Nächte ohne Schlaf machen irgendetwas in mir kaputt. Ich kann mich nicht mehr freuen, nicht mal über einen Abend mit Lukas. Freue mich höchstens darauf, dass er bald geht und mich in Ruhe lässt. Dass ich mich in Ruhe in einem Eck verkriechen kann und die Welt sich ohne mich weiterdreht.

Ich sehe, dass Lukas' Flasche schon seit längerem leer ist. Die nächste Runde bezahle ich. Aber mit welchem Geld?

Ich krame in meiner Tasche. »Scheiße«, murmle ich.

»Was ist?«

»Ich glaub, ich hab meine Geldbörse bei Miloš vergessen.« Verdammt, jetzt ist mir auf die Schnelle kein anderer Name eingefallen. Hoffentlich kommt Miloš heute nicht.

Ich bleibe über meine Tasche gebeugt, schiebe Gegenstände von links nach rechts und von unten nach oben. »Scheiße, wirklich.«

»Ist das blöd wegen Ausweis und so?«, will Lukas wissen.

Ich schüttle den Kopf. »Nur, weil ich dir die nächste Runde nicht zahlen kann.«

Lukas winkt ab. »Ist doch egal, dann lad ich dich heute ein. Das nächste Mal zahlst dann du.«

»Ja echt, geht das?«

»Sicher, für wen hältst du mich denn?«

Lukas steht also auf und kommt wenig später mit zwei Flaschen Bier wieder zurück. Ich sage nichts, obwohl ich kein Bier will. Wie ich Alkohol auf leeren Magen vertrage, weiß ich nicht. Ich tröste

mich damit, dass Bier viele Nährstoffe hat und deshalb bestimmt gut ist für mich.
Lukas zahlt auch noch die dritte Runde, diesmal bestehe ich auf Orangensaft. Das Bier habe ich ganz langsam getrunken, trotzdem dreht sich alles um mich.

Nach der dritten Runde sieht Lukas auf die Uhr. »Schätze, ich werd deinen Freund nicht mehr kennenlernen«, sagt er. »Ich muss los. Meine Mutter holt mich in einer Dreiviertelstunde von Oberlaa ab.«
»Super, dass du überhaupt so lang wegbleiben durftest. Immerhin ist nicht Wochenende.«
»Auch nur, weil die Noten fürs Semester schon feststehen. Und weil ich mit dir unterwegs bin. Für meine Mutter bist du irgendwie der Garant dafür, dass ich keinen Scheiß baue.« Er grinst und zeigt auf die Gläser, in denen mein Soda und mein Orangensaft drin waren und die noch niemand abgeräumt hat. »Du warst ja immer schon der Brave.«
Ich lächle schwach. Kannst du mich nicht einfach mitnehmen, Lukas? Einfach mitnehmen nach Hause? So wie früher?
Das würde ich jetzt gerne fragen. Aber ich fange sicher nicht damit an, meine Freunde anzubetteln. Gerade jetzt, wo alles wieder okay zu sein scheint zwischen uns. Wo ihm die Klein egal geworden ist und er nicht mehr eifersüchtig ist auf mich.
Wenn ich normal drauf wäre, dann würde ich sagen, wir hatten einen wirklich netten Abend. So, wie es früher mal zwischen uns war. Das will ich nicht kaputtmachen.

Zwischen meinen Schläfen pocht es und mein Magen hat die Kombination aus Bier und Orangensaft nicht so gut vertragen und schmerzt. Früher hatte ich nie Magenschmerzen. Jetzt wegen dem kleinsten Dreck.

Lukas zieht sich die Jacke über. »Wohin musst du jetzt?«
Ja, wohin muss ich jetzt? Kurz spiele ich mit dem Gedanken, Lukas zu erzählen, dass ich hier auf meinen Bekannten warte, dessen Schicht gleich beginnen wird. Aber das wird er mir nicht abnehmen. Morgen habe schließlich auch ich Schule.
»Miloš wohnt gleich die Straße runter«, sage ich, weil ich weiß, dass Lukas in die andere Richtung muss, um zur U-Bahn zu gelangen.
Vor der Tür verabschieden wir uns. »Bis morgen in der Schule.« Lukas geht die Straße hinauf. Ich die Straße hinunter. Dann biege ich links ab. Nochmal links. Nochmal. Und nochmal, bis ich wieder an der Stelle stehe, wo wir uns gerade verabschiedet haben.

Ich atme tief durch. Soll ich da wirklich noch mal rein? Aber wohin sonst? Die Notschlafstelle ist nicht so weit von hier. Und vielleicht kriege ich doch ein Gespräch mit einer Sozialarbeiterin hin? Als Paul? Langsam ziehe ich mein Handy aus der Tasche.
Aber statt die Notschlafstelle zu googeln, gehe ich auf *IYH*. Auf Glasgow.
Has couch: definitely
Replies: 100%
Last login: yesterday

Hey Kendra, tippe ich. *I've left home. Can I stay at yours for a bit? I'll tell you everything later.*

Darunter schreibe ich keinen Namen. Dafür meine Telefonnummer. Allein die Vorstellung, dass ich dort vielleicht einen Platz hätte, ist tröstlich.

Lukas ist längst nicht mehr zu sehen. Ich gehe die Stufen zum Lokal hinunter und öffne die Tür zum Gastraum. Der Anzugmann sieht von seinem Buch auf und nickt mir wieder zu. Ich nicke zurück.

Mein Stammplatz hinten im Eck ist noch frei. Es ist auch noch nicht so spät und der Raum ist halbleer.

Die leeren Gläser vom Soda und vom Orangensaft stehen noch immer auf dem Platz, wo wir vorhin gesessen sind. Ich nehme sie und stelle sie am Eckplatz vor mich hin. Hat sich zwar noch nie jemand beschwert, dass ich hier nichts bestelle, aber wer weiß. So sieht es so aus, als hätte ich heute hier schon was getrunken. Hab ich ja auch.
Ich rolle mich über meiner Tasche zusammen und schließe die Augen. Ich weiß nicht, wie ich es morgen in die Schule schaffen soll. Ich weiß überhaupt nichts mehr. Einfach nur schlafen. Morgen früh kann ich hoffentlich wieder klarer denken.

»Sag mal, spinnst du?« Eine laute Stimme weckt mich unsanft. Erschrocken öffne ich die Augen. »Bist du jetzt vollends hinüber oder was?«
Das ist Lukas' Stimme. Der Typ, der da vor mir steht und auf mich hinabsieht, sieht auch wie Lukas aus. Aber was macht der hier? Der ist doch auf dem Weg zu seiner Mutter.
Lukas packt mich am Arm und rüttelt mich. »Hey«, will ich sagen und mich wehren, aber aus meinem Mund kommt nur ein Krächzen. Ich bin verwirrt und in meinem Kopf setzt ein Presslufthammer ein. Ich kann mich nicht rühren, sondern schaue nur. Sehe, wie Lukas sein Handy ans Ohr hebt und telefoniert. Ich kann nicht verstehen, was er sagt. Dann lässt er das Telefon sinken und sieht mich wieder mit zusammengekniffenen Augen an.
Ich rapple mich auf, so dass ich zumindest nicht liege, wenn er mit mir spricht. Ich stütze mich auf den Tisch und schmeiße dabei versehentlich mein Saftglas um. Es rollt die Tischkante entlang und zerschellt auf dem Boden.
»Scheiße.« Aber niemand kümmert sich darum.

Lukas sieht sich um, so als wäre er nicht vor einer Stunde schon hier gewesen. »Das ist also Miloš?«, fragt er unfreundlich. »Hier wohnst du also? Bravo. Sehr schön.«
Meine Kehle schnürt sich zusammen. »Ich ...«, stammle ich. »Ich wollt noch ... wieso bist du überhaupt hier?«
Lukas lacht kurz auf, aber es klingt nicht lustig. »Wieso ich hier bin? Das sollte eher ich dich fragen. Wieso erzählst du mir, du gehst zu deinem *host*, aber in Wirklichkeit schleichst du einmal um den Block und schmeißt dich hier auf die Bank? Lügst du uns schon die ganze Zeit an?«
Und da passiert es doch.
Ich beginne zu heulen.

»Scheiße«, sagt Lukas. Er holt ein Taschentuch aus seiner Jacke und hält es mir hin. Aber ich habe kein Kraft, es zu nehmen. Ich sehe zu, wie Rotz und Wasser aus mir rausfließen und nicht mehr aufhören wollen.
»Ich ...«, schluchze ich. »Ich ...« Viel weiter komme ich nicht. Ich wüsste auch nicht, was ich sagen sollte. Ist doch ohnehin alles klar.
Lukas legt mir den Arm um die Schulter und lässt mich heulen. Immer wieder hält er mir das Taschentuch hin, bis ich es schließlich nehme und mir ein paar Mal über die Nase wische. Macht aber keinen Unterschied, kommt gleich wieder noch mehr nach.
Lukas lässt seinen Arm auf meiner Schulter liegen und sieht immer wieder auf sein Handy. »Nadine kommt gleich«, sagt er.
»Nadine?«, stoße ich entsetzt zwischen zwei Schluchzern hervor.
Lukas nickt. »Ich hab sie angerufen, als ich gesehen habe, dass du noch hier bist.«
Ich schniefe. »Spinnst du?«
»Ich glaube, du spinnst«, fährt mich Lukas an. »Mit irgendwem musste ich doch besprechen, was ich mit dir hier machen soll. Wen hätte ich denn sonst anrufen sollen. Die Klein etwa?«

Ich reiße die Augen auf. »Du hast die Klein angerufen?«
Lukas stöhnt. »Du bist so hinüber, du kannst nicht mal mehr zuhören. Natürlich nicht.«
Kurz hat mich der Gedanke an die Klein so erschreckt, dass ich zu heulen aufgehört habe. Doch gleich spüre ich wieder die Tränen in mir aufsteigen. Ich würde mich gerne zusammenreißen. Vor allem, wenn gleich Nadine zur Tür hereinkommt. Aber ich kann nicht mehr. Ich kann überhaupt nichts mehr.

Und dann kommt sie. Ich sehe, wie sie die Tür aufdrückt und sich die Hand vor die Nase hält. Dann steuert sie direkt auf uns zu.
»Arschloch«, war das Letzte, was sie zu mir gesagt hat.
»Du Idiot«, ist das Erste, womit sie mich begrüßt.
Ich ziehe den Kopf zwischen die Schultern und fahre mir mit dem Taschentuch über mein verquollenes Gesicht.
»Was machen wir jetzt?«, fragt Lukas. Nadine hebt die Schultern.
»Müsst ihr nicht nach Hause?«, krächze ich mit trockenem Mund. Es ist doch bestimmt schon spät.
»Musst du nicht nach Hause?«, fährt mich Nadine an.
Ich starre sie an. Meine Augen brennen. »Aber …«, stottere ich. »Aber ich kann doch nicht …«
»Was heißt, du kannst nicht?«, fragt sie unfreundlich. »Soweit ich weiß, hat dich niemand rausgeschmissen. Du kannst jederzeit zu deiner Mutter zurück, oder?«
»Aber dann verliert ihr doch«, schluchze ich. »Dann hat Henrik gewonnen und alle wissen, dass ich ein Loser bin.«
Nadine runzelt die Stirn. »Ist es das, warum du diesen ganzen Scheiß machst? Damit Henrik dich gut findet?«
Ich schüttle stumm den Kopf. Tränen rinnen mir über beide Wangen.
Nadine sieht Lukas an und deutet auf mich. »Dem haben sie echt ins Hirn geschissen.«

»Warum seid ihr so unfreundlich zu mir«, frage ich schluchzend.
Nadine seufzt. »Du erzählst uns nur Scheiße, wer weiß wie lange schon. Du meldest dich nicht auf Nachrichten. Du verheimlichst uns so ziemlich alles. Sollen wir das vielleicht super finden?«
»Und wieso seid ihr dann hier? Warum lasst ihr mich nicht einfach in Ruhe? Wenn ich so scheiße bin?«
Lukas verdreht die Augen. »Jetzt komm bloß nicht mit der Selbstmitleid-Tour.« Er holt seine Geldtasche hervor und dreht sich zu Nadine. »Wenn wir zusammenlegen für ein Hotel? Zumindest für heute Nacht?«
»Die Jugendherberge kostet dreizehn Euro«, flüstere ich.
»Da schau an.« Nadine hebt die Augenbrauen. »Das weißt du also.« Sie holt einen zusammengeknüllten Zehn-Euro-Schein aus der Hosentasche und streicht ihn auf dem Tisch glatt. Dann sieht sie auf die Uhr.
»Du musst jetzt echt gehen«, sagt sie zu Lukas.
Lukas springt auf. »Verdammt, ja. Und ich muss mir schnell einfallen lassen, was für ein Notfall mich noch so lange aufgehalten hat, dass ich meine Mutter um eine Stunde verschoben habe.«
Er sieht mich an. »Wir sehen uns morgen in der Schule?«
»Glaubst du, dass der morgen in die Schule gehen kann?« Nadine sieht Lukas zweifelnd an. »Ich glaube, der schafft es nirgendwo mehr hin.«
Ich mag nicht, wie die beiden über mich reden. Und mit mir.
»Bringst du ihn hin?«, fragt Lukas. »In die Jugendherberge?«
Nadine nickt.
»Ich kann auch alleine ...«, protestiere ich.
Lukas sieht mich streng an und schüttelt den Kopf. »Mit unserem Geld lassen wir dich nicht alleine. Nicht, dass du dir damit dann hier die Birne wegsäufst.«
Ich denke an mein Soda Zitron und meinen Orangensaft und muss unter Tränen kurz lachen. Lukas grinst und schlägt mir auf die

Schulter. »Bis morgen, wo auch immer.« Dann läuft er zum Ausgang.
Vorsichtig sehe ich Nadine an. Sie schaut zurück. Ihren Gesichtsausdruck kann ich nicht deuten.
»Brauchst nicht glauben, dass ich nicht sauer bin«, sagt sie.
Der Satz ist mir zu hoch. Heißt das, dass sie sauer ist oder nicht?
Sie tippt auf ihrem Handy herum und hält es mir schließlich hin.
»Meinst du diese Jugendherberge?«
Ich schüttle den Kopf. »Die kostet achtzehn Euro«, sage ich leise.
»Die um dreizehn ist voll weit weg.«
»Hm.« Nadine überlegt. »Voll weit weg schaffe ich heut nicht mehr, ich muss echt heim. Dann bleibt dir eben nicht viel übrig.« Sie zeigt auf die zwei Zehn-Euro-Scheine vor mir auf dem Tisch.
»Steck die ein, bevor sie noch irgendwer hier dringender braucht als du.«
Ich gehorche und lasse mich von Nadine zur teuren Jugendherberge begleiten, die dafür nur zehn Minuten von hier entfernt ist und auch wirklich ein Bett frei hat. Nadine hat angerufen.

Myrthengasse

Vor der Tür sieht sie mich wieder so an. »Schlaf dich aus. Wir holen dich morgen nach der Schule ab.«
Kein Kuss, keine Umarmung. Ich rieche vermutlich auch nicht so, dass man mir gerne näher kommen möchte.

Im Zimmer lege ich mich unter die Wolldecke. Eigentlich darf man das nicht, man muss einen Schlafsack oder ein Leintuch mitbringen. Aber mein Schlafsack ist im Bahnhofsschließfach, gemeinsam mit meinem Rucksack. Den wollte ich jetzt nicht auch noch holen.

Ich mag nicht, wie Nadine und Lukas mit mir geredet haben. Als wäre ich ein kleines Kind. Aber ich habe ein warmes Bett und morgen auch ein Frühstück. Alles andere ist nebensächlich.
Ich schlafe mich tatsächlich aus. Nadine hatte recht. Schule hätte ich heute nicht mehr geschafft. Wirklich nicht.

Beim Frühstück erreicht mich eine Nachricht von Lukas.
Mach dir keine Sorgen wegen Schule. Hab der Klein gesagt, dass du krank bist. Wenn du willst auch morgen und übermorgen. Entschuldigung kriegen wir hin. Und dann sind eh Semesterferien.

Nach dem Frühstück lege ich mich wieder in mein Bett. Eigentlich muss man zu Mittag auschecken. Aber die nehmen das nicht so genau hier. Ich bleibe liegen, bis mich Nadine und Lukas rausklingeln.
»Wir fahren jetzt mal in die billigere Jugendherberge«, erklärt Lukas. Ich erhebe keinen Einwand und gehe davon aus, dass sie sich erkundigt haben, ob da überhaupt was frei ist. Sage nur, dass wir vorher noch zum Bahnhof müssen, meinen Rucksack aus dem Schließfach holen.

Die beiden wirken, als hätten sie einen Plan. Ich habe keinen Plan. Das ergänzt sich gut.

Wilhelminenberg

»Bis zum Wochenende bleibst du hier«, sagt Lukas, als wir auf dem Hügel angekommen sind und zur Jugendherberge gehen. Er drückt mir fünfzig Euro in die Hand. Ich sehe ihn erstaunt an.
»Weihnachtsgeld«, sagt er. »Du gibst mir das irgendwann zurück.«
Ich nicke. Natürlich gebe ich das zurück. Irgendwann.

Ich zahle im Voraus für drei Nächte. Lukas und Nadine kommen noch kurz ins Zimmer mit, dann fahren sie wieder. Ich bin froh darüber. Ich wüsste nicht, was ich mit ihnen reden soll. Ich habe nicht mal mehr Energie dafür, eifersüchtig zu sein, dass die beiden plötzlich ständig miteinander rumzuhängen scheinen. Es ist, als wäre irgendetwas in mir ausgeschaltet worden.

Mit der Klein ist alles geregelt, hat Lukas gesagt. Er hat ausgerichtet, dass ich Fieber habe und die Entschuldigung nach den Semesterferien bringen werde. Lukas meint, das wird funktionieren. Wenn Lukas das meint, dann wird das so sein.

Die drei Tage verbringe ich der Jugendherberge. Hauptsächlich im Bett. Ende Jänner ist keine beliebte Reisezeit und ich habe mein Zimmer meistens für mich alleine. Manchmal stehe ich auf. Einmal wasche ich meine Wäsche.
Es ist, als hätte ich alles abgegeben. An Lukas und Nadine. Ich weiß nicht, was sie vorhaben. Ich weiß nicht, ob sie etwas vorhaben. Ich weiß nur, dass ich nicht mehr kann. Und dass ich schlafen muss. Schlafen und essen. Beides kann ich hier. Schlafen geht gut. Essen geht einigermaßen. Beim Frühstück packe ich mir Brote für Mittag ein und am Abend leiste ich mir einen Snack. Bis zum Wochenende reicht das Restgeld von Lukas' fünfzig Euro dafür gerade aus. Ich will weder Lukas noch Nadine um mehr Geld anschnorren.

Bis Samstag kann ich also hierbleiben und den ganzen Tag nur rumliegen. Was nach Samstag kommt, weiß ich nicht. Ich kann schon lange nicht mehr planen. Es ist, als wäre in meinem Kopf irgendetwas kaputtgegangen. Ich kann nicht mal mehr die *It's Your Home*-Seite aufrufen, um nachzuschauen, ob mir jemand geschrieben hat. Meine Finger tun das einfach nicht mehr. Ich weiß auch so, dass da niemand mehr ist.

Ich hab dein Zeugnis mit, du Streber, schreibt Lukas. *Und ich habe einen Plan! Fahre jetzt los ...*

Eine Stunde später drückt er mir mein Halbjahreszeugnis in die Hand. Ich lächle schwach. In den meisten Fächern ist meine Note gleich geblieben.

Mart werde ich das Zeugnis dieses Mal nicht zeigen. Das geht ihn überhaupt nichts an. Wenn er fragt, sage ich, es liegt bei meinem Vater.

»Das ist echt nicht fair«, regt sich Lukas auf. »Weil du in Deutsch gut bist, denkt die Kovac automatisch, dass du auch Geschichte kannst, nur weil sie dich in beiden Fächern hat. Dabei hast du von Geschichte keinen blassen Schimmer.«

Lukas hat recht. Ich habe von Geschichte wirklich keine Ahnung. Aber weil sie meine Aufsätze mag, hat die Kovac mich als guten Schüler abgespeichert und ignoriert, dass ich die Geschichtetests regelmäßig verhaue. Etwas, das mir besonders in den letzten Monaten zugutegekommen ist.

Ich lächle schwach. »Ich werd mich nicht beschweren gehen.«

»Eh nicht. Unfair ist es aber trotzdem. Andere lernen zehnmal mehr als du und haben eine schlechtere Note.«

»Was ist denn dein Plan?«, wechsle ich vorsichtig das Thema. »Du hast geschrieben, du hast einen.«

»Stimmt. Also, meine Schwester studiert ja seit diesem Semester.«

Ich nicke. »Ich hab gehofft, du bietest mir irgendwann an, dass ich in ihrem Zimmer wohnen kann.«

»Dafür hätte ich aber wissen müssen, dass du nichts zum Schlafen hast!« Lukas schüttelt fassungslos den Kopf. »Hätte ich riechen sollen, dass du einen Schlafplatz brauchst? Wenn du dauernd Scheiß erzählst?«

›Ich hab dich mal gefragt und du hast Nein gesagt‹, denke ich. ›Wegen der Regeln.‹

Aber ich sage nichts. Jetzt ist er ja da. Jetzt ist er da für mich.
»Würdest du denn bei mir wohnen wollen?«, fragt er. »Also angenommen, das wäre für meine Mutter okay. Gleich in der Nähe von Mart?«
»Das wär doch sowieso gegen die Regeln.«
»Jetzt scheiß doch mal auf die verdammten Regeln«, ruft Lukas verärgert. »Die interessieren wirklich niemanden. Glaubst du, du warst die letzten Monate unser großer Star und jetzt fällst du in Ungnade? Du leidest schon ein bisschen unter Größenwahn, oder?«
Kleinlaut ziehe ich den Kopf ein. Ich weiß nicht, was ich gedacht habe. Ich weiß überhaupt nichts mehr. Doch, ich weiß, dass es die Möglichkeit, bei Lukas einzuziehen, in Wahrheit nicht gibt. Schließlich würden das meine Mutter und Mart sofort erfahren. Ihnen das zu erklären wäre schwierig, wenn nicht unmöglich. Mart würde darauf bestehen, dass ich wieder zu ihnen ziehe. Das Einzige, womit ich gegen Mart bestehen kann, ist, ihn im Glauben zu lassen, dass ich bei meinem Vater wohne. Gegen einen Vater kann er nichts machen.
»Meine Schwester hätte da was für dich«, sagt Lukas. »Also, wenn du willst.«
»Du hast deiner Schwester von mir erzählt?«
Lukas seufzt. »Nicht im Detail. Aber dass du grad Stress zuhause hast und was zum Wohnen brauchst. Sie hat übrigens auch gleich ihr altes Zimmer angeboten.«
Ich denke an Lukas' Schwester, die eigentlich immer nur genervt war von uns beiden. Dass sie mir ihr altes Zimmer anbietet, fühlt sich irgendwie gut an.
»Also, meine Schwester hat eine Studienkollegin, die gerade ihren Job hinschmeißen will. In einer Jugendherberge. Mit Jugendherbergen hast du ja Erfahrung.«
»Sehr witzig. Was für eine ist es denn?«

»Also keine der offiziellen Herbergen, ist so ein kleines, privates Hostel, so wie ich das verstanden hab. Die hat da als Reinigungskraft gearbeitet, zwei Stunden pro Tag.«
»Als Putzfrau also.«
»Genau. In deinem Fall wärst du dann Putzmann.«
Ich verstehe nicht. »Ich brauche aber keinen Job, ich brauche ein Dach überm Kopf.«
»Erstens brauchst du einen Job, weil du mir mein Geld zurückzahlen musst«, korrigiert mich Lukas. »Zweitens ist genau das der Grund, warum die alles hinschmeißen will. Weil die dort nichts zahlen. Die lassen dich kostenlos übernachten und vom Frühstücksbuffet kannst du dich auch bedienen. Für zwei Stunden putzen am Tag.«

»Also in meinen Augen ist das Ausbeutung«, sagt Nadine, die kurz darauf auch auf meinem Bett sitzt. Wir sind alleine im Zimmer, alle anderen Stockbetten sind leer. »Die wollen sich ganz klar davor drücken, jemanden anzustellen und dafür zu bezahlen.«
»Aber für seine Situation ist das vielleicht nicht das Schlechteste«, wendet Lukas ein. »Die fragen nicht nach Papieren oder sonst was. Die Freundin meiner Schwester kommt aus Peru und darf hier sonst gar nicht arbeiten.«
»Und deshalb soll sie dort gratis putzen oder was?« Nadine wird wütend. »Fürs Übernachten im Abstellkammerl.«
»Deshalb schmeißt sie den Job ja auch hin«, erklärt Lukas.
Schon wieder reden die beiden neben mir über mich und beziehen mich gar nicht ein. Ich habe keine große Lust, Hostelklos zu putzen. Andererseits habe ich wohl keine große Wahl. Was sind meine Alternativen? Ich lasse mich aufs Bett fallen und schließe die Augen. Lukas und Nadine ignorieren mich und diskutieren weiter darüber, ob es vertretbar ist, so eine Arbeit überhaupt anzunehmen oder nicht.

Irgendwann tippt mir Lukas an die Schulter. Ich öffne die Augen und blinzle ihn an.
»Wenn du den Job willst, musst du dich schnell melden«, sagt er streng.
»Job kann man das nicht nennen«, murmelt Nadine.
Lukas tippt auf seinem Handy herum und hält es mir entgegen. »Sprich am besten mal mit ihr. Meine Schwester meinte, sie kriegt weniger Probleme, wenn sie gleich einen Nachfolger vorschlägt.«

Mein Herz beginnt zu klopfen. »Ich soll einer wildfremden Person am Telefon erklären, dass ich statt ihr dort hinwill?««
»Sag mal, ich versteh dich echt nicht. Was ist denn da das Problem? Ich dachte, sowas hast du die letzten Monate andauernd gemacht.«
Der Gedanke versetzt mich in Panik. »Ich kann das nicht«, stammle ich. Ich weiß nicht, wie sowas geht, wenn ich Jakob bin.
Lukas macht keine Anstalten aufzulegen. »Hallo«, höre ich eine leise Stimme aus dem Hörer.
Lukas hält mir das Telefon ans Ohr. »Da musst du jetzt durch.«

Wienzeile

Von außen ist das Hostel unscheinbar, ich wäre beinahe daran vorbeigegangen. Eine ziemlich gestylte Frau empfängt mich an der Rezeption. »Du bist also der Nachfolger von Magali?«
Ich nicke und warte darauf, dass sie irgendwas von mir sehen will, einen Ausweis oder so. Das scheint ihr aber egal zu sein. »Wie sollen wir dich nennen?«, fragt sie nur. »Ich hoffe, du hast einen Namen, den man sich merken kann.«
Einen Namen, den man sich merken kann?
»Julian«, sage ich nach kurzem Überlegen und strecke meine Hand aus. Die Frau macht keine Anstalten, sie zu schütteln oder sich

selbst vorzustellen. Sie stellt ein Schild mit ›Komme gleich‹ auf das Rezeptionspult und deutet mir, ihr die Stufen in den nächsten Stock zu folgen.

Im ersten Stock deutet sie auf eine Tür links von uns. »Da ist dein Zimmer.«

Langsam drücke ich die Türschnalle nach unten. Dahinter ist tatsächlich ein kleines Kammerl, das offensichtlich als Abstellraum genutzt wird. Eine Wand ist voller Regale, in denen sich Klopapier stapelt, in der Ecke stehen Staubsauger, Besen und Wischmopp. An der anderen Wand steht ein Bett. Es riecht nach Putzmittel und Staub.

»Lass deine Sachen mal hier, ich zeig dir den Rest und erklär dir, was du machen musst.«

Die Frau ist nicht unfreundlich, aber richtig freundlich ist sie auch nicht. Das Hostel ist klein, es gibt nur zwei Schlafsäle mit Stockbetten und zwei Waschräume mit Duschen und Toiletten. Das alles zu putzen sollte tatsächlich nicht mehr als zwei Stunden dauern.

»Aber jeden Tag«, betont die Frau. »Auch am Wochenende. Heute hab ich's schon erledigt, brauchst also nicht mehr. Ab morgen dann.«

Ich nicke. Ab morgen.

Sie erklärt mir noch das Codesystem, mit dem ich ins Gebäude und in jeden Raum komme, und kehrt dann an die Rezeption zurück, wo schon ein paar Leute aufs Einchecken warten.

Ich verziehe mich in mein Zimmer und öffne das Fenster. Autolärm dringt herein, gemischt mit dem Lärm einer Baustelle. Ich schmeiße mich aufs Bett und schließe die Augen. Ewig liege ich so da. Theoretisch könnte ich eine Woche hier liegen bleiben, nur unterbrochen von zwei Stunden putzen pro Tag. Eine Woche lang sind jetzt Schulferien.

Vor der Tür sind Stimmen und Gelächter zu hören, von draußen ein Vorschlaghammer und vom Fußboden mehrere Male das Vibrieren meines Handys.

Irgendwann strecke ich die Hand aus und schaue auf das Display. Zwei Anrufe in Abwesenheit und einige neue Nachrichten.

Nadine: *Bin noch immer sauer, echt! Französisch hab ich übrigens geschafft, danke der Nicht-Nachfrage gestern. Also hab ich jetzt alle Zeit der Welt. Und ich liieebe Abstellkammerl. Fast noch mehr als Hunde.*

Mein Handyanbieter: *Ihre Rechnung beträgt 10 Euro und wird von Ihrem Konto abgebucht. Eine genaue Rechnungsübersicht steht auf unserer Website zum Download bereit.*

Meine Mutter: *Hast du Lust, morgen etwas früher zu kommen? Mart ist nicht da und ich hab gedacht, wir könnten vielleicht noch spazieren gehen oder so.*

Gudruns alte Nachricht lese ich auch noch mal:
War das mit dem Babysitten ernst gemeint?

Und die von Kendra:
Jakob? Is that you?

Die Anrufe in Abwesenheit sind von Nils.

Ich stelle mich ans Fenster und sehe die hässlichste Aussicht der Stadt.
Ich denke an Miloš. Denke an Hamid.
Denke daran, was für ein verdammtes Glück ich habe.
Dann greife ich zum Telefon und wähle.

Ich schreibe meine Bücher selten allein und gerade bei diesem ist es nicht ganz zutreffend, dass nur mein Name auf dem Cover steht. Stehen sollten da eigentlich auch die Namen Judith Jennewein, Katja Langmaier, Aimee Linekar, Miriam Aistleitner und Luise Wallner. Sie haben mein Manuskript wieder und wieder gelesen, Kritik geäußert, Fragen gestellt, meine Figuren psychologisch analysiert und stundenlang mit mir über manche Abschnitte diskutiert.
Mit drauf sollte auch meine Lektorin Katrin Feiner, ohne die Jakob viel chaotischer durch Wien stolpern würde!

Mein Dank gilt auch Lina-Malin Neumann, Gerhild Salzer, Birgit Kuch und Marianne Eberl, die einzelne Szenen gegengecheckt und korrigiert haben.

Außerdem all jenen, die mit mir zu den Schauplätzen der Geschichte geradelt sind, mir die Türen zu Gebäuden geöffnet haben, und immer wieder auf mein Kind aufgepasst haben, damit ich schreiben kann.

Ohne euch alle gäbe es dieses Buch nicht. DANKE!